苏格兰折耳猫 著

台海出版社

图书在版编目（CIP）数据

与他并肩 / 苏格兰折耳猫著 . -- 北京 : 台海出版社 , 2022.1

ISBN 978-7-5168-3122-9

Ⅰ . ①与… Ⅱ . ①苏… Ⅲ . ①长篇小说 – 中国 – 当代 Ⅳ . ① I247.5

中国版本图书馆 CIP 数据核字（2021）第 183703 号

与他并肩

著　　者：苏格兰折耳猫

出 版 人：蔡　旭　　封面设计：有点态度设计工作室

责任编辑：曹任云

出版发行：台海出版社

地　　址：北京市东城区景山东街 20 号　　邮政编码：100009

电　　话：010-64041652（发行，邮购）

传　　真：010-84045799（总编室）

网　　址：www.taimeng.org.cn/thcbs/default.htm

E - mail：thcbs@126.com

经　　销：全国各地新华书店

印　　刷：三河市金泰源印务有限公司

本书如有破损、缺页、装订错误，请与本社联系调换

开　　本：880 毫米 ×1230 毫米　1/32

字　　数：326 千字　　印　　张：12.25

版　　次：2022 年 1 月第 1 版　　印　　次：2022 年 1 月第 1 次印刷

书　　号：ISBN 978-7-5168-3122-9

定　　价：45.00 元

contents / 目录

楔子

时值三月，林芝的雪却越下越大了。

一片片簌簌降落的白雪遮住了刚刚绽放的桃花，又轻轻落在慌乱的人群当中，愈发使他们感到恐惧。

本是欣赏美景的时节，却被这漂亮的雪花带来的一场灾难给毁了。雪崩，铺天盖地而来的白色，汹涌又危险。人们尖叫着、奔跑着，一时间场面有些混乱。

严真就是在这种情况下醒来的，灌满耳朵的大雪让她脑子里只剩下一片嗡鸣声。她记不得是如何在这里，也想不起雪崩是如何发生的，只知道，她被雪卡住了，四肢动弹不得。

愣怔片刻，她往身上那件厚厚的大衣里躲了躲。雪花融进身体里，温暖中掺进了一丝丝寒冷。听着外面传来的嘈杂之音，她竟一点也不紧张。

忽然有一道抽噎着的稚嫩女音问她：“你不觉得冷吗？怎么还笑呢？”

她费劲地低头，发现自己的大衣下面竟然还护着一个小女孩。严真凝视着她，轻声说道：“不冷。”

小女孩似是不解，看着她，眨了眨黑亮的大眼睛。

“因为啊，我想起了曾经有个人对我说过的话。他告诉我，一个拥有很多过去的人，陷入回忆之中便会感到久违的温暖。”严真说着，思绪渐渐走远。

他说，他在西藏当了几年兵之后就进了特种兵大队，不知什么时候就会遇到危险的任务，九死一生的时刻也经历过。

他说，他曾经为了一个目标潜伏在雪堆里两天，冻得手脚都失去了知觉，可还得端着枪。然后他的大队长告诉他，别时刻都绷得跟一根弦似的，放轻松点，想想高兴的事。他寻思着，想什么呢，于是他开始想，再后来，就忘记了冷。

现在，她被困在雪里瑟瑟发抖，于是她也开始思考，想点什么好呢？

她放空思绪，开始回想。好多好多回忆。

那些过去的、美好的回忆，都有些什么呢？

想着想着，她慢慢地闭上了眼睛。

CHAPTER 1

不一样的家长会

秋。

正是C市的多雨时节，阵阵冷风刮过，不消片刻密密匝匝的雨水就打湿了窗户。坐在窗前的严真叹了一口气：又要冒雨回家了。

同办公室的李老师走了进来：“严老师啊，下午没课？”

严真微微一笑：“刚上完。”

“近来的天气还真是诡异，这刚下完一场又是一场。严老师，你是骑自行车上班吧？”

严真嗯了一声，语气风轻云淡。

这位李老师上个月结婚，嫁了一位高干子弟，这几天上班都是车接车送，此时说来不过是想让严真羡慕一下，可见严真不以为意，只好讪讪地退了回去，不再搭话。办公室里瞬间一阵冷清，直到门再次被推开，沉默才被打破。

“严老师！”一个扎着羊角辫的小姑娘风风火火地冲了进来，严真认出这是她上星期刚刚任命的班长。

“怎么了？”

小姑娘咽了口口水：“严老师，班里有人打架，我、我劝不住！”

“哦？”她眉头微皱，“你先回去吧，我马上到班里去。”

严真是一名小学教师，说起来工作并不算清闲，因为她工作的学校学生家庭背景大多不错，孩子又调皮捣蛋，这不又惹事了——

全班三十六个人此刻分成了两拨儿，分别站在两个男孩子身后。两个男孩子显然已经经过一番搏斗，脸上都有不同程度的挂彩。其中一个小男孩正一把鼻涕一把泪地擦，而另一个小男孩瞥了他一眼，脑袋扬得老高。

“顾珈铭，你把他打伤了，赶紧说对不起。”班长林小小说道。

脑袋扬得老高的小男孩淡淡地看了她一眼，不屑地扭过头去。

“顾珈铭！”林小小急得直跺脚。

“不。”顾珈铭哀其不幸、怒其不争地看着林小小，“你到底是哪拨儿的呀，你要是站我这边就别劝我跟敌人投降。我爸说了，战场上要宁死不屈！”

林小小被堵得无话可说，视线一瞥，看见一道身影向他们走来。完了，老师来了——

严真走进教室，一眼就看清楚了对阵双方的为首人物，顾珈铭和林梓，班上有名的捣蛋鬼，干坏事准有这两人。不过，两人一般不交手，像今天这样剑拔弩张对峙打架倒是第一次。

“怎么回事？”

林梓哭得惨兮兮地指着顾珈铭：“严老师，我就说了这家伙一句，他就把我揍了一顿，呜呜呜呜，严老师，你要为我做主！”

严真安抚似的拍了拍林梓的头：“你说他什么了？”

林梓吸吸鼻子，唯唯诺诺地说：“我、我就说他爸这次肯定又不来家长会了，结果，他、他就揍了我一顿。”

“揍你是活该。”顾珈铭像是一只被踩了尾巴的猫。

难怪——

严真将情绪激动的小朋友安抚了下来："好了，没事的先放学回家。"然后指着愤怒中的顾珈铭小朋友道，"顾珈铭，来我办公室一趟。"

顾珈铭小朋友顿时眉毛一拧，揪起小书包，大义凛然地在众人的注视下跟着老师走了出去。

雨已经停了，严真坐在办公桌边看着站在墙角的顾珈铭，招招手把他叫上前来："不服气？"

小朋友噘嘴，没说话。

"是不是你先动手打的人？"

"是。"不情不愿地承认，很快又辩解，"谁想到他那么不经打，我就打了一下！"

严真失笑："为什么出手打林梓？"

"谁让他说我爸不来开家长会的！"

严真哦了一声："那你爸爸是不是好几次都没来了？"接管这个班后，严真共开过两次家长会，印象中顾珈铭这边每次都是一位年轻的男士代为参加，看年纪确实不像是他亲爸。

果然，顾珈铭小朋友顿了一下，没话说了，过了一会儿小声咕哝了句："老师，敌我矛盾是没法调和的。"

这小家伙。严真想了一会儿："这样吧，把你爸爸的电话给我，我亲自通知他来开会。"

顾珈铭小朋友睁大眼睛，有些不可置信："真的？"

"当然。"

顾珈铭立刻喜笑颜开，从包里掏出一部手机："老师，您用我的打吧，我爸看是我的号，准接！"

电话接通得很快，严真还没来得及说话就听见那头崩豆似的说了一大串：“哎哟，小祖宗哎，参谋长正忙着呢，您老人家又惹什么麻烦事了？怎么这个点儿打电话？”

严真静了一下才开口打断那头的滔滔不绝：“不好意思，我是顾珈铭的班主任。”

那头的人嘴仿佛突然被关上了闸，过了一会儿才缓过劲儿来：“啊，哦哦，老师您好。顾珈铭的家长此刻正在开会，没法接电话，我是他的通信员小马，请问您有什么事吗？”

这人无风也转舵啊，严真抽抽嘴角：“没什么事，就是想通知顾珈铭的家长过几天来学校开家长会。顾珈铭很希望他的父亲到场，所以希望他能抽出时间来。”

“啊？”

“如果有什么问题让他再联系我吧。不过我想，如果把孩子的教育放在第一位，这应该不会有太大的难度吧？”

留下自己的号码，严真挂了电话，摸了摸顾珈铭小朋友的头：“顾珈铭，这次老师会尽量让你爸爸来的，所以以后不能为了这种事跟其他小朋友打架了。”

话毕，见顾珈铭没有像想象中那样期待地看着自己，而是噘嘴说道：“老师，你知道我爸爸是干啥的吗？”

“嗯？”她确实还没去详细了解。

顾珈铭小朋友叹了一口气，说道：“我爸爸是当兵的。”

竟然是当兵的？！想起电话那头小马对那人的称呼——参谋长，严真看着手机无语半天。

因为这个意外的小插曲，晚上回到家已经有些晚了，严真锁好自行车后信步向楼上走去。

这栋楼有些老旧，踏上楼梯就有一层一层的灰扑面而来。掏出钥匙开门，还没转动门便从里面打开，从门内露出一张和蔼的脸：“小真，回来了？”

“奶奶。”严真笑笑，将包放好，“饿了吧，我这就去做饭。”

老人家看她一身湿，忙说道：“不急，先去冲个澡换身衣服，瞧这湿的。”

匆匆洗了一个澡出来，严真穿戴好将头发扎起便去做饭。奶奶跟在她身后，问：“今天怎么回来这么晚？是不是工作上出了什么事？”

“没事，就是开了个会。”严真说，“奶奶，我们学校现在正在集资买房子，我想着咱们是不是也换套房子。”

“那得多少钱啊？”奶奶有些心疼。

“没事的，我现在有些积蓄，应该可以付首付，剩下的房贷我有工资慢慢还。”

奶奶叹气，伸手捋了捋严真湿漉漉的头发：“那太辛苦了，还是算了吧，而且现在最重要的不是房子，是你自己的事。”

严真不解：“我自己的事？什么事？”

奶奶笑眯眯地说：“你都已经二十七了，你说还能有什么事？”

严真顿悟，忙别过身去：“我不急。”

“你不急我急。”奶奶坚决道，“对门李嫂昨天还说要给你介绍对象呢，我就等你回来了约时间，怎么样？”

看来这次是动真格的了，严真无奈，只能点了点头：“要是有合适的话就见见吧。”

奶奶满意，忽而想起什么，点了点她的额头道：“不准敷衍！”

“知道了。”严真假意不耐，“奶奶先出去吧，我要炒菜了。”

终于清静了，严真看着灶台，无奈地苦笑。

正炒着菜，奶奶忽然又推门而入，严真一边翻菜一边问道：“奶奶，您又怎么了？”

“小真，电话。”奶奶笑眯眯地说，“是个男人。”

男人？严真一愣，将煤气灶关好去接电话：“你好，我是严真。”

“严老师你好，我是顾珈铭的家长。”是一道清朗的男声。

“哦，你好。”

“今天下午一直在忙，所以很抱歉现在打扰老师。请问是出了什么事吗？”那头的语气很淡定，仿佛接到老师电话已是常事。

“哦，没什么大事，只是顾珈铭告诉我说你估计不能来开家长会，我想亲自确认一下。”严真说。

原来是这样，小崽子。顾淮越在心里念叨一句，又问：“家长会什么时候？”

“两天以后。”

顾淮越笑笑：“那应该来得及，我会出席。”

“那就好。”严真松了一口气，挂断电话。

奶奶凑上前来：“小真，是谁呀？”

严真头疼地揉揉额头：“奶奶，您怎么这么多事。是我学生的家长。”

奶奶撇嘴道：“我还不是为你的终身大事着想，也不想想除了我之外谁还为你操这份心。告诉你，我已经想好了，等你结了婚我就搬到乡下你大哥那儿去，准不让你嫌烦！”

严真是独生女，奶奶说的大哥是严真大伯的长子。严真的父亲去世已有十几年，她一直是奶奶和大伯照顾长大的，近几年工作了生活稳定后便经常将奶奶接过来住一段时间。

越说越离谱了，严真摇头，没敢在老太太正赌气的时候多嘴，而且为了让老太太放心，隔天严真就去见了李嫂给她安排的人。

严真坐在咖啡厅，手中端着咖啡杯，认真地聆听对面男人的滔滔不绝。

“严小姐是做老师的？初中、高中还是大学呀？老师这份工作挺好，能做大学老师更好，待遇不错还悠闲。”男人一顿，问道，“敢问严小姐月收入多少呀？”

严真轻轻一笑：“我是小学教师，工资也不算很高。”

“小学教师？”

“对，小学教师。”严真轻轻拨弄着咖啡勺，“现在教育都是从娃娃抓起，小学教师做起来也是很辛苦的。”

“也是。”男人讪讪地点头，“那，严小姐应付小孩子应该很有一套吧？”

“还好吧。”严真勉强道，“我刚做老师，还需要历练。”

男人问了半天，终于罢口。问到的东西他不满意，深层的内容对面这位小姐也不愿意透露，看来这场相亲要泡汤了。

男人正惆怅着，严真看了看表：“抱歉，我下午还有一场会要开，如果可以的话，我想先走了。”

“哦，可以可以。”男人摆摆手。

严真想了想，还是从钱包里抽出钱来，递给了服务员：“这是咖啡钱。”

其实严真有些反感相亲这样的场面，所以即便是对方对她颇有好感，她也是匆匆聊几句就退场。并非是她没有礼貌，她只是觉得，靠这样的方式寻找到的爱情有些不靠谱。

出了咖啡店，严真就匆匆往学校赶去。

家长会安排在下午两点，她提前到了一个小时，准备好资料之后便向教室走去。家长会每次都是老一套，也难为严真每次都准备得那么认真。

教室里已经坐了不少家长，还未走进教室，严真就发觉这次家长会有了些许不同。因为透过窗户，她看到一个穿着军装的背影坐在教室的正中央。微微一想，严真明白了，这位应该就是顾珈铭的爸爸。

在台上站定，严真不经意地向男人投去一眼。男人微低着头，肩上那对肩章是两杠两星。应该是中校军衔，严真默默地想。正巧男人抬头，四目相对，他礼貌地向她点了点头。严真恢复镇定，微微一笑，开始开会。

总体而言，严真带的这个班学习成绩还算不错，所以每次开家长会严真的主旋律是表扬学习优异的学生，对于那些调皮捣蛋的都是一提而过。今天严真也是稍稍提了一下这几个人的大名，希望家长回去能多教育教育，让孩子把心思用到学习上。一个小时的家长会很快就过去了，结束的时候严真已经习惯被家长簇拥着询问这样那样的问题，好不容易送走这些家长，严真吁了一口气，一抬头，意外地看见那名中校军官还坐在座位上。

中校军官起身，向讲台走去，一米八几的个子正好与站在讲台上的严真平视。面对如此充满压迫气势的男人，严真努力平静道："你好，顾——"看着他那一身戎装，她有些犹豫该如何称呼。

男人礼貌一笑："刚刚您点了顾珈铭的大名，所以我想跟您谈谈顾珈铭的教育问题。"

见严真点头，男人便微一偏头，对着门外喊："顾珈铭，给我进来。"

片刻，就看见一个小人背着书包扒着门框向里面望来："首长，您找我？"

男人挑眉："稍息，立正，齐步走——"

小人撇撇嘴，但还是照做。男人摸摸小朋友的头，看向老师："严老师，请问顾珈铭这段时间在学校表现如何？"

严真看了两人一眼，大人表情沉静，很有耐心的模样；小人则表情委屈，看着她的一双黑色大眼睛也颇有些可怜。大人似乎看出了严真的为难："没事，老师您尽管说。"

严真笑了笑："也没什么，顾珈铭同学确实需要一些管教，不过总体表现还是不错的。"

男人明白了，弹了弹顾珈铭的脑袋："行，谢谢老师了。"说完就挠了一下顾珈铭的胳肢窝。顾珈铭碍于老师在场不好意思哇哇大叫，只能用一双黑亮的眼睛使劲瞪着他。

男人礼貌道别，牵着顾珈铭走出去了。

严真盯着这两人的背影看了一会儿，笑着摇了摇头。真是一对有趣的父子呢。

顾园门口，一辆车子刚刚停稳。

车门打开，男人率先走了下来，随后又打开了副驾驶的门，这回下来的是顾珈铭。小人站定后背起双手，再一次瞪了一眼面前这位笑吟吟地看着自己的大人之后，踏着大步离去。

中校军官摇了摇头，敲了敲司机的窗户："冯湛，等下你去机场接一个人，别问是谁，只管找最黑的穿军装的人就行了。"

"行。"冯湛乐呵呵地答应了。

屋子里顾珈铭的小婶梁和一看见风风火火进来的小朋友就立刻迎了上去："怎么跑这么急？你爸爸跟你小叔呢？"

顾珈铭一哼："别跟我提这两个人。"小朋友很生气，后果很严重。

梁和揉了揉他的脑袋瓜子，哄他道："好了，不生气了。我听你小叔说，你爸爸坐的飞机误点了，本来是能赶上的。而且这不没误事吗，你小叔不是替你开了家长会？"

这才是最让顾珈铭气愤的地方。家长会开是开了，他的位置上也坐了一位穿军装的，不过那位是他的小叔，不是他的爸爸！他的爸爸现在还坐在飞机上优哉游哉地往回飞呢。

“那不一样！”小朋友噘噘嘴，还是有些生气。

梁和笑笑，揉揉小朋友的脑袋瓜：“好了，今晚有你最爱吃的奶油酥，快点去吃吧，晚点儿你爸爸就回来了。”

顾珈铭果然眼睛一亮，书包撂给梁和就直接奔餐厅去了。梁和站在他身后，失笑地摇摇头。瞧这小馋猫的样儿，哪里还有一点将门之后的样子。

顾家的大家长顾长志算是从战场上摸爬滚打过来的老一辈革命家了，先是解放战争，然后又经历了中越反击战的九死一生，20世纪80年代被授予将军衔。这位老将军有三个儿子。大儿子顾淮清，在南方某省担任省委书记一职。剩下的两个儿子都在部队当兵，其中二儿子顾淮越在B军区某集团军甲种A师任参谋长一职，小儿子顾淮宁则在该集团军T师装甲团当团长。按理说三个儿子都这么有出息，顾老将军两口子应该高兴才是，可偏巧这三个儿子都不在父母身边，也够让这老两口郁闷的了，尤其是顾母李琬。

李琬是顾长志的第二任妻子，为他生育了两个儿子。次子顾淮越是李琬的长子，小儿子是顾淮宁。因顾淮清不是李琬亲生的，便也不好多做要求，可是顾淮越和顾淮宁就不一样了，尤其是拖家带口的小儿子顾淮宁。自从小儿媳梁和生下一对双胞胎之后，李琬是恨不得这一家天天留在C市，每逢过年过节必定打电话催他们回来。这一回不就是催回来的吗？

梁和笑了笑，回想起上飞机前顾淮宁接的一个电话。那是在西北地区参加军演的二哥打来的，她以为是什么重要的大事，没想到却是交代家事——替“小祸害”开家长会。

顾淮宁笑：“你儿子的教育问题怎么也抛给我了？”

那头沉默了几秒：“飞机晚点了，回去也准赶不上了。你去凑个数，老师这回都把电话打上门了，一定是这小崽子有什么重大问题。”

顾淮宁轻笑着答应了，梁和心里却在想，小朋友这回又得伤心了。

其实，按照顾淮越的安排，他还是能准时赶上家长会的。不料飞机因天气原因延误了几个小时，所以等顾淮越到家的时候，已经是晚上十点了。

车子在顾园门口停稳，顾淮越下车，走进院子后看见大厅的灯还亮着，心知家里人都在等他。他站在门外，整了整军容，揉了揉眉间才跨步进门。

母亲一见他就迎了上来，他忙笑道：“妈，我的排场都让您给弄大了。”

李琬轻责：“还说呢，瞧瞧你这晒得。”每次他和弟弟顾淮宁回来，母亲总是最能唠叨的人，这点全家人都知道。

父亲顾长志抖抖报纸，哼了一声：“都当兵这么些年了，也就一次常规对抗演习，能有什么事？”

他刚说完李琬立马就瞪了他一眼。其实顾老爷子也是刀子嘴豆腐心，虽说这辈子真枪实弹的也经历过，可人老了难免就有点胆怯，心里也惦记，不过就是不想让人看出来罢了。这下儿子也回来了，老爷子就放下报纸上楼休息去了。

李琬一边跟在老爷子身后一边嘱咐顾淮越：“你那胃肯定对付不了飞机餐，厨房里留着晚饭，让张嫂给你热一下，务必吃晚饭。”

顾淮越笑了笑：“知道了，您快去休息吧。”

二老上了楼，总算清净了，余下三人皆是无奈一笑。梁和上楼照看宝宝，把空间留给他们哥俩。

顾淮越喝一口茶，摇了摇头，声音微沙地问：“家长会怎么样？”

“你儿子不高兴了。”

“哦？”他笑了笑，“意料之中，不过这回的确是我的不是，早答应他了却又没赶上。”

顾淮宁沉默了几秒说：“二哥，我说一句你不愿意听的。”

顾淮越挑眉看他。

“得给珈铭找个妈妈了。”顾淮宁掂量着这句话的分量，缓慢地说着，“珈铭的妈妈去世了那么久，你自己怎么样我不管，可孩子没了母亲总是不行。”他当了父亲，更明白一个完整的家庭对孩子的意义。

顾淮越闻言低头一笑，拨弄着茶盖上的提珠，神情有些恍惚。也难为他这个平时不多说话的弟弟这样费尽心思劝他。只是他的想法也全非他们所能懂，埋藏之深，连他自己都不愿意去挖。

“或者，你等着妈给你安排？”

这倒是新鲜，顾淮越说：“怎么，老太太又想了什么奇招来对付我？”

“下周二是老爷子的生日，妈的意思是到时安排一个聚会，把能请的人请来聚一聚。听说这回重点邀请了总参的沈一鸣，他的小女儿你没忘吧？”

顾淮越自然是记得：“知道了，我有准备。”

简单地交谈几句之后顾淮越回到了二楼他的房间。儿子顾珈铭已经睡着，整个房间只留了一盏壁灯，昏黄的灯光照得室内一片柔和。床上的小人睡熟了，双腿夹着被子，睡相乱七八糟。

他快走几步替儿子整了整被角，却不想这小人悠悠转醒了，一双黑幽幽的眼睛瞬间攫住了眼前这个人，滴溜溜地转，末了轻哼了一声又翻个身继续睡觉，完全不理会他。

顾淮越失笑，和衣躺在他的身边：“顾珈铭，还生爸爸的气呢？”

回应他的是瓮声瓮气的一句：“睡着了。”

摆明了不听哄，顾淮越抚额：“那你继续睡吧，我明天下午的飞机回……”

意料之中，小家伙一翻身，怒目对上他一双诡计得逞的眼。

顾淮越笑笑，把儿子抱到腿上，循循善诱道：“你们下次什么时候开家长会？看我下次表现不行吗？”

顾珈铭噘嘴：“下次不让你去了，还让我小叔去。”

“那可不行。”他顶顶儿子的头，安抚道，“要不这几天我抽个时间去见见你的老师，跟她解释一下？”

“那我老师不就知道今天去的不是你了吗？”

“没关系，这事包在爸爸身上。”顾淮越信誓旦旦地保证。小家伙这才不情不愿地原谅了他，钻进他怀里，甜甜地睡了过去。看着小家伙天真的睡颜，顾淮越的眼神也渐渐变得柔和了。

刚刚结束一节课，严真拍拍身上的粉笔末向办公室走去。

今天天气不错，阳光灿烂，将缠绵几日的霏霏细雨带来的凉意轻松驱散了。严真推开窗户让阳光照进来。办公室的其他老师都在上课，鲜少的寂静让她觉得很舒服。忽然，放在抽屉里的手机嗡嗡地响了起来。

严真拿出来一看，这组号码看上去有点眼熟：“喂。”

“你好，我是顾珈铭的家长。”

“你好。”

“严老师最近有时间吗，我想去学校拜访一下。”这道低沉的声音听上去很舒服。

严真有些意外：“嗯，周一至周五我都会在的。有什么事情吗？”

那头沉默几秒才说：“上次开家长会，因为一些原因我未能到场，所以想找个时间与严老师谈谈。”

严真有些诧异：“上次那位，中校军衔的，不是你吗？”

“那是我弟弟。”

原来顾珈铭的父亲另有其人啊，还真是够复杂的。严真沉默片刻，说："可以的，今天已是周五，那就下周一吧。时间方便吗？"

顾淮越很爽快地答应了，这事就这么定下了。

不过顾珈铭小朋友依旧没好脸："说不定到时候你又有事了。"

"不会，我保证！"他摸着儿子的脑袋，向客厅走去。

母亲李琬见了他免不了要多说一句："你自己数数，珈铭上学开家长会你去过几次，这次好不容易答应下来最后去的还是个替补！"

顾淮越笑笑，没搭腔。

细细一想，亏欠儿子的还真不少，所以这次可得好好表现一下。

周一。

严真的课排在早上第一节，不过因为闹钟罢工，她赶到学校时已经快到上课的时间了。

走进办公室时对面的李老师正在补妆，她视线扫到严真的时候竟然轻呼出声："严老师，你的脸色怎么这么差？"

"是吗？"接过李老师的镜子，严真仔细端详了一下将镜子递还过去，"早上走急了，没来得及化妆。"

李老师撇撇嘴："这样可不行，这女人若不好好珍惜和保养老得可快呢。更何况我们这些当老师的天天进出都一身粉笔末，更得注意了。对了，严老师，这周末你有空吗？我们一起去逛街如何？"

严真略一皱眉，又很快微笑："不行，周末我还有事。"

"咦？"李老师诧异，"你能有什么事？"

这话说得就太不客气了，但严真并未反驳。

她确实有事，而且还是工作上的事。为了尽快买房，严真这一两年发展了一个文案工作的副业，将业余时间安排得很满。奶奶担心她太辛苦会搞垮身体，几度劝她不要再做了，房子不急着买。而严真只是微笑着应下来，私下还是照做不误。

教室里人都到齐了，气氛也很活跃。小朋友们过了一个周末，回来之后都在兴致勃勃地跟自己的朋友聊天。

严真特意看了一下顾珈铭，只见他坐在座位上，戴着一个歪歪的鸭舌帽，笑嘻嘻的样子很讨喜，而林梓则蔫蔫地坐在他后面。想必是这位顾小朋友已经把他爸爸回来的事广而告之了，此刻正得意呢。

她不禁微扬唇角，孩子还小的时候父亲就是他的一片天，他们可不知道家长会意味着什么，只知道比谁的爸爸更神奇，更像个英雄。

严真还记得，顾珈铭在一篇看图作文里写过这样一句话："我的爸爸，是个顶天立地的大英雄。"

看来爸爸在他心目中的地位很重，也难怪他会因为那样一句话便与林梓打起来。

上完课的时候严真接到了顾淮越的电话，他在电话那头礼貌地询问她是否方便见个面，得到肯定答案之后便约她在学校附近的一家咖啡厅见面。

挂了电话严真有些反应不过来。咖啡厅？见老师的话，在学校不是应该更合适一些吗？看来这位家长确实很少见老师。这么想着，严真微扬起了嘴角。

按约定的时间，严真准时来到了咖啡厅。

因为知晓对方的身份，所以严真一进门就举目环视，不想结果让她有些意外。在这么些人中，她并没有看到一个穿军装的。

正微微有些意外时，一个穿着便装的男人迎着她的视线站起，英俊清减的模样，瘦削修长的身形，走起路来阵阵生风。看着他，严真下意识里断定这位就是顾珈铭的父亲，而男人的话也恰好证明了她的猜想。

"你好。"男人说。

严真微微一笑，伸出右手握住他的手：“你好。”

坐下后严真点了一杯咖啡，视线落在对面男人那里，看到的却是一杯冒着热气的茶。

顾淮越低头喝了一口茶，原本涩涩发疼的胃好了一些。今天中午有一场饭局，他挡不住喝了一些酒，高浓度的酒让他的老胃病犯了。虽然酒早就醒了，但胃还是有些不舒服。他放下杯子，看向坐在对面的严真。年轻的女人，一身制服，表情很沉静，似是在等他开口。

“抱歉了严老师，耽误你的时间。”

严真摇头：“没关系的，接待家长来访本来就是我们老师的工作。”

顾淮越也轻笑了下，浑身上下那股锐利的感觉消散了许多。军人出身的他很难轻易柔和下来，这一点他自己不知道，坐在他对面的严真却感受得清清楚楚，因为她此刻正感到有些坐立不安。

“珈铭从小就顽皮，想必给老师添了不少麻烦吧。”

“顾珈铭同学是有些顽皮，但也很聪明，很讨人喜欢。”

顾淮越表面一笑，内心却是哼了一声。小崽子就是嘴甜，能把周围的人都哄得一愣一愣的。又交谈了一会儿，顾淮越对自家小子的表现也稍微有所了解，他双手放在膝头，维持着端正的坐姿，说：“我当兵在外，长年不在家，对儿子管教不到位，所以，要多麻烦老师了。”

“军人戍边卫国，这个我可以理解。”严真笑笑，话锋却一转，“但是总让孩子失望也不好，你没有空，珈铭的妈妈也没有时间吗？”

顾淮越沉默了一下，给出答案：“很抱歉，但是珈铭的妈妈已经过世了。”

严真有些意外，她接手这个班也快半年了，可对这一情况还真没多去了解。正在她尴尬不已时，包里的手机响了起来，她看了顾淮越一眼，侧过身接起了电话。

电话是对门的李嫂打过来的，奶奶身体不好，她不在时就拜托李嫂多看顾。看到来电显示的号码时严真眼皮忽然跳了一下，而电话那头李嫂的大嗓门也让她的预感成为现实：“小真吗？你奶奶高血压又犯了，现在正在市直医院，你赶紧过来吧！”

挂了电话，严真登时从座位上弹起，抓起一旁的包就准备向外走。还是一声诧异的轻唤提醒了她对面那位的存在。

严真回头望过去，视线只落在顾淮越的肩膀上，有掩不住的窘迫和慌张，她低声说：“很抱歉，我奶奶出了点事，我得去医院。”

“我听见了。”顾淮越沉声说，而后见面前这个女子的神色更加尴尬，“我送你过去吧。”

“啊？”

“市直医院在城东，离这里很远，开车过去比较快。”

很显然，他看到了她骑自行车过来的样子，这让她觉得有些难为情。可骑着自行车过去确实比较耗费时间，严真咬咬唇，最终还是答应下来。

赶到医院的时候李嫂正守在门外，看见严真急忙迎了上来。

严真抓住她的手问：“阿姨，我奶奶怎么样了？”

“好多了，刚醒。我刚才也是着急了。”

严真匆匆想要进门，李嫂忽然揽住了她，神色有些欲言又止：“我看你还是别急着进去了。”

“怎么了？”

“还记不记得我上次给你介绍的那个相亲对象？”

怎么忽然提起这个了，严真忙答：“记得的。”

李嫂一合掌，说：“你奶奶就是为这件事着急上火，这一着急上火血压就上去了。血压一上去，这不就——”

严真有些着急：“到底是怎么回事？”

事情是这样的。严真将奶奶交给李嫂看顾，这两人平常没事就爱坐在一起说一些家长里短。这天奶奶谈起她的婚姻大事，就想起上次跟她相亲的那个对象了，一直没听严真说起她就有些好奇。因是李嫂介绍的，她就托李嫂给那人打了一个电话。

男人在电话那头推托着："这位小姐看上去结婚的心思不重，我与她根本就谈不拢。"

又是这个样子，之前多少人都让她这样推掉了。奶奶一听火气就上来了，再后来就进了医院。

严真哭笑不得。想了想，她还是悄悄推门走了进去。

奶奶还在沉沉地睡着，严真送走了李嫂，在奶奶的床前坐下。奶奶今年已经七十二岁了，却不似其他同龄的老人一般两鬓斑白。细看，她还是有好多黑发的，这是奶奶一直引以为傲的地方。可是这几年来，为了她奶奶也没少添白发。想一想，严真就觉得愧对奶奶。

病房的窗户没关上，有阵阵凉风透过窗纱吹了进来，严真踱步到窗前去关窗户，却听见躺在病床上的奶奶说："别关，让风给我降降火。"

严真无奈，但还是关了窗户，挂上笑脸转过身去："奶奶，已经入秋了，您是想感冒呀？"

老太太哼了一声："早死早好，省得看着你们这些小的烦。"

"奶奶。"

到底还是刀子嘴豆腐心，不一会儿奶奶就握住她的手，苦口婆心地劝她："小真，奶奶曾经答应过你爸，定要顺顺利利地把你抚养成人，看着你结婚生子。可现在我都七十二岁了，你还不肯圆奶奶这个梦吗？"

严真一时无言，病房里瞬间陷入一阵沉默，门口处传来的敲门声也就格外清晰。严真偏过头望去，讶异地发现来人竟是顾珈铭的父亲——顾淮越。

一下子被两双眼睛盯住，顾淮越也是有些不自在的，可门半开着，他也只能这样硬着头皮上前了："打扰了严老师，你的包落在我车上了。"

严真顿时大窘，忙从他的手中接过自己的包。奶奶看着他，混浊的两眼微亮："小真，这是？"

"这是我学生的家长，顺道就送我过来了。"她知道奶奶在想什么，连忙解释。

果然奶奶的眸色又暗淡了下去，这样的眼神顾淮越也曾经在自家母亲那里看到过，熟悉得只消一眼便明白了，也明白时机不对不便久留。

"那我先回去了严老师，有事再联系。"回头，又看向病床上的老太太，"您也好好休息。"

"哎，哎！"老太太迭声应道，看着他远去的背影升起一丝惆怅，喃喃自语道，"怎么我的小真就遇不上一个好男人呢？"

严真拎着包，听着奶奶的话，默默地叹了口气。

完成儿子布置的任务，顾淮越轻松多了，离开医院后趁着时间正合适就顺道接顾珈铭放学回家。

顾珈铭对老爸的这一举动则是非常戒备："爸爸，你今天这是怎么了？"忽然对他这么好，肯定是有什么事要发生了。要知道，他可是很少享受老爸接送的待遇的。

顾淮越哭笑不得地给他一个毛栗子："有什么问题？嗯？"

小朋友捂住脑袋，小脸顿时皱成了包子："我们老师说过，一个人平常不怎么爱搭理你，忽然回头对你一笑，那肯定是有阴谋。"说着他爬起来，小手捂在首长的脸上，"你肯定是干啥对不起我的事了，你说你是不是又打算把我丢下回B市了？"

顾淮越微微抽了抽嘴角，侧过身去抚摸儿子的小脑袋："这次爸爸会多待几天，所以你不必担心。"

顾珈铭瘪瘪嘴："说话算话？"

顾淮越立马保证："给你立军令状。"

摸着儿子的小脑袋，顾淮越微微有些出神。看来他把儿子已经丢出阴影来了，也难为他常年不在家，儿子见了他还那么亲。

用母亲的话说，珈铭这么黏他是因为他没有妈只有爸，有一个妈妈照顾他就会好些。母亲的意思他当然懂，却总是一笑置之。而如今母亲总算是耐不住了，开始对他逼婚了，近在眼前的老爷子的寿宴就是他的鸿门宴。

该去哪儿找一个合适的对象来把老爷子的寿宴搪塞过去呢？这真是一个问题。

顾珈铭也头疼，愁眉苦脸地蔫在座位上："爸爸，今天我们语文老师布置了一篇作文。"

"怎么？任务完成有困难？"

"嗯。"顾珈铭沮丧地用一双小胖手捂住自己的脸，从指缝间叹出一口气来。

这么严重？他挑挑眉："是什么题目？"

"《我的妈妈》。"

顾淮越微怔："你们语文老师是谁？"

"严老师。"小朋友脆生生地说，"就是我们班主任。"

严真。顾淮越下意识地默念这个名字。

在医院住了三天严真就把奶奶接回了家，老人家虽然气未消，可拿孙女的固执也没有办法。奶奶这边一放松，严真自然也就轻松了不少，闲下来的时候忽然想起顾淮越来。上次因为着急，一到医院她就匆忙下车了，不仅忘了拿包，连谢谢都没来得及说。

这于情于理都不太合适，踌躇了片刻，严真还是拨了顾淮越的电话。让她意外的是电话没人接。想必是不方便吧，严真只好挂了电话，看着堆在桌子上的一沓厚厚的作业本，静下心开始工作。

严真教的是一年级，批改小朋友们的作业对她来说并不是一件枯燥乏味的事，相反，对于他们简单童稚却又会让大人百思不得其解的思维模式和犯的那些小错误，严真常常忍俊不禁。

就拿她手头上改的这篇作文来说，一个个歪歪扭扭的汉字勉强被圈在田字格内，时不时还会有用拼音代替汉字的情况。她细细地翻译着这篇名为《我的妈妈》的作文："老师，这篇作文让我很为难。我妈妈很早很早之前就去世了。奶奶说她是变成小鸟飞走了，我才不信呢，小孩子也没有那么好骗。但是，首长说了，既然老师布置了任务，我就要好好完成。所以说老师，您真的让我很为难。"

看到最后，严真的嘴角微微翘了起来。她看着封面上那显眼的"顾珈铭"三个大字，脑海里回想着这个小家伙摇头晃脑又叹气地说"我爸爸是当兵的"时的情景，不由得笑了出来，真是个有意思的小家伙。

让他这么为难，她这个老师是不是也得表示点什么？思索片刻，严真在下面圈了一朵小花。红红的颜色，像极了小朋友红彤彤的脸颊。

顾珈铭小朋友也很兴奋。

他的作文竟然拿到了一朵小红花？！这完全不在小朋友的意料之中，于是小朋友更激动了，放学回家刚进家门就开始嚷嚷。

奶奶李琬和小婶梁和都笑眯眯地夸他，唯有顾淮越拿过他手中的本子看了几眼，回头又看看小朋友得意扬扬的小脸，这小家伙哪还能看出一点为难的模样。他弹了弹小家伙的脑门："下次不准这样敷衍老师了，要照我的标准你就该不及格。"

小朋友嘟嘟嘴："严老师才没那么坏呢。"

正逢张嫂做好了奶油酥，小朋友一扭屁股，奔吃的去了。顾淮越笑笑，向楼上走去。

他今天出去了一天，师里有个兵在特种部队选拔赛中出了事故，就近送往了C市市直医院，他代表师里过去探望了一番。

手机正巧落在了家里，拿起来一看竟有三个未接来电，其中一个就是严真。

顾淮越眉头无意识地皱了下，反拨了过去。那头接电话很快，甚至在他还没想好开场白的时候她淡淡的一声“喂”就已经传了过来。

“严老师你好，我是珈铭的爸爸。”

听到电话里传来的这低沉的声音，严真微微怔了一下。她接电话很急，没来得及看来电显示。“哦，你好。”她局促地与他打着招呼，他应该是看到了她的未接来电才给她打电话的吧，“我今天上午给你打了一个电话，没别的事，就是想谢谢你。”

顾淮越闻言淡淡一笑：“没事，老人家身体还好吧？”

“嗯，恢复得差不多了。”

“那就好。”

客套话说完了，两边沉默了下来。正待严真还想说些什么的时候，忽然听见从电话里传来小朋友兴奋的叫声：“爸爸，爷爷回来了，下来吃饭！”

严真闻言笑了笑：“没事了，那我就先挂了。”

“好。”顾淮越仓促地应道，可转身看见楼下轻轻抱起顾珈铭小朋友的顾老爷子，他又忽然想起了什么，飞快地叫住了那头即将挂断电话的严真，“等一下。”

“嗯？”严真被他这突来的一声吓了一跳。

刚刚那一声几乎是无意识地喊出的，顾淮越自己也有些意外。他抚了抚额，顿了一下才缓缓地开口：“我想，请严老师帮个忙。”

CHAPTER 2

突如其来的求婚

顾长志的七十大寿安排在了周五。

本来要在外面饭店办的，可是老爷子不乐意。老将军的原话是："又不是检阅部队，摆那么大的场子干什么，就是老战友叙叙旧，在家里吧。"

答应办这个寿宴已经是老头子最大的妥协了，李琬自然不会要求更多。更何况顾园够大，安排一场宴会也没有问题。

过寿这天顾园的人都起了个大早开始准备，顾淮越跑完步回来的时候院子里的桌子已经布置得差不多了。他想帮忙，但被张嫂拦住了。

"我来就行。"张嫂笑着说，"我听你妈说，今晚有漂亮姑娘来，你可得把握住机会。"

"有我什么事？"顾淮越笑着在张嫂搬桌子的时候搭了把手。

"怎么没有啊？抓住机会找个老婆啊！"张嫂说，"这事可得抓紧。"

顾淮越失笑，连张嫂都开始催了，看来情况已经不容乐观了。

宴会安排在晚上，下午四点的时候客人陆陆续续地到了。都是老爷子的一些老战友，坐在一起也没有多少客套话，聊起旧事俱是开怀一笑，看得出老爷子心情不错。

比老爷子更高兴的是顾老太太，看见有适龄的女孩子陪着客人一起来就会多看几眼，态度之急切让在一旁的顾淮越都有些不自在了。他找了个借口走了出去，还顺便从冯湛那里拿走了一把车钥匙。

在宴会开始之前，他还得去接一个人。

顾淮越开了一辆猎豹车，慢悠悠地驶入了一片老城区。

路边的建筑有些破旧，路灯也是隔几个才亮一个，道路很窄，猎豹宽大的车身在这里有些施展不开。顾淮越开得很慢，从两旁住宅楼里透出的暗淡的光将猎豹车灯射出来的光芒映衬得很亮。这亮光也刺痛了站在路的尽头向他看来的那人的眼，那人不禁抬起胳膊遮住了眼睛。

顾淮越立刻关掉车灯，在路旁停了车，下车快走了几步，在那人的面前站定。

“你好，严老师。”

他要接的人，正是严真。

严真揉了揉眼睛才看清眼前的人，昏暗的灯光中，那一身橄榄绿与夜色融为了一体，唯有那肩章上的星星偶尔反射出一点光芒。两杠三星，上校军衔。

她回神，显得有些拘谨：“你好。”

顾淮越简单地打量了一下她，忽然有种眼前一亮的感觉。束腰长裙，及腰的长发简单地挽了一个髻。尽管没有太多装饰品，可看上去简约大方。严真不知他所想，倒是在他的注视下愈发显得紧张：“我这样，行吗？”

顾淮越轻轻一笑：“不错。”

严真随他上了车，车子慢慢地开出了旧城区，向顾园开去。车子开得四平八稳，可严真的心七上八下。她瞥了他一眼，不由得想起那天的那个电话。他请她帮一个忙，她不免有些诧异，细问之下才知道他是想邀请她去参加顾老爷子的寿宴——以他朋友的身份。

严真自然被他吓了一跳，一时既找不到答应的理由，又找不到拒绝的借口。

电话那头，顾淮越声音很平静地说："其实我跟严老师有一样的烦恼，所以才有了这场鸿门宴。"

严真沉默半晌："你是想要我假扮你的……来应付家里？"到底是脸皮薄，说不出"女朋友"三个字，严真索性跳过。

"不会那么麻烦，朋友就行。"

顾淮越也是第一次以这种奇特的理由有求于人，话锋自然不能太过尖锐，要处处留有余地。更何况，他单身这么多年，母亲早就急坏了，从今天下午她的态度他就能看出来。所以就算他身边只有一个女性朋友，也能让母亲开心开心。

"可以问一下，为什么要请我帮忙吗？"

顾淮越也毫不避讳："因为你是最合适的一个。"也是他回来之后，唯一接触过的适龄女性。

严真闻言思考了片刻，最后还是答应了下来。虽然她隐隐约约觉得这有些荒唐，可念及不久前他才帮过自己一次忙，她也只好宽慰自己是还人情了。

顾家的房子坐落在C市最古老的一条街。身为C市人，严真从来都只是从这座大院的门前走过，当时所见之景就是两个哨兵一左一右站着，犹如门神一般。这一次，她进来了。

顾淮越刚进门就看见等在门口的冯湛，那小子正站在原地急得打转呢，一看见他就赶紧迎过来："我说参谋长，您可回来了。"

顾淮越把车钥匙塞给他："我都不急，你急什么，立正，稍息，向后转，齐步走。”

冯湛苦着一张皱成包子的脸转过身向屋里走去，还没走几步，忽然恍然大悟，扭过头来，有点不可置信：“参谋长，这、这是？”

他的手指指着严真，严真被他弄得脚步一顿。

顾淮越瞥了他一眼，顺手给了他一个毛栗子：“继续执行命令。”

冯湛捂着脑袋走了，严真回过神来，微微一笑：“这人还挺有趣。”

“他是老爷子身边的活宝。”顾淮越也笑，“走吧。”

两人一同进了院门，还没走到大厅，就被眼尖的李琬给看见了。不是她眼神太好，是她着实有些难以相信，她的大儿子竟然带回来一个女人？

一看到这幅场景她立刻就淡定不了了，放下茶杯就走了出去，眼角挂着一丝讶异：“淮越，这是？”

顾淮越轻描淡写地解释：“这是我的朋友，严真。”

严真倒是有些局促，双手无意识地揪住裙缝，听着顾淮越的介绍，微弯唇角，说：“您好，伯母。”

李琬上下端详一番，还未开口说话，一个脆生生的童音就从客厅传了过来：“严老师？”

回头，是嘴巴张成O形的顾珈铭小朋友，手里拿着组装了一半的玩具眨巴眨巴眼睛站在那里。愣了一会儿，他扔下玩具，跑过来抓住顾淮越的裤腿，问：“我们严老师来家访的？”问完又低头嘀咕，“我这阵子表现可好啦。”

三个大人都笑了。让小家伙这么一搅和，李琬算是明白了严真的另一层身份，原来是珈铭的老师。工作虽然普通了点，但是长相漂亮，看在眼里舒服，第一印象还算可以。

李琬笑：“我们珈铭是个捣蛋鬼，平时想必给老师添了不少麻烦。”

严真摇摇头：“没有，我很喜欢他。”

这两个大人都是浅笑一下，小朋友倒先不乐意了：“奶奶，我可是您的亲孙子。”

顾淮越揉了揉儿子的脑袋，看向母亲：“妈，您先带严老师去客厅休息一会儿吧，我去二楼看看老爷子准备好没。”

“哎，行。”李琬大方地把严真拉到身边，带着她向沙发走去。

严真有些受宠若惊，下意识地转头去看顾淮越，他只是微微一笑，向她点了点头。

严真刚坐下，一杯热茶就放在了她的面前，她忙低声说谢谢，捧起来轻轻啜了一口，有淡淡的香气。

李琬站在她面前，凝视了她一会儿，心情有些复杂。儿子很少带女人来家里，这点她是知道的，如今带了一位，且不说是不是存了敷衍她的心思，总归是让她见着人了。能见着人她已经很意外了，其他的慢慢再说。

老爷子的寿宴晚上七点半正式开始。

严真揣着一颗因为紧张而怦怦跳个不停的心，在顾淮越的介绍下见了顾老爷子和顾淮越的哥哥、弟弟。顾老爷子今晚喝了一些酒，平日里凌厉的气势少了一半，视线在顾淮越和严真之间逡巡一番，淡淡地笑了。他嘱咐顾淮越要好好地招待严真，然后就继续跟老战友叙旧去了，态度之淡然让严真不得不怀疑老爷子已经看出来顾淮越带她来的意思了。不过她也不担心，反正只此一次。见到的人让她感到不轻松，这个家庭即使她想再深入交往，恐怕也有难度。

见完了人，严真终于松了一口气。忽然有人拍了拍她的肩膀，她扭头，入目的是一张团着柔和笑意的脸：“累不？要不跟我上楼休息一会儿？”

她笑：“好。”

顾园的二楼有一个小露台，严真跟梁和趁着人多躲在这里。梁和一坐下就忙不迭地脱了自己脚上的高跟鞋，皱着眉揉小腿，瞥见她，还不忘问：“站那么久腿不酸吗？脱下来歇一会儿吧。”

严真摇了摇头。

梁和咯咯一笑：“没事，这里这个时候不会有人来。”

严真犹豫一会儿，还是坐下来，将双脚从鞋中稍稍拖了出来，放松一下小腿。

“你是珈铭的老师？”

“我是他的班主任。”

梁和点点头，低头嘀咕：“难怪今天晚上他这么乖。”

严真笑了笑。两人一时陷入沉默，严真本就不善多言，只转头静静地看着外面。夜幕早已低垂，可是顾园里灯火辉煌，来的人也不算少，气氛却并不嘈杂。这些都是德高望重的前辈，若是要她一个个见过，恐怕腿都要软几分。

“嗯，今晚的重头戏来了。”梁和忽然一笑，下巴朝下面抬了抬。

严真有些不解，顺着她的视线望去，在一片灯光凝聚的地方，她看见了几个人。

“他们是？”

梁和眼睛转了转：“是总政副主任沈一鸣和夫人，还有他们的小女儿——沈孟娇。”

哦？她又望了几眼，隐约可以看见一位穿着白色礼服的女孩，依偎在一个中年女人身边，亲昵无比。

她转过头，不再看着楼下，端起手边的茶轻轻地啜了一口，涩涩的苦味萦绕在舌尖久不散去。茶是好茶，可尝在她嘴里的只是苦涩。或许，她真的不适合这里。

过了一会儿，严真打算起身，却不想一下子踩歪了高跟鞋，将脚踝崴了一下。她顿时疼得皱了皱眉，俯下身轻揉了脚踝几下。

梁和一把扶住她，关切地问："没事吧？"

"没事。"严真试图微笑，可梁和显得比她还着急，一边安抚她一边说："你等等，我去叫二哥来。"

"唉，真不用——"严真无力地补充，可哪儿还有梁和的身影。

她只好扶着椅子坐下，等了不一会儿，就听见匆匆的上楼声。严真扭头一看，大吃一惊。原来梁和不仅叫来了顾淮越，还把顾母和顾淮宁叫了上来。

严真立刻站了起来，李琬伸出手扶她，俯身看了一眼，见伤势不太重便松了一口气。她转身拍了梁和肩膀一下："看你火急火燎的样子，还以为发生了什么大事呢。"

梁和张了张嘴巴，没说话。顾淮宁勾了勾唇角，揽住老婆的腰小小安慰了她一下。

"严老师没事吧，不行就先让淮越送你回去？"顾老太太这话虽是对她说，目光却是看着顾淮越。

"能走吗？"顾淮越走上前，右手微微向前伸。

她眨眨眼："能走的，不是很严重。"

"那就好。"他笑了下，"走吧，我送你回家。"

他扶着她上了车，回去这一路把车开得很慢，少了些许颠簸。严真将车窗半降下来，有凉凉的风吹进来，顿时觉得舒服了许多。太拘谨又太严肃了，她这样端了一晚上，几乎就要不适应了。

她的一举一动顾淮越都看在眼里，听着她淡淡地呼出一口气，顾淮越微微勾了勾唇角。

车依旧停在她的小区门口。严真打开门，准备下车，忽然听见顾淮越喊：“严老师。”

“嗯？”她诧异地回望。

“谢谢你了。”

“没关系的。”严真微笑，“不过这种办法只能用一次，下次估计就不灵了。”

顾淮越也淡淡一笑，目送着她离去。直到她颀长的身影消失在小区门口，他才开车离开。

已是晚上十点半，顾园的灯却还亮着。顾淮越稍一思忖，也不着急进门，抓住正在园子里打扫卫生的冯湛问：“还有谁没走？”

冯湛揪着扫把支支吾吾半天，不知道该不该说。顾淮越也不消他说了，只这一个神情他就明白了。

“要我说您也别着急，老太太把这沈主任一家留下来也有她的用意，就是，就是……”

“就是什么？”他低沉着声音问。

顶着来自顾淮越的巨大压力，冯湛心一横，说：“用团长的话说，老太太这是普遍撒网，重点培养，争取在短时间内解决参谋长您的个人问题。”

顾淮越沉默几秒，闪身进门。

大厅里，沈一鸣的夫人蒋怡和他的女儿沈孟娇正坐在沙发上陪着李琬说话。母亲看见他，忙招呼他过来。

“送回去了？”母亲笑眯眯地问。

“嗯。”他整了整衣服的扣子，向蒋怡和沈孟娇问好。

李琬顺势道：“蒋怡，这是我们家老二，我的大儿子，你还记得吧？”

沈一鸣他们一家搬到B市也有好些年了，就算在C市待了两三年，也不常见到顾淮越，因为那时他早已当兵走了。说起来李琬和蒋怡也不算熟悉，全是因自家男人这边的关系才有了来往。

蒋怡放下茶杯，和蔼地笑了笑，精心保养的一张脸看不出多少岁月的痕迹："我是记不太清了，记得清的可另有其人。"说着推了推沈孟娇道，"我记得娇娇还小的时候带她来过一次，那时候就是淮越带着她玩儿，回家好久了，娇娇还念叨她淮越哥哥呢。"

两人相视，笑了起来。而被说笑的两个当事人，一个面色不改地站在原地，一个却娇羞地低下了头。

李琬凝视沈孟娇几秒："转眼一看娇娇都长这么大了，在哪里上学呀？"

沈孟娇不好意思地低头，拢了拢头发："我上学早，又跳了几级，刚刚大学毕业。今年刚满二十岁。"

声音轻柔，却并不娇气。

李琬忍不住惊呼一下，看向沈孟娇的眼神又多了几分喜爱。

顾淮越已经身经百战，知道母亲在楼下摆这茶话宴的用意："我先上楼了，去见见沈伯伯。"

说完转身离去，留三个女人在楼下家长里短。可是没想到，他上楼的同时一个人影静悄悄地跟了上去，他快她也快，他慢她也慢。等到他停下了脚步，身后那个人才怯怯地喊他一声："淮越哥。"

是沈孟娇。他脚步顿了顿，偏过头去，目光淡然地看着她："有事？"

沈孟娇咬了咬唇："你还记得我吗？"

似乎有一点印象，他点了点头，牵出一丝笑来："好好玩儿，今晚有招待不周的地方还请见谅。"

见他要走，沈孟娇忙又喊了一声，待他偏过头却不知道说些什么，唇下都要咬出印子来了才憋出来一句："没事，你去吧。"

应付了一整个晚上，顾淮越觉得累极了。不是说他体力不及以前了，只是这人情世故仗可真难打，想到这里，他干脆回到自己的房间，上床休息。

房间里有些乱。他一直在外地当兵，这个从小住到大的房间如今已变成了儿子的房间，满屋子的玩具简直让他无处下脚，可见爷爷奶奶有多宠他。

小崽子。他哼了一声，给睡梦中的顾珈铭小朋友理了理被子，又替他把组装了一半的枪组装好了搁在床边。

这可是小家伙的宝贝。这是珈铭过四岁生日时他给买的生日礼物，那算是他陪儿子过的唯一一次生日，连带着生日礼物也宝贝得可以。曾经荷枪实弹上过阵地的他当然瞧不上这个，假把式，可是儿子喜欢，儿子最大，还得买。

“等我长大了，我也要扛真枪！”稚嫩软糯的声音仿佛还是昨天，转眼小家伙都长这么大了。虽然他长年在外，可是别人不知道他自己清楚，儿子就是他的一个软肋，这话是他的老首长席司令说的，他深以为然。

当然老首长是这么说的：“谁要是跟你有仇，绑了你儿子，纵使有十八般武艺你也不敢轻易使，哪儿还有战场上杀敌的气势。”可过后他又意味深长起来，“不过男人还只是男人，不是什么都替代得了的，有些事，还得女人来做。”

他当时只当是席司令受了母亲所托来劝他的，一笑而过。如今儿子慢慢长大，在完全懂事之前，他是不是不能再让儿子这么孤单了？

这是他这么久以来，第一次认真地思考这个问题。

周一。

严真醒过来的时候已经是早晨七点一刻了。她愣了一会儿才恍然想起今天还要上班，赶紧下床洗漱。到厨房一看，奶奶已经将粥煮好了，正放在桌子上晾着呢。

奶奶一看见她，便忙催促她吃饭："我看你睡得那么熟，就想着等会儿再叫你，不晚吧？"

严真摇了摇头，低下头去吃饭。

她昨晚很早就躺在床上，可是久久未能入睡，这种情况对她而言是很反常的。她在小学教书，虽说课不多，可要应付小孩子，一天工作做下来也够累的，更不要提她周末还要做文案的工作。每天回到家，沾枕头就能睡着。

而昨晚，她竟然失眠了。

严真摇摇头让自己清醒过来，跟往常一样去上班。

办公室里，李老师还在对着随身携带的小镜子化妆。这是她到校后必做的一件事，严真已经见怪不怪，淡淡地问声好就走到办公桌前坐下，还未拉开抽屉就听李老师在对面说了一句："严老师，说实话，跟你在一起工作挺好的。"

拿东西的手顿了顿，严真抬头："怎么忽然说起这个？"

李老师放下镜子，深看她一眼，妩媚一笑："没什么。对了，万主任说让你早上来了去她办公室一趟。"

万主任？严真轻皱了下眉头，起身向年级主任万蕊的办公室走去。

万主任年近六十了，是被学校返聘回来当年级主任的，一头白发下是一张经常带着和善笑容的慈眉善目的脸，她对严真一直都很照顾，严真对她也是万分感激，可是此刻万蕊的脸上全是歉意："也不知道怎么了，校长忽然提到了你，要调看你的简历。小真你自己的情况你也清楚，非师范大学毕业，暂时没有教师证，虽说你正在考，可是毕竟现在校长要证你拿不出来。"

严真抿紧唇，没有说话。当初她进这所学校是借一位学姐的关系，本来她是在一家私企上班，私下里做做家教当副业。后来奶奶觉得这样不稳定，就希望她能努把力进体制内。起初严真的目标是考公务员，后来在一次校友聚会上遇到了学姐，听她提及所在的学校要招人，就想着来试一试。本来像严真这样非师范大学毕业又没有教师证的学校是不要的，可教研主任听了她的试讲觉得不错就向上一任校长保举了她。校长留下了她，条件是合同编制，且必须一年内考出证来。这样的待遇条件离严真预期的还有些差距，但奶奶听了高兴不已，于是严真也就接受了，一边努力工作一边复习准备考试。眼瞧着考试在即，结果却出了这样的事……

万蕊也很着急，严真算是她一手带出来的，是她最喜欢的一个晚辈："现在还能不能联系到你的学姐，或许让她找找人看看？"

严真摇了摇头："学姐去了国外，我没她的联系方式。"学姐在她入职一个月后辞职了，跟男友一起移居国外了。

"唉。"万蕊叹了一口气，"要是找不到人的话，按校长的意思，下周你这个课就要让别人带了。"

一时间办公室陷入尴尬当中。须臾，万蕊拍了拍严真的肩膀，宽慰她道："不过你放心，工作还是有的。"

似是意料之外，严真抬起头，有些喑哑地开口："哦？"

面对她诧异又略带期盼的目光，万蕊有些难以启齿："校长说图书馆现在正缺人，你要想的话，可以去……"严真漂亮的眸子微微一闪，万蕊忙说，"我知道让你去有些屈才，可是你的工作还在，工资还是原水平……"

"我懂了。"严真微笑打断她，"谢谢您了万主任，为了我的事这么费心。"

"你、你这是答应了？"万蕊有些惊讶，她可是准备了一箩筐的话来劝这个看上去心高气傲的年轻人呢。

“嗯，我答应了，下星期就交接工作。”

严真很快有了决定。其实也没什么好犹豫的，即便是要换工作，她也得骑驴找马，有了下家后再辞职。现在这样看是憋屈了些，但她不能为了一时意气就做出让自己后悔的决定。毕竟现在的薪水还算不错，图书馆的工作也不算重，她可以兼顾着副业，边走边看。

“哎，好好好。”万蕊迭声说了三个好，对严真爽快的态度很是感激，“我老头子也是咱们这个学校的，到时候我让他看看，能不能找找人，再给你安排个好一些的职位。”

“麻烦您了，万主任。”对于这个帮她最多的人，她是敬重的。

“那过去之后，工作上有什么难处和苦衷就直接跟学校提，别不好意思。”

严真低头沉默了几秒，抬头笑了笑：“万主任，您放心吧，不会有事的。”

苦衷谁都有，可是一个一个说出来就矫情了。别的本事她没有，忍耐，她还是会的。

在家待了一周，顾淮越的假期已经过去了一大半。看看日历，归期已近。

实际上他本不打算休这个假的，演习都已经开始了，他在“师指”却接到通信员转过来的母亲的电话。李琬在电话里嘱咐，要他演习结束务必回来一趟，有重要事情。

这个重要事情他心知肚明，可无奈李琬打着为老爷子祝寿的幌子，他不回也不行。那现在既然寿过完了，他也该回去了。

老太太对他这种想法很不满，吃过早饭他一提“回去”这两字李琬就横眉竖眼：“才回来几天啊，你们那个师离了你是不是就转不了了？”

顾珈铭小朋友听见了也巴巴儿地跑来，巴巴儿地拽着他的衣服：

“你又要走啦？”

顾淮越起初淡定了几秒，可是抵不住小朋友无辜又质疑的眼神，只好摸摸儿子的头，柔声说：“嗯，快走了。”

得到答案的顾珈铭小朋友脸色顿时一变，瞪了他一眼，然后扭头就走了。

梁和见状忍不住扑哧一声笑。

“也该你，有像你天天这么丢下儿子不管的吗？”李琬嗔怪道。

“过段时间师里就开始备战演习了，我也不能总在家待着。”顾淮越说着，跨步上楼准备收拾行李。每次离家之前儿子总是这个反应，他走几天小家伙就能适应了。

“你走可以，走之前把个人问题先搞定。”李琬跟在他身后上楼。

顾淮越诧异地挑挑眉，怎么，老太太今儿是实打实地逼婚了？

他回头，有些哭笑不得：“妈，这事要是两三天就能解决，我何必给您拖这么久？”

“你也知道你是在‘拖’！”好不容易抓住他的话把儿了，李琬开始不依不饶地问，“你爸老战友的闺女，就是沈孟娇，你觉得怎么样？”

顾淮越简短地回忆了一遍：“那还是个小姑娘。”

“可是人家姑娘喜欢你。”

“她亲口说了？”

“就算她不说妈也能看得出来。”李琬斩钉截铁，“你别拒绝得那么快，好好考虑考虑，虽然你们年龄差距大了点，但是现在年轻人都怎么说来着，年龄不是问题……”

“那我可得提醒您，您儿子已经不年轻了，而且三岁一代沟，您仔细数数我们之间有几个代沟。”他一边上楼一边淡淡地说道。

“你甭抓我话把儿。”眼看着这场逼婚又要失败，她忽然想起什么，说，“孟娇不行，那严真呢？”

这个名字让他脚步顿了一顿："严真？"

这个短暂的迟疑让李琬看到了希望："严老师还是你自己带回来的，怎么样？这个也不行？"

他微哂："她是我的朋友。"

"朋友怎么了？朋友就不能恋爱结婚了？"李琬理所当然地说，"你要是有心，现在说不定早就不是朋友了。"

听到这里，他终于不耐心应付了："您老也不了解严真，怎么就这么着急让我娶了，还怕您儿子推销不出去？"

"我不是只担心你，我还担心你儿子、我孙子！"李琬拔高音调，显然气极了，"敢情这回这个又是来应付我的是不是？想让你结个婚就这么难是不是？是不是死了珈铭妈妈一个，咱们全家都得跟着守孝啊？是不是你就得一辈子打单儿，珈铭一辈子没妈啊？"

一声高过一声的质问过后，整个家里都静了下来。没人敢发出一点动静，因为这个家里最忌讳的人被抬了出来，也就意味着，到了非要说清楚的时候了。

母亲很少这么歇斯底里，顾淮越一时竟找不出话来反驳她。

李琬扶着楼梯的扶手，堪堪站稳，又推开了顾淮越伸过来扶她的手："我告诉你老二，你自己放不下是你自己的事，可别拉着全家人一起守孝！我还想多活几年呢！"

话已至此，等于是给他下了一道最后通牒了。

顾淮越缓缓地收回手，握成拳紧紧地贴在腿边，声音有些喑哑地开口："我知道了。"

严真这周过得比她想象中要平静许多。

因为下周严真就要正式调离了，所以趁着周四下午有时间，严真来到图书馆办手续。不愧是个好学校，单说这一栋图书馆就需要上百万的投人，更别提这里面的书了。走进这里，严真心里一下子静了下来。

接待她的是图书馆的常笑常主任，常主任人如其名，见人就笑，和蔼可亲，平易近人。可是他的履历很不平凡，新中国最早的一批留学生，曾在多所高等学府任教，如今就算退了下来也不闲着，在这里帮学校管管图书，闲了还能读书取乐。

“小严过来了，还真是时候。”常主任笑着说，“过会儿我就下班回家了，你要是晚来一会儿，这大铁门可就关上喽。”

常主任一边说一边背着手带她向里走去，温和的语气，宽厚的背影，似有种力气蕴藏在里面。严真跟在后面微微一笑。看来，图书馆的工作也没有她想象的那么糟糕。

趁着人少，常主任带着她在图书馆里走了一圈。偌大的图书馆，他们走得缓慢，走完全程用了快一个小时，外面天都已经黑下来了。

“咱们图书馆的工作，就讲究个规矩，这书放哪儿可不能弄错了，不然孩子们找不到书就着急了。”常主任一笑，看向严真，“小严，你是怎么过来的，这图书馆里就我一个人知道，你不要有负担，好好工作。干一份工作就有一份工作的快乐。”

“我懂。”

她知道，常老说这话是在宽慰她。她是怎么过来的该知道的人都会知道，只是面上说的人不多罢了。不过那又有什么关系？她既然决定接受，就不会再东想西想让自己不快乐。

周五，工作日的最后一天，明天就是周末。

严真合上课本，看向台下的小朋友，微微一笑：“这周的课就到这儿了，明天是周末，希望小朋友们玩得开心。不过开心之余，作业也不能忘记完成哦。”

小朋友们纷纷抗议：“老师，我们还没玩呢您就提作业，压力很大的。”

这群小娃娃！严真无奈，敲了敲桌面示意他们安静：“老师再讲一件事情你们就解放了。”

小朋友们立刻正襟危坐，乖乖听老师说话。

“下周开始，老师就要去图书馆工作了，不能再给大家上语文课了。”严真一顿，思索着下面该怎么说，可是她发现，自己打好的腹稿全忘记了。她不是个容易感动和感慨的人，可是望着台下一双双晶莹的眼睛，她忽然觉得呼吸收紧，说不出话来。

“老师，您不上语文课了还会给我们上别的课吗？我听王老师说您英语也很棒的。”班长林小小问。

严真想了想，微微一笑：“这样啊，你们可以去图书馆看书，我可以给你们上阅读课。”

林小小似懂非懂地点头坐下，小朋友们也都松一口气，原来还有阅读课可以上啊，放心了。

下了课，严真收拾了东西向办公室走去。正在她开门的时候，她听到身后传来窸窸窣窣的摩擦声，扭头一看，是顾珈铭。

她蹲下来，与他平视：“找老师有事吗？”

顾珈铭小朋友嘴巴微微一噘，抬头瞄了她一眼，很快又低下去，小声嘟囔：“老师，我爸爸说过，半路当逃兵是不对的。”

她微微一笑：“嗯，当逃兵是不对的。”

看来是她低估了小朋友的敏感度，那么多孩子，只有这个小男孩听懂了她说的意思，知道她要离开。只不过，他也只是个六七岁的孩子而已。

“珈铭，你是不是不愿意让老师走啊？”

小朋友搓搓衣角，耳根隐隐有些发红。过了一会儿，他抬起头，一双黑亮黑亮的大眼睛忽闪着，好似扫过她的心间，痒痒的却又抓不到。小朋友噘噘嘴，说了一句："你又不讨厌。"

她又不讨厌，所以他还不能喜欢这个老师吗？严真心念微动，眨一眨眼睛，有濡湿的感觉。她忍了又忍，还是伸出手抱了抱这个敏感又可爱的小家伙："谢谢。"

顾珈铭小朋友这几天心情很不好。

吃过晚饭，小朋友碗一放就跑回二楼的房间了。看着小朋友的背影，张嫂忧心忡忡地说："淮越，珈铭这两天是怎么了？奶油酥不爱吃了，动画片也不看了，一吃完饭就扎房间里头，别是生什么病了吧？"

顾淮越听了皱了皱眉，放下报纸向二楼走去。

推开房门，就看见小家伙正坐在地毯上认真地组装那把拆了又装、装了又拆的枪，听见门边的动静小脑袋抬都不抬。小家伙还闹别扭呢？唇角微微勾了勾，顾淮越向里面走去："珈铭，干吗呢？"

明知故问。小朋友当然不搭理他，继续低头捣鼓手中的枪。顾淮越低头看了一会儿，见他不得章法便接过来替他装好，塞回他的手里，捏了捏他的脸："顾珈铭小朋友，首长问你话呢。"

小朋友噘噘嘴，不理他。顾淮越挑挑眉，面对着儿子坐下，与他平视："不想让爸爸走？"

这句话仿佛触动了小朋友，他终于放下了枪，扁嘴说道："爸爸，严老师不教我们了。"

顾淮越恍悟，原来小朋友在这儿郁闷这么久是因为这个。他凝视着儿子低下去的小脑袋，揉了揉他头顶柔软的发心，问道："珈铭，喜欢严老师吗？"

小朋友低头不说话。顾淮越知道，那代表着默认。沉默良久，他摸摸小家伙的脑袋："爸爸知道了。"

周末，因为没有了备课的压力，严真意外地闲了下来。

这样的清闲日子不多，吃过早饭她便陪着奶奶一起去买菜。一条洗得发白的牛仔裤，一件宽松的淡紫色线衣，及腰的直发扎成了一个马尾。望着镜中的自己，严真的心情莫名地好了起来。

菜市场离家不远，她平时上班忙，买菜的事情就全部交给了奶奶。

“您老又来买菜啦？”一位卖菜的大婶笑着跟奶奶打招呼，看见严真，眼睛更是笑得眯成了一条线，“这回是孙女一起陪着来了。”

“哎哎哎。”奶奶笑着应下，转头却对着严真抱怨，“不是我说你，大周末的，人家大姑娘都去约会了，偏偏你跟着我一个老太婆出来买菜。”

严真低头一笑，接过奶奶手中的菜篮子，向前走去。回到家，她去厨房做饭，奶奶在外面跟对门的李嫂闲谈，自然免不了要谈及她的问题。严真只当作不知道，由着她们去。

她心里清楚奶奶是为她着急，可是婚姻大事，不是她想就可以定下来的。更何况，她几乎从未想过——

走神间刀锋稍稍偏了一下，差点切到她的手指。严真一惊，急忙回神，有惊无险地将菜切完，刚要拿去清洗，放在客厅里的手机就响了起来。

“小真，电话。”

“哎，来了。”她应了一声，慌忙跑出去接电话。

来电显示是“顾珈铭家长02”，严真看着这个号码有些犹豫。在她的手机通讯录里，存了两个跟顾珈铭有关的电话号码。第一个命名为“顾珈铭家长01”，是他家里的座机号。第二个命名为“顾珈铭家长02”，是顾淮越的号。

奶奶正在旁边看着她。她抿抿唇，按下了通话键。

“你好，严老师。”那头是平淡无波的语气，“今天有时间吗？过几天我要回部队了，走之前想跟珈铭的班主任谈一谈。”

“呃，其实我……”她迟疑了一下，不知道怎么告诉他她已经不是顾珈铭的班主任了。

“不方便？”

“不是的。”她忙否认。

“那就还是上次那家咖啡厅吧，下午三点。”

咬了咬唇，严真答应了下来。

今天C市的天气不怎么好，午饭后下起了淅淅沥沥的小雨，严真特意提前四十分钟出门打车，不巧又碰上了堵车。

望着堵在前面的一条长龙，又看看窗外下得越来越大的雨和不远处的咖啡厅，严真咬咬牙付了钱，冒雨向咖啡厅跑去。毫无疑问，等她到的时候浑身已经湿透了。

顾淮越看见她时有一丝惊讶，他立刻起身，递上来一张洁白的面纸。严真迟疑了下，接了过来。

“不好意思，我迟到了十分钟。”坐定后，严真哑着嗓子道歉。

“该道歉的是我，这种天气约你出来。”

看他并不介意，严真才放下心来。服务生端上来一杯红茶，双手覆上杯身，严真才稍微觉得暖和了一些。“其实我想告诉你，从明天开始我就不是珈铭的班主任了。”说到这里她笑了一下，带点苦涩，“不过你有什么话还是可以告诉我，我可以帮你转达。”

说完她低下头去，双方陷入一阵沉默。这沉默让严真觉得尴尬无比。不知过了多久，才听见他淡淡地开口：“严老师。”

“嗯？”

“你有男朋友吗？”抚着茶杯的边缘，顾淮越沉声问道。

她一愣，强自镇定了一会儿，回答："没有。"

顾淮越听了点了点头，严真则有些摸不着头脑。

"严真。"

"嗯？"严真蓦地一惊，因为他忽然喊了她的名字。

顾淮越放下茶杯，凝视着她，沉吟片刻，说："我下面说的话，希望你不要惊讶。"

不知怎么，严真忽然有一种奇怪的预感，可从他淡定的表情里还是看不出所以然来："你说。"

"其实来之前我已经知道珈铭要换班主任了。之所以约你出来，是有别的事情要谈。"他低声说，语气却是毫无迟疑，从容不迫，显然来之前他已经考虑清楚了，"不知道你清不清楚，珈铭很喜欢你。"

"他是个聪明的孩子，我也很喜欢他。"

"那就好。"

顾淮越说话时将双手放在了膝头，端正的坐姿让严真愈发不解。她不禁问："你是有什么话要对我说吗？"

顾淮越笑了下："我是想，如果你愿意的话，即使不当他的班主任也可以进一步接触试试看。"抬头看向她，在她平静温和的目光中顾淮越说道，"那就是，我们结婚。"

严真喝茶的动作顿时就僵在了那里，反应过来之后她忍不住笑了："这个理由是不是太没有说服力了？如果我要跟每一个喜欢我的小孩子进一步接触，是不是都需要嫁给他们的爸爸？"

严真故作轻松，实际上她心里已经紧张得要命了。

顾淮越任由她笑了一会儿，又不紧不慢地开口："这只是第一个理由，第二个理由是家庭需要。"他看着她，"我的母亲，你的奶奶，我想，她们应该都很急切。"

她的奶奶？！她疑惑地看向顾淮越，而他也毫不避讳："上次在病房外，我不小心听到了。”

提到这个严真略微有些尴尬，可她很快调整了情绪，反驳道：“随便找一个人从战略层面来看并不是长久之计。虽然我家里边也催得很紧，可是我不愿意敷衍，你有没有想过，等搪塞过去了我们两个怎么收场？”

“这不是问题。”顾淮越淡定地看着她，“我们可以慢慢相处。”

“可是，我们彼此也不熟悉。你怎么知道我是一个什么样的人呢？就连我奶奶问起你来，我都不知道该怎么说。”严真认真地说，“现在又不是革命年代，我们不能因为组织上有需要就这样随随便便。”

“那也不是问题。”他说，“你可以向你的奶奶这样介绍我，职业：军人；家庭情况：青年丧偶，膝下有一子。而你，我的家庭也都知道了，是珈铭的老师。所以，没什么不清楚的。”

他说得倒是有条有理，有依有据，严真觉得自己不答应他简直就是无理取闹了。这种想法可真是太要命了，她压了压太阳穴，努力让自己镇定下来：“我还有大把时间、大把青春，为什么要因为你这样荒唐的理由，就把这些时光和青春贡献给一份无爱的婚姻？我说服不了自己答应你的要求。”

掷地有声地说完，严真才发现自己的话太过不留情面了。而顾淮越只是静了一瞬，随后慢慢抬头看着她，乌黑的眼睛锐利而清明：“严小姐，我是侦察连狙击手出身的。”

与我何干？！严真几乎是气愤地想。

“一个侦察兵，对人或者事都有一种精准的认识和甄别能力。而一个狙击手，一旦瞄准了一样事物，所需要做的唯一一件事情就是立刻出击。”他停了一下，又一字一顿地说道，“很显然，我占全了这两样。”

严真明显被噎了一下，费了好大的劲，才镇定下来：“那么请问，以你侦察兵的身份，你对我有什么了解？”

“敢问严小姐年龄。”

“二十七。”答完之后严真立刻就有些后悔。

果然，顾淮越接着她的话说道：“你现年二十七，按照你的说法，你现在还没男朋友，而且结婚意向也不强烈。这样的人，排除性取向问题之外，就只有一个原因了。”

在她的怒目之下，顾淮越沉着以对：“那就是你本身就不对爱情抱有期待。”

严真不免有些惊讶，手中的杯子晃了一晃，红茶泼出了一点，洒在手上，已经凉了。而她这反应也正好证明了顾淮越的猜测是正确的。

看来，她确实低估了他。

严真凝视那片水渍，久久不语。而顾淮越也并不催她开口，哪怕原本平整的长裤被手握出了褶皱。他承认，对于严真，他确实没有十足的把握。

“好吧。”严真终于开口，并且露出一个微笑，轻微得仿似不存在，“你说得有道理，我确实对爱情没太大的期待。所以，要结婚的话其实我可以找到很多人，有很多选择，我相信你也如此。”顿了顿，她又说，“更重要的是，我曾经想过，这辈子，嫁谁都不要嫁给当兵的。理由我不太想说。”

说完，她淡淡地凝视着他。而顾淮越只是微微一怔，很快又淡定从容道：“我明白了。”说着他轻轻笑了下，松开膝头攥紧的手，抽出一张纸巾递了过去，“严小姐，是我唐突了。”

“没关系。”飞快地接过纸巾，严真埋头擦拭水渍。她拒绝了他，可心里并没有松一口气似的轻松，只觉得握在手中的茶杯越来越冷了。

CHAPTER 3

嫁给一个军人

因为顾淮越突来的“求婚”，严真这个难得的清闲周末是彻底毁了。

看着镜子里的自己浓重的黑眼圈，严真止不住地哀叹。洗漱完毕，又仔仔细细地化了一层妆，今天是周一，她要早起去办公室收拾东西交接工作。

到学校的时候才七点一刻，偌大的校园还沉浸在寂静之中，鲜有人声。严真缓步走进办公室。属于她的东西其实不多，只不过她想早一点到，趁着没人的时候把东西带走，以免尴尬。

原以为东西并不多，可没想到零零碎碎的竟也装了大半个箱子。严真呼了一口气，抱起箱子向图书馆走去。已经有学生和老师陆陆续续地进门，她不由得加快了步伐。

“小严！”不远处有人喊她，她一抬头，看见了年级主任万蕊。

万蕊下了自行车招呼她：“箱子沉不沉？放在我车后座，我帮你推过去。”

严真微笑着推托，可是终究抵不过万蕊的热情。

“图书馆那边的常主任你也见过了吧？人还是不错的，而且他跟我老头子熟，我会拜托他多关照你的。”

“谢谢您，万主任。”严真感激道。

万主任却摇了摇头：“以前我劝你去考教师证，去评职称，总以为你有了这些，就不至于在学校立不稳脚跟，现在看来，也不是那么回事。”说着她顿了一下，“不过，有总比没有强，只要小严你肯努力，前景不比他们差。”

“图书馆挺好的。”严真轻声说，“工作清闲，还可以读读书。”

“那也不能这么随遇而安！”万主任说，“我看过你的简历，说句不爱听的话，我觉得在这儿教书都亏了你了。以后你有更好的工作了，我可是百分之百支持你跳槽。”

图书馆上午九点才开门，她们来得早，馆里没有多少人。

送走了万蕊，严真一个人在办公室里坐定。今天的天气很好，阳光灿烂得让她有些睁不开眼睛。周末冒雨赴约她有些感冒，回去倒头便睡，醒来也忘记了吃药，直到现在脑袋还晕乎乎的，仿若还在梦中。

万主任话中有话她不是不明白，只是事已至此，再去追究那许多也没用了。馆里的同事陆陆续续都来了，周五那天图书馆刚刚到了一大批少儿读物，今天他们的全部工作就是把这些书分门别类地整理好，方便小朋友们阅读。这一忙，就忙到了中午。

“第一天上岗就这么敬业，别告诉我你准备在图书馆安营扎寨了。”中午的时候去食堂吃饭，遇到好友王颖。面对这样的调侃，严真只是淡淡一笑。王颖算是她在这个学校唯一的好友了，之前听说她要调到图书馆还很为她愤懑不平。

“我这叫干一行爱一行。”

“吹吧你。”王颖嗤笑一声，却也不好再说了，“对了，那个代替你的新老师，第一天到校就讲公开课，有模有样的，声音还挺柔，逗得小朋友们一乐一乐的。”

“那不挺好？”

“挺好？”王颖被她这事不关己的态度噎了一口，刚想说些什么，视线一抬，眼睛顿时亮了，“嘿，说曹操曹操就到，这不，人来了。”

严真也能感到餐厅的氛围瞬间变得非常微妙，她不紧不慢地咽下口中的食物，顺着众人的视线向后看去，只是一瞬，她就觉得眼前一亮。

沈孟娇红着脸站在餐厅门口感受着众人的注视，由于第一天来还未来得及换上学校发的制服，她就穿了一条简约大方的白裙子，垂直光滑如黑色锦缎的头发柔顺地贴在背后，她不好意思地拢了拢头发，向里面走来。

“小姑娘长得漂亮，第一天来就收了不少人心啊。而且听说这姑娘的家世极好，就连李老师在她面前说话都小心翼翼的，啧啧啧。”王颖叹了三声，一看严真却发现她在发呆，伸出五指在她面前晃了晃，“嘿，小真，你听见我说话了吗？”

“听着呢。”她回了神，笑了笑。

“请问我能坐这里吗？”柔软大方的声音。

严真一抬眸，脊背忽然僵直。沈孟娇端着餐盘在她们面前微微弯腰，含笑的样子很是漂亮，王颖也是一愣。还是严真最先反应过来，拉着自己的餐盘向里面挪了一个位子，对沈孟娇说：“坐下吧。现在大家都来吃饭，不好找位子。”

后半句像是解释给王颖听的，王颖撇一撇嘴，给沈孟娇让了位置。

“沈老师中午不回家呀？”王颖问道。

“下午第一节还有课，我刚来，想借这个时间备备课。”沈孟娇说着，小口小口地吃着餐盘里的饭。

“没想到沈老师还挺下功夫的嘛。”王颖说，说完就见严真瞪了她一眼，警告意味十足。

沈孟娇倒是不在乎，笑了笑说：“我刚来，还需要努力。”

“你家里不反对你当老师吗？”努力无视某人的警告，王颖继续问。

沈孟娇有些不解。

严真见势不对，急忙拦住王颖不让她再问。沈孟娇却似恍悟般地笑了笑：“我家里不会干涉我的工作，我愿意做什么就做什么。”说完她娇羞一笑，两颊透红，明艳动人。

严真拿筷子的双手顿时僵在了那里。

这饭她也吃不下去了，匆匆扒了几口，就扯着王颖离开了食堂。刚出食堂门，王颖就忍不住“吐槽”沈孟娇：“典型就是娇养在家中的小公主，不知道世道险恶。”

严真只是静静地听着，没说话。

“哎呀，小真，你的手怎么这么凉啊？”碰到她的手，王颖吓了一跳。

严真笑笑，有些恍惚地开口：“没事，可能是天气有点冷，我衣服穿得少了。”

“那就去多买几件，你也别老省着了。”王颖关切地说道，“咱们这些升斗小民，赚着点紧巴巴的工资，真不比那些有钱有势的人，要什么有什么，就是要天上的星星，也有人上赶着给摘下来。”

“你羡慕了？”

“说实话，还真是。要是有这样一个人跟我求婚，我说不定立马就嫁了。”王颖说完，自嘲地一笑，“你说，我是不是太现实了？”

严真轻轻一笑，没有说话。

不是王颖太过现实，而是婚姻本身就无法让人太过理想。

回到办公室，她桌子上的座机刚好响起来。严真走过去接了电话，是李老师：“严真，你奶奶刚才打办公室电话找你，说你手机打不通。你还没告诉你奶奶你调到图书馆了？”

严真心一提，急忙挂掉电话，给奶奶拨过去。电话接通得很快，严真试探地问：“奶奶，您找我有事吗？”

那头奶奶沉默几秒，说：“你工作换了？听你同事说，你调到图书馆去看书去了？不当老师了？”

一连三问，严真才知道奶奶有些动气：“奶奶，您听我说。”

“不用说了！”老人家斩钉截铁，丝毫不给她说话的机会，“我之前怎么跟你说的？”

“我、我怕您担心。而且，而且这份工作挺好……”严真还没说完，奶奶就挂断了电话。对着嘟嘟嘟的话筒，她顿感无力。

一个下午严真都有些焦虑不安，好在上午书已经全部整理好，她向常主任请了假，匆匆赶了回去。

下午三四点，阳光带来的暖气正慢慢消散。严真在楼下停好了自行车便上了楼。她小心翼翼地敲了三下门，没有人来应门。又敲了三下，还是没有人来开门。严真顿时心一沉，拿出钥匙开门。

房间里空荡荡的，严真扫视了一圈发现奶奶不在就去敲对门李嫂的门。看着一脸焦急的她，李嫂也跟着急：“没有啊，中午的时候还见着你奶奶了，说是要睡一觉，我就回来了。现在不在啊？”

严真顾不得跟她多说，拿了钥匙就去奶奶常去的几个地方找，一一寻过，却都是无功而返。眼见着天都黑了，她在房间内走来走去，更加着急。

“小真啊，你跟我说说，到底是怎么了？”

严真简单地说了一下换工作的事，李嫂顿时就笑了：“嗨，这能跟你生多大的气呀？别着急，咱找找去啊。”

是呀，能跟她生多大的气呀。严真默默地想着，忽然想起了什么，拿起东西就向外走。

“你去哪儿？”李嫂问。

“我去学校看看。”严真一边换鞋一边答道，“麻烦您在这儿等等，奶奶回来了您给我手机上来个电话。”

“哎，好。”

李嫂应着，看着那个急急忙忙冲出去的身影，慢慢地摇了摇头。

从奶奶中午打那通电话开始严真就有不好的预感，她现在就生怕奶奶一气之下到学校来找领导。学校门口管得很严，一般没有工作证件的外来人员都需要打电话让人来领，现在她又不在，到时候奶奶再跟门口的老大爷吵起来，那可就糟了！这么一想，严真骑车的速度立刻又加快了几分。

果然如她所料，奶奶确实去了学校，可等她到学校时发现设想中的场景并没有上演，因为奶奶旁边还站着一个人。那挺拔修长的身姿，即使离得远严真也能认出来是谁。顾淮越，他怎么在这里？

她下意识地放慢了脚步，可奶奶一眼就看见了她，忙把她拉了过来：“你去哪儿了？打你手机也打不通！”

严真看了眼手机，果然有一个未接，是在她骑车来学校的路上打来的。看号码，用的应该是顾淮越的手机。她看了眼顾淮越，问：“你怎么在这儿？”按理说学校可是早放学了，接孩子也不是这个点吧？

顾淮越挑挑眉：“路过。”

他刚去市直医院看了师里的病号，回来的时候看见老人家在学校门外徘徊着，便下了车。谁知这两人是一个赛一个地犟，老大爷越不让进，老人家越是要进，无奈之下，他只好打电话给严真。

“正好，你过来了，你快带我进去找你们学校领导去！快点！”奶奶一把把她拽了过来，扯着她就往学校里面走。

严真赶忙拦住了她，不让她胡来：“奶奶，您找我们领导干什么呀？”

“我得问问他，凭什么我孙女干得好好的就给换了？图书馆，图书馆能干什么呀？整天摆弄那几本书？”

严真无奈，可又不能跟奶奶来硬的：“不是您想的那样，图书馆里面的学问也大着呢。再说，不是学校硬逼着我过去的，是我同意了的。”

听她这么说奶奶顿时就急了：“你怎么就同意了，我说你是软柿子啊，任别人捏来捏去的？”

严真很不想在顾淮越面前提及这样的私事，那会让她觉得难堪，所以她只有暂时用说谎的方法来稳住奶奶：“不会待很久的，等下学期协调出岗位我就能调回去了。”

“真的？”

“真的。”严真保证着，奶奶依旧是半信半疑，趁着她动摇的工夫，严真赶紧说，“好了，先回家吧，天都黑了。”

顾淮越在这个时候适时地插上了话：“我送你们。”

严真直觉地要拒绝，可奶奶先她一步跨上了他的车，严真就是再不情愿也无可奈何。

她瞥了顾淮越一眼，将自行车存进学校，跟着上了车。

这一次顾淮越这个好人做得很彻底，不仅把车开进了小区，还直接把她们送到了楼上。

奶奶一高兴，就把他让进了门。她对着严真依旧是没好脸，一进屋就对她说：“别傻站着啊，人家帮这么一个大忙，还不知道给人倒杯水呀？”

顾淮越一听就说不麻烦了并且准备起身离开，不料严真伸手拦住了他，她说：“你坐。”说着就去倒了杯水，还恭恭敬敬地端到了他面前。顾淮越默默地看着这一切，多少有些不自在。

奶奶对着顾淮越微笑：“可谢谢你了，这都帮第二次忙了吧？我这孙女也不懂事，不知道请你到家里来坐坐，早该谢你了。”

顾淮越语气谦和地说：“这是小事，您不用放在心上。”

奶奶很满意他的态度，眯眼笑了笑，看到严真，又忍不住叹了口气：“唉，我这孙女就是傻，在外面老实巴交的，任人欺负。以为我整天待在家里就什么也不知道啊，图书馆那地方干的就是卖力气的活儿，没什么用！”

顾淮越略微沉吟了下，没在老人家气头上接话。而严真也一直默默地贴着墙角而站，像是犯了错误被罚站的学生。自从回来之后，她就一直保持这种低沉的状态，也不知在想些什么。

奶奶挥了挥手，似是不打算说这个话题了，她问顾淮越：“吃饭了没？要不留在家里吃饭吧？”说着就要招呼严真去做饭。

顾淮越看了严真一眼，忙说：“不用了，家里已经做好饭了，我先回去了。”他随意找了一个借口，搪塞了过去。

奶奶遗憾地点了点头，又对严真说：“小真，你送送去。”

严真默默地走出家门，顾淮越只得苦笑跟上，眼见她越走越快，顾淮越只得开口喊她：“严老师。”

严真慢了下来，站在他车门前，一副恭送他离开的表情。等他走近了，才低着头说了句谢谢，几乎微不可闻。

顾淮越眯了眯眼，说：“严老师，我这个忙，是不是帮错了？”

说完他看着她，而她依旧低头沉默着，就在顾淮越以为等不来答案准备开门上车离开的时候，严真忽然开口唤住了他：“顾淮越。”

他偏过头，看向她。她已抬起头，让他诧异的是，她看向他的那双眼睛在街灯的照射下异常明亮。他凝视了她几秒，很快回过神：“怎么了？”

严真暗暗地深呼吸了一下，开口道：“你还记得那天你说的话吗？”

这种事情，他怎么可能忘记得那么快：“那天是我唐突了，所以请你不要放在心上。”

她恍若未闻，只是看着他，棕色的眼眸里仿佛糅杂了很多复杂的情绪，他一眼无法看透。

“你还记得就好。”她说，“找个时间领证吧。”

他一怔，原本平淡无波的眼眸瞬间掀起一丝涟漪：“你说什么？”

“我说，”严真一字一顿说道，“我答应，嫁给你。”

顾淮越这次听得很清楚，他迟疑了一下，想说些什么，却被严真抢先接过话头：“你不愿意？”

“不是，你先听我说……”

他伸出手想说些什么，却再次被严真飞快地打断：“领证时间你来定，我随时有空。”

顾淮越愣怔地站在原地，直到砰的一声关门声从楼上传来，他才骤然回过神来，动了动唇角，勾起一丝苦笑。

严真失眠了，整整一夜。

躺在床上，睁大眼睛看着窗外洒进来的月光，她毫无睡意。脑海里全是顾淮越那种面无表情的脸，任凭她怎么折腾都赶不走。好不容易睡着了，结果竟然做了一场又一场的噩梦，乍然而醒时，严真抚着自己的胸口，那里跳得飞快。

好不容易理顺了呼吸，严真看着透过窗帘射进来的天光，暗叹一声自作孽不可活，翻身下了床。

“怎么起这么早？”向来早起的奶奶有些诧异地看着她。

“嗯，睡不着了。”她随手扎着头发，看着奶奶一脸的关切，犹豫了再三，开口道，“奶奶你去客厅坐下好吗，我有话跟你说。”

“说什么事？”奶奶挨着沙发坐下，“是你的工作？”

“不是的，奶奶。”严真柔声打断奶奶的话，低头说道，“我要谈的是我的个人问题。”

昨晚睡不着时便想了许久，现在面对奶奶，她也能说出口了。

奶奶顿感意外：“个、个人问题？你也开始考虑个人问题了？”

严真失笑，却还是点了点头：“嗯。”

得到肯定答复的奶奶有些不敢相信：“别是随便找一个人来糊弄我吧？”她点了点严真的额头，“这种事你可是有前科。”

“这次不是了。”这次您一定会满意，她在心里小声说。

整个上午严真都心不在焉。工作计划摊开在桌子上，她却几乎一眼都未看进去，因为只要稍微一走神她就能回想到昨晚，想到昨晚她说的那些话，然后紧接着又是一阵心烦意乱。

“严姐，电话响了。”对面的小刘笑嘻嘻地提醒她一声，她才发现自己又发呆了，不好意思地笑了笑，接通了电话，是顾淮越。

严真努力稳住语气：“有事吗？”

“昨晚的事。”他的语气很平静，仿佛说的是再平常不过的一件事，“我想问问，你是认真的吗？”

严真心一慌：“当然，我不会开这种玩笑。”

顾淮越没有料到她会回答得这么快又这么肯定，静了一瞬，才说：“那就好。”

听他说出“好”这个字，严真终于松了一口气。可没过多久，她又听到他说：“既然如此的话，那就安排一下，正式见见彼此的长辈吧。正好今晚有空，我来接你去我家，如何？”

“这、这么快？”严真一惊。

“我马上要回部队了，所以必须在这几天把事情定下来。”师里已经开始做准备为下一季度演习制订训练计划了，他得尽快赶回去。见她不说话，他不由得放缓了语气：“不方便吗？或者，你还需要想想？”

“不是的。”严真几乎是脱口而出，咬了咬唇，她说，“我晚上六点下班。”

挂了电话，严真还有些茫然。虽然昨晚是她先提出来的，可他进入角色明显比她要快。怎么可能呢？明明昨晚他被自己呛得一句话也说不完整！

看来，到底是自己低估他了。不过这样也好，她本来也没打算给自己留后悔的余地。

傍晚六点，顾淮越准时过来接她。

这不是两人第一次见面，可在严真看来比哪一次都要尴尬。而他仿佛浑然不觉，静静地等她上车，还为她打开了车门。

“谢谢。”严真说道，有些不自在。

他淡淡看她一眼：“不客气。”

天气渐渐冷了下来，傍晚六点天色已黑，车子慢慢滑入主干道，渐次有街灯照进车窗。严真想起临下班前给奶奶打的那个电话，她告诉她晚上有个约会，估计要晚回家。奶奶自然是兴奋不已，连连嘱咐她找个时间一定要带回家让她见见。她应下了，似是被奶奶那种情绪传染，挂了电话之后她感到些许轻松。

事实上，自从上午接了他那通电话之后，她已不像昨晚那样心神不定了。也许他的话是对的，也许这样也不错。严真这样安慰自己。

距离顾园还有一条街，红灯亮时，顾淮越减慢了车速停在那里。严真坐着，忽然想起了什么，顿时轻呼了一声。

“怎么了？”

严真看着他，眼睛里有些沮丧：“我把买给伯父伯母的礼物忘在办公室了。”中午吃午饭的时候，她请了一个小时的假，专门去距离学校不远的一家超市买了一些见面礼，虽不成敬意，但到底还是花了她不少钱的。

顾淮越沉默几秒，微勾了勾唇角。红灯已过，他快速地将车开了过去。不消一会儿，就到了顾园门口，将车子停好，他替她打开车门："严真，不用紧张。"

严真不禁眨了眨眼。她这是——紧张？

偌大的院子空荡荡的，大厅敞亮，想必都等在里面。虽然之前来过一次，但那一次毕竟是以"朋友"的身份，这次将有所不同。这一次，她将换一个身份走进这个家庭。厅门忽然打开，一个粉红色的身影从里面飘了出来，伴随着轻柔的嗓音："二哥回来啦？咦？还有严老师？"

严真认识她，是顾淮越弟弟顾淮宁的老婆梁和，性格很柔软随和的一个女人。她微微一笑，算是问好，更多的留给顾淮越去解释。

顾淮越看了梁和一眼，又越过她向厅内看去。李琬和张嫂忙忙碌碌准备晚餐的身影一眼望见，本是一顿极平和的晚餐，只是现在看来，却是不大可能了。"和和，老爷子今晚回家吗？"

"回的。"梁和笑嘻嘻地说，"今儿下午淮宁陪着他去医院看了一个老战友，走之前交代说会回来的，我准备去门口看看。"

"嗯，那就好。"他偏过头，微微拍了一下严真的肩膀，"进门吧。"

严真略微有些不自在地应了一声。梁和看着他们一阵惊讶，指了指严真的背影，看着顾淮越，得到了这样一句答案："等会儿你就知道了。"

很显然，比梁和更为吃惊的另有其人。

顾淮越和严真进门时顾老太太刚从厨房走出来，一抬头看见他们两人并排而立时，手里端着的精致菜盘差点脱手。顾淮越眼疾手快，接了过来。

"淮越，这、这是？"李琬顾不上擦手，直直地看着严真。

"这是严真，难道您忘了？"说着他把菜放上桌。

“不、不是？”李琬抓住顾淮越的衣袖，有些不敢相信，“你把妈弄糊涂了，你带她回来是？”

看着母亲有些惊讶有些期盼又有些难以置信的眼神，他又看了眼严真，她安静地站在那里，含羞一笑，而且很容易看出来，她还有些紧张。回过头，他拍拍母亲的肩膀：“先入座吧，等老爷子回来我们再谈。”

严真走过来，轻轻喊了一声：“伯母。”

那隐隐约约露出的羞怯让李琬顿时心头一喜。难道，前几天那一顿骂把儿子给骂开窍了？真的就是这个姑娘了？

她连忙“哎哎”两声，把严真引到饭桌旁安排她入座，老爷子打电话说会稍微晚一会儿回家，大家索性就先吃饭，不等他们了。

可以看出，李琬今晚比平时要活跃得多。她不停地用筷子给严真夹菜，看着堆成小山的碗，严真有些为难。梁和扑哧一声笑：“妈，小心把严老师撑着了。”

这才算为严真解了围。李琬放下筷子，看着梁和说：“和和，你吃完了赶紧给淮宁打个电话，让他别带着你爸到处乱兜，赶紧回家。就说你哥有事要谈。”

“不用着急。”眼见着母亲高兴过头了，顾淮越连忙阻止，“我们有时间。”

他或许还不能完全理解母亲李琬的心情，对于她这个大儿子，她真是不能要求太高，能带个女人回来那简直就是天大的喜讯啊。可这好不容易带回来一个吧，她心里也踏实不了，就怕一眨眼，这人又没了，心里是又惊又喜又患得患失。

外面响起了喇叭声，严真放下筷子，一回头，正好看见刚刚进厅的顾长志和顾淮宁。上一次虽说是来祝寿，但是严真与这位老将军面对面的机会不多，恐怕他对自己的印象也不会很深。

果然，顾长志看见严真的时候跟李琬是一模一样的反应。而跟在他身后的顾淮宁则挑了挑眉，一副淡然的模样。

“伯父，您好。”严真微微弯腰，向顾老爷子鞠了一躬。顾老爷子嗯了一声，视线在两人之间来回逡巡。

“爸，你要是没事，就跟妈一块儿去客厅吧，我和严真有事跟你们说。”还未待顾长志问出口，顾淮越率先说道。

顾长志将外套递给梁和，深深看了他们一眼，心里顿时明白了几分。先斩后奏，这一招他的儿子们倒是用得比他熟。

“说吧。”端着刚刚沏好的一杯茶，顾长志说道。可刚说完，就被李琬瞪了一眼：“都回家了还摆什么架子？”

顾老将军没理她，只是看向顾淮越。

“也没什么大事。”对着父亲，顾淮越保持着标准的坐姿，表情却是放松的，“我今天带严真过来，就是想让你们见见未来的儿媳妇。”

“哦？”虽有料到，顾长志还是吃了一惊，他原以为那又是儿子带回家敷衍他们的。严真也是第一次听到他这么直接地说出自己的身份，微微怔了一下。只有李琬表情是轻松的，甚至可以说是喜上眉梢。

“考虑清楚了？”顾长志没表态，只是徐徐地问。

顾淮越望了严真一眼，见她没低下头，无反对之意，便说：“考虑清楚了，而且在回部队之前我们想把事情定下来。”

这次顾家二老都微微蹙起了眉：“这么急？”

“也不是着急，我本来时间就不是很多。”顾淮越说着，同时心里也明白，纵使老爷子什么事都不管，老太太恐怕也早把严真的底细都摸清楚了。因为他几乎从未主动往家里带过女人，这次主动一回，老太太必然相当重视。

果然，老太太首先松了口，对老爷子说：“算了，儿子想通了，你还干涉做什么？还有那些个程序，你在旁边帮衬一下不就拿下了吗？”

“胡闹！”顾老爷子一声呵斥，在场的所有人都不敢发话。老将军把杯子放在桌子上，压着怒气："就算你再着急，也不能这么不清不楚地同意。你儿子什么心思我不清楚还是你不清楚？要是耽误了人家姑娘有你后悔的。一个不够还要来两个？"

李琬吃了瘪，张了张嘴不敢再多言。训完李琬，老爷子看向顾淮越："你，起立，跟我上书房去。"

"顾伯父。"沉默了许久的严真，忽然在此时开口了。她先是一笑："您不用担心。"然后站起来，与顾淮越并列而站，她感觉这个时候他需要她的支持，"我就是明白他的心思，所以才肯定我们是最合适的。"

严真告诉自己，既然已经决定，她当然不能退缩。他们不是最合适的吗？当然是。理由呢？他已经给过她了。

顾长志沉默了片刻，似是在观察她。那种眼神是经历过岁月打磨和洗礼的，锐利、独到且洞察人心。只是一瞥，便能威慑许多人。而对面前这个女人，不，在他面前她还是个女孩，他看不到谎言与敷衍。她的眼神与她的言语一样，容易让人相信。

想了想他开口，声音经过刚刚一番动气已然有些沙哑，到底他是老了："姑娘，这是你的决定？"

严真点点头。顾长志又看了她几秒，而后看了看顾淮越，末了微叹了一口气："好吧。"

说完他转身，向楼上走去，还未走几步，又偏过头来："既然已经决定，那就快一点吧。"

严真松了一口气，看着顾淮越，淡淡一笑。尘埃落定，终于。

严真的到来，让李琬格外高兴，拉着她的手说了许多悄悄话才放她回去。走出顾家大门的时候严真忽然想起什么，向四周张望了一圈："怎么不见珈铭？"

顾淮越跟在身后，停了一会儿，才答："这几天他住外婆家。"

脸上刚漾起的笑容微微有些僵硬，不过很快阴霾一扫，她说：“送我回家吧。”

“严真。”顾淮越突然唤她，抓住了她的小臂。说实话，她刚刚让他也跟着惊讶了一把，所以，有些问题他真得好好问问：“我想知道，你为什么又忽然答应了？”

她凝视着他，脸上带笑：“理由我刚刚不都说过了吗？”

“我相信还有其他理由。”他语气笃定。

眼眸微微一转，她笑答：“其实你那天的理由我好好想了一下，觉得很有道理。你在外地当兵，我们相对都很自由。而且不管怎么说，对你对我的家庭这都算个喜讯。还有就是珈铭，我很喜欢他。”说完她看着他，目光坦诚，“或许，现在的你，需要想一想？”

这在他看来有十足的挑衅意味，顾淮越沉默了几秒，随后微微一笑：“怎么会？”

这一晚，严真终于能够睡着了，虽然并不踏实，却总比彻夜失眠来得好。

第二天是被奶奶叫起的，奶奶笑她：“这么大一个人了，怎么还总是睡懒觉，快起来，看看客厅谁来了。”

能让奶奶高兴至此的人还真不多，难不成是C市乡下的那些亲戚来了？严真迷迷糊糊的，整了整睡衣，一边束头发一边向外走去。

刚跨出屋门，呆住了。

只见一身军装的顾淮越在沙发边正襟危坐，旁边还摆放了几个精装的礼品盒。看见她这副尊容，也只是淡定地向她点了点头。

还是奶奶将她唤回神：“瞧我这傻孙女，快去洗漱洗漱。”

严真红着脸钻进卫生间，脑子里一直在想怎么这么早就在家里看见这人了。草草洗了一把，她急忙走出去。奶奶正在厨房盛粥，看样子是准备让顾淮越在家里吃早饭。她连忙快走几步，低声问：“怎么来这么早？”

顾淮越淡淡看她一眼，又低头看了下腕表：“已经快十点了。”

严真顿时语塞，昨天他们约好的时间就是十点钟，这下她没话说了。奶奶将粥盛了出来，又拌了一些小菜端了上来。诱人的色泽，浓郁的香味，只是严真今早注定有些食不下咽了，比昨晚的那顿饭还难熬。奶奶乐呵呵地招呼着顾淮越：“小顾，吃过早饭了吗？来尝尝我的手艺吧。”

虽说粥好熬，可要熬出来好粥，还真要下一番功夫。早年严真的爷爷胃不好，奶奶便总替他熬精致的小米粥养胃，而且不管条件如何，还总有小菜配粥喝。长年累月，奶奶的手艺便练了出来。

严真却有些难为情：“奶奶，您这是让人家吃哪顿？”

奶奶横她一眼，顾淮越淡淡地笑了，很捧奶奶的场，说：“多吃一餐也无妨。”

吃过早饭，严真迅速地夺过了碗，她怕他兴致一来把碗也给洗了，这样她不就彻底脸面扫地了嘛。奶奶本身对他印象就好，不用他再表现了。

客厅里，顾淮越礼貌地将见面礼奉上，虽然包装精致，却都不是特别贵重的东西。他或许懂得一点这个女孩的心思，太过精巧或贵重的，她应该不喜欢。

奶奶欢喜道：“来都来了，还带什么礼物。”

“一些养生品，您放心用，对身体有好处。”这些都是家里二老用过的牌子，不然他是不会轻易送的。

奶奶看看他，又看看严真：“你们这是，有话对我说？”

严真嗯了一声，瞬间又有些坐立不安了：“您还记得昨天早上我跟您说过的话吗？”

那哪能忘啊？奶奶眼睛一亮，瞄了眼顾淮越，说：“你说的那个人就是小顾？”

严真点点头，奶奶也就认真地打量起顾淮越来：“你们是早就认识了？”

这话是问严真的，她看了顾淮越一眼，说：“他是我学生的家长，从我带这个班开始就算认识了，不过最近才考虑进一步交往的。”

她这应该不算说谎吧，按理说如果他不是次次都缺席家长会的话，她应该很早就能认识他了。

“进一步，进到哪一步？”

奶奶急切地问着，严真把这个问题丢给了顾淮越。只见他面色沉静地说：“我们准备结婚。”

“这么快？”奶奶睁大了眼睛。

对于这一反应，严真和顾淮越自然早有准备。顾淮越看了严真一眼，唇角微微勾起：“身为珈铭的班主任，严真身上有很多我欣赏的东西，我家人也对她非常满意，再加上我的时间不算多，所以我想，早点定下来也好。当然，如果奶奶您觉得太快，我们可以再相处一段时间看看。”

听完这句话，严真对他是由衷佩服。不愧为参谋长，具体“敌人”具体分析的战术运用得太灵活了。

奶奶皱了皱眉，问严真：“你怎么不早告诉我？那天在医院我问你你还不承认。”

“不是告诉您说最近才考虑进一步交往的嘛。”严真说着，似是有些害羞，“想等确定了再告诉您。”

奶奶又一次认真地打量着顾淮越，她之前就对这个年轻人的印象不错，现在再看，更是有了越看越满意的感觉。可婚姻大事她还是得把把关，这么想着，她敛起笑容看向严真：“小真啊，家里没菜了，你出去买点去。”

严真瞬间无奈了："奶奶，清场也不是您这种清法啊。"

奶奶瞪她一眼："快去。"

没办法了，她只好拿起钱包向外走去，临走前瞥了顾淮越一眼。他向她点了点头，眉目间似有点笑意。

目送着她离去，奶奶回过头来，看向顾淮越，眼神中有难得一见的严肃："我们谈谈吧。"

顾淮越看向面前这位老人，点了点头。

天气不错，菜市场里人不少。淹没在人群中，严真走过一个又一个摊位，不知道买些什么好。其实她心里是有些忐忑不安的，可是转念一想，他已经是三十四岁的人了，比她强了不知道多少倍，这个小场面，他是绝对能撑下来的，不比昨天的她。

卖菜的大婶又笑眯眯地看着她："怎么今天就你一个人来啦，你奶奶呢？不出来遛遛，锻炼锻炼身体？"

严真一边拣着菜一边笑道："她忙着呢。"说到这里她的脸竟然蓦地一热，好在大婶在忙着称菜收钱，也没在意，只埋着头说："让她得空了出来转转。"

"嗯。"应了一声，接过菜，严真赶紧转身离去，内心不住低声嘀咕，真是要命了。

回到家里一开门，那两人像是约好了，都坐在沙发上喝茶。严真一边换鞋一边觑他们一眼，瞧不出什么端倪。奶奶看她拎回来的菜，笑着说："小顾中午留下来吧，尝尝我孙女的手艺。"

顾淮越看她一眼。"不了。"他淡淡一笑，说，"来日方长。"

好一个来日方长，让奶奶笑得眼睛都眯成一条线了，严真是打心底佩服他这种哄老人的手段。

"奶奶，您保重身体，我改日再来看您。"

“哎，好好好。”奶奶应着，又推了推在一旁傻站着的严真，“去，送送小顾。”

她算是彻底没了地位，只能哀怨地看顾淮越一眼：“走吧。”这一次是她跟在他后面，对于她缺席一小时的谈话，严真实在是无法不好奇，“我奶奶对你说了什么吗？”

顾淮越微微偏了偏头：“说了，但是我答应了奶奶要保密。”

严真顿时无语，好半晌，才说：“我们只领证，先不举行婚礼，怎么样？”

“哦？”顾淮越微沉吟。

严真心里打着小鼓，可是他看着她的目光并不太锐利，这给了她一点说出来的勇气。这个问题她想了很久：“我想，我们可以先领证。婚礼的事放一放，因为本身你的时间就很紧，而且，而且还有珈铭和我的奶奶。我想，他们还需要适应的时间，举行婚礼的话，有点突然了。”说完，她静静地看着他，目光平和。

顾淮越的心情倒是有些复杂，不得不说，她考虑得很周全，周全到他几乎要感谢她。他想起刚才她的奶奶说的一句话：“小真这孩子，虽然不大爱说话，却是个实心眼，有些爱犯傻。有时候吧她跟你犯轴，你得随着她性子来，要是错了，到时候醒悟过来，就会跟你道歉了。有一点我不会说错，她选中的人她就会看重，看重了就会认真对待。所以，你也得好好待她。”

来日方长，他们是真的来日方长了，所以他不可能一直要她来让步。“我知道了。”收回神，他说，“我父母这边你不用担心。”

“嗯？”他答应得太快，严真犹是有些不敢相信。

他看着她，说：“就按你的意思来吧。”

严真松了口气，微微一笑。

两家一同意，接下来的事情似乎就简单多了。

严真不清楚顾淮越是怎么说服顾家二老的，反正她再去的时候，李琬和顾老将军都没谈婚礼，只是简单交代了一些事。严真能够看出来，他们在刻意地纵容她。

李琬商量着要请严真的奶奶吃一顿饭，电话拨了过去，是奶奶接的。这算是两亲家第一次通话，效果还不错。奶奶应了下来。

严真多少还是有些意外的，奶奶说：“怎么着我也得给自己的孙女撑撑场面吧。”

她的家人不多，在乎她的也不多了。严真眼眶一热，拖长声调喊了声奶奶，鲜少地带有一丝撒娇的意味。奶奶哭笑不得地看她一眼，顺了顺她的长发，低声问：“小真，小顾还有一个儿子吧？”

严真怔了一下，低下头：“嗯，我知道。”她知道的，也不比奶奶多。

奶奶叹了口气，说：“不管怎么说，我都希望你幸福。”

听了奶奶的话，她微微一动，将头枕在了奶奶的肩膀上：“奶奶，我知道。”

“算了，我信他。”

“嗯？”

奶奶笑了笑：“他说他会好好对你的，我信他，也信他那身军装。不过哪天他要是欺负你了，我准替你出气。”

严真失笑出声，随即有眼泪悄悄流出。

军婚的程序比普通的要复杂许多，严真原本以为还要等上一段时间才能领到结婚证。可没想到，三天以后，顾淮越就打来了电话。

“有空的话出来一下吧，”他说，“我们去一趟民政局，如果有需要还要去一趟你家里。”

严真顿时有些惊讶：“手续都全了？”前天她刚刚因为要政审填了

一些调查表，没想到今天就可以直接去拿证。

顾淮越低低嗯了一声："我马上就到学校了，你出来吧。"

挂了电话，严真怔了一会儿才忙站起身。走到门口的时候想起什么又折了回来，脱了工作服，对着镜子确认自己妆容得体之后才快步向外走去。

走到校门口的时候，顾淮越已经到了，正站在车前等她，身姿笔直。与他的镇定相比，严真倒显得有些不自在。看着那一身崭新的军装，严真只将视线落在领花以下，不会再往上了。

对此，顾淮越倒并不是很在意，他为她打开车门："上车吧。"

"好。"严真淡淡地答道，埋头上了车。

因为不是交通高峰期，所以路上车辆不算多，车子很快就开到了民政局。

严真的手抓着外套，等她反应过来时，那一片已经起了褶皱。说不紧张是假的，可是问她紧张什么，她也不清楚。车子已经安稳地停进了停车位，顾淮越率先下了车，替她打开了车门，严真咬了咬唇，下车。

拾级而上，民政局的大门近在咫尺。走在最前面的顾淮越忽然停了下来，他微一偏头，正好对上严真抬起的双眸。

他的眼神平淡如水，此刻的动作却不符合他以往雷厉风行的作风。

"我们进去？"他问她。

严真凝视他几秒，点了点头："好。"

今天的人并不多，在办公大厅里，严真看到两对男女从里面走了出来，第一对喜气洋洋地出来了，脸上的笑容可媲美手中那个红本的耀眼，另一对则是苦大仇深的模样。这样极端的反差让她觉得有些感慨，看来，幸福与不幸从来都是一线之隔。

"怎么了？"顾淮越听见她的叹息声，问道。

严真连忙摇了摇头："没事。"

顾淮越看着她的表情，没再多言。

东西齐全，手续就办得很快。看着两本热腾腾新鲜出炉的红色结婚证，严真从心底松了一口气。当着顾淮越的面，她掀开看了看印在里面的照片。照片里他们两人的表情是一模一样的平静。细看之下，她还带了点笑意。莫名地，严真扑哧一笑。

“怎么了？”顾淮越问。

“我只是想起我父亲说过的一句话。”在他的直视下，严真有些脸红地说，“他说，在他们那个年代，照得最好的照片就是贴在结婚证上的这张。”

顾淮越听了微微一笑，其实她不知道，这张照片也是他照得最好的一张。

领完证的第一顿饭是在顾家吃的。

客厅里，李琬拿着一本结婚证仔细端详着。这完全出乎她的意料，看来这个她强烈要求大儿子休的假果然没白休。另一本则拿在梁和的手里，她小声嘀咕：“速度比我们还快。”

看着两人，严真低头轻轻一笑。

“严……二嫂，你也跟着一起去B市吗？”

梁和忽然问道，严真和李琬俱是一怔，还是李琬先反应过来，嗔怪她道：“好好叫，什么严二嫂，不许挂姓。”

梁和吐吐舌头，看向严真：“嫂子，你去B市吗？”眼中有股切盼望之意。三零二团部离A师并不远，若是严真去了，她俩还真能做个伴。

严真是从未想过要去B市的，眼下忽然被梁和提出来，她不知道怎么说比较合适。为她解围的是李琬：“小真就先不去了，珈铭还在这里上学，她正好是珈铭的老师，留在这里照顾他也方便。而且淮越总是跑这儿跑那儿的，去了也难免寂寞。”说完，她试探着问了一句，“怎么样，小真？”

严真笑了笑，点头称好，心里也松了一口气。

这一顿饭吃得自然是热闹非凡，将近十二点的时候顾淮越才起身送严真回家。

既然是喜事，难免就要喝一些酒。严真酒量不济，多喝了几杯，熬到现在已经有了些醉意。顾淮越因为胃不好，反而滴酒未沾。照顾到她的状况，顾淮越特意将车速放得很慢。车窗半降，有凉风吹进来，严真顿时就清醒了许多。

“谢谢你。”看见不远处住宅区亮着的灯，严真轻声说道。

“没事。”

顾淮越说着，将车子停在小区门口。只是还未待严真开门下车，顾淮越又叫住了她：“先等一下。”说着一本结婚证和一串钥匙递了过来，严真迟疑了一下，接了过来。

“我以为伯母要收起来的。”李琬可是把两本结婚证宝贝得不行。

“妈让我交给你。”

“嗯。”严真低下头，笑了下，“珈铭还没回家吗？”

“回，明天就把他接回来了。”他说，“每月总要去外婆家住几天，已经习惯了。”

严真点了点头，表示理解。车里顿时一阵沉默，严真能够感觉到他这次刻意放慢了速度，像是有话要说。想起饭前梁和说的话，她问道：“我听和和说明天淮宁就要走了，你跟他一起吗？”

“嗯，明天早晨六点的飞机，不用来送。”

他说得直接，严真顿时有些无语。她把玩着手中的钥匙：“这是哪里的钥匙？”

顾淮越看了一眼，说：“我在C市有套房子，不大，两居室，但是足够你和奶奶住了。”条件要比她现在住的房子好许多。

她一顿，直觉着拒绝了："我不能要。"

"拿着吧，老爷子希望你拿着。"饭前，顾老将军把他叫进书房，一阵密谈之后，交代了他这件事情。其实老爷子不说，他也准备这样做了。顾老将军的原话是这样的："人家肯把一个黄花大闺女嫁给你，已经是你的福气了，用多少钱都换不来的福气，要懂得惜福。"

"我不能要。"严真坚决道，"房子我自己会买，我不是因为这才跟你结婚的。"

"我知道，老爷子也知道。但是他已经把你当作顾家人了，他不会允许你一个人去负担一套房子的。"顾淮越顿了顿，说，"我也不会。"

"顾淮越，我……"

"珈铭也喜欢那里。"他忽然说，偏过头，对上她带些恼意又带些惊讶的眼神，"他也喜欢那里，所以拿着吧。"

对视良久，严真终于妥协，为了他的孩子。

"还有一样东西。"

顾淮越开口，严真顿时头大了："还有？"

她的模样让他顿了一下，而后唇角微弯了个弧度，递过来另一本结婚证，严真诧异地看着他。他直视着她："我觉得这样公平些，这份婚姻的长短，由你来决定。"

严真沉默了片刻，伸出手，缓缓接了过来："好。"

其实她心里清楚，她的主动权并没有比他多到哪里去。像是挂在悬崖上的一条绳子，她抓住这一头，他在那一头，剪断任何一方，对方都会坠落下去。尽管如此，他还是把剪断绳子的权力交给了她，那她是不是就不能辜负这样的好意？

严真笑，望着远远离去的车影。天气完全冷下来了，严真握紧手中的两本结婚证，只感觉到一股凉意。

CHAPTER 4

带你去找爸爸

对于顾淮越刚领了证就回了部队这一行为，严真其实是颇有些庆幸的。虽然结了婚，但严真还不知道如何面对他，他的离开，倒是给了她些许时间。

可没过多久，她就发现她庆幸得过早了。他人是走了，可他的家还在这边。这一大家子人也叫她应付不暇。中午下班的时候就接到冯湛的电话，说是二老让他接她回顾园吃饭。

严真下意识地想拒绝，可转念一想这样不太好，便答应了下来。

李琬这次专门等在顾园外头，严真有些受宠若惊：“伯母您不用接我。”

李琬嗔怪地看她一眼：“还叫伯母呢，该改口啦。”说完充满期待地看着她，严真不好意思地低了低头，良久，才低低喊出一声“妈”来。这个字严真叫着既生疏又别扭，可是李琬听了就是高兴，她日盼夜盼就等着听这声喊呢。

“这淮越和淮宁都走了，一下子走了两口我这心里也空落落的。正巧和和还没走，我就说把你叫过来，一起吃午饭，这样热闹些。”

严真浅笑了下：“珈铭回来了吗？”几天没见小家伙，她还真有点想念。

“回来了。”李琬拊掌一笑，就冲撅着屁股在客厅玩赛车的小朋友招呼了一声，“珈铭，快过来，看谁来了。”

小朋友闻言立马从地上爬起来，抱着小赛车转过身来，看到严真时明显有些意外。他跑过来，看着她：“严老师？”软糯软糯的声音，听得她微微一笑，俯下身，替他擦了擦汗。

一幅和乐融融的场景让李琬笑眯了眼，她摸摸珈铭的头，说：“以后可不许喊严老师了。”

小家伙张大嘴巴：“那喊什么呀？”

“喊妈妈。”

“妈妈？”顾珈铭小朋友低头嘀咕，“为什么要喊妈妈？”

“老师嫁给了你爸爸，你不喊妈妈喊什么？”

“小祸害”睁大眼睛：“首长有老婆啦？”

看他表情不像高兴，李琬顿时就有些纳闷了：“怎么了，不高兴啊？”

果然，“小祸害”脸一拉，怒视面前两位大人一眼，出其不意地抱着他的赛车转身跑了。徒留严真和李琬愣在当场，还缓不过劲来，这是怎么了？

小朋友往二楼跑去了，严真和李琬对视一眼，赶紧跟了上去。二楼房间的门紧紧地闭合着，挂在门上的钥匙也被小朋友带了进去。严真轻轻敲了敲门，里面没有回应。

“珈铭？”她轻喊一声，听见从里面传来桌椅板凳拉动的声音，不一会儿，从门缝那里传来顾珈铭小朋友瓮声瓮气的声音：“干吗？”

“把门开开，老师有话对你说。”

“不开！”小朋友“哼哼”两声，撂下两字。

“为什么？”

“不开，不开就是不开！”小家伙大声喊，还用脚踢了踢门。

李琬示意严真靠后站，她来敲门：“珈铭啊，是奶奶，快把门打开。楼下张嫂做了溏心鸡蛋和奶油酥呢，你不是最爱吃吗，再不出来奶奶就给你爷爷吃了。”

门内又是一阵沉默，小家伙此刻内心估计正在纠结。李琬对着严真笑了笑：“对付珈铭，你就得拿吃的哄。”

严真微扯嘴角，淡淡地一笑。果然，不一会儿，里面的小朋友发话了：“要我出去可以，我要打电话给顾淮越。”

嘿，这孩子。李琬一皱眉：“你爸现在忙着训练呢，哪有空接你的电话管你这点小事。”

“不管不管！”“小祸害”对着门猛拍，“我要给他打电话，我不要严老师做他老婆、当我妈妈！”

严真只觉得手脚发凉，而李琬却彻底冷了脸。珈铭是她从小带到大的，他妈妈林珂早逝，而他爸又经常不在身边，李琬是把他疼进了骨子里，不舍得难为他。小家伙虽然调皮，却从没有过像今天这样耍赖不听话。

“快点出来！”

“不出去！”小朋友拍门道，“凭什么不经过我同意就娶老婆了！不行！”

李琬承认，这婚结得是有些仓促，可这不是顾淮越的时间太紧了嘛。不过这理由要讲给小朋友他肯定听不懂。李琬索性说道：“你爸爸娶老婆还得由你挑啊，赶紧出来。不然一会儿喊你冯湛叔叔撬开门，就等着吃你爷爷板子吧。”

严真顿时眼皮一跳：“妈——”

“吃的行不通的时候，就得吓吓他。”李琬转身拍拍她的手，笑了笑，说，“这就是老爷子说的，胡萝卜加大棒政策！”

严真苦笑，现在李琬倒有心思来教她怎么教育珈铭了，可里面的小家伙哪里吃这套，被这么一吓，竟然哇的一声哭了出来，哭声震天动地。

“你们都是坏人！讨厌！我要爸爸！呜呜，呜呜……”小家伙哭得中气十足，“爸爸！爸爸，爸爸！”

这一哭不仅把门外这两个人镇住了，在楼下刚把双胞胎宝宝哄睡的梁和也被引上了楼，看见阴着脸的婆婆和一旁脸色微白的严真就明白过来了。梁和向婆婆点了点头，试探着敲了敲门。

“珈铭，听小婶话，把门开开。”

小家伙连忙扑到门边，拍打着门：“呜呜，我要爸爸，我要爸爸！”

“珈铭乖，爸爸回部队了。你看，你爸爸怕你寂寞，特意要你严老师来陪你玩儿，你不喜欢吗？”

“不喜欢！”顾珈铭哇哇哭道，“我讨厌她当爸爸的老婆，我讨厌她跟我抢爸爸！不准抢我爸爸！”

梁和讪讪地退了回来，严真回过神，拦住准备下楼找冯湛来撬门的李琬：“妈，算了。我来跟他说几句。”

她沿着门蹲下，门那边是哭得脸都成了大花猫的顾珈铭小朋友。她敲了敲门，对他说道：“珈铭，在听吗？”

“呜呜……”

“老师跟你说几句好吗？”

“你不是我老师！我老师已经换人了，呜呜……”小家伙继续哭。

“是啊，我都忘记了，我已经不是你的老师了。”严真自嘲地笑笑，又对着门那边的小朋友说，“那，我先回家，你出来吃饭，好吗？”

“呜呜……”哭声减小，似有所动。

严真起身看着李琬：“妈，那我就先回去了。”

李琬充满歉意地看着她：“那你就先回去，珈铭小，不懂事，你可别往心里去。”

“我知道。”

她是个大人，怎会跟小孩子一般见识呢。更何况，小孩子学不会虚与委蛇，不喜欢就是不喜欢。小珈铭，现在是真不喜欢她了。

由于小朋友的抵制态度，过后几天严真刻意地不再去顾家。虽然冯湛来接过几次，但是她都拒绝了。每次冯湛都是苦着一张脸来，又苦着一张脸回去。严真也是有些内疚，她对冯湛说："过段时间吧，等小家伙气消了我再去。"

冯湛低声嘟囔："那您就等着吧，这小东西记仇厉害着呢。"

严真也只是苦笑。

"嫂子，要不您给参谋长打个电话，别人哄不动，参谋长准行。"

严真想了想，摇了摇头："算了。"

冯湛不解，她轻笑着解释："这是我们两个的私事，就不劳烦他了。"

冯湛乐了，也是，省得首长日理万机还得操心自家后院。

临近下班，C市又突然下了一场大雨。严真从一堆书中抬首，看着窗外哗哗落下的雨幕轻皱了一下眉头，已是深秋，这样忽然的一场雨还真是让人烦躁。她耐着性子等了一会儿，仍不见雨小，就索性披了风衣外套往家赶。回到家里当然已是全湿，冻得连开门的钥匙都握不住，还是奶奶听到了外面窸窸窣窣的声音来开的门。

一看清她的模样，自然是要训的："怎么冒雨回来了，下这么大雨就该打个车。"

严真笑笑，蹭进屋来。一抬眸，看到桌上的电话正通着。

"谁打电话呢？"她一边换衣服一边问道。

"是小顾。"奶奶笑眯眯地点了点她的额头，"换好衣服快去接！"

严真顿时有些茫然，他走了有多久了，五天？十天？半个月了。半个月来，第一次接到他的电话。严真拿起话筒，声音沙哑地喂了一声。

“C市在下雨？”他问。

“嗯，下得很大。”她被冻得有些感冒了，声音也闷闷的，“有事吗？”

“没什么大事。”顾淮越微沉吟，说，“后天开驻西北举行军事演习，在那儿几天可能都接不到电话。”

演习基地通信限制很严格，个人通信器材在基地内部几乎无法使用，接入的电话全部是军线。

严真嗯了一声：“没什么事，你放心去吧。”

说完之后是一阵沉默，打破这令她窒息的沉默的是奶奶的一声惊呼：“小真，你只穿一条秋裤就跑来接电话了？也不加一条裤子。”

声音之大，顾淮越当然也听到了：“快去吧，别冻着。”

“好的。”严真匆忙地挂掉电话，向卧室走去，整颗心怦怦地跳得极快，几乎要跳出来了。

托冒雨和挨冻的“福”，严真第二天起床时发现自己感冒加重了。早上饭也没吃，强撑着去了学校，一上午都晕晕乎乎的，撑到中午去食堂吃饭时已经饿得前胸贴后背了。

食堂里，她一边用筷子挑着鱼香肉丝里可怜的肉丝，一边听王颖大谈特谈最近失败的相亲。严真想，如果此刻告诉王颖她最近刚把自己嫁了出去，王颖一定会扑上来掐死自己的，原因很简单，她又少了一个“剩女”盟友。于是严真只是笑笑听着不插话，免得消化不良。

“哎，对了，”王颖凑上来，有些神神秘秘地压低声音说，“你知道沈老师今天中午为什么不来吃饭吗？”

“不知道。”严真没精打采地搭着话，“怎么了？”

王颖嘿嘿一笑：“告诉你吧，沈老师遇到了入教以来最大的‘铁板’。猜猜是啥？”

严真瞥她一眼，王颖立马自觉地说：“学生打架，哈哈哈，你说乐不乐？”

学生打架，这是每个学校都免不了的事情，尤其是在他们这所学校。老师处理这些问题也都有一手了，知道该怎么训又该怎么哄，但沈孟娇刚来，自然是有些不适应。

严真微哂：“你就为这个乐成这样，有点出息没？”

王颖也不恼，直说：“你要知道是谁就不会这么说了。”

“谁？”严真问道，心里顿时有种不好的预感。

“就是你们班那对标准的捣蛋鬼，顾珈铭和林梓。”

果然。严真抚额。

从食堂回来，严真就在办公室来回踱着步。去不去看看小朋友呢？严真心里纠结着。

对桌的小刘看她的样子，关切地问她是不是身体不舒服。严真摇摇头，不好意思地避开视线，向外望去。午后的阳光极好，可是她的心情莫名地有些烦躁。想了想，她立刻转身来到小刘面前，几乎把她吓了一跳。

“小刘，我有事先去一趟教学楼，要是有人问你就帮我解释一下。”

小刘点了点头，严真飞快离去。

下午的课已经开始了，走廊里空无一人，严真站在这久违的教学楼里，也没顾得上感慨，直接就向之前的办公室走去。严真还记得课程表，知道这个时候李老师有课要上，那么办公室应该只有沈孟娇一个人。结果如她所料。她推门而入，正对上沈孟娇一双带着焦急又无奈的美眸。

沈孟娇有些惊讶：“严老师，有事吗？”

严真其实还没想好怎么说，可手已经先一步推开了门，她便只好尴尬地笑笑："没什么事，我……"她眼眸转着，一不小心，就瞥到了角落里的一个小人。

那个小人戴着一顶歪歪的帽子，脸上有些微挂彩，此刻正蔫蔫地耷拉着脑袋。严真灵机一动，问沈孟娇："沈老师，出了什么事吗？"

沈孟娇立马苦了一张脸："学生打架，我这正开导着呢。谁知道这个小家伙这么犟。"

被点名的小家伙即刻抬头，看见严真时，原本圆溜溜的双眼立刻睁大，末了，又赌气地把小脑袋扭到一边。

严真失笑，她看向沈孟娇："沈老师打算怎么处理？"

沈孟娇拢了拢头发："我打算联系他的家长，让他家长来学校一趟。"

说完这句话，那边耳尖的小朋友立马嚷了一句："我爸爸回部队了！"

沈孟娇惊讶地睁大眼睛，脸上顿时浮现出一丝尴尬的神色。

严真见状，说："如果沈老师愿意的话，就让我来吧。"

沈孟娇不解地皱起眉头："严老师你？"

迎着小家伙赌气的眼神，严真轻轻一笑，说："我也算他的家长。"

沈孟娇很明显地抽了一口气，有些不可置信："你是他的家长？"

严真淡淡一笑，看向撇着嘴低着头的顾珈铭小同学："沈老师可能不知道，珈铭的父亲当兵在外，联系他不方便，如果以后珈铭有什么问题，就直接来找我吧。"她说得毫无破绽，听在沈孟娇耳朵里却是语焉不详，语气中透着暧昧。

严真停在小朋友面前，向他伸了伸手。顾珈铭小朋友抬头瞥一眼，又瞥一眼，才犹犹豫豫地伸出了手，握住了她的小指。

她带着他向外走去，沈孟娇忽然开口喊住了她："严真！"

严真微微侧头，看着她徐徐说道："我忘了告诉你了，之前珈铭这个班，是我在带。”

沈孟娇顿时语塞。

严真拉着小珈铭的手向外走去，直到走到一个拐弯处，沈孟娇看不到的地方，小朋友才拽了拽她的小指，示意她停下。严真转过身，认真地看着这个几天没见的小朋友，末了一声轻笑。真是个聪明的小家伙，不想在教师办公室待，就势让她拉着出来了，现在没人了，就要倒戈相向了。

她俯下身，替他正了正帽子，又替他理了理衣服：“为什么打架？”她假装严肃地问，可是眼中的柔和泄露了她的真实情绪，骗不了人。别管这小家伙多闹腾，她就是对他生不起气来。

顾同学嘛嘛嘴：“这是我们男人的事情！”

“那怎么又是林梓呢？他跟你有仇啊？”

说起这个顾珈铭同学就来气了，鼻子哼一声，要是有胡子估计就要翘起来了：“谁让他弄坏我的枪。那是我爸爸买给我的！”

“枪，什么枪？你怎么带玩具到学校来啦？”

顾珈铭把背在身上的小书包拿了下来，拉开拉链，呼啦一下子倒出来许多东西。书没有一本，小玩意儿倒是不少，严真看得头都要大了。

一个一个捡起来看看，有贝雷帽，各种各样的小手枪，还有一个小指南针，看样子应该也是儿童玩具。她几乎要叹为观止了，拿起一本小册子，问：“这是什么？”

“小祸害”觑了两眼，骄傲地一抬小脑袋：“这是地图，我军作战专用！”

严真仔细翻了几页，上上下下翻过也看不出什么名堂，索性丢在一边，又拿起一个帽子道：“你拿这么多帽子干什么？”

“必要时保护要用。”说完眼睛亮亮的，“万一遇到敌人呢？”

严真觉得纳闷：“你带这么多东西要干吗？”

“小祸害”一本正经地答：“我要离家出走！”

严真顿时无语，她摸摸他的头，不知道该说些什么。良久，她才问："为什么要离家出走？"

小家伙还沉浸在自己的雄心壮志之中，激动地说道："我要去找爸爸！我听爷爷说，首长这几天在西北参加军演，马上就要结束了，我要去找他！"说完沾沾自喜地看着她，而后眼睛忽然一亮，他想起面前这人是谁了，赶紧捂住了嘴巴。完了，最高机密泄露了，而且还泄露给了要抢他爸爸的人！

严真顿时就笑了。她还真没白夸他，要离家出走，甚至连地图和指南针都带上了，虽然一个不知所云，一个指不了北。这么小的人，还知道遇敌隐蔽，是怎样一个男人、一个家庭，带出了这样的小娃娃？他让她的心都软了。

"珈铭，老师跟你说几句话好吗？"

小家伙依旧捂着嘴巴，点了点头。她轻轻把他的小手从嘴边拿开，握在手中。

"你知道爸爸为什么跟严老师结婚吗？"

小家伙摇摇头。

"因为爸爸知道严老师也喜欢珈铭，喜欢这个聪明可爱的小孩。爸爸觉得只是他一个人爱你不够，就想再找一个人来和他一起爱你。你看，别人家的小孩不都有爸爸妈妈一起爱吗？为什么珈铭就要少一份呢？"

这长篇大论小朋友一时还消化不了，眼睛转了转，低头嘟囔了一句："我有爸爸就够了。"

"嗯，那珈铭是真的不喜欢严老师了吗？"她笑吟吟地看着他一双黑亮黑亮的大眼睛。

大眼睛眨了眨，似乎是在犹豫，又似乎是在挣扎，末了他说："看你表现！"

严真顿时又哭笑不得。

小家伙似是找到了满意的答案，边说边点头：“你要是不跟我抢爸爸了，我就喜欢你。要不然，我就告诉爸爸。”说完得意扬扬地看着她，“怎么样？”

严真无奈，伸出手在他小脑门上弹了一下。

“小祸害”的包子脸又出来了，一边揉脑门一边低声嘀咕：“其实我本来就去不了啦。最重要的武器都坏了，我还怎么上阵杀敌。”

说着一脸遗憾地看着手里当宝贝的枪，严真站在原地，忍不住抽了抽嘴角。小家伙，得了便宜还卖乖。

尽管小朋友说“看她表现”，可严真明白，自从她把他从办公室拎出来之后，小朋友对她的态度就缓和了几分，不像之前那么排斥了。这也算是个好现象，她终于可以趁机轻松一下了。

这段时间她过得太乱了，先是以闪电般的速度领了证结了婚，然后又是一个人去面对这一大家子人。倒也不是顾家人多难相处，李琬是真待她好的，有一次看她淋雨骑自行车回家第二天就提出来要冯湛接送她上下班，严真吓了一跳，连忙拒绝了。李琬也不好勉强她，思前想后送了一辆电动车，让严真不好再说不。

严真叹了口气。这一切都来得太快了，她几乎都有些措手不及了，只能盲目地安慰自己，走到哪一步说哪一步吧。

回过神，严真埋头工作，将归还的书归类好之后向门外走去。

已经是晚上七点了，早过了闭馆的时间。今天图书馆清理了一半旧书，她早就知道要加班，提前通知了奶奶，此刻倒也不急着回家。馆里人已经走光了，常主任特意敲了敲门，让她早些回家。

刚走回办公室的时候就听见她放在抽屉里的手机在响，严真立刻接通了电话。电话那头是冯湛，语气很急的样子，她立刻出声安抚道：“冯湛，有什么事你慢慢说，我听着呢。”

外面刮着风，冯湛的声音不甚清晰："嫂子，您今儿在学校见到珈铭没？我这来接他放学，一直没见人。"

"我没有见到他，"严真答，眉头微微皱起，"怎么会不见人影？"

"我也不知道，平常这小家伙一下课就头一个跑出来，今儿等到学校人走光了我还没见着，门口这门卫老大爷还硬是不让我进去，你看这……"

说完电话那头又是一阵嘈杂。

严真在这头隐约能听见冯湛在跟门卫老大爷据理力争："大爷，您让我进去。我是人民解放军，您看看我这士官证——"

严真无奈，在这头叫了他几声之后都没有反应，便挂了电话，拿起衣服向外面走去。

这么晚了这小家伙能跑到哪里去呢？她头疼地想。

别是给坏人拐跑了吧？这个想法把严真吓了一跳，她一刻也不缓地穿上衣服就向外走。打开图书馆门的手都在抖，然而一打开门，她怔住了。

黑暗里，仅道路两旁有几盏或明或亮的路灯透着光。借着这一层薄薄的光，她看见一个小人背着书包，正仰头站在图书馆的门口。看见门打开，一双眼睛顿时笑开了。

她有些难以置信，俯下身仔仔细细地看着忽然出现在自己面前的这个孩子，用手抚了抚他的脸，亮亮的，却格外真实。

她打量着他，只见他脑袋上戴了一顶雄赳赳气昂昂的贝雷帽，斜挎了一个小书包，站在那里，眼睛亮亮地看着她。

严真开口，声音已经有些沙哑："珈铭，站在这里干什么呢？"

小家伙丝毫感觉不到她此刻复杂的心情，两眼一眨，脆生生地宣布："严老师，考验你的时候到了！"

严真不说话，刚刚绷着的一根弦太紧张，一下子放松下来，浑身的力气都散尽了。她用温暖的掌心贴紧小珈铭的双颊，良久，才开口：“要考验我什么？”她尽量语气轻松，却还是感觉到了惊出一身冷汗后的涔涔凉意。

小家伙眨巴眨巴眼睛，翻了翻自己的包：“你看，我爷爷把枪修好了。”

她拿过来，发现断裂处已经被透明胶带粘好，虽然破了一点相，但是也够小孩子折腾了。

“所以呢？”严真轻声问，眼皮却忽然一跳，仿佛有了预感。小家伙拿枪，拿枪干什么？

只见顾珈铭小朋友咧嘴嘿嘿一笑，大声宣布道：“老师，你带我去找爸爸吧！”

果然！严真抚额，稳了稳身子看向小家伙一眨一眨的眼睛：“珈铭，爸爸在工作呢，我们去了不是捣乱吗？”

小家伙立刻举手保证：“不捣乱不捣乱，保证不捣乱。”

“那你问爷爷，爸爸军演的时候能见我们吗？”

“冯叔叔说军演就快结束了，我们可以等嘛。”小家伙噘嘴。

显然，小朋友来之前已经打算好了，她现在拒绝，也得找好理由。严真思忖片刻：“那你知道路吗？不知道路我们怎么去？”

小家伙立马欢腾地翻了翻包，递上来那本不知所云的地图：“看这个！”

好吧，小朋友用他的年幼天真打败了她。严真凝视着那本地图，沉默了几秒，低叹了一声，说：“好。”她向珈铭伸了伸手，努力展露微笑，“老师带你去。”

她牵着小珈铭的手从偌大的校园穿行而过，小家伙是真的高兴了，一边走还一边哼着歌。严真苦笑着捏了捏他肉肉的掌心，带着他向门口走去。

“老师，我爸爸在草原，他说草原上可以烤羊肉吃，你喜欢吃吗？我让爸爸烤给你。”小朋友很仗义地说。

严真抽抽嘴角：“谢了。”

如果真那样，其实也不错。只是，恐怕现在已经有点晚了。

严真站定，显然已经看见了门口正在向他们招手的冯湛。顾珈铭小朋友咦了一声，然后就看见他好不容易瞒过去的冯叔叔正大步向他走来。

小朋友的第一反应是怒视“投敌叛国”的严真。严真则是努力忽视小朋友严厉谴责她的视线，看着冯湛。

“珈铭在这儿，把他带回去吧。路上给家里打个电话，让他们别担心。”

冯湛苦着一张脸：“还没跟家里说呢。”

严真想了想：“那我给顾园那边打个电话吧。”

冯湛点点头，看向顾珈铭小朋友，此时小祖宗正一脸戒备地看着两个大人。冯湛俯下身想去抱他，却被他躲得远远的。

“珈铭，先跟冯叔叔回家。”严真开口，转移了小家伙的注意力。

“我不走！我不走！我不走！”

小朋友愤怒地喊着，可在两个大人面前，他的力量还是太弱了。严真看着他的眼神，有些不忍心。她偏过头，示意冯湛把他带走。

“呜呜！”顾珈铭奋力挣脱，可终究还是个小孩子，挣不过人高马大的冯湛，没多久就被他弄到了车上。可小朋友也不妥协，车门都落锁了还不停地踢着门，边踢边扁着嘴，像是要哭又像是在忍着眼泪。

严真不忍再看，转过身慢慢离开。

严真知道，她这次又得罪小朋友了。所以，从那天之后，她就尽量避免再出现在小朋友的面前。

一场又一场的秋雨终于带走了最后一丝暖意，早上上班出门的时候严真添了一件衣服，可临到中午还是冻得手脚直哆嗦。十二点严真准时跟王颖一起去食堂吃午饭，一路上听王颖絮絮叨叨。“这还没到冬天呢就冷成这样了！”王颖缩缩脖子抱怨道。严真轻笑了下，抬步迈向餐厅。然而推开食堂大门的一瞬间，她却猛地停住了脚步。王颖有些不解，顺着她的目光看去，只见正对着大门的那张餐桌上坐了两个人，一个是优雅大方的沈孟娇，另一个则是顾家的宝贝蛋顾珈铭。

“哟，这是怎么回事？”王颖有些惊讶。

严真顾不上多说，直接撇开王颖向那张桌子走去。

沈孟娇看见她也微微有些诧异，某个小朋友则是脑袋也不抬，对着餐盘里的排骨猛啃。

“沈老师，您怎么带他到这里来吃饭了？”他们这所学校下午五点准时下课，中午有一个半小时的休息时间，学生都是不回家的，有专门的酒店与学校合作将饭菜送到学校来。

沈孟娇诧异过后淡定了，拢了拢那头光洁的头发，轻柔地笑了笑：“珈铭说想吃排骨，所以我就带他来食堂了。”

严真沉默几秒，小朋友忽然从餐盘上抬起头，嘴里包着满满的肉说：“沈老师带我去看爸爸！”

沈孟娇脸色微微一红，拿出纸巾替他擦了擦嘴角的油渍：“慢慢吃。”

小朋友嘟囔：“反正比某些背信弃义的人强。”

严真气结。她转身离开，连饭也没点，王颖哎哎叫了两声也没让她回过身。

原本那个吃得正香的“小坏蛋”却慢慢放下了筷子。沈孟娇看着他，又给他夹了一块排骨：“再吃点？”

小朋友撇嘴，似是无限委屈：“吃饱了。”

整个下午，严真的心情都宛如狂风骤雨般不得平静。

码书的时候摆错了好几本的顺序，小刘跟在她身后，看着她的表情，敢怒不敢言，只好一本一本地全给换过来。

好不容易摆好，小刘试探地问："严姐，你心情不好吗？"

严真顿了顿，回过头："很明显吗？"

小刘重重地点了点头。严真苦笑，她真是被这个小家伙给折腾住了。明知道这小家伙是故意气自己的，她还真就着了他的道了。

看着窗外透过云层照射下来的阳光，严真呼了口气。算了，她先投降好了。

下午五点，放学铃响了。严真把最后一本书整理好，换好衣服就向外走去。

校园里人潮往来，川流不息，严真逆人群而行走，有些吃力。终于教学楼在望，她快步向前走去，却看见沈孟娇牵着顾珈铭的手从教学楼走了出来。

两人看见严真，都顿在了那里。

"严老师，有事吗？"

严真收起了急躁，问："沈老师这是？"

沈孟娇淡淡一笑："我送珈铭回家。"

"小祸害"则是微微张大了嘴，似是不相信看到严真。

严真冲他笑了笑，看向沈孟娇："交给我吧，今天晚上珈铭去我那里住。"

沈孟娇试探着看向顾珈铭，珈铭撇撇嘴，看着严真："你想干吗？"

严真忍住翻白眼的冲动，努力微笑："我带你回家，顺便带你去找爸爸。"

放学之前严真已经给李琬打过电话了，今晚带珈铭回她家。李琬以为这两人的矛盾解决了，自然是高兴不已。

有人撑腰，严真自然更有底气。她看也不看沈孟娇的脸色，从她手中牵过了小朋友的手。小朋友本来还有些犹豫，可一看她的表情，噘噘嘴，握住了严真的手。

严真握紧他的手，向沈孟娇微微一笑，便带着顾珈铭飞快地离开。

沈孟娇几乎是不敢相信地看着她的背影，等人走远了，才想起来大喊一声：“喂，你们站住！”

校门外，小朋友一脸戒备地看着骑上电动车的严真：“干吗？你又想骗我。”

严真几乎要抚额了：“不上我就走了，老师现在很生气，后果很严重。”

果然，小朋友吃硬不吃软，爬上了电动车的后座。噘嘴思考了一会儿，他戳了戳严真的背：“严老师，这样不公平。”

“怎么了？”闷闷的声音从前面传来。

得到回应的小朋友一下子来劲了：“你看呀，你都背叛我了，还不准我找别的盟友吗？”

严真被这小家伙气得咬牙，偏偏还无处发泄，只好猛踩脚镫，车子飞快地向家驶去。

说起来，这还是小朋友第一次去严真家。别看小朋友把严真折腾得够呛，可在奶奶面前，他还是一个天真无邪的乖小孩。奶奶也是头一回见着珈铭，被这小家伙逗得都快合不拢嘴了。

“太奶奶，抱抱！”

“哎！”

严真正在喝水，听到这话时忙出来阻止准备尽享天伦之乐的两人：“你太奶奶年纪大了，抱不动你。好了，不许撒娇了，赶紧进屋写作业去。”

顾珈铭同学噘嘴表示不满，可胳膊拧不过大腿，还是一步三回头地走了。

奶奶心疼这个小家伙，就亲自下厨房熬粥了，美味的皮蛋瘦肉粥把小家伙的肚皮喂得鼓鼓的，精神了一晚上，到了晚上十点多才在严真的催促下不甘不愿地上床睡觉。

入睡前，严真端来热水给他洗脚。

肥肥的脚丫，握在手中又软又滑。小朋友用脚丫在水里扑腾了两下，便乖乖地任由严真给他洗脚。一双眼睛盯着她，一会儿，拽了拽她的衣袖："严老师，你还生气吗？"

严真瞥他一眼："没有。"

小家伙不信："老师别骗我了。"

她还真拿一个小孩子没办法了？严真无奈，用干净的毛巾给他擦脚。

"老师，你知道我为什么要去找爸爸吗？"小家伙一边玩弄着手里的魔方一边问。

"嗯，为什么？"她问道，声音渐渐柔软下来。

"因为我想跟爸爸一起过生日。"顾珈铭说，"好几个生日都没跟爸爸一起过了，这次想跟爸爸和严老师一起过。可以吗？"

他看着她，眼睛如小鹿一般纯净。严真忽地想起小时候的自己，她的父亲也是军人，在一个离家很远的地方当兵，那时她还跟奶奶住在老家，对于父亲，她也曾这么奢望过。

蓦地，眼睛有些潮湿，她连忙用手去擦，顾珈铭睁大眼睛看着她："严老师，你哭了？"

"没有。"她柔声说道，吻了吻他的额头，"睡吧。"

"那爸爸呢？"他揪着她的衣袖不放。

严真笑笑，说："我带你去。"

她决定，陪他疯一回。

CHAPTER 5

草原之夜

西北地区W市。

草原的猎猎西风将最后一点弥漫的硝烟卷走，路面上是一道一道装甲车碾过的痕迹，深浅交错。有几辆挂着B军区牌照的吉普车开过，扬起一阵沙尘。演习已经结束，A师各单位正处于休整之中。天暗沉下来，已近傍晚，野战炊事车也开始工作。

几个工程兵正在拆卸师前指的防御工事，师长刘向东一把掀开帐篷的门帘，大步向里面走去。政委高翔不在，几个中尉正在收拾东西，演习结束之后他们就要从这里撤走了。

刘向东一眼就瞥见站在指挥系统前凝视地图的顾准越，不禁笑了，走过去拍了拍他的肩膀："演习结束了，导调中心江处长打电话过来说席司令明天到，今晚先不急着撤。我寻思着咱们得准备些什么。"

"没事，席司令不喜欢摆谱，不需要特殊待遇。"

刘向东哈哈一笑，带着山东男人特有的豪爽："行，听你的。"

顾准越掀开帐篷走了出去。此刻的草原静极了，若不是来来往往的一色绿和那尚未拆除完毕的防御工事，很难看出这里刚刚经历了一场军事演习。好多战士由于劳累过度倒地就睡，夜晚的草原上是很冷的，政委高翔正忙着把人喊起来，无奈一个一个都跟糨糊似的，根本扶不起来。

顾淮越说："先让他们歇歇吧，他们太累了。"

高翔无奈地点点头，他看着面前这位比他年轻了十几岁的人笑了笑："我听说你跟D师的沈孟川是一个军校毕业的，这么打，会不会狠了点，可有损你儒将的风范？"

"应该不会，这人还是有点骨气的。"

沈孟川跟他是同年兵，只是从军校毕业之后沈孟川就到A师师侦营当兵，随后从A师进了D师，一路青云直上到参谋长的位置。近来又因为D师的人员调动，上面又安排他做了D师的代理师长，成了D师的第一把手。此人比较狂傲，在上一次对抗演习中也是A师跟D师打，本想走个过场，当靶子让首长高兴高兴，结果沈孟川用一个团就吃掉了A师配属作战的加强团，丝毫不为老部队留情面。

这一次虽然也是常规的对抗演习，却是A师的雪耻之战。

顾淮越收回神，又回到指挥部，给家里打了一个电话。李琬在那头喋喋不休，他手指一边敲击桌面一边耐心听着："对了淮越，珈铭跟着严真住到她家里去了，你要想儿子了，就打小真的电话。"

老太太在那头喜上眉梢。

这小家伙跟严真的关系是越处越妙了，上次在她那里住了一晚上，这个周末说还要过去。老太太自然乐见这种场面，收拾收拾东西就把他送了过去，全然没察觉小朋友临走之前那狡黠又得意的眼神。

这头的顾淮越听了老太太的话，沉吟了下，挂断电话，沉默了几秒，又让通信员接通了另一个号码。

电话那头嘟声响了将近三十秒才被接起："谁呀？"

"是我，奶奶。"后面两个字几乎是毫不犹豫地吐出。

"小顾呀？"奶奶惊喜道，而后又有些遗憾地说，"哎呀，你打得可真不是时候，小真刚带了珈铭出去。"

“出去？”他眉头微微一皱，“去哪儿了？”

“说是出去玩两天。”奶奶笑，“你要有事啊，就打严真的手机吧！”

出去玩？八成是小家伙又缠着严真要去哪儿了。所以说，太了解儿子也不是一件好事。

顾淮越摇摇头，转身又打了严真的手机。

那头接得很快：“喂？”

一道柔和的女声从那头传出，顾淮越听得出背景音有些嘈杂，问道：“你们在外面？”

“是的。”严真轻声说，“我和珈铭在外面。”

顾淮越有心想问问两人在干什么，又怕管太多让严真误会，以为自己不放心她。迟疑了下，他说：“我听奶奶说你们出去玩了，小家伙要有什么不听话，你尽管说他。”

“我知道。”严真回，“珈铭挺乖的，你要跟他说两句吗？”

“不了。”注意到刘向东走了进来，顾淮越说，“你们注意安全，有事打我电话或者家里，这几天都能接。”

“好。”

这声“好”严真应得有些虚，幸好顾淮越的电话挂得干脆利落，没有注意到。

C市火车站。

在人满为患的候车大厅里，打扮可爱的小朋友正笑嘻嘻地牵着严真的手，排队等候检票上车。

看着蜂拥的人群，严真可没小家伙那么好的心情，她的心里还是有几分没底的。这种毫无理智、没头没脑的事，对严真来说还是平生头一回。想起刚才在电话里同顾淮越撒的谎，严真有些耳热。

顾珈铭眨眨眼：“老师，我们怎么不坐飞机呀？”

小家伙要求还挺高。严真回答说：“那地方没有机场，不通飞机。而且，坐火车更容易看风景。”

小朋友似懂非懂地点了点头，看着渐渐往前挪动的人群，笑得更灿烂了。坐上了车，爸爸就不远了！

G省境内铁路线绵延曲折，沿途有许多美丽的风景。顾小朋友刚上车的时候还对着窗外一闪而过的景物咋咋呼呼，但没过多久，累了一天的小朋友就沉沉地睡着了。

严真默默地看着窗外漆黑的一片，伴随着车厢内一阵阵绵长起伏的呼吸声，她完全沉静了下来。她对火车有种莫名的亲切。小的时候父亲每次探亲，都是坐火车回来的，每到那一天，她就早早地等在火车站，奶奶就告诉她，火车的这一头是家，那一头是父亲。

对铺是一位带着一个一岁大婴儿的女人，她将孩子哄睡，看着严真说：“你也是带着孩子出远门吧，小家伙挺可爱的。”

严真笑了笑，借着车厢内微弱的光线低下头细细打量顾珈铭小朋友天真无邪的睡颜。她曾透过小珈铭去回忆他的样子，清俊淡漠，可是一旦站在那里，便是军姿挺拔，不可撼动。

再有多久就要见到他了？等等吧，等到演习结束，她一定会带着珈铭去见他。

演习基地是在W市的一个小县城里，来之前她问过冯湛，距离他们演习地点最近的是S镇，她决定带着珈铭先往那里去，等到演习一结束，冯湛会立刻通知她。所以说，冯湛是唯一一个被她拉下水、知道他们去向的人。当然，严真不是没想过知会顾家二老一声，但又怕他们不同意。这样的话，她就没办法圆珈铭跟爸爸过生日的愿望了。思来想去，只有瞒着。

早上六点火车顺利抵达W市。严真拉着顾珈铭下车，冒着清冷的晨风，寻找汽车站。

小朋友是睡得正香的时候被严真叫醒的，此刻锁着一对小眉毛问："严老师，咱们这是去哪儿呀？"

"去汽车站。要去找你爸，咱们还得坐汽车。"

小朋友嘴巴又噘起来了："真麻烦。"

严真被冻得脑仁疼，再加上小家伙这么一抱怨，心里别提多乱了。

幸好汽车站通常离火车站都不太远，一个拐弯，严真就看见了标着"汽车站"三个闪金大字的牌子。严真高兴不已，立马带着小朋友去买票。

许是两人运气好，十分钟后就有一辆开往S镇的客车。严真买好了票，拖着小朋友上了车。

这是顾珈铭小朋友从小到大第一次坐客车，一上车他就新奇不已地到处摸摸碰碰。严真见状不免觉得好笑，伸手把他按在了座位上："坐好。"

"严老师，我们一会儿就能见到爸爸了吗？"小朋友睁着大眼睛问道。

"嗯。"她揉揉小朋友的脑袋，微微一笑，"马上就能见到了。"

由于是早班车，所以车子开动时车上的人还是寥寥无几。饱睡了一夜的小朋友此刻精神了，兴致勃勃地看着窗外，严真却有些昏昏欲睡。她看了一眼小朋友，紧握住了他的小手。

长大之后，她很少有这样的长途旅行了。她还记得小时候跟着父亲一起去部队，旧式的绿皮车，人挤人的车厢，她就这样握着父亲的手，在他的膝头睡得香甜。尽管一晃都过去这么久了，可这些情形一想起来竟还清晰得恍如昨日。

看来，有些记忆无论怎样都是抹不去的。严真缓缓一笑，靠着座椅闭上了眼睛。

车子匀速行驶在西北草原的土道上，原以为能一路顺利地抵达S镇，不料就在严真半睡半醒时，车子忽然一阵颠簸摇晃，司机坚持了一会儿还是把车停了下来。

严真因为惯性向前倒去，脑袋一下撞到了前排的座位。她吃痛地揉揉脑门，睁开眼睛望向窗外，一望无垠的草原让她有瞬间的失神，反应过来之后才发现问题的严重性，因为司机不走了。

“下车吧。”司机吸了口烟，淡淡地说。

全车人包括他们两人在内共四个人，都愣在了那里。小朋友童言无忌，好奇地问：“这里就是S镇？”

司机苦笑着说：“车子抛锚了，往前走不了了。”

“车子坏了？”小朋友眨眼问道，还是有些不相信。

严真看小朋友一眼，无奈地点了点头。

得，这下好了。下车，步行！

严真一手牵着小朋友一手拿行李，步履缓慢地走在黄土小道上。要是此刻有个镜头对准严真和顾珈铭，照下来的绝对是两张无精打采的脸。因为一眼望去，这条路根本就看不到尽头。

走着走着小家伙忽然眼睛一亮，低头去捯饬他的小包，严真疑惑地看着他，不一会儿就有想去撞墙的想法。小朋友又拿出了那张不知所云的地图！

严真努力控制住想要暴走的想法，从他的小包里捞出两个墨镜，一人鼻梁上架上一个。

“干吗？”小朋友问，声音明显蔫蔫的。

“防晒！”

小朋友噘噘嘴，忽然眼睛又是一亮，指向远方：“车！”

镜头一转，看见的是两张表情截然不同的脸。一张面无表情，另一张则兴高采烈。与之前不同的是，这回两人坐在了车上，骡车上！

看着乐呵呵跟车夫套近乎的小珈铭，严真不由得觉得自己的野外生存能力还不及这位小朋友。她拍拍他的脸蛋，正了正他的帽子："珈铭，怎么老是把帽子戴歪？"

小朋友扬了扬下巴："牛气呗，多酷呀！"

严真差点没被口水噎着，看看这车，再看看这人。牛！简直了！

她缓过气来，说："你给伯伯说咱们要去哪儿了吗？"

"说了！"小朋友拍胸脯，"老师你放心吧！"

不论是小朋友还是严真，都是头一次来这里。看着广袤的草原和偶尔一两户人家房顶上冒出的炊烟，严真都会感叹：为什么会选在这样一个祥和的地方进行军事演习呢？

这个问题，估计她永远不会懂。

严真淡淡笑了笑，上前问车夫："师傅，这天都黑了，还有多久才能到啊？"

师傅操着不熟练的普通话说："马上，马上。"

说着又走了一会儿，等到天完全黑下来的时候，严真终于看到了前方有亮光闪现。可她依旧有些疑虑，因为这亮光太微弱了，不像是一个镇。有冷风吹来，严真缩了缩脖子，搂紧了小朋友。赶了一天的路，小朋友也累了，依偎在她的怀里："到了吗？"

"快了。"她控制着自己的声音，努力让它听起来很平稳。

果然，严真说完这两个字车子就停了下来。

"到了？"严真睁大眼睛问。

车夫憨厚地笑了笑，指着不远处的大门说："军营，不让进。"

军营？！车夫竟然直接把他们送到了军营？严真惊诧无比，可冷风吹得她的脑子嗡嗡的，她拽住顾珈铭的手，问："珈铭，你怎么跟伯伯说的？他怎么直接把咱们给送到这儿了？”

小朋友被风吹得迷乱了眼睛，揉了揉眼，看着严真严肃的表情，声音不自觉地软了几分：“我说，我爸爸是当兵的，我要找他！”

果然！严真狠狠拍了额头一下，她是糊涂了，万事真不能指望这个小家伙。现在这个地方是哪儿还不知道呢。车夫在那头拉骡子准备离开了，严真正想拽住车夫再问个究竟的时候，忽然有数道光线从远处的营区射了过来，有人群在灯影里晃来晃去，有些微的声响，却并不喧闹。借着这微弱的光线，严真看清楚了营区里停放的一辆辆车，还没等她想出点什么，身边的小朋友忽然松开了她的手，冲到前面大叫一声：“严老师！坦克车！”

严真慌忙去捂他的嘴，可是显然已经晚了。因为瞬间，有数道更强烈的光线从四面八方向他们射来。他们，无所遁形。

顾珈铭小朋友显然被吓了一跳，站在那里一动不动，一阵阵犬吠声由低到高从远处传来，严真赶紧回神，把小朋友护在身后。

只见又一道强烈的手电筒光线向两人射来，严真伸手挡住眼睛，隐约可见一个人牵着一条犬，向他们两人跑来。

“干什么的？”一道带着口音的男声传来。

严真撤下手臂，半眯着眼睛，看清了来人。是一个士官，在强光下肩章上那道粗杠尤为明显，手里牵着的那条军犬正对着他们狂吠。严真感觉到珈铭拽她衣服的手紧了紧，只好忍住恐惧：“不好意思，我们是从外市过来的，路上车坏了，才让这位师傅……”她转头寻找车夫，结果发现车夫早牵着骡子走了，严真顿了顿，只得回过神，硬着头皮问士官，“敢问，这是哪里？”

士官上下打量了他们一眼：“不知道这是哪儿就乱闯？”

一句话，说得一大一小两个人都低下了头。

士官肃声道：“这里是五三一团的草原驻训场。”这个驻训场里驻守了一个班，专门看守输油管道，为来往车辆提供补给。三面设防，其中有一面是借助灌木丛自然屏障。

原来如此。严真在心里默默一盘算，努力微笑："那请问，S镇还有多远？"

士官闻言奇怪地看了她一眼，抬手指了个方向："十二点方向。"

"啊？"严真几乎脱口而出，这么说S镇在完全相反的方向？

或许是察觉到她的想法，士官颇有些不忍地点点头："你们来错地方了。"

严真有些丧气地看着小珈铭，一股沮丧感从心底涌起。士官看着他们也不说话，两厢正沉默着，忽然一个兵从远处跑过来，对着士官敬了一个礼道："班长，D师今晚要在咱们这儿会个餐，您看怎么安排？"

"你说怎么弄，往好里弄呗。前几天补给车刚过来一趟，拣好的来。"

原来这个士官是班长。

小兵领命而去，剩下班长跟他们大眼瞪小眼。

"小祸害"眼珠子一转，看着面前的班长："叔叔，您也是当兵的吧？"

对着可爱的小朋友，班长的面部表情终于有所松动："难道我这一身军装是假的吗？"

得到他想要的答案，小朋友得意扬扬地笑了："我爸爸也是穿军装的呢。"

"你爸爸是？"

"我爸爸是顾淮越。"小家伙骄傲地宣布，瞅了瞅班长的军衔，更加骄傲了，"我爸爸肩膀上有好几个星星呢。"

班长的表情瞬间变了。严真赶紧拉了拉小珈铭，不让这小家伙显摆了。她充满歉意地看看班长，只见班长唰地站直，直挺挺地给她敬了一个礼：“嫂子好。”

严真瞬间蒙了，这，这是怎么回事？

看着严真的表情，班长同志满脸尴尬地放了下手：“嫂子，对不起。”

班长老耿红着脸向严真解释了一番，严真总算明白了过来。

这个草原驻训场隶属的五三一团是A师的一个团，对于师参谋长的鼎鼎大名自然是早已听说。不过参谋长的家属，这个驻守草原的班却是从来没见过。班长老耿不好意思地抓了抓剪了板寸的脑门，又喝了声还在叫着的军犬，带着他们向里面走去：“真是不好意思啊，嫂子，我没想到我们草原三班还能来军属，这简直太意外了。”

严真尴尬地抽了抽嘴角：“是啊，来到这里也很意外。”

“正好今天演习结束，D师一小部分退到了我们827，他们那边有车，看能不能把你们送到咱们师的指挥所去。”

严真有些意外：“演习已经结束了？”

老耿笑了笑，露出两排大白牙：“嗯。”

“那、那你们参谋长，他在哪儿？”

老耿张望了一下，指了指那边的九点钟方向：“就离S镇不远，十几公里的路程。不过距离咱们这儿可就远了，得七八十公里呢。”

严真顿时眼前一黑，好不容易缓过来，她又问耿班长：“那些在这里的是？”

“是D师的人。”

耿班长说，一把推开门，首先一排的吉普车和装甲车就闪花了严真的眼，这里的人全是D师师指挥所的人，正在准备一会儿的会餐，人来人往地擦肩而过。几个军官从他们身边走过，眼睛里都不约而同地露出一丝诧异。耿班长和他们笑着打了招呼，又对严真说：“嫂子，咱们进去吧。”

耿班长带着他们走到一个屋门前，伸手敲了敲门，不一会儿一个上尉从里面走了出来，耿班长连忙敬了一个礼，问：“沈师长在不在？这里有个情况需要汇报一下。”

上尉皱了皱眉：“有什么事，跟我说。”

耿班长看着严真，踌躇了一下，正在犹豫说不说，一道低沉的男声从屋里传来：“什么事？”伴随着声音而至的是一道黑影，严真抬了抬头，直视着这个压迫感极强的人——沈孟川。

耿班长站直了身子，又敬了一个礼，将事情的原委说了一遍。沈孟川认真听着，一双乌黑的眼睛不时地向严真和珈铭看来，那里面带着深深的探寻，抑或是玩味。

“A师参谋长顾淮越的家属？”沈孟川淡淡地重复着，向面前两人投去了锐利的视线，“怎么这副样子？别是骗人的吧？”

严真气结，小朋友也瞪了他一眼：“你才骗人呢！”

沈孟川低头看着小家伙，忽然笑了下：“张齐，电话连线A师的指挥所，让他们顾参谋长赶紧来接人。这待遇啊，演习一结束就迫不及待地跟家人团聚。”

严真皱了皱眉：“是我们自己来的，他不知道。”话一出口她就后悔了，果然，沈孟川眼中的笑意更浓了。

耿班长看无插话的余地，抓了抓脑袋跑出去准备会餐了。偌大空荡的房间，只剩下他们俩与沈孟川对阵，身后还不时传来张齐连电话时的低语。

沈孟川捞了一把椅子坐下，又向严真扬了扬下巴：“你们站着不累吗？坐吧。”

严真瞥他一眼，跟珈铭挨着沙发边坐下，神情有些戒备。

沈孟川轻松地笑了笑：“你们不用紧张，说起来我跟顾淮越还是同一个军校毕业的同一年兵，这点交情还是有的。保证把你们安全送到953去。”说完点起一根烟，小珈铭顿时应景地打了一个喷嚏。

严真也微微一笑：“谢谢你，不过，可不可以把烟给掐了，孩子不能闻烟味。”

沈孟川淡淡地瞅了她一眼，还真把烟给灭了。不一会儿张齐的声音传来：“报告，953电话占线，接不通。”

沈孟川头也不回：“那就接他们的一团，不行的话就我们亲自送。”

张齐扯了扯嘴角，拨下一个电话，这回倒是通了。

沈孟川看着严真：“A师的一团离我们这里倒不是很远，应该比953先到，你们就在这儿耐心等等吧。”说完拍了拍裤腿，向外走去。目送着他的背影，严真隐约觉得这个人有些怪。可这样的念头也就一闪而过，她太累了，正好趁这个工夫休息一下。

没过多久，外面响起了喇叭声，看来是接他们的人到了。

上尉张齐这回含笑看着严真和珈铭，把这一大一小请了出去。

沈孟川站在台阶上，皱着眉头看着眼前的少校：“你们团长呢，他怎么不来？”

四十多岁的少校轻轻松松敬了一个礼：“我们团长忙，就派我来了。”

沈孟川回头就喊张齐：“你怎么跟他们说的？”

“就说这边有两个人，要他来接一下。”

沈孟川顿时语塞，向他们挥了挥手：“走走走，赶紧接走。”

冲这态度，严真也懒得跟他道谢了，直接拽过小朋友，上了少校的车。

少校一直没说话，等到车缓缓开出827驻地时才正式地跟严真打了一个招呼。少校是姜松年，是一团下辖的一个营的副营长。他正了正后视镜，从那里面对后排的两个人笑了下："我比参谋长大，嫂子就不叫了。"

严真有些不好意思："真是麻烦您了。"

姜松年轻松地开着车："没事，刚刚那人是D师代理师长沈孟川。他是想我们团长亲自来接的，这一场演习咱们师赢了，人家心高气傲，多少有些不服。"

严真眉目舒展开来。

顾珈铭小朋友此刻精神了，站起来遥望着草原的夜色，不一会儿，肚子咕咕响了两声，顿时可怜兮兮地看着严真："我饿了。"

严真掏掏书包，抬起头来："我们的储备粮食都让你给吃光了。"

小朋友顿时撇起嘴来。

姜松年在前头笑了笑："忍一忍，马上就到爸爸那里了，让炊事班叔叔给你做好吃的。"

严真问："还远吗？"

"不远了。"说着车拐过一个弯，直直地驶入953驻地。等车停稳之后严真牵着珈铭下了车，粗略地打量了一下，这里跟之前的草原驻训场没有多大区别，此刻也正在会餐。

"你们先在这儿等等，我去找找参谋长。"姜松年说，一个转身，忽然就笑了，"说曹操曹操就到，你们看。"

严真顺着他指的方向望去，只见一棵大树下站了几个人，姿态挺拔，即使隐在暗影里她也看得很清楚。姜松年向那边小跑过去，而严真仿佛脚被定住了一般，一动不动。她这么辛苦一路带珈铭过来就是为了见他，或许是太过焦急了，真到了见面的时候，她发现自己连开场白都没想好。

顾淮越此刻对即将到来的"大麻烦"还未有预感。他跟刘向东站在一起，看着狼吞虎咽的战士们微微一笑。这次可把这群年轻小伙子给折腾坏了，现在逮住饭都是不要命地往肚子里塞。驻训场的小马跑过来向两人敬了一个礼：“报告首长，会餐已准备完毕。”

刘向东点了点头，随后拍拍顾淮越的肩膀：“淮越，喝两杯？”

顾淮越淡淡一笑：“奉陪。”

他们的晚饭设在屋内，小马正喜滋滋地看着A师两位首长走向自己精心布置的餐桌时，一道惊天雷忽然在身后响起。

“爸爸——”脆生生的童音。

全场寂静。

刚刚还埋头苦吃的一干战士忽然都抬起了头，视线通通投向声音的来源——顾珈铭。

面对一个如此齐刷刷的注目礼，严真几乎有着掩面而去的冲动，可小朋友浑然不觉，一边拽着严真的小指不让她逃，一边对着那个穿着迷彩服的高大背影喊：“爸爸——”

小马这回是反应过来了，而走在前面的两位首长也回神了。

顾淮越起初有些不敢置信，微微一顿，转过身去。一道黑影迅速地站在他的面前，端正地向他敬了一个军礼，咧开嘴露出一口大白牙。

姜松年笑着说：“参谋长，家属已经成功给您转移过来了。”

而面前这个男人的注意力显然不在他这句话上，他的视线全落在他后头的两人身上了。

竟然是严真和顾珈铭!

顾淮越眉峰一弹，大感意外。眼瞅着两人还往吉普后头躲，顾淮越不禁咬牙，还躲呢，在场能看见的人都看见了!

他看了看刘向东，什么话也没说就转身大步向前走去。走到一半，忽然想起了什么，他停住脚步，背过身去，看着眼睛睁成铜铃大的战士们。而战士们也很识趣，都纷纷继续埋头吃饭，胆大的只敢拿余光往那边瞄几眼。

参谋长的老婆！他们这可是第一次见！

顾珈铭和——严真。

看着这两个人，顾淮越眯了眯眼睛。

小朋友被他看得有些紧张，不由自主地向严真靠了靠。而严真此刻也是故作镇定，要让她透过那面不改色的脸去窥探他的情绪，难度还真不是一点半点。

顾淮越背着手，垂眉审视两人片刻后，终于开了口："果然。"

短短的两个字，引得严真和顾珈铭齐齐抬头看着他。顾淮越顿了顿，扫了两人一眼，才徐徐说了下半句："每次一有不好的预感，就准得跟来一个大麻烦。"

顾珈铭和严真识相地低头不语。顾淮越禁不住抬指揉了揉太阳穴，头疼，真的头疼了。睁开眼，看见小朋友正小心翼翼地翻着眼皮瞅他呢。这会儿倒是知道怕了？顾淮越淡淡扫他一眼："顾珈铭！"

声音低沉得让小朋友登时就打了一个寒战，好不可怜。

"谁的主意？"

都直接点名道姓了，还问谁的主意。小朋友嘬嘬嘴，没说话。

严真觉得自己该说点什么，她握了握顾珈铭的小手，抬起头来："顾——淮越。"她琢磨着喊出他的名字，下一秒就看见他的视线向她看来。她努力不被他眼中未来得及敛去的气势吓倒，轻声说："珈铭饿了……"话一出口，连她自己都觉得毫无气势，可是还得接下去，"所以，你要训，还是等一会儿吧。"

顾淮越淡淡地凝视着她，白皙的一张脸上，有赶夜路后的狼狈和疲倦，只是神情却是淡定的，隐约还有一丝紧张。

他看着两人拉开的架势，忽然觉得有些好笑。他的年龄都快有这两人的年龄加起来那么大了，再一板一眼地跟他们置气，就太让人笑话了。

想了想，他俯下身，表情严肃地看着顾珈铭，一动不动。直到小朋友架不住，开始乱动时，他才站起来，就手弹了弹小朋友的脑袋瓜：“先吃饭，吃完饭再收拾你！”

小朋友撇嘴了，而严真终于松了一口气。

“小马。”

一旁的班长小马适时地凑了上来：“参谋长，这饭？”

“再简单做几个热菜，拿些馒头。”回过头，顾淮越问道，“行吗？”

垂头丧气的两人敢说不行吗？被“俘虏”的人是没有资格要求伙食待遇的！

小马动作很利索，没过多久，菜就端了上来。

一份土豆丝，一份番茄炒蛋，外加一小盘牛肉切片。顾珈铭拿着馒头吃得不亦乐乎。小朋友平时饭量不大，可是今天已经迅速地消灭两个馒头了，严真颇有些担忧地看着小朋友向第三个馒头开进，再这么吃下去，还能睡得着吗？

小马还殷勤地问：“够不够，不够伙房还有馒头，我给小家伙再拿几个？”

严真赶紧拒绝了小马的美意。

刘向东用腰带甩了小马一下：“别一看见有嫂子就瞎献殷勤，你以为这小家伙一次能吃十二个馒头不眨眼吗？”

小家伙忙里抬头，含着满嘴的馒头抗议道：“等我长大了，我就能！”

刘师长新奇地嘿了一声，看着小朋友直乐。

严真倒是有些不好意思了，拍了拍小家伙的脑袋，要他适可而止。

今晚的饭严真没吃上几口，本来是饿的，只是好像饿过劲了，胃里有些不舒服，便没有食欲。

过了一会儿，小朋友终于吃饱了。他放下筷子，揉着鼓鼓的肚皮问道："爸爸呢？"

"嗯？"

让小朋友这么一问，严真才发现自从进来之后就不见顾淮越的身影。她站起身，刚想去外面看一眼，就看见顾淮越提着一个饭桶进来了。

他看了严真一眼，又将视线落在顾珈铭身上。小家伙被他看得有些发毛，他越是盯着小家伙瞧，小家伙越是闪躲，心虚全写在脸上了！

"困不困？"

"困。"小朋友异常配合地打了一个哈欠。

顾淮越哼了下，招呼小马带他去收拾好的值班室睡觉。本来驻训场的住宿就紧张，忽然一下子多了两个家属，不得不临时把值班室腾出来。

严真跟着小珈铭一起起身，顾淮越抬头，忽然喊住了她："先等一下。"

严真只好又坐下，看着他把饭桶放到自己面前，下意识地说："我不饿。"他刚刚一直在外面，怎么会知道自己没吃饭？

"是粥。"他头也不抬，"胃不舒服了，可以喝一点。"

"你，你怎么知道？"

严真没能继续说下去，因为她早就知道他这人的观察力有多敏锐了。顾淮越动作轻缓地盛着粥，门帘忽然被撩开，小马的脑袋挤了进来："嫂子，尝尝吧，加了糖的。"

呃？门外竟然还有人在听墙脚？严真无语，而顾淮越见怪不怪地扯了下嘴角，将粥递到了严真的面前："喝吧。"

凝视着那碗粥，严真嘴唇微微一弯，拿起了勺子。

值班室。

因为铺了几层加厚的垫子，所以行军床躺上去感觉不是那么单薄了。小朋友盖着两层被子，弓成小虾米的姿态安然入睡，严真却有些失眠。

她掀开床头的窗帘，安静地凝视着草原的夜色，有风掠过，带来低低的呼啸声。驻训场内有一排昏黄的路灯，透过这层薄薄的光线，严真几乎可以看见不远处哨岗里站岗的士兵，挺拔的军姿，仿若长久伫立草原的一棵树。望着眼前陌生的一切，她忽然很想出去走走。

这么想着，她就起了身。先是替“小祸害”掖了掖被角，将睡时盖在身上的军大衣披上，然后推门而出。

她尽量做到轻手轻脚，可是关门的时候还是砰的一声响，严真吓了一跳。过了一会儿安静下来，她才敢迈出步子。

草原，真静。草原，也冷。

严真紧了紧身上的大衣，站在一棵大树下，从这里望去，一辆辆庄严威武的装甲车停在那里。虽是沉默着，却余威仍在。严真下意识地不去靠近，只站在这里，静静地看着，看着这个只存在于他的世界里的东西。这些于她，有些陌生又有些熟悉。

沿着小路走去，是一排排整齐的营房，应该是有些年头了，借着微弱的光芒都可以看出来破旧。忽然前方传来了窸窸窣窣的脚步声，她迟疑地抬头，看见一道拉长的身影从前面走了过来，手中的手电筒发着淡淡的光芒。

那人似是感觉到了前方有个沉沉的身影伫立在那里，用手电筒扫了扫前方，瞬间便四目相对了——是顾淮越。

顾淮越看到她只是怔了一秒，随后拿着手电筒，不急不缓地走了过来，看着缩在军大衣里的她，低声问：“怎么出来了？”

严真看着他，好久才缓过神来：“我睡不着。”说来她也觉得奇怪，明明累了一天了，一沾上枕头就该睡了，没想到躺在那里，却只是默默出神。

“是不是床的问题？”顾淮越想了想，“珈铭睡相不好，不行的话再加一张床。”

严真摇头：“不是的。”她笑了笑，“我就是，忽然想走走。”

顾淮越心念微动，刚想说些什么，一道光线就向他们射来——是哨兵手中的手电筒，严真下意识地用手臂遮挡，只见顾淮越轻轻做了一个手势，那道光便迅速消失了。

“夜间不要轻易走动。”他低声说，“有哨兵站岗，很容易惊动他。”

“嗯。”严真答，默默地跟在他身后，神情有些尴尬。不过尴尬之余，她倒是没想到要问他为什么这么晚了他还不睡。

其实顾淮越本来快要睡着的，结果听到了楼下传来的响声，怕有不对，便起身跟了下来。行军床有些窄又有些硬，她睡得不好是理所当然的，顾淮越也没再多说什么。他顿下脚步，回头看了看严真，严真被他这突然的注视看得有些莫名其妙。

“你喜欢看星星吗？”

“啊？”

“那边有个战士们修的观星台，想去看看吗？”

“不回屋吗？”

“睡不着就走走吧。”顾淮越说，“声音小点就好。”

愣了一下，严真微微一笑：“好。”

虽然起了观星台这样一个美名，实际上就是简单垒砌的一个石墩。严真坐在那里，抬头看着满天亮晶晶的星星，忽然就觉得心情豁然开朗起来。顾淮越跟着她一起坐下，在这样寒冷的夜晚，他却只穿了一件迷彩作训服。

“不冷吗？”

“习惯了。”他说，“我曾经在西藏当过兵，海拔四千米以上，比这里冷得多。”

他在西藏当过兵？在那样苦的地方当过兵？严真一时觉得难以相信。

“在那里夜间是真的冷。”顾淮越说道，眉目间有陷入回忆之中的人才有的温和。

“那岂不是看不到夜晚的星星？”

“看得到。”他说，“一抬头就是。”

严真几乎下意识地抬头，满天繁星又一次不期而遇，一种奇妙的感觉油然而生。她忽然笑了：“今天我第一次坐骡车，一路赶过来只埋怨路太远草原太大，却忘了抬头看看。”

这样的美景，也是可以给人安慰的。

“辛苦你了。”顾淮越说，“珈铭这个孩子被家里宠坏了。”

严真不知道该说些什么。除了最开始见面时他表现出点类似生气的情绪外，其他时候都是一如既往的温和。严真本来心里还忐忑不安，就等着他来质问，可他什么也没说，就好像什么都知道，什么都了解一样。严真不由得想，他这样的态度，到底是性格本身就如此呢，还是在跟她客气。

“没事的。”回过神，严真笑了笑，说，“是个小孩子都渴望跟父母一起过生日的。”

过生日？顾淮越一怔，然后又失笑不已：“小崽子，理由倒是找得挺好。”

严真有些不解地看着他，顾淮越没好气道：“他的生日在四月。”

换言之，她被骗了，被一个七岁的小毛孩给骗了。

严真一时无语，抬头看天上的星星，哪一个亮晶晶的都像小朋友眨着的狡黠的眼睛。过了会儿，严真笑了一下，莫名地有些轻松。“其实，我可以理解小家伙的想法。”她说，“小的时候，父亲离我很远，那时我最大的愿望，也是见他一面。”

顾淮越偏过头去，对上她一双透着明晃晃笑意的眼眸。严真微微顿了一下，说：“我的父亲也是一名军人。”

顾淮越闻言微微一挑眉头，这对他来说算是意外了。

严真有些不好意思，却又有些掩饰不住的骄傲：“虽然我父亲的军衔并没有多高，但是也算具备了职业军人的一大特质，那就是常年不在家。父亲生前在一个洲际导弹旅当兵，在一个营任副营长。我小的时候就盼着父亲能有一天陪我过一次生日。那时候的我很不理解他的忙碌，后来父亲就告诉我，军人以服从命令为天职。”说到这里她笑了，“你说，当兵的是不是都喜欢拿这个当借口？”

她的声音越来越低，仿似喃喃自语。顾淮越偏了偏头，看着她低垂着头，神情有难得一见的迷茫。良久，他说：“不是借口。”

严真抬起头，视线与他对上。

“你的父亲是一位合格的军人。”

严真沉默了下，半晌后，低声说了两个字：“谢谢。”

在部队，休息可以说是最奢侈的一件事。尽管A师在已经结束的演习中大获全胜，可不过早晨六七点钟的光景，这群士兵就起床进行日常的晨练，丝毫也不放松。

严真就是被那窗外传来的鼎沸人声吵醒的，她坐在床上怔忪片刻，拉开窗帘，看向窗外。

那群士兵刚刚跑完五公里回来，正端正地站在驻训场的正中央。师长刘向东站在最前面讲着什么，顾淮越则远远地站在一旁，表情沉静而严肃。

静静地注视了片刻，严真放下窗帘，开始穿衣洗漱。床的另一边是空的，小家伙大概早就起来了。而她睡得沉，竟然丝毫没有察觉。

她昨晚回来得有些晚了。现在想想严真会觉得有些不可思议，她竟然能跟如此寡言的一个男人在深更半夜里看星星？如果她稍有一点少女情怀，大概会觉得那是一件浪漫的事了。

严真笑着摇摇头，手捧清水开始洗脸。

水温不算太高，严真咬牙坚持着洗完。忽然听见屋门吱呀一响，一个小身影从门外面钻了进来，是顾珈铭小朋友。

她瞥了他一眼，见小家伙噘着嘴，似是有些不高兴："怎么了？"

小朋友坐在床边，嘟嘴说道："爸爸说，吃过早饭就要回家。"

"那不挺好？"

"好啥呀。"小朋友白她一眼，"就咱俩回家！"

严真失笑："你还准备让爸爸跟咱们一起回家呀？他忙着呢。"

小家伙撇撇嘴，没说话。

过了一会儿小马把早饭送了进来，严真忙安排小朋友吃早饭。吃完早饭没多久就听见外面传来了直升机的轰鸣声，严真出门一看，有一架直升机降落在不远处的空地上。顾淮越和刘向东都在外面等着，严真走出去的时候，正碰上从楼上走下来的高翔高政委。高政委昨晚去了导演部，今天早上才回来，听人说昨晚来了家属，还是顾淮越顾参谋长的，顿时就来了兴趣。他正了正帽子，看向严真："是淮越的家属吧？"

严真看了高政委一眼，点了点头。高政委和蔼地笑笑："不用紧张，我是A师的政委高翔，你好。"

严真跟他握了握手。

"我在A师跟淮越一起工作了那么久，他的家属倒是第一次来。这里条件不好，照顾不周的地方你还得谅解。"

严真简直有些受宠若惊，赶紧摇头道：“没关系的。”她有些尴尬地笑笑，“是我们来的时候不对。”

高政委摇摇头，看见远处遥遥向他们走来的几个人，知道时间不够多寒暄便笑道：“军区席司令来了，是淮越的老首长，你要不要跟着出去看看？”

“我？可以吗？”严真拿不定主意。

“走吧。”

席少锋此行由A师所属集团军军长赵岐山陪着。一下飞机，便看见了等候的众人，刘向东眼疾手快地给首长一人递上一件大衣，被席少锋一手挥开了。

“草原风大，司令您就穿上吧。”

席少锋站得挺直，一双眼睛瞪着他：“什么玩意儿，不穿！”

刘向东苦着脸看向顾淮越，顾淮越点了点头，示意他少安毋躁。席少锋身体不好，这点就算军区里知道的人也不多。还是在上一次军演开始之前，他与刘向东一起去了一趟军区，正巧碰到来给他检查身体的保健医生。这个保健医生之前跟过顾老爷子一段时间，寒暄了几句，不小心就把席少锋的病情给透露出来了——肝癌，早期。

赵岐山跟在席少锋后头：“这次你们可把D师打得够惨。”

刘向东朗声道：“演习就是旨在检验广大指战员和官兵的作战能力，不发挥出来，怎么叫检验？”

“那不按照演习计划走是谁的主意？”

刘向东一噎，这主意首先是一团长提出来的，但也是经过他这个当师长的批准的，怎么也脱不了干系。一团长的原话是：“不想把演习当成演戏，剧本都给你设定好了，还打个什么仗！”

“这也好啊，给D师提个醒，要注意灵活机动。”顾淮越说。

赵岐山登时就横了他一眼，席司令却笑了，回过头看看这个手下少有的儒将："你这小子，还是那样，平时闷头不语，算计人可厉害得很。"

顾淮越淡然一笑，没说话。

高政委远远地向席少锋和赵岐山行了一个军礼。席少锋冲他点了点头，视线却是落在他身边的一个小人身上。只见这小家伙头戴一顶贝雷帽，两只眼睛明灿灿地盯着他也不怕生，就这么直接看着，充满了好奇。"这小娃是谁家的？"他直觉看着很眼熟，在哪里见过一般。

高政委笑了笑，想开口介绍，可是一瞥见孩子他爸还杵在那儿就改口了："可不是我家的。"

席少锋扭头看看刘向东："你的？"

刘师长笑着摇摇头："我可没这荣幸。"

席少锋视线最后落在顾淮越身上，脸上有些不可置信，偏巧那人还淡定地点了点头，来了句："我的。"

席司令顿时就笑了，俯下身，捏捏小朋友的脸蛋："别说，看出点像来了。都长这么大了，上一次见你的时候还是小不点呢！"

顾珈铭看着面前这个老爷爷，同样有麦有星，怎么看着比自家的爷爷就和蔼多了呢，尤其是他还拍拍自己的脸蛋问："小家伙，跟谁一起来的？"

小家伙一翻眼皮，瞅瞅这个席老爷爷又瞄瞄自己的老爸，一个表情和蔼亲切，一个没有表情。不得已，退后一步，把藏在高政委身后的某人给揪了出来——严真。

一身迷彩服和一顶宽大的帽子将她的脸遮去了一半，可严真还是有些不好意思，拢了拢头发，向席司令微鞠了个躬："是我带他来的。"

话一出口，就立马说明了她的性别——是女的。

席少锋一震，摘下大檐帽，看向严真，又看看顾淮越："这是，你媳妇？"

顾淮越瞧了严真一眼，点了点头：“珈铭缠得紧，严真就带他过来了。”

严真有些紧张地看着席少锋和赵岐山，手不自觉地握紧了小家伙的爪子，握得小家伙的眉毛都皱了起来，但硬是没敢喊疼。因为面前这群人的表情都好奇怪，看起来，就首长老爸还算正常。

席少锋凝视着严真，片刻，出人意料地说了三个字：“好，好，好！”

严真被他这三声底气十足的好字吓了一跳，眼皮子跳了一下，就看见席少锋向她伸出手来：“你好。”

严真赶紧握住他的右手，厚厚的茧，硌得手疼。眼看着席少锋和赵岐山向屋里走去，严真轻呼出一口气。

顾淮越落在了最后面，跟严真说：“席司令是我的老首长，不用紧张。”

严真看着他，点了点头。顾淮越俯身整了整珈铭的衣服，对严真说：“现在暂且还送不了你们，如果愿意的话你们可以在这边走一走，我安排了个列兵陪你们。”说着招呼昨晚站夜岗的列兵小张过来。

“陪你嫂子在这里转转。”

“是！”小张敬了一个礼，露出一个腼腆的笑。

严真也徐徐一笑，目送着顾淮越离开，才收回视线说：“走吧。”

十一月末的草原温差非常大，一早一晚总是要捂得厚厚的。严真看着小张一身单薄的迷彩就忍不住感叹，经过训练的确实不一样，身体素质压根儿就不是一个级别的。别看小张是一年兵，这走路都像在踢正步。严真笑了，一边看着小家伙不让他乱跑，一边问小张：“小张，你这样走不觉得别扭吗？”

小张不解地看着她，严真笑意更盛，嘱咐他：“放轻松，放轻松。”她慢慢地跟在他身后，四周环视这辽阔的草原。这算是一个意外的假期，在C市已经习惯了忙碌的生活，到了这样茫茫无边的草原，心里竟轻松下来。

“小张，草原下雪的时候是什么样的呢？”她忽然好奇。

小张不好意思地挠挠头：“我是新兵，还没见过草原的雪。”

“期待吗？”

小张点了点头，多说了几句：“我老家在南方一个不常下雪的地方，这是我头一次来北方，所以想看看这里的雪。听班长说这里的雪下起来就几天几夜不停，一下雪我们就辛苦了。因为我们全靠团里每星期送补给，下雪了团里的车就不好过来了。”

原来如此，她注视着面前这个还未褪去年少稚嫩痕迹的新兵：“小张，想家吗？”

“说不想是假的。”小张低下头，可没过多久又抬了起来，表情透着坚定，“可我也不后悔来这里。”

严真笑了笑，继续向前走去。她忽然有些好奇，顾参谋长当新兵时是什么样子的呢？在海拔四千米的高原之上，他的生活会是怎样呢？会不会也想家——

打住，打住打住！她想多了！严真停住脚步，让自己赶快收回了思绪。

又在草原上转了一会儿，严真和小朋友打道回府。

回到驻训场时，正逢顾淮越换好衣服走出来。那身笔挺的制服让严真不由得多看了一眼：“席司令走了？”

“刚走。”席司令此行比较匆忙，而且D师那边还有更多的工作要做。也难怪赵岐山赵少将走之前对他们说了这样一句话：“你们可给添了一项重要的思想工作。”顾淮越回过神，对上小家伙一双明亮亮的眼睛：“顾珈铭同学，吃饱了也睡饱了？”

小朋友拽了拽严真的手，小脑袋撇到了一边，没搭理他。顾淮越哼了一声，用手中的腰带敲了敲小家伙的脑袋，力度不大，可是顾珈铭小朋友还是团了一张包子脸出来，怒瞪了他一眼。

刘向东见状忙走过来，拍了拍顾淮越的肩膀："差不多了行了啊，可别大训，指不定这小家伙得哭鼻子。"

顾淮越可没好气儿，这小崽子没别的特点，就是脸皮厚，俯下身，替他正了正戴歪的帽子："训皮实了都，我倒想看他哭一回。"说完，指头立马被抓住咬了一下。松开后，顾珈铭小朋友笑得得意扬扬，看得在场的三位大人顿时忍俊不禁。

吃过早饭高政委要去一趟霍致远所在的一团，演习虽然结束了，可还有许多工作得他们这帮师里的领导来安排。几个人忙得不可开交，可就算这样顾淮越还是抽出了时间亲自开车送他们去机场。

一路上，顾珈铭小朋友都是蔫蔫的。严真坐在前排，通过后视镜看到小家伙耷拉着脑袋，提不起兴趣的模样，有些心疼。他也许是累了，昨天为了见爸爸，把劲头都透支了。

"珈铭，冷不冷？"严真柔声问他。

"不冷。"小家伙低头摆弄着他那把折损的旧枪，语气闷闷地回答。

收回视线时，恰巧碰上后视镜里顾淮越的视线。只见他淡笑了下，摇了摇头。他已经习惯了这样的离别。只是严真忽然有些想问他，看到他们，或者是看到顾珈铭的那一刻，有没有一点喜悦的感觉？恐怕更多的是惊吧，她苦笑。

抵达W市的市中心时已经是中午十二点了。顾珈铭小朋友小睡一觉醒了过来，第一个感觉就是饿，肚子咕咕的叫声应景响起。小朋友难得不好意思地抓了抓后脑勺，一双眼睛在看到近在咫尺的肯德基爷爷时顿时亮了起来。

“爸爸，我要吃这个！”

“不行。”顾淮越果断否定，将车子停在了一家风味酒店前。打开车门，看见小家伙噘着的嘴巴，就势弹了下他的小脑袋瓜：“垃圾食品，成何体统。”

顾珈铭瞬间怒目相视了。

严真为了安抚小家伙，点了几道他平时爱吃的菜。她胃口不是很好，只是因为待会儿要坐飞机，稍稍吃了一点。顾淮越停好车子跟严真打了个招呼就向对面的商场走去，说是去买些东西。小朋友是真的饿了，一边吃炸香鸡一边吮手指头，还不忘问：“爸爸呢？”

严真揉揉他的脑袋：“你爸爸说出去一趟，等下就回来。”

果然，刚吃完饭，顾淮越就回来了，一身军绿常服，分外扎眼。

“吃饱没，顾珈铭同学？”

顾珈铭揉揉肚子，瞪了此刻分外讨厌的爸爸一眼。顾淮越摸摸他的小脑瓜，嘴角微微翘起。严真明白，在这离别的时候，他也不忍再教训这个爱捣乱的小崽子了，她看着他：“你不吃点东西吗？”

顾淮越摇摇头：“走吧。”

顾淮越把车停在了机场外面，领好了登机牌，手里提着一个黑色的袋子向等在候机大厅的严真和顾珈铭走来。他将机票交给严真，然后俯下身，表情严肃地看着顾珈铭。

正在喝饮料的小朋友顿时打了一个冷战，向严真靠了靠。严真有些不明所以，可是从顾淮越的眼神里可以看出，他此刻应该处于柔和的模式，不会找小朋友什么碴儿。他眼中的笑意很明显：“顾珈铭同学，下次可不准这样提前不打招呼地跑来了。”

“想给你个惊喜呗。”小家伙噘嘴。

顾淮越沉默几秒，哼了一声：“是有喜，但更多的是惊。”

顾珈铭小朋友又耷拉下脑袋，眼前就忽然出现了一份意外的惊喜——是一把崭新的玩具枪，跟之前那把一模一样！顿时，两只眼睛就笑得眯起来了。

顾淮越微勾唇角，早在小家伙在车后座折腾那把破杆子枪的时候他就看见了，那是他买给他的生日礼物，被小朋友弄坏了还跟人家打了一架。这些他都知道，他还知道，这些事情都是严真帮他解决的。

他抬头看了严真一眼，她正柔和地笑着，脸颊边有两个浅浅的酒窝。

"爸爸，你为什么送我礼物？"小朋友一边组装枪一边问。

顾淮越接过来，三下五除二给他装好了，递给他的时候说："生日礼物。"

"咦？"小朋友抬头，瞬间想起来了，捂住了嘴巴。

严真看了眼对峙的父子，笑了笑，捏了捏珈铭的脸说："顾珈铭小朋友，喜欢这份礼物吗？"

小朋友唰地一下，脸红了。

"回去之后要乖乖地听话，要是又闯祸了，关你禁闭。"

"知道啦。"小朋友这次答得很乖，笑眯眯的样子很讨喜。

顾淮越轻笑出声，与严真视线相遇时，眼角有来不及遮掩倾泻而出的柔和光芒。严真一怔，亦是缓缓一笑。

CHAPTER 6

陪你去西藏

飞机落地时，严真心里忽然有些忐忑。

她料想顾家二老可能已经知道了，所以在送珈铭回家的时候，她格外小心翼翼。

下午的顾园一片宁静，严真轻轻敲了敲门，就听见有人来应门，是张嫂，看见她和珈铭，笑得两只眼睛都眯起来了。

“过来了？”

“嗯。”

严真淡淡一笑，把小家伙的行李递给了张嫂。张嫂刚转身离开，就看见顾老太太李琬从楼上走了下来。严真的心提到了嗓子眼，可某个不懂事的小家伙撒开她的手，跑上前去抱住李琬的腿蹭啊蹭的：“奶奶！”

撒娇攻势对李琬绝对管用。只见她揉揉小朋友的脑袋瓜，笑着看了严真一眼，又低头问小朋友：“玩得开心吗？”

小朋友转转眼珠，想装傻，严真却听出老太太的话外音了，尴尬地低下了头。

老太太登时哈哈大笑。

其实顾淮越已经给老太太打电话报告过了，要说老太太之前还有些担心，那么现在也就剩下高兴了。能带着珈铭走这么一趟，就说明严真心里是有顾淮越的，这么一想老太太不就高兴了嘛。

“辛苦你啦。”老太太看着严真，表情很是和蔼，“小家伙就是难逗，也难为你带他跑这么一趟。”

严真摇摇头，嘴角微微翘起。辛苦这么一趟，只要有一人感到高兴，那都是值得的。

十二月中旬，C市终于完全冷了下来。

顾老太太近来身体不算好，入冬了就不怎么爱出门，在家是一天一天数着过日子；顾老爷子这段时间比以前清闲，严真能经常看见他在家练毛笔字。严真一边替他研墨一边看老爷子摇头，写了几个字搁下笔不写了。

“爸，怎么了？”严真问，顺手递上了一杯茶。

“后悔了？”李琬从她身后飘过，轻飘飘地丢下一句，“两个儿子都弄去当了兵，看谁在家陪你。”

顾长志看她一眼，沉声说：“当兵怎么了？”

“一年到头见不到人，你说怎么了？”李琬毫不惧怕，横他一眼，“我这辈子可是吃够这苦了，等谁谁都不见人影。”话中埋怨意味十足。

严真小心翼翼地看了顾长志一眼，老爷子倒是没生气，眉头皱了几下，又展开了：“行了，再过两年我也退下来了，到时候搁家陪你，你可别嫌烦。”

“稀罕！”甩下一句话，李琬向厨房走去。

老爷子向严真缓缓一笑，提起笔又写了几个字，嘴里不紧不慢地说：“都老了，年轻的时候看着这群孩子嫌折腾，到老了想享儿孙福了，却又找不着人了。”

严真笑了笑，将老爷子写好的字放到一边晾干：“那您后悔吗？”

顾长志摇了摇头，送了她四个字：“人各有命。”

有的人，一生下来骨子里就带着一股热血，身体里蕴含着军魂，不是想阻挡就阻挡得了的。

回过神，严真去帮张嫂布置餐桌。自打从W市回来之后，严真每周固定一天会来顾园陪顾家二老，留下来吃饭也是常有的事。奶奶不是很介意，相反还嘱咐她，做了别人的媳妇，尽尽孝道也是应该的，更何况小顾不在家，她肩上的责任更重。

饭桌上，李琬忽然想起一件事，夹了一筷子菜给埋头苦吃的珈铭之后，看向严真：“小真，你奶奶是不是回乡下了？”

“嗯。”严真点点头。这是他们家的习惯，每到十二月初的时候，大伯都会来市里接奶奶回乡下。因为要过冬了，尽管市里的房子有暖气，可奶奶还是习惯睡家里的大土炕，那才暖和。

李琬点点头，转而又问：“那准越把他那套房子的钥匙给你了吧，你准备啥时候搬过去住？”

严真愣了良久才说：“我觉得，暂时还是不搬过去了。”

“为什么？”

“只是我怕珈铭跟您二老待的时间长了，住过去不习惯。”

其实，更不习惯的是她自己。她还尚未适应从一个关系既亲密又有些疏远的人手中得到一些不属于自己的东西。

一直未发话的老爷子这时也放下了筷子，严真眼疾手快地去接空碗。

“不吃了。”顾长志笑了下，“上了年纪，胃口也不如以前了。”老爷子站起身缓步向楼上走去，不一会儿，又偏了偏身子，看着严真说，“还是搬过去住。不论是大人还是孩子都得慢慢适应，以后都是一个家里的了，不要存在隔阂。”

老爷子亲自出马了，李琬自然是高兴无比：“好了，这个问题就这么定了。”

严真坐在椅子上，有些哭笑不得。顾珈铭小朋友倒是乐得自在，一边剥虾一边开导严老师：“老师，爷爷昨晚都问过我了。”

“问你啥？”严真戒备地看着他。

小朋友哼哼两声：“爷爷问，我愿不愿意跟你一起住。”

“你怎么说的？”

小朋友说：“我当然说愿意啦，嘿嘿。”

严真沉默，低头反思。最近这是怎么了，怎么事事都被这个小朋友给吃得死死的，真是丢人！

顾淮越那套两居室的房子买了很久，因为一直没什么人住所以就没怎么打理。老太太李琬这几天抽空去视察了一下，当即决定要重新装修一番。所以，在房子装好之前，严真跟珈铭一起住在顾园。

严真想了想，觉得这样也好。奶奶回乡下后，她一个人住在那套老房子里也是十分寂寞。她住在这边，既能照顾到两位老人，还能跟小朋友做伴。

“珈铭是喜欢你才愿意跟你去淮越那套房子里住的，换了别人，这小家伙是理都不理。”

清晨的菜市场里，顾老太太一边说一边挑选新鲜的蔬菜。每天早起跟儿媳妇一起去菜市场，这是严真住进顾园之后老太太养成的一个新习惯，并且乐此不疲。

严真听了，则低头一笑，她忽然就想起来那天从C市回来小朋友说的一句话了。

那天晚上她留在顾园里陪他，晚上给他讲睡前故事，讲着讲着她都困了。就在她半睡半醒间，小朋友捏捏她的脸，说：“严老师，你通过组织的考验了！”

严真听了，睡意全无，只剩下哭笑不得了。要让这小家伙喜欢，可真不容易。

叹了一口气，严真忽然听见放在包里的手机在响。一按接听键，竟然是冯湛的告急电话："嫂子，珈铭外婆那边打电话了，说中午要把珈铭接过去，在那边住一段时间。"

严真怔了一下，看了李琬一眼，才说："珈铭今天不是还在上课吗？"

"嗯。那边就是告诉咱们一声，说晚上不用去接了。"

"哦。"

挂了电话，严真看着手里提的一大堆小朋友爱吃的菜，有些缓不过神。这副模样李琬看了心里也很不是滋味："其实珈铭从小跟那边没多大感情，人家那边除了珈铭之外还有两个小孩子，哪顾得上照顾他呀。我当初就跟你爸提过了，可你爸说，这孩子毕竟还是两家的，人家要看你也不能反对不是？"

这点严真也明白，她拢了拢头发，对李琬说："我知道了，没事的。"

李琬为她的通情达理感到欣慰："哎，要说这小家伙走了也好，在家里闹闹腾腾的没一分钟能让人安生。"

严真笑了。

她知道，老太太这是安慰她，知道她没了小家伙的陪伴，一定会感到寂寞。严真也告诉自己，得打起精神来，免得被小家伙知道了，回来笑话她。

就这样挨过了两天。第三天的时候，家里忽然来了一位让严真有些意外的小朋友——班里的班长，林小小。

严真回到家里时，这位小姑娘一脸沮丧和失望地坐在大厅的沙发上，嘴巴噘得老高。

严真看她这副小模样忍不住笑了："小小，怎么了？"

“我找不到顾珈铭了！我还等着跟他一起上街给小伙伴买圣诞礼物呢！”

严真笑着解释：“珈铭去他外婆家了，你要找他呀，得去那儿才行。”

林小小噘着嘴说：“那就更不能玩了。”

“为什么呀？”她递给小姑娘一杯牛奶，问道。

小姑娘低头：“顾珈铭的外婆不喜欢他总是玩，她喜欢让他看书学习。”

难怪小朋友不喜欢去外婆家。严真看着林小小说：“小小愿意的话，老师陪你一起去怎么样？”

小姑娘盯着她看了半晌，噘嘴同意了。

林小小心情不好，从商店里买了好几个洋娃娃回家。严真主动替她抱了几个。小姑娘一边走一边问严真：“严老师，你是不是顾珈铭的新妈妈呀？”

新妈妈？这个名字，严真听着觉得好新鲜：“珈铭这么说的？”

林小小摇摇头：“昨天顾珈铭又跟我哥吵架啦，因为我哥有一篇作文被老师评为范文当众念了。”

“这就吵起来了？”

“作文的题目是《我的妈妈》。”林小小叹了口气，“谁让林梓那厚脸皮猴子忍不住跟人炫耀了，可不就把我们司令给逼急了呗。”

“那后来战事怎么平息的？”严真忍不住笑道。

林小小晃晃羊角辫，说：“我们司令后来说了一句话，他说：‘我是没有妈妈，可是我有严老师，所以你们这帮孬兵不准嘲笑我！’”林小小一本正经地学着顾珈铭的语气。严真听到这一句却沉默了下来，良久才轻笑着哼了一声：“这小家伙，就知道赌气。”

林小小耷拉下脑袋：“才不是，说完那句话，我们司令就哭啦。哭得惨兮兮的，这让一向吃硬不吃软的林梓都没辙了。所以事情发展到最后，竟然是两个小司令握手言和了，严老师，我认识他那么长时间，从没见他哭得这么伤心过。他说的明明是件好事呀！”

严真忽然艰难地哽咽了一下。因为她长久不出声，林小小抬头，好奇地瞅着她：“严老师，你眼眶怎么红了？”

严真笑了笑，抹了抹眼角：“没事，风太大，进沙了。”

圣诞节前夕，C市下起了今年的第一场雪。这场雪下得又密又急，一片银白色似乎顷刻间就覆盖了整个城市。

严真冒雪来到学校，冻得浑身上下直打哆嗦。正在往图书馆的墙上挂标语的常主任看见她这副样子禁不住就笑了：“冒着雪走来的？”

“嗯。”雪实在是大，顾老太太就想让冯湛送她来上班。严真想了想还是拒绝了，仍旧骑着电动车。

“快去喝杯热水去。”

常主任把她往屋里撵，严真笑笑，一边向办公室走一边听常老在后面念叨他贴在墙上的五个大字：瑞雪兆丰年。

她还记得自己当老师的时候曾给班里的小朋友讲解过这个谚语，她说，冬天里下几场大雪，就预示着庄稼来年能有好收成。可小朋友们哪管这些，下了大雪，他们只知道一件事，那就是打雪仗。

从图书馆的窗户向外望去，已经可以看见操场上有许多小朋友在欢乐地奔跑。严真望着人群有些出神，她料想顾珈铭小朋友也会在这里面。本就是一个爱玩的小家伙，这样大的雪，他还不得大干一场雪仗才能过瘾啊。

想着想着严真嘴角牵出一丝苦笑：“小祸害。”

她看着窗外，轻轻说道。

由于大雪的缘故，计划新到的书要延后几天了。下午无所事事，常主任干脆宣布大家可以提前下班。

严真听到消息后高兴不已。她已经有好多天没见到顾珈铭了，林家有专门的人来接他回家，而她下班又晚，每次等她赶到教学楼的时候，那里已经人去楼空了。现在终于有了时间，严真换了衣服就直奔教学区。

可等她刚打开图书馆的门，她就愣在那里了。

一个雪娃娃站在那里一瞬不瞬地看着她，她还没看清那是谁呢，这个雪娃娃扑过来抱住她的大腿就开始哭了起来："你个没良心的，司令我都被拐走几天了，你都不去看看我，呜呜，呜呜……"

这人是——顾珈铭？严真几乎有些不敢相信。

可是这脑袋在腿上蹭的感觉是那般真实，她低下头，拍去他身上的雪花："十天。"

"呜呜……"小家伙伤心不已地蹭蹭她的腿。

"他们把你拐走十天了。"严真不知道他站在这里等了多久，傻孩子一个，都不知道敲门进来。她轻轻拂去他身上的雪花，见顾珈铭眼睛眨也不眨地看着她，她便说："所以还有四天！"

每次去外婆家，小朋友都要住够两个星期才回来。所以现在小朋友听严真这么一说，嘴一撇又要哭了。

看着小家伙惯常的耍赖模样，严真终于笑了，笑得内心一阵温暖。她用手暖着小家伙的脸颊，问："真不乐意待在那儿了？"

那是绝对不乐意！顾珈铭猛点头。

严真见状，只好假装无奈地叹了一口气："那好吧，我带你回家。"

小朋友登时欢呼雀跃起来。严真看着他，微哂着摇了摇头。

带这个小家伙回家绝对是个麻烦，因为她得一边小心翼翼地在雪地里骑自行车，一边思索待会儿讲给顾家二老听的借口，只可惜她借口还没想好就已经到了家门口。

顾园门口停了两辆车，一辆是曾经在家里出现的猎豹，另一辆车她不认识。快要过年了，这几天家里总是来人，严真也见怪不怪了。

她略略扫了一眼面前的人，便偏过头嘱咐小朋友："下车慢点，别又滑倒了。"

小朋友噘噘嘴："我才没那么笨呢。"

说着小家伙慢慢地从电动车上爬了下来，一转身，看见前面的那辆车，愣住了。

严真奇怪地看着小家伙，顺着他的视线看去，眼睛也猛地睁大，显得有些难以置信。

两人愣怔地站了一会儿，小家伙先反应过来了。面前那辆车的车门一打开，他便兴奋地向那个刚刚弯腰从车子里出来的人扑过去，一边扑还一边大喊："爸爸！"

是顾淮越，他回来了。

顾淮越刚刚下车，还未站稳，就见一个包裹得圆滚滚的小家伙向自己扑来。

他几乎是下意识地伸手接住，抱起来一看，有些意外，竟然是珈铭。

"今天不是应该在外婆家吗？怎么回来了？"

顾珈铭小朋友死命抱住爸爸的脖子："爸爸，别把我送走，我保证乖乖的！"

顾淮越失笑。伸手揉了揉小家伙戴着针织帽子的脑袋瓜，看向严真。她穿着一件厚厚的大衣，一条天蓝色的围巾只让她露出两只眼睛，那两只清冽的眼眸，此刻正呆呆地望着他。想了想，他放下儿子向严真走去。

脱缰的小野马顾珈铭同学比他走得还快，他高兴地奔到严真面前："严老师，我爸爸回来了。"

严真也终于从在这漫天雪地里见到他的震惊中回过神来，低笑一声抱了抱小家伙："知道了，看你高兴的。"

这样亲昵的场景出乎顾淮越的意料，他微微一挑眉，内心却忽然柔软了下来。他一抬头，对上了严真的视线。她看着他柔声说道："你回来了。"

顾淮越嗯了一声："外面太冷，进去吧。"

"好。"

她拉着小家伙的手，跟在他后面，向屋里走去。

今天绝对是顾家最热闹的一天，原本偌大空旷的一楼大厅此刻坐了不少人。顾老太太李琬手里正抱着一个小宝宝，一旁的张嫂手里也抱了一个，两人时不时凑到一起高兴地谈论几句。

而这两个宝宝的母亲——梁和则坐在一边，脸上有着淡淡的笑容，时不时扭过头对身边的丈夫说几句话。

不知她说了什么，顾淮宁的表情瞬间变得哭笑不得。梁和见状，撇了撇嘴，恰巧看见他们进门，表情立马又丰富起来："二嫂！"

严真被这个"二嫂"给震了一下，她嗔怪道："怎么回来也不说一声？"

梁和吐吐舌头，接过张嫂手中的孩子递给她抱，严真小心翼翼地接了过来，一张嫩嫩的小脸可爱极了，还吐着小舌头。严真抱的是双胞胎中的妹妹，这小丫头真能睡，这么多人围观还睡得不亦乐乎。

"小丫头好乖。"

严真真心地感叹一句，梁和听了立马皱起了眉头："别提了，小坏蛋都是白天睡觉夜里精神。我可是被她折腾够了，二嫂你看看我这黑眼圈。"

说罢往严真跟前凑，严真被她逗得扑哧一笑，又低下头去看小宝宝，眉目间尽是柔和。

顾淮越就一直站在她身后看着这一切，直到被弟弟顾淮宁拍了拍肩

膀，他才偏过头去："怎么？"

"孩子，抓紧。"

顾淮越一怔，浅笑了下，说："知道了。"

老爷子今天有事，回来得稍微晚了一会儿，却正好卡在饭点上了。一踏进家门也被这种热闹的气氛感染到了，脸上的表情不再那么严肃，眉头松动，洗手落座："这孩子就这么一路抱回来的？"

"没坐飞机，一路开车回来的。"

老爷子看向小儿子："怎么，不是说今年得留在团里值班，这下怎么又回来了？"

顾淮宁好笑地瞥了老爷子一眼，也不知道是谁老早就往B市一个接一个地打电话："这人民解放军也是有假期的，我怎么就不能回？"

老爷子哼了一声，看向顾淮越："你呢，这次能在家待多久？"

顾淮越放下筷子，说："也会多待些时日，不过过几天，我得出去一趟。"

"去哪儿？"

"西藏。"他说着，还顺便给珈铭夹了一筷子菜。

此话一出饭桌上的人都顿住了，唯有严真一人低头默默吃着饭。

"年前就这么几天你还准备去趟西藏？"李琬不敢相信地问。

"嗯，已经跟那边打过电话，时间定下来了。"

也就是说，这是先斩后奏了？李琬顿时语塞。梁和咽下一口汤，问："二哥你去西藏干吗？"

"看战友。"

"战友什么时候不能去看？"李琬说，"犯不着非得赶在现在，而且也就是看个战友，不是多大的事，还得折腾那么远。你要是过年也留在C市就算了，可你——"

"妈。"顾淮越喊住李琬，压低声音说，"不一样。"

“啪嗒”一下，老爷子放下了筷子，表情严肃地看向在座的所有人，此刻他就是李琬的希望，可老爷子还是说出了一句让她大失所望的话：“行了，既然决定要去就去，在这儿磨磨叽叽像什么话。”

终于噤声了。只是没过多久，严真就能感觉到李琬的视线落在自己垂着的脑袋上。果然，她听见李琬问：“那，小真怎么办？”

一句话，引得大家都向她看来。握着筷子的手顿了顿，严真不得不抬头：“我没事，等放寒假了我在家陪珈铭就好。如果可能，再回趟老家去看看奶奶。”

“没关系。”顾淮越说，看向严真，“如果愿意的话，严真可以跟我一起去。”

严真愣住。西藏，跟着他一起去西藏？

李琬似是看出了她的犹豫，便想借着她把顾淮越留下来：“西藏那么冷，严真身体又不怎么好，你怎么能带她一起过去？”

“我没事，妈。”严真语速极快地说道，说完低下了头，“这个问题，我考虑考虑。”

一顿团圆饭在这个纠结的问题中散场了。李琬当然是不愿意让顾淮越去西藏的，她想让他在家里多待一段时间，正好跟严真培养培养感情，可现在看来她这个计划又要泡汤了。思前想后，她虎着脸把顾淮越叫到面前，递给他一串钥匙。那是顾淮越那套房子的钥匙，因为要装修李琬就从严真手里拿了过来。

“喏，你西边那套房子装修得差不多了，今儿晚上我就不留宿了，你带着老婆孩子回家去。”

“妈——”握着钥匙，顾淮越哭笑不得。

老太太言辞犀利：“反正你也不听我的话，我要你留在这里有什么用。”

顾淮越无奈，与严真对视一眼，对老太太说：“那我真走了？”

“赶紧走赶紧走，看见你就心烦。”老太太一挥手，上二楼去了。背影有些佝偻，像是还有些生气。其实，在谁都不看到的角度，老太太笑得正开心呢。

严真实际上是最无辜的，可无奈老太太搞连坐，她也不得不收拾东西跟着顾淮越一起回家。整个过程心跳都非常快，因为这是结婚以来，他们两人第一次住在一起。

西边这套房子是六七年前买的，那时顾淮越正要调离特种大队，顾老太太听到这个消息时高兴万分，以为儿子这次一定能够调回C市，便做主为他买了套房子。

不想房子刚买了没几天，顾淮越那边就来了消息，说是调到了B市的一个甲种师。老太太当时差点没晕过去。

房子的事便就此搁置不提，顾淮越还是某一次探亲回家，听顾老爷子说起才知道的。他一时间又是无奈又是愧疚，事后偷偷将房款转给了母亲，房子也正式落在了他的名下。

因为顾淮越一直很少回来，所以这边的房子一直处于闲置状态。前段时间老太太帮忙重新装修了一下，也不知道效果如何。

顾淮越把严真和小朋友带上楼，摸索着钥匙打开屋门。一瞬间，一股清冷之气顿时扑面而来。

“冷。”小朋友嘟囔。

严真也下意识地裹了裹围巾：“暖气没开吗？”

经她这么一提醒，顾淮越检查了一下暖气，然后抿着唇走了出来。看着两人期待的目光，他说：“我给老太太打个电话。”

老太太还在那头得意呢，听到这茬也愣了：“呀，前儿还联系物业说你的房子暖气一直不太热，该修一下了，怎么现在还没修好呀，这速度怎么这么慢，投诉他去！”顿了下，“那现在怎么办？能不能住人？”

不能住人怎么办？这么晚了还折腾回去吗？顾淮越叹了口气，挂断了电话。

严真听不见电话里的内容，看他的表情又看不出什么，便问："怎么回事？"

顾淮越揉揉眉间，摇头苦笑："没事儿，我去房间看看。"

二室一厅的房子，两个房间一个在阴面一个在阳面。顾淮越先去了阳面那间，感受了下温度，感觉尚可。再去阴面，只一会儿，便感觉到一股寒意。顾淮越在门口站立片刻折回身去，看着站在客厅的一大一小，他仅仅犹豫了几秒，就说："在阳面主卧挤挤睡吧。"

小朋友听了这话倒是很高兴，而严真的脸却腾地一下红了。

主卧有一张很大的床，竖着睡能挤下三个人。

严真站在床前发了一会儿呆，将被子从柜子里全抱出来，开始铺床。没有办法，她刚刚偷偷去阴面的房间看了一下，阴冷得根本睡不下人，所以只好就这么挤挤睡了。

主卧的灯光很柔和，严真一边铺一边听那边父子两人的对话。

"爸爸，这把枪是我军主要装备，你猜林梓他们用的是什么？"小家伙一边显摆自己的枪一边说。

顾淮越笑了笑，捧场地问："嗯，用什么？"

"弹弓！"小家伙说，"你猜谁的杀伤力更强？"

"这还用猜吗，肯定不是你。"

"为啥？"小家伙好奇。

"这把玩具枪顶多可以放进去糖豆大小的玩具子弹，人家用的是弹弓，不同类型不同型号的石子都能拿来当子弹。"

还真让他给说着了，他们这两股小兵自从改换装备之后，他这红军司令是越当越窝囊了，小家伙泄气道："爸，我这可是高级武器，高级武器还打不过他的小弹弓啊？"

“就有例外的时候，老一辈还小米加步枪打退鬼子的飞机大炮呢。”顾淮越淡淡地说，“所以说，有一样最重要。”

“啥？”

“脑袋瓜子。”

听到这里，严真忍不住扑哧笑了出来。顾淮越看了她一眼，又俯下身弹了弹对他怒目而视的小家伙的脑门：“所以说，以后多用科学知识填填自己的脑袋瓜子，别光想着玩。明白吗？”

回答他的是顾珈铭顾司令向卫生间昂扬而去的背影，自尊心受挫了，上厕所嘘嘘去。独留两个大人，相视一笑。

严真睡觉的时候有些认床，每到一个新地方，总要适应两三日才行。再加上这一次又是三个人挤在一起睡，所以睡到凌晨，她已经迷迷糊糊地醒了好几次了。

这一次，她瞪着天花板发了一会儿呆，认命地从床上爬了起来。黑暗中，她默默凝视了一会儿紧紧挨着她的父子俩，披衣下了床，向外走去。她有一个习惯，睡不着就想喝杯水静一会儿。

握着盛满热水的杯子，严真站在窗前，看着窗外的夜色。

其实外面并不是很暗，小区里面有路灯，昏黄的光线经雪粒子折射之后亮了许多。她站在那里，脑袋里想的却是吃晚饭时他说的那句话。他说，如果她愿意的话，也可以一起去西藏，那个他当新兵的地方。

当时她不知所措，现在想来她却有些心动。不仅是因为那是个雄踞西南一隅的神秘天堂，更因为那是他曾经待过的地方。

忽然身后传来开门声，严真转身一看，是顾淮越推门而出：“怎么起来了？”

“喝水。”顾淮越答，声音有些喑哑。其实他是被吵醒的，不得不说军人当久了也有职业病，尤其是侦察兵出身的他，只要稍微有些动静他就可以察觉到，在严真刚刚起身出去的时候他就已经听见了。视线落在她握在手中的水杯上，热气全无，他又替她倒了一杯。

“睡不着？”喝了水的嗓子听起来好了一些。

严真不好意思地笑笑：“嗯，我认床。”

顾淮越理解地笑笑。

“西藏的雪，要比这儿漂亮吧？”看着窗外，严真说，声音很低，仿佛呓语。

顾淮越回忆了一下，说：“那里雪层很厚，平均积雪四米，最低温度可以达到零下三十多摄氏度。”

“那么冷吗？”严真觉得有些不可思议，“那么冷的天，该穿些什么？”

“什么厚往身上套什么。”他笑了下，眉目瞬间柔和下来，“一件大衣不够就穿两件。”

严真也笑了，那里到底是个神奇的地方。听说海拔越高的地方，距离天堂便越近。

“严真。”

“嗯？”

“今天我说的时候没有征求你的意见。”他顿了下，“关于去西藏的事，如果你不愿意可以不去，我不会勉强。”

严真沉默了几秒：“你希望我去吗？”

这个问题让顾淮越有些意外，他看着玻璃窗户映出的她的样子，说：“如果你愿意。”那算是一个他曾许下的承诺，给他曾经待过的连队和他曾经的战友，所以顾淮越是想让她去的。

严真此刻仿佛也与他心灵相通，微微一笑，说：“我愿意。”

这样的笑容在雪夜里显得特别好看，特别——温暖。顾淮越几乎有一瞬间的失神，他握了握双手，说：“好。”

CHAPTER 7

高原之巅的温暖

读书的时候，严真对西藏就有一种莫名的憧憬。

她幻想自己有一天能够涉过雅鲁藏布江水，踏过雪山，在海拔四千米以上的高原尽享那仿佛触手可及的日光。

现在这份憧憬终于实现了。早晨，拉开窗帘的一刹那，阳光从窗外缓缓地射了进来。这些日光经过雪花的折射看上去异常明亮，严真只看了一眼，便被刺痛了眼睛。

忽然一只手从后面伸来，唰的一声拉上了窗帘。严真捂着眼转身，通过指缝看见一脸沉静的顾淮越。

“醒了？”

“嗯。”她撤下手臂，表情有些尴尬，“刚醒。”

他也是难得看她如此迷糊的样子，眉间稍一松动，说：“那去洗漱吧，我去买早饭。”

严真闷头答应，拿起化妆包直奔卫生间。看着她仓皇的背影，顾淮越淡淡地笑了笑。

火车从C市出发，沿着铁路线已经走了两夜一天。也就是说，这趟接近四十八小时的车程，已经过去了一大半。顾淮越重新拉开窗帘，看着清晨的阳光，无声地向这个阔别许久的地方打了一个招呼。

西藏，我来了。

因为严真答应随行，所以顾老太太也不再反对顾淮越去西藏。其实老太太心里还是有些矛盾的，因为她不愿意让他去那么远又那么冷的地方，可一想到严真会陪他一起去，又觉得这是两人不可多得的机会。思虑再三，老太太还是妥协了。

考虑到严真是第一次进藏，他们还是选择了坐火车。走这趟线路的火车都是经过特殊设计的，软硬件的质量绝对没的说。

顾淮越从餐厅里简单地买了一些早点，回到座位上时严真已经洗漱完毕，正透过窗户眺望远处的风景，这一路走来，她看到的美景太多了。被厚厚的积雪覆盖、在太阳光下泛着晶莹光芒的昆仑山，成群结队出没在可可西里无人区的藏羚羊，还有传说中的牦牛。她看向这一切的眼神几乎可以用痴迷来形容。顾淮越也意识到自己注视她的时间太久了，他咳了一声，将手中的早饭递了过去。

严真倏地回过神来，看向他，有些不好意思地笑。

“眼睛还疼吗？”他轻声问。

严真摇摇头：“不疼了。”她取过早点，随口问道，“你的战友还在西藏？”

“在。”顾淮越轻声答，沉默了一会儿又微微一笑，“他比谁都喜欢那儿。”

连他们自己都不知道自己是第几拨进藏的新兵了。年年维护却依然破旧的营房，适应了两三天却依旧让他们头疼欲裂的高原反应，夜晚入睡的时候潮湿的被褥，透过窗户进来的刺骨凉风，都让这里成为他们的噩梦。可即便环境如此恶劣，却总有些人深深地热爱着那片土地，心甘情愿守护在那里。顾淮越庆幸自己遇到了一个，那人就是他的第一个连长。

连长出生在南方多雾的地方，一水的南方口音让他们这些从北方选过来的兵很不适应。可就是这位操着南方口音的连长，训练出来了一窝子精兵，顾淮越说：“连长说，在他们家乡总是有大雾，整天整天见不到太阳。他一气之下就跑到了西藏当兵，并且决定再也不回去。”

这帮刚下部队稚气未脱的军校生都被连长的话逗乐了。严真也笑了笑，她能感觉到，随着火车车轮的缓缓转动，那个神秘的天堂，正在向她招手。

傍晚，火车抵达拉萨。

严真全副武装之后跟着顾淮越下了车，行李全部由他拿，可严真依旧没感觉到轻松多少。因为火车上有专门释放氧气的装置，所以直到下车，严真才真切地感受到高原空气的稀薄。

“是不是不舒服？”

见她深深地吸了一口气，顾淮越低声问道。

“没事。”严真连忙摇摇头，虽然她脑袋确实有些疼，但目前为止还是可以忍受的。

顾淮越也觉得自己有些过度紧张，可能是因为他第一次带女人来高原。他抿抿唇，没再说话，站在原地，四处张望着。

严真看着他，低声问道：“这里有去边防团的车吗？”

“有人来接。”顾淮越说着，眼睛忽然一亮，“来了！”

顺着他的视线，严真看到一个穿着军装的男人迈着大步向他们走来，眉目间尽是老友重逢时才有的惊喜和笑意：“哟，来了！”

顾淮越看着男人，也是爽朗一笑：“连长亲自来接，这可折煞我了。”

说完，端正地敬了一个礼。

原来这就是他口中的连长，严真饶有趣味地看着眼前这位上校。

“严真，这是我的老连长，现任的边防团团长，庞凯。”

顾淮越向严真介绍道，庞凯伸出手与她握了握。握手的瞬间就让严真感觉到了他满手的老茧，被硌得厉害。庞凯拍了拍顾淮越的肩膀，操一口南方话说：“十年不见，不仅老婆孩子有了，就连这个军衔都跟我一样了！你行啊！”

“不是您说的吗？没成家立业、功成名就就别回来见你。”

“你小子！”庞凯哈哈一笑，拎起他们的行李就往回走，“走，上车！回到团里好好聚一聚！”

这就是战友，这就是老连长，十年后再见，只消一刻，就能将这十年的差距消弭于无形。

回边防团的路有些远，从拉萨往南开得走将近四个小时。冬季的拉萨入夜后温度很低，严真窝在大衣里，听两人交谈。对于庞凯，严真了解得并不多。她只知道庞凯是南方人，初中毕业就出来当了兵。由于性子争强好胜，各项军事技能都练得呱呱叫，更有几个科目全军通报嘉奖过。只是由于文化知识水平不够，当了二十三年的兵还只是一个团长。其实对于这一点庞凯倒是没有抱怨，能留在西藏已经是他最大的愿望，其他的与之相比，便不算什么了。

庞凯一边开车一边说：“你们来得还真是时候，后天团里要给九连送补给，你要看他，就跟着车队一块儿过去。我送你去。”

“随便安排一辆车就行，不用您亲自上，没那么大阵仗。”顾淮越下意识地拒绝。

“美得你，这几天又下了雪，从团里到九连的路不好走，我一个团长就这么放着战士们不管？那像什么话！”

顾淮越沉默几秒，忽然笑了下，从行李箱里取出一箱包裹严密的东西，递了过去。庞团长扫了一眼：“啥东西，这么严实？”

“药。”

庞凯怔了怔，笑了：“放心，你们说过的，祸害遗千年，没那么容易牺牲。”这还是顾淮越当排长时的事，那是他军校毕业后的第一年，也是他第一次训新兵，由于连长庞凯要求严格，因此新兵们被训得是哇哇叫，背地里都叫他“黑面”。事后让庞凯知道了，也没发火，就是不动声色地要求顾淮越他们加大训练力度。

顾淮越微微扯了扯嘴角，并未因为他的玩笑而松了话头：“话是这么说，药还得吃。”

严真在一旁听着，有些好奇：“庞团长是什么病？”

庞凯闻言顿时咳嗽了几声，从后视镜里给顾淮越递眼色。顾淮越就假装没看见：“高原心脏病。”

严真并不知道这病有多厉害，可单单“心脏病”三个字就能让她吓一跳：“严重吗？”

庞凯听了叹了口气：“你瞧瞧，你瞧瞧，我还想在弟妹面前保持一下军人形象呢，全让你小子给毁了，一下子成病秧子了。”

严真摇了摇头，笑道：“不会的，您就吃药吧，只当是为了让嫂子放心。”

话一落，庞凯大声笑道：“嫂子？你嫂子还不晓得在哪儿呢！”

庞凯至今未婚，这点让严真有点意外。

“没啥好说的，谁愿意嫁给一个二十年内只回过五次家的男人呢？”

庞凯摆摆手，轻描淡写地说道。

可严真也明白，越是得不到的东西，心里却越是渴望。而对于在高原上戍边的军人而言，最想拥有的，就是一个家。

想到这些，严真心情有些沉重，原本隐隐作痛的太阳穴，此刻又开始涨痛。

“头疼？”

顾淮越看见她紧皱的眉头，低声问道。严真揉揉额角，摇头道：“还好。”

“是不是太累了？这团部就是有点远，要是不舒服就直说啊，可别忍着。”

庞凯也劝她，严真只好淡淡一笑，说：“真没事。”

相处的时间久了，顾淮越就发现，严真是一个很能忍的人。再加上对高原环境的了解，所以他取过另一件军大衣，递给了她：“边防团还得等会儿才到，先休息一下。”

严真愣愣地偏过头看他。昏暗的车厢里那双眼睛凝着淡淡的光，平静柔和的眼神让她无法拒绝。她伸手握住这厚厚的军大衣，嘴角微微弯起：“好。”

许是真累了，这一路严真睡得很沉。

仿似做了一场梦，眼前一片漆黑，仿佛是被蒙住眼睛进入了一条幽深的隧道，她只能步履缓慢地向前走去。不知到了什么地方，那里的空气透着一股潮湿的味道，阴冷的感觉让她忍不住打了一个寒战。摸不到尽头，可是还要往前走，不能停留在这里。逼仄的空间简直要透不过气了，所以尽管她的头撕裂般涨痛着，她还得撑起身子，用尽力气向前走去。也不知道过了多久，眼前忽然出现了亮光，继而有新鲜的空气沁入鼻腔，她舒缓地放松了所有的神经睁开了眼。

嗯？这是在哪里？

严真眨眨眼，看着头顶的天花板，犹是有些迷茫。

她不是应该在车里，怎么会躺在这里？没有行车的颠簸，明亮亮的白炽灯，白色的墙皮，踏实的床板。难道已经到团部了？

严真霍地睁大眼睛，想要起身，不料被什么东西牵绊了一下，才停下了动作。她纳闷地垂眼看去，才发现自己正在输液。药液瓶子就挂在床头，除此之外还有一个氧气罐。凝视着这一切，她的脑袋晕晕的。

忽然床前的帘子动了一下，一个穿着迷彩服的士兵探了下头，把严真给吓了一跳，刚想喊住他，他又收回了身子。严真窘了一下，想开口说话，可是刚刚喊出一个“你”字，就被自己这道干哑得堪比破锣的嗓音给吓到了，她这是怎么了？

好在那战士觉得不对劲，听见动静又撩开帘子一看，才发现半起的严真。“嫂子，你醒啦？”小战士惊喜地看着她。

严真按了按自己的嗓子，示意说不出话。机灵的小战士立马跑到外间用干净杯子给她倒了一杯热水来。握在手里，严真小口啜饮了几口，嗓子才能发声：“我这是在哪里呢？”

小战士操着一口纯正的河南话说：“这是团部的卫生队，嫂子你一来就躺在这儿了，现在都过去三个小时啦。”

严真沉默了一会儿，又继续问：“我怎么了？”

“嫂子你刚送来的时候有点发烧，脸色也有些发乌。”

“发烧？我发烧了？”严真哑着嗓子问。

小战士被她这过度的反应吓了一跳，忙说：“不是很严重，已经输了水吸了氧打了退烧针，现在情况应该好一点了吧？”

严真只得镇定下来，点了点头。她环顾四周，迟疑地问：“那，顾——”

话说了两个字，小战士立马就明白了她的意思：“顾参谋长在外间休息呢，参谋长在这里坐了两个小时，您烧退了才走的。”说完一拍脑门，“哎呀，看我都忘了，参谋长说等你醒了就立刻叫他。”说完就奔出去了。

严真的破锣嗓子“哎哎”了几声也没叫住他，顿时也就泄气了，算了，由他去吧。她抬眼默默地打量着四周，有些老旧的营房，墙壁上刷的绿皮已经剥落大半了，床头的铁皮柜也有些年头了，就连手中握着的茶杯也透着时间的痕迹。不过一切都胜在干净。严真看着盖在身上的两层厚被和一件军大衣，隐隐地感觉到一股暖意。望着窗前摆放的一把椅子，严真不禁想，刚刚，他真的一直坐在这里吗？

还没等她从梦境中寻出蛛丝马迹，小战士已经破门而入了，身后跟着进来的两个高大身影，一个是庞凯，另一个是顾淮越。严真出神地看着他，已经入藏了，这么冷的天气，怎么还只穿一身单薄的常服。

顾淮越倒是没觉得冷，放下手中的保温桶，向床边走去。对上严真满是疑惑的眼神，他犹豫了下才伸手捋起她额前的刘海，试探她额头的温度。小战士在一旁积极地说："参谋长，您放心吧，嫂子不烧了。"

他淡淡一笑，用掌心试出了满意的温度："感觉怎么样，饿不饿？"

严真摇了摇头，抓住他的手问："我怎么发烧了？"

"没事。一是因为太累，二来可能是来边防团的路上冻着了。"

"啊？"穿那么多，她还能冻得发烧，可见她的体质有多差。

庞凯看着她，笑眯眯地说："你刚刚可把我们给吓坏啦，发烧，还说梦话，这医生给你手背上扎针的时候手都在抖！"

严真不好意思地低下头："给你们添麻烦了，庞团长。"

庞团长一挥手："哪儿的话，托你的福，我可算看见我手下最满意的兵在老婆面前是什么样子了。"

原本车已经开到团部招待所楼下，他刚想叫两人下车，就发现坐在车后面的顾淮越脸色有些不对劲，原本以为是高原反应，细问之下才知道是严真发烧了！发烧原本是件小事，可是放在这里那可能就是夺人命的大事。庞凯那是一分钟都不敢耽误，立刻找人去卫生队叫医生。不想有个人比他更快，他还没把事情交代完，顾淮越就打横抱着严真直往卫生队去了。

"我当时就想，这小子十年都没过来了，还知道卫生队的门往哪儿开呢！”

庞团长戏谑地说着，严真脸颊微热。而顾淮越只是眉头一挑，盛好了粥端到她面前：“来，喝粥。”

严真脸又是一红，可她一只手扎着针头正在输液，另一只手则被医生扎得满是瘀青。无奈，严真慢慢地张开嘴，吞下了一口粥。

庞凯笑着看着两人，悄悄地离开了。

整个屋子忽然静了下来，严真一边喝粥一边用余光偷偷打量着他。

依旧是淡如水的表情，可是那双黑亮幽深的眼眸透着一层疲惫和倦怠。吃完粥，顾淮越又将点滴的速度调慢了一些。

严真默默地看着他做这一切，良久，低下头，说：“对不起，我也想不到，自己的体质会那么差。”

不自觉地，她就有些抱歉，或许她就不该来，凭空给他添了那么多麻烦。

顾淮越手上的动作顿了一顿，微微一笑，将输液瓶子挂好：“没事的，有点反应是正常的，休息休息就好了，今晚就住在卫生队吧。”

“好。”她往被窝里面蹭了蹭，暖意瞬间将她包裹住。

“睡吧。”他最后看了她一眼，关掉了屋里的大灯，只留了一盏床头灯。

“那你呢？”暖意让她的困意上涌，她睁开眼睛，模模糊糊地看着他。只见他倾过身来，替她掖了掖被角，手指不经意蹭过她的脸颊，冰凉的感觉让她微微瑟缩了一下。他似是察觉到，便很小心地不再碰到她：“等你睡了我再走，就在外间，有事了叫我。”

“嗯。”含糊不清地应了一声，她忽然翻了个身，抓住了他的手嘱咐道，“要多穿件衣服，冷。”说完，便睡了过去。

一下子被温暖的掌心握住了，顾淮越有些怔然。许久，他扯动嘴角笑了下，抽出手来，将她的胳膊塞回被窝，关灯走了出去。

严真的身体在入藏后的第三天慢慢恢复了过来。

第三天的早晨，她穿得厚厚的走出了卫生队。她来这里三天了，直到现在她才看清团部的真正模样。一排排营房整齐地坐落着，除此之外，团部大院还四处散落着针叶植物。操场上，士兵们正在装车，这是要送往九连的物资，前一阵子因为下大雪路不好走便延迟了送补给的时间，眼看着九连库存就要告罄，团部立刻组织人往上送物资。

严真看了看不远处的景象，皑皑的积雪，料想这路途定不好走。犹豫了片刻，她裹紧衣服向操场走去。

操场上，庞凯一边捂着心口一边指挥物资装车。

藏南地区自入雪季以来已经下了几场大雪，这几日天气反常地好了起来，最起码没有再下雪。只是雪已经积得很厚了，所以这次运送物资他得一路随行。他在这里当了二十三年的兵了，再也没有比他更有高原雪地开车经验的司机了。只是看他捂心口皱着眉头的样子，有些让人担心这趟来回得两天的路途，他能不能撑下来。

一个上尉劝他："团长，这次您就别去了。"

庞凯转身瞪了他一眼："我自己的身体自己清楚，要你废话。"

上尉立刻噤声，求援般地看了看顾淮越。顾淮越想了想，斟酌着说："他说得对，你这身体不适合再急行军，这趟我替你来。"

庞凯自然也不给他好脸色："你也少啰唆。"训了一句，放缓了语气，"倒是严真，她最好还是不要去。"

顾淮越思忖片刻，还没说话，就听见身后传来一道女声："我要去。"

毫无疑问，是严真。

顾淮越转过身去，看着缩在宽大的冬训服里的她，表情严肃。严真拢了拢头发，抿了抿唇说："我想跟着你们一起去。"

“你身体还未痊愈。”

“我知道。可是我不想白来。”她柔声说，眼神中却有不容忽视的坚定，让他无法立刻说出拒绝的话来。

两人正僵持时，庞团长哈哈一笑，走过来拍了拍顾淮越的肩膀说：“行啦，都别争啦，都去，去九连开大会！”

九连，是一个位于海拔四千米以上的云中哨所。

它距离团部并不算远，可因为积雪太厚，不少路段阻隔，光是排除障碍就要花费一两个小时。所以，抵达九连的时候，已经是下午五点了，距离上午从团部出发已经过去了整整十个小时。

严真下了车，呼吸着新鲜空气，缓缓地伸了一个懒腰。再睁开眼睛的时候，就看见面前有一排士兵正列队集合傻傻地看着她！眼睛一眨不眨。

严真呆呆地跟他们对视了一会儿，也窘了。

庞凯看着这群“孬兵”，对着九连长喊道：“赵文江，立刻组织你的连队过来搬物资！”

九连连长赵文江迅速回神，扯着嗓子喊了一声“是”。

看着他们，严真忍不住扑哧一声笑。

严真现在还没法理解他们的心思。女人在部队里是个稀罕物啊，尤其是对这群驻扎在边防的军人来说。也不能赖这群“孬兵”啊，谁让团部打过来的电话里没说有女人到访呀，尤其还是挺漂亮的一位。

庞凯与顾淮越并列而站，笑骂：“这帮孬兵，八辈子没见过女人似的。”

注视着前方那个高挑瘦削的背影，顾淮越笑了笑：“大概，这对他们来说，是意外的惊喜吧。”

卸下物资，九连开始埋锅做饭。

赵文江已经跟炊事班打好了招呼，要把这顿饭做得丰盛一些，丰盛到庞凯走进去一看就忍不住训斥了他：“你这是吃了这顿不想下顿了，是吧？你这要按部队伙食标准可严重超标了啊。”

赵文江讪讪一笑：“团长，这不今儿有特殊情况嘛。”

难得这个爽朗的北方大小伙也有忸怩的时候。庞凯也懒得训他了，临走前嘱咐道：“口味注意清淡点。”

严真独自一个人在营房前的操场上缓步走着。这里的风景很美，从这里向下望去，可以看见缭绕的云雾，仿佛置身仙境一般。

沿着楼梯慢慢向下走去，快要走到尽头的时候严真看见了从不远处走过来的顾淮越和庞凯。两人说着些什么，顾淮越向她走来。严真不自觉地快走了几步，顾淮越皱了皱眉，伸出手来嘱咐她：“走慢点。”她的高原反应才稍稍有所缓解，不适宜快步行走。严真看着他伸出的手迟疑了一下，嘴角微微弯起，搭着他的手顺利走下楼梯。

“冷不冷？”他握了握她的手，两只同样冰冷的手相握，感觉不出来什么。

严真笑了笑，缩了下脖子：“嗯，还真是有点。”

这里冬季的最低温度可以达到零下三十多摄氏度，现在虽未到最冷的时候，但是与C市相比也算是前所未有地冷了。

他想了想，忽然一笑：“走。”

“干吗？”

“给你找个驱寒的地方。”

严真只好忍着好奇跟他一起走。结果，等到了的时候，严真又忍不住失笑了。原来，所谓驱寒的地方，就是这样一个狭小的只有七八平方米的伙房。

“怎么样？”看着她笑，顾淮越也微微弯起了唇角。

“挺好。”

说着，严真跨步走了进去，一股暖意向她扑来，顿感舒适不已。

正好有一个战士在里面烤火，顾淮越打发他去弄一些劈好的柴木来。顾参谋长挽了挽袖子，在凳子上坐下，准备亲自烧火。

他添进去了几根柴木，不一会儿火便更旺了，只要离近了，便能感觉到那股热度。严真不自觉地靠近，顾淮越瞧着她，忽然伸手抓住了她的小臂："别离火口那么近，小心烫着衣服。"说着把一把椅子放在她的身边说，"坐这儿。"

看着那把椅子，严真稍稍犹豫了下，便走到那里坐了下来。

两人烤着火，战士小王半蹲在那里往火灶里添柴木，严真看他蹲得难受，便捞过来另一个小凳子让他坐。小王紧张得不知道该怎么办，半撑起身子连连称不。

"还得给你喊个口号呀？坐吧。"严真笑着说。

小王一阵窘迫，最终还是把屁股挪到了凳子上。忽然小王一拍脑袋瓜子，想起来一件重要的事："糟了，还没给威风喂食！"说着一溜烟儿就要往外跑，顾淮越叫住了他："是你喂的军犬？"

"是。"小王讷讷地答。

顾淮越顿时来了兴致："喂完了食牵过来看看。"

看着小王迅速离去的背影，严真感叹："年轻真好。"

"他那是紧张。"顾淮越笑了下，火慢慢燃起，有淡淡的光从他脸上掠过，勾勒出那棱角分明的轮廓，"这里的兵大部分都很少回家，一年回一次那算是勤的了。在我刚来这儿的时候就一直流传着一句话：'进了西藏，就等于进了和尚庙。'"

"这里就没有藏族姑娘吗？"

他缓缓摇了摇头："没有，这里海拔太高，路途太远，地形也不算好，一般姑娘不到这边来。"所以说，别说一年，就算两年没见过女人的兵也有过。严真的到来，确实让他们又惊又喜。

“那你呢？”静了一瞬，严真忽然开口。

“嗯？”他用火钩撩了一下柴火，里面迸发出细小的爆破声，他一时未能听清她的问话。

严真顿了顿，才再一次问出口：“那你在这里当兵，是不是也很长时间见不到——外人？”

她偷换了概念，把女人两个字生生吞了下去，可是顾淮越哪里会听不明白。他笑了笑，说：“我比他们时间长，进藏以后，再一次见到异性已经是三年后的事情了。”他有三年没休假，这三年过年都是在边防团过的。直到家里的老爷子和老太太沉不住气了，一个电话到团部把他挖了回去。想一想那时候自己真的是心高气傲，总以为自己够强，渴望走得更远一点。他以为他狠练几年掌握了各项军事技能便能刀枪不入，其实不然。

这世上，总有一些东西，能够不费吹灰之力就让你缴了械。亲情、友情抑或是爱情，它们的杀伤力，不亚于兵器。

回过神时，小王已经把军犬牵了过来。不是什么特殊的犬种，是一只德国牧羊犬。

严真好奇的是它的名字：“它真的叫威风？”

看到严真一再确认这个名字，小王就有些拘谨地答：“嗯，是我给它起的名字。它可厉害啦，军区的军犬比赛，好多项技能都比其他的军犬强！”说起这个，小王脸上浮现出一丝骄傲。

顾淮越俯下身，看着这只军犬，他把小王手中的球丢了出去，威风立马撒丫子就跑，给叼了回来。“养了多久了？”

“十一个月。”

他笑了下：“嗯，不错。”

小王拉着狗链，严真蹲了下来，用手试探着去摸威风的毛。威风立马抖了一下，甩了甩尾巴，释放出“生人勿近”的信号。严真立刻缩了手回来，一脸遗憾地看着威风。这大家伙瞥了她一眼，不屑地走开了，严真不免更惆怅了。

小王憋笑憋得很辛苦，顾淮越看了严真一眼，说：“把手拿过来。”

严真伸出手去，他就抓着她的手靠近威风，见它没有抗拒，顾淮越才慢慢松开手。严真终于摸到了威风的毛，柔软的感觉跟它骄傲的性格甚是不同。

顾淮越接过小王手中的馒头，塞到严真的手中：“喂它试试看。”

军犬也是有专门的伙食标准的，这个馒头只能算它的零食。严真撕下一块送到它的嘴边，这大家伙显然很不适应她这种喂幼仔吃饭的方式，可是美食当前，还是嗅了嗅，吃了下去。

严真惊喜地看着顾淮越，顾淮越也被她眼中流露出的喜悦所感染，淡淡笑了笑。严真能够明显地感到顾淮越的不一样，他平时的表情很少，经常是面无表情，可是自从来到这里，自从踏入九连，他就柔和了许多。她猜，大概是因为他从心底里把这里当作他的第二个家吧。

今晚的云中哨所九连是前所未有地热闹。

这些战士长期坚守在这里，可他们并没有因为孤单与寂寞而忘记了快乐。相反，该起哄的时候他们比谁都来劲。

赵文江把酒瓶都揽到自己面前，笑嘻嘻地对庞凯说：“团长，我们战士们合计了一下，这酒啊不能白喝，您给来一嗓子才给酒喝！”

庞凯斜睨了赵文江一眼，知道这群人闹起来就没正形，他推了推顾淮越：“你去。”

顾参谋长淡定地回：“我不喝酒。”

“那你也得去。”庞凯说，“就唱你的保留曲目就行了。”

保留曲目？严真顿时十分好奇。

这事是有典故的，顾参谋长还是个侦察兵的时候，上面文工团派了一小组文艺工作者来到边防团——慰问演出。

说是慰问演出，可是这一小组人压根儿就不能凑成一台长达三小时的晚会，还得从边防团抓几个壮丁来凑数。团长大手一挥，各连各抓两个上来。而顾淮越所在的侦察连抓出来的两个里，其中一个就是顾淮越。鉴于顾淮越低沉的声线，文工团的领导给他安排了个男声独唱，还嘱咐他好好唱，因为演出的时候有首长到场观看。这下子场面可大了，全连的人一哄而上，都积极地给他推荐曲目。

拿到曲目表，顾淮越首先就是眉头一皱："怎么一个个都这么庸俗。"什么情啊爱的，这玩意儿上得了台面吗？

最后还是团参谋长出面，推荐了一首家乡的歌曲——《草原民歌》。

当晚演出很成功，团长陪同领导一起观看了整场演出。等到顾淮越唱完了，团长扭头去问首长感觉如何。首长点点头，说了句让团长难忘的话："不错是不错，不过这高原上当兵的，怎么唱了首草原的歌？"庞凯说得绘声绘色，严真听了也忍不住一笑。

这下好了，战士们不仅把矛头对准了顾淮越，还叫嚷："嫂子一起唱！"

严真抵不住战士们的起哄，看向顾淮越。他的表情一直很柔和，这是一种沉浸在回忆里才会出现的柔和，甚至还带了些许纵容。他偏过头来，看她，握了握她的手，说："行吗？"

她还能说不吗？

严真的顺从态度让这群战士看到了希望，一个个地喊着："《甜蜜蜜》！唱《甜蜜蜜》！"

顾淮越算是明白了，这肯定是事先预谋好的，拿庞凯当幌子，他才是真正的靶子。不过，事到如今他也生不起气来了，他偏过头看严真："你起调还是我起？"

严真脸红红的："真唱《甜蜜蜜》吗？"

"你说呢？"他的表情也很无奈。

严真只好羞赧地低下头，小声说："你起吧。"

"好。"

顾淮越清清嗓子，起了头，严真捂了捂脸，小声地跟上。

现场的气氛被这首歌给炒得更热了，赵文江压了压手才停止了战士们的起哄："行了，参谋长都献声了，咱们也不能闲着，来，走一个！"

所有的战士在赵文江的指挥下唱起了一首改编版《三大纪律八项注意》，调侃两人。

严真听了脸发烫，站也不是坐也不是，顾参谋长只好伸手揽住了她。

庞凯远远地望着这热闹的场面，低笑过后，忍不住低斥一声："一群孬兵。"

这一晚，一阵阵欢声笑语从这个云中哨所里传出来，与夜色混绕，仿佛要融化那高原之巅的千年积雪。这记忆中的高原，似乎也没有那么冷了。

第二天一大早，庞凯率车队回了边防团。因为临近年底，团里的事务繁忙。

顾淮越和严真的时间也比较紧，所以吃过早饭，他们就启程去看望战友。临行前的那一刻，严真才知道，原来顾淮越口中的战友，并不在九连。

赵文江专门派了一个人陪着他们两人一起去，只是才走了没多久，就被前面的一个雪坑挡住了去路。顾淮越稍一思忖，果断决定弃车步行。

班长老王吃一大惊："首长，这要走上去可得一两个小时！"

顾淮越自然知道这一点："你先开车回九连。"

老王立刻说：“那可不行，连长让我保护您跟嫂子的安全，这一路有不安全的地方，我得跟着您提个醒。”

顾淮越淡淡地笑了下：“老王，你可别忘了，我是从这里走出去的老兵。”

老王顿了一下，视线一转看见严真从车上下来，就像看到了救星：“那，嫂子能行吗？”

话毕，两人同时看向严真。严真好不容易才把帽子扶正，整张脸围得只剩一双眼睛露在外面。视线落在她身上，顾淮越犹豫了下。

“我可以的。”她扒拉一下围住嘴巴的围巾，急急地保证。

他凝视她片刻，那一双漂亮的眼睛所透露出的坚定莫名地让他放下了心。顾淮越拿定主意，拍了拍老王的肩膀：“行了，你先回去吧。你嫂子，她跟我走。”

老王无奈，只好眼睁睁地看着两人徒步离开。

其实老王的担忧并非没有原因，这高海拔的山区，崎岖的山路，走起来不仅费劲，还费心神。一路走过去，顾淮越刻意放慢了步调，一是为保存体力，二是因为跟在后面的严真。尽管她亦步亦趋地跟得很近，可是走得还是很吃力。

他率先跨过一条由钉了钉子的粗壮树木搭成的桥，站在桥的这一边，向严真伸过手去：“把手给我。”

严真小心翼翼地伸出手，随即便被握紧，安全通过了这条狭窄的独木桥。站在桥这头她累得直喘气，在这样的天气，额头上竟然沁出了汗水。好不容易平复下来，她看着顾淮越苦笑：“我是不是挺没用？”

顾淮越看着她，嘴角弯起一个弧度：“你知道吗，海拔四千五百米以上对女性来说就是生命禁区。”

“所以？”

“所以，你能走到这里已经让我刮目相看了。”

嗯？这似乎是表扬？严真偏了偏头，微微一笑。

他们要去的地方海拔确实比九连要高。走到这里来，原本适应了高原的身体又开始有了头疼的迹象。所以严真尽量不说话，跟在顾淮越身后，走得很慢。只是这条路好像很长，她眺望一下也看不到哨所，放眼望去，只能看见白雪皑皑连绵起伏的雪山。

“还有多久才能到？”她喘着气问道。

“快了。”

顾淮越说着，拉着她的手，把她带上了一个坡。严真顺着他的方向，拐过了一个弯，不经意的一个抬头，便被眼前的景象震撼了。

湛蓝的天空仿佛是被忽然放大一般呈现在她的面前，而那天边的云彩感觉离她也是那么近，仿佛伸出手就能握在手中。这样想着，严真稍稍踮起了脚尖，伸手去够。

自然是够不到的，就算她伸直了胳膊抻直了小腿也是枉然。严真轻笑了下，笑自己的傻气。

收回视线时，她看到不远处有个小土堆。

更确切地说应该是雪堆。这个雪堆垒得并不高，不过只要一看见，就会觉得它伫立在那里很是突兀。她几乎是立刻就察觉了什么，迅速地转过头去看顾淮越。而他也恰好看了过来，告诉她两个字：“到了。”

一座小小的坟茔——他的战友，就在这里。

严真有些难以置信。

她松开他的手，几乎是下意识地向那块墓碑走去。

那是一块很奇特的墓碑，上面没有一张照片，也没有一个姓名，只留下了一行小字记录立碑的时间，算一算，距今已经十年了。她转过头去看顾淮越，他的表情已由淡然变得凝重。

她忽然有点好奇这里面到底埋葬了怎样的人，而他仿佛懂得她此刻的心思，轻声问道：“你还记得，来时的路上我给你提过的这位战友吗？”

“记得。”

顾淮越扯动嘴角，算是笑了下：“他跟我是同年兵，我们一起在一个连里当排长。他来自山城，那里长年多雾总是不见太阳。跟连长一样，他留在这里，就是这么简单的原因。”

近在咫尺的太阳、云彩。

其实严真很想说，它们离得都很远。很多东西看上去触手可及，其实只要一伸手，你就能感觉到距离。

“那他现在，葬在这里？”

“嗯。”顾淮越走上前，俯身抹去了墓碑上覆盖的一层厚厚的雪，在这个七个月都是雪季的地方，其实这是无用功。“十年前，他开车路过这里，正好遇到了雪崩。”他轻声说着，仿佛是在讲一个很久远的故事，“在海拔五千米以上还驻扎了一个哨所，每次送给养都是他开车去，结果只有那一次遇到了雪崩，连人带车都埋在这里。”

纵然是有了心理准备，严真还是吃了一惊。她盯着墓碑，讷讷地问：“为什么连张照片都没有？”

“当时连长找遍全连也没有一张他的照片。而他被挖出来的时候，已经血肉模糊地冻僵了。”

那样一幅场景，连回忆都会是件痛苦的事。严真顿时就抽了一口气，指尖一阵颤抖。顾淮越察觉到了，迟疑了一下，握住了她的手。

“这是我十年来第一次来看他。”

“为什么？”

“我不敢。”顾淮越说，“在他面前，我总觉得自己不像个兵。”

年轻的时候他也曾不甘寂寞，不想待在这里消磨生命。所以那段时间他很消沉，做什么都提不起劲。这位战友替连长训他，说他对不起自己那身军装。

现在他终于敢来了，不是因为混得有多好，而是想起了这位逝去的战友曾经说过这样一句话。他说："这里挺好，我一辈子就扎根在这儿不回去了。媳妇儿这辈子是指望不上了，我可全看你了，最好举行个高原婚礼，多好！"

现在他已经有了家，也有了真正可以陪他一起来的人。所以，他来了。

想到这里他缓缓举起手，举至帽檐，行了一个沉重而肃穆的军礼。

严真看着他的背影，忽然就觉得鼻子有些酸涩。她记得父亲说过这样一句话，只有当过兵的人，才明白"战友"这两个字的重量，因为等离开部队之后，你就再也找不到能陪你一起流血流汗不流泪的人了。叫一声战友，就是一辈子的事。

她大概永远体会不到这句话中所说的情和义。不过有一点，她很庆幸。

那就是，她没有退却，她陪他一起来了这里。

CHAPTER 8

不能忘记的人

入藏的第五天，藏南地区又开始了新一轮的降温，并且预报有大雪。趁着大雪下来之前，顾淮越和严真匆匆地赶回了C市。

刚下飞机，睽违了几日的温暖向严真扑来。匆匆取完行李，严真舒服地伸了一个懒腰，刚出航站楼，就看见接机的冯湛在向他们招手。

“可算回来了，老太太都念叨很多天了。”

跟在老太太身边，冯湛这个大小伙子多少也有些话痨。顾淮越微哂，没接这个话茬。倒是严真想起了那个小家伙，逮住冯湛问道：“珈铭还好吗？”

她这么一问冯湛立刻就苦了一张脸，支支吾吾地看着严真和顾淮越。

严真感觉不对劲，顾淮越则是处变不惊。顾珈铭这个小崽子是出了名的能折腾，他也不指望小家伙能安分几天，于是坐上车后，他揉揉眉才淡声问：“珈铭怎么了？”

冯湛一边审视路况一边说：“也没什么大事，珈铭今天刚回来，是外婆把他送回来的。”

瞬间，严真就感觉到顾淮越的身子僵了一下。冯湛自然也能透过后视镜看见他的脸色，什么也不敢说了，直接加足了马力使劲往家赶。

车子停在顾园门口时，严真一眼就看见了一辆墨绿色的车。这辆车，严真从未在顾园见过。顾淮越匆匆扫了一眼那车，从冯湛手里接过行李，径直走了进去。

刚迈进大厅，就听见从里面传来的低微啜泣声。严真一眼看过去，就见那个小家伙正贴着大厅的墙面，哭得稀里哗啦。严真不由得皱了皱眉头，顾淮越则是顿了下，回过头看了看她，很快又折回身向厅内走去。

大厅的沙发上坐了一位看上去很优雅的女性，应该是上了岁数的人，因为头上有不少白发。齐耳的短发打理得一丝不苟，服服帖帖。严真迈进门时，一下就对上了她的视线。她正端着茶杯，看见严真时礼貌地向她点点头。

严真还来不及回礼，小家伙就嗖地一下跑了过来，抱住了顾淮越的腿，哭得更厉害："爸爸！爸爸，爸爸！"

小家伙的声音很凄厉，仿佛受了很大的委屈。严真纳闷，怎么每次去一趟外婆家都要这样灰溜溜地回来?

顾淮越看着小家伙，眼皮都没眨一下。他心里清楚，这小家伙肯定在外婆家犯了大事，不然也不会被外婆亲自送回来。他看了看严真，说："你先把他带到楼上去吧。"这算是取保候审了，小家伙顿时扒住严真的腿不肯松手。严真无奈，只能拖着他往楼上走去，留下顾淮越和珈铭外婆两人对峙。

顾淮越又倒了一杯茶放在珈铭的外婆宋馥珍面前。

宋馥珍喝茶讲究，面前那杯茶都已没了热气却还剩大半杯，一看就是不对她的口味。只是宋馥珍现在已经没了喝茶的心思，看着顾淮越，淡淡地问道："听小冯说，你去了西藏?"

"嗯。"顾淮越简单应了一声，在她对面坐下，并不准备多提这趟西藏之行，"珈铭这是怎么回事?"

宋馥珍挑了挑眉，喝了一口茶，哼了一声说："也不知道你们这是怎么教育他的，这表子里子啊都痞得要命。"宋馥珍长期从事教育事业，在一所大学当教授，谈起教育这个问题自然头头是道，顾淮越对此通常都是一笑而过。"这回的事要说大也不算大，前年他外公过大寿，有喜好古董的小辈送了一个宋朝花瓶，结果你儿子跟家里最小的那一个闹腾，把花瓶给打破了。"

家里最小的，是指宋馥珍小儿子家的孩子，跟珈铭差不多大，两人混到一块儿却总是互相看不顺眼，看一眼想打架，看两眼想掐死。这种深仇大恨大人们压根就无法理解。

顾淮越只是沉吟了下："老爷子怎么说？"

"他倒是没说什么。我来啊，也只是跟你提一提这个问题，儿子大了就要好好管教，不能总惯着他。"

顾淮越点了点头，很是受教。是得好好管教了，不然老子还得跟着一起挨训！

许是顾淮越的态度让宋馥珍满意了，她说到点子上也就没再多训。两人之间沉默了一会儿，宋馥珍静静地品着茶，忽然之间她想起了什么，又放下了茶杯。

"对了淮越，刚刚那个女人是？"宋馥珍试探地问，见顾淮越抬起头，一双眼直直地看着她，话锋不由自主地改了，"我看珈铭跟她挺亲的。"

"她是珈铭的老师。"顾淮越说，又轻描淡写地加了一句，"也是我的妻子。"

宋教授立刻睁大了眼睛，不可置信地看着顾淮越。顾淮越执起茶壶，不慌不忙地给她空了的茶杯续水："前段时间刚领了结婚证，时间紧急，没来得及通知您。"

宋教授眼睛简直要冒火了："这么大的事就不能打个电话说

一下？”

“老太太觉得，这么大的事还是当面说比较合适。现在我回来了，正好抽个空带着她去您那儿坐坐。”

宋教授被自己的话堵了回来，坐在那里一时也不知道说啥好。哼！又是这个顾家老太太！

二楼房间，小朋友一边抹眼泪一边讲出了事情的原委。事情是这样的，小朋友一被遣送到外婆家，就发现林家那个小孙子林浩也在那儿，不由得仇人相见分外眼红。在经过两天的电视争夺大战之后，顾小司令深觉这样不行，于是两人签了一份和平协议。一三五顾珈铭看，二四六林浩看，周日则猜拳决定。这个协议顺利执行了几天后，林浩忽然觉得不对劲。他仿佛是忽然想起来了，自己猜拳从来就没赢过顾珈铭，不行不行！

于是协议撕毁了，内战又开始爆发了，内战的结果就是老爷子那个宋朝花瓶被打碎了。林浩顿时就㞞了，只剩下顾珈铭一个人慷慨就义！

小朋友很不屑：“你说，这种人，我怎么能不鄙视他！我最讨厌那种战场上临阵脱逃的人了，孬兵！哼！”小朋友说到最后不抹泪了，神情也变得愈发坚定，就好像一名勇士似的。

严真听完了，沉默了一会儿，还是没忍住，扑哧笑了出来。小朋友顿时不高兴了：“老师，你笑啥？”

严真吸了口气，平复了下心情：“我是在想你刚刚哭得稀里哗啦的样子。”抹了抹笑出来的眼泪，她问他，“你现在这么有理，刚才干吗还哭呀？”

顾珈铭小朋友顿时泄了气，低着头：“那是被外婆训的。她只训我不训林浩，我就知道她不疼我。”

严真顿住了笑，摸了摸他的脑袋瓜子。

不一会儿房门打开，顾淮越从外面走了进来。严真顿时就感觉到小家伙瑟缩了下，往她这边蹭了蹭。

“顾珈铭。”顾淮越压低了声音喊他，表情很严肃。

小朋友更加抓紧了严真的衣服。严真忍着笑，向顾淮越摇了摇头。只见他挑了挑眉，说：“顾珈铭，收拾你东西去！”

“干吗？”小朋友闷声闷气地回。

“你说干什么？”他没好气地反问。

顾珈铭小朋友立刻揪紧衣服：“爸爸，你别把我送回去。”两条小眉毛简直揪一块儿去了，看上去可怜兮兮的。

放在平时顾淮越是不吃他这一套的，小家伙从小就知道卖乖讨巧。可今天他只是由上到下地看了他一眼，哼了一声：“不送你回外婆家。”就算是想过去人家还不一定接收呢。

顾珈铭小朋友顿时放松了戒备：“那去哪儿？”

“回家，惹了这么大的事你等着爷爷回来教育你？”

果然，话毕，小家伙就一把抱住了他的腿，高喊：“首长，救命！”

这副滑稽的模样成功地逗笑了严真。她把珈铭的行李简单地收拾了一下，放上了猎豹车的后备厢，开门上车时才意识到，他要回的，是那个家吗？

正是坐落在城西区的那套两居室。

严真下车后，看着房子所在的楼层，叹了一口气。难道今晚又要三个人挤着睡？

顾淮越顾参谋长也有同样的顾虑，所以回家做的第一件事就是检查暖气片，见是热的，便放下心来。

小朋友回到自己家，也就完全放松了戒备。往沙发上一歪，肚子就开始咕咕叫了。

“饿。”小朋友可怜兮兮道。

严真放下行李，看着顾淮越：“家里有做饭的食材吗？”

刚回来还没十分钟呢，可能有吗？看着顾珈铭小朋友愈发可怜兮兮的眼神，顾淮越只好拿起刚放下的车钥匙，小孩子折腾起来还真要命。

已近年底，超市自然是热闹非凡。

以前每逢过年的时候严真都是提前好久储备年货，从未在年底这段时间来过超市，人太多了，几乎无处下脚。三人并排而走，有好几次都被人群冲散，于是只好并列行走。严真走在顾淮越的前面，时不时地与人擦肩而过，偶尔还会被撞一下。不过，总有一双手会很快地扶稳她，严真整张脸烫得都能煮鸡蛋了。

小朋友在水果区站定，指着大红苹果问："老师，你的脸怎么跟它一个色了？"

严真迅速瞪了他一眼，不敢回头。顾淮越则微微勾了勾唇角，刮了刮小家伙的鼻子，向前开路去了，小家伙乐颠颠地跟在他后面。严真看着两人的背影，咬咬唇，继续红着脸跟了上去。

在生鲜区，小朋友指点江山般地把一堆大虾划拉了过来，售货员阿姨亲切地问："小朋友，买这么多你吃得完吗？"

小朋友一派天真地指了指旁边的两位大人："我们这是一家三口！"

售货员看了严真和顾淮越一眼，俊男美女，确实挺登对的，于是更加热情地推荐盛在大盆子里的草鱼："是吗？那再来条鱼好了？"

于是小朋友又兴高采烈地去摸鱼。

严真看着他乐了，顾淮越则淡淡地移开视线："再选点别的吧，你奶奶说你海鲜过敏。"

严真有些意外，顾淮越看了眼小朋友："你在这里陪着他，我去选点别的，口味清淡的就可以吧？"

严真下意识地点了点头，直到他的背影消失在拥挤的人群中才回过神来，摘下手套用手捂住脸，真是要了命地烫啊。

等到选好了东西往外走的时候，严真忽然感觉到下腹一阵坠疼。她闭了闭眼，等疼劲一过，她就明白又该买点啥回去了，她停下脚步：“你们先在这儿等我一下，我忽然想起还有一个东西要买。”

一大一小顿时转过身来，顾淮越问：“我帮你去拿？”

严真摇了摇头：“不用了，我自己去拿就可以。”

“没关系，人太多了，你走过去不方便。”

说着他松开推车就要过去，严真忙拉住他，有些不好意思地说：“不，不用，那东西你不方便去拿。”

聪明如顾淮越瞬间就明白了那是什么，尴尬地沉默了一会儿，顾淮越转过身，重新抓住了推车。严真压低脑袋，只听见这样几句对话：“顾珈铭，齐步走。”

“干啥？”

“排队结账去！”

真是大窘啊，严真哀叹一声，钻回人群中去寻找她要的东西。

因为这么一出，回到家严真就自觉地躲进厨房了：“我去准备晚饭！”

顾家父子一对视，顾参谋长果断地拎起小朋友的后衣领子进房间去进行再教育了。听着咔嚓一声门响，严真才稍稍放缓了动作，呼出了一口气。转过头看着面前堆放的草鱼和大虾，又不禁觉得好笑。

不一会儿顾淮越从房间出来，直接进了厨房，他接过严真手中的草鱼：“我来。”

他脱了军装外套，一件军绿衬衣外罩了一件墨蓝色的线衣。或许是灯光的缘故，严真觉得他看上去柔和了许多。在她看来，穿上军装的他无形中就有一种迫人的压力，以至于每次看他她都努力不让自己的视线低过他领口上的那对领花。严真向后退了一步，看着他在前面忙碌，动作娴熟而精准，仿佛在他手下的不是一条鱼，而是一把枪。

“珈铭呢？”她装作不经意地问。

“在房间反省。”顾淮越说。

严真顿了下，问：“你训他了？”

“小施惩戒。”他将处理好的草鱼放入水盆中，“不然下次还得这么被他外婆提溜回来。”

“我去看看他。”说着，严真转身去了小朋友的房间。

小朋友正叼着一根铅笔坐在书桌前发呆，神情严肃得不一般。严真走近，伸指弹了弹他的脑袋瓜。啪嗒，铅笔掉了，小朋友捂着脑袋瓜抬头怒目而视，看到的却是严真笑吟吟的一张脸。

“干吗？”这次换小朋友没好气了。

严真在他身边坐下，捞过他面前的本子看起来。田字格里装着一个又一个歪歪扭扭的汉字，细读起来，竟然是一首诗——白居易的《长恨歌》。这可完全不在一年级小朋友力所能及的范围内：“抄这个干吗？”

小朋友蔫蔫地说：“每次犯错首长都会罚我抄古诗。”

所以说，现在已经进行到《长恨歌》的水平了？这小崽子平时得犯多少错？！

严真咋舌：“那你说，这次你有没有错？”

“不光我一人，林浩也有错，可是他爸爸就不罚他抄古诗！”小朋友愤愤道。

严真失笑，摸了摸他的脑袋：“不一样的，你爸爸是为你好。”

可小朋友哪里领情：“还不如罚站呢！能武的干吗还来文的？抄古诗能把那林浩抄趴下吗？”

严老师无语了，敢情这小孩子满脑子的武斗！

“而且，首长还说，下个月还得去外婆家。”这才是最让他伤心的。

“为什么？”

“首长说，外婆想妈妈，看见我就像看见了妈妈。”说着顾珈铭小朋友噘了噘嘴，“那外婆一定不喜欢妈妈！”小朋友很生气，后果很严重。

严真看着他低下去的脑袋瓜，若有所思：“首长说得对，妈妈是外婆的女儿，外婆会想她的。”

“可是我就不会想妈妈。”小朋友表情很认真地看着她，“这是不是就不对？”

“为什么不想？”

“因为我都不记得她的样子啦！”小朋友看了她一眼，随即又叹了一口气，“可是爸爸说，我这样是不对的，妈妈也是不能忘记的。”

叹气的样子，十足像个小大人。严真柔柔一笑，替他抚平了皱在一起的小眉毛，思绪却走得很远很远，直到小朋友一声惊呼，她才回过神来，发现自己拽掉了他一根眉毛。

小朋友泪眼汪汪，严真有些心虚地替他揉揉，便起身出去了。

顾淮越依旧在厨房忙碌着，看着他的背影，严真忽然感到有些茫然。

他的家世很好，长相英俊，又是B军区某集团军校一级中最有前途的军官。她怎么会跟这么优秀的人在一起呢？严真忽然有种凭空捡了个大便宜的感觉。

这种想法让她僵直了站在原地，直到顾淮越端着刚炖好的鱼从厨房走了出来。看见她盯着他看的傻样，低声问道：“怎么了？”

严真慌忙回神，摇了摇头伸手去接盘子，却不小心烫到了手指。

“小心点！没事吧？”

顾淮越说着，伸手去抓她的手，却见她躲过他把手别到了身后。

“没事！”严真说道，说完才发现自己反应过激了，一时尴尬不已。

而顾淮越只愣了一瞬便收回了僵在半空中的手，看着她，淡淡一笑：“没烫着就好。”

说完又转身进了厨房，留严真一个人在原地懊恼不已。

从西藏回来的第二天就到了小年，难得今年顾淮越和顾淮宁都回来了，哪怕是顿小年的饭，也得往高规格上靠拢。顾老太太指令一下，家里的人都忙碌起来。

严真是下午的时候到顾园的，今天天气很暖和，顾老太太正坐在阳光下给小儿子的两个宝宝做棉衣，一看见这两个宝贝蛋儿她心都软了，可一想到只有逢年过节的时候才能看到他们她就忍不住抱怨："要我说啊，干脆把这家挪到B市去得了，省得我们这俩老的年年还得催你们回家，事先还得准备一箩筐的好话！"

梁和吐吐舌头，继续替婆婆压着棉裤边。而严真则微微一笑，坐在旁边看得认真。

"要说起来，这罪魁祸首还是这老头子，要不是他，俩儿子也不至于当兵去，还跑那么远！"

又是老调重弹，一旁的老爷子哼了一声，继续跟小儿子顾淮宁下棋。

这偌大一个家，里里外外，老老少少共三对，可独独她现在是一个人。顾淮越一大早就出去了，说是上一次师里送过来的兵还在市直医院养着，他得过去看看。看样子是个重症病号，严真也就没拦他。眼眸微转，严真起身拍了拍衣服，向客厅走去。

梁和抬了抬头，看着严真走远，才压低声音跟李琬说："妈，二哥今年还回B市过年吗？"

话刚出口，就被李琬瞪了一眼："小点声，你是怕你嫂子听不见啊？"

敢情这老太太还打算瞒着！可关键问题是瞒得住吗？梁和哭笑不得，只好闭嘴继续替老太太压裤边。

直到傍晚快开饭的时候顾淮越才回来。

甫一进门，就被老太太逮住数落：“我看你这休假比不休假都忙，你们师里缺你一人就不转了？”

顾淮越没说话，倒是老爷子先不乐意了，一边慢慢下楼一边说道：“这当兵的哪有什么休假，命令一到，立马走人！”

说完就被李琬横了一眼，两人你一句我一句，倒是铆上了。

顾淮越见这架势，也乐得清闲，绕过两人，向里面走去。

客厅里，严真正陪着珈铭画画。

顾淮越悄无声息地绕到小朋友身后，专注地看了一会儿，视线便转到严真身上。

家里用的是地暖，温度很高，所以她只穿了一件薄薄的线衫，脸颊透着红。细长的头发松散地扎在耳后，却有几缕调皮地滑下了耳郭，随着她的动作来回扫动。

顾淮越忽然有种奇怪的感觉，就仿佛那几缕头发是从自己心尖上滑过一样，他心念微动，手已经不受控制地上前替她将头发捋到耳后。惊得严真顿时睁大眼睛，看着他。

顾淮越脸都红了，可面上还是努力维持着镇定：“怎么样了，还疼不疼？”

昨晚她因为下腹胀痛睡得不是很好，在床上辗转反侧了许久。模模糊糊只记得有人递给了她一个热好的暖宝，她接了过去，转身便睡了过去。一大早起来，对着已经凉了的暖宝，发了许久的呆。

这事他不提还好，一提，严真的脸也跟着红了：“好多了。”

“那就好。”他轻咳了一下，低头继续看顾珈铭小朋友画画。严真则忍不住在心里暗骂自己反应过激，抱都抱过了，还在乎这个吗？

逢年过节时，顾家的餐桌上总要摆上几瓶酒。再加上这是小年饭，所以老爷子要求每个人就算酒量再不济也要喝一杯。

严真酒量不行，虽然只是浅酌了几口，可饭后没多久便有了醉意。酒劲上来了，靠在沙发里闭着眼睛一动不动，迷迷糊糊之间听见老爷子和顾淮越的谈话声。

“前几天我才见到你小叔，听你小叔说，过完年后将举行一场演习。这是新年的头一炮，不知道你们军会抽调哪个师去。”

“命令还没下来，再多的消息也只是传言，不过演不演习无所谓，该练的还是要练。”这是顾淮越的声音。

“你心里有准儿就行了。”顾老爷子点了点头，看着他问道，“那你这次准备什么时候回去？”

一句话问得他沉默了下来，很显然他现在还不想谈离开这个问题。而严真也明白，他越是犹豫就说明他越想早回去。她忍不住睁开了眼，恰逢他转过头来，四目相对，她没有回避。

倒是顾淮越，强迫自己移开视线：“越快越好。”

师长刘向东已经连续值了两年除夕夜的班，今年轮也轮到他了，虽然就算不值班他也已经有好几年没在C市过年了。有些话他忍住了没说，可是知子莫若父，他的心思老爷子大抵也都清楚。

老爷子沉默了片刻，看向严真：“你打算怎么办？”

严真看了看老爷子，又看了看顾淮越。无论是他的领花还是肩章上的那几颗星，都亮得扎眼。她似是还没回过神来，眼睛里还有些迷茫。顾淮越也知道自己不能强迫她，更何况他也没有这个资格要求她，毕竟她有许多自己的顾虑。

严真眨了眨眼，像是忽然回过神来，问道：“如果我们要过去的话，方便吗？”

说得面前的两个人都静了一瞬，顾淮越几乎脱口而出：“当然。”

严真也没想到他的反应如此迅速，似乎就是在等待她的这一句话，她的脸立刻红了。

就在两人尴尬不已时，老爷子忽然大笑出声：“行了，那就让淮越带着你们到B市过年。”

“好。”严真莞尔一笑，可那笑容在顾淮越看来，却是未及眼底的。这么想着，他慢慢收紧了膝头的手。

又聊了一会儿，老爷子酒劲上来，就上楼休息了。顾淮越听了老太太几句唠叨，带着严真和珈铭一起回家了。

夜晚十一点，被雪覆盖的C市一片寂静，严真坐在后座，小朋友趴在她的膝盖上睡得正香。严真低头，手指一下一下抚摸着他的小短发，嘴边无意识地弯出一个笑容。

透过后视镜，顾淮越看不真切她的笑容，只知道很浅很浅：“严真。”

“嗯？”

“去B市过年的事，我想……”

“没关系。”没等他再说些什么，严真径自接过话头，她看着透视镜里的他，温和地笑了下，“我可不想除夕夜的时候某个小朋友又要我带着他去找爸爸，那可就麻烦了。”

她的故作轻松让顾淮越沉默了片刻，就在车子快要开到小区门口的时候，他偏过头来，看了严真一眼，说：“严真，结婚前我说的话，都还算数。”

严真有些惊讶，不是因为别的，而是因为他此刻看自己的眼神已经不似之前的平静了，甚至还带了些歉意，虽然只闪过一秒，可是严真顿时觉得自己的心都揪起来了：“你怎么忽然说起这个来了？”

“没什么。”顾淮越说，握着方向盘的手不自觉地收紧，“我只是怕你受委屈。”

严真哑然。许久，她笑了，笑容有些勉强又有些苍白：“那你要努力对我好。”

“我会的。”沉默片刻后，顾淮越低声应道。

CHAPTER 9

到部队过年

B市，A师师部。

下午一点，午休还没过，A师的操场上就站满了人。一辆辆军卡集合完毕，将要拉着新兵驶向郊区一个靶场。一个个新兵在军卡前整装待命，神情严肃无比，因为今天是他们入伍以来第一次实弹射击的日子。

掩映在操场后面的师部大楼里也颇为热闹，营房科贾科长刚一坐稳，就打电话将手下一个姓李的干事叫了过来。

“科长，您找我？”

贾科长拿出一把钥匙，递给了他：“这是顾参谋长家的钥匙，今天他带着家属过来，你去接一下。”

“哟，那小家伙又来了？”

小朋友每年都会跟着顾淮越来部队过年，所以知道这小家伙的人也不算少。

李干事咧咧嘴，拿着钥匙正准备离开，又被贾科长叫住：“你严肃点啊，这次来的可不光小家伙。”

李干事点点头，可刚出了贾科长办公室的大门，李干事一拍脑门，忽然明白了什么。

不光小家伙过来。那就是，还有嫂子？！

李干事登时眼前一亮，而不远处正向A师开来的越野车里，严真忍不住打了一个喷嚏。

顾淮越从后视镜里看她一眼，又看了一眼趴在她腿上酣睡的小朋友，说道："B市气温很低，小心别感冒。"

严真捂着脸点了点头。看着窗外的景物，她忍不住感叹，到底还是来了。

他们是上午九点从C市出发的，本来下午一点就能到B市，只因在高速上堵了会儿车，所以稍微晚了半个小时。

B市这几日下了场大雪，比C市要大得多。C市市区的雪经过车流碾轧，早已化了，这里却不同，一路走来都是白皑皑的一片，就连路上的车辙都分外整齐，而且这车辙也与一般的车子不一样，像是履带碾过后留下的。

严真正好奇，就听见前头顾淮越说："这是坦克车留下的车辙，这几天师里在搞训练。"

原来如此，看来离A师师部已经不远了。车又开了几分钟，已经可以看见师部大门口站岗的哨兵了。大门封着，顾淮越将车速减了下来，让哨兵对过牌照后才向里开去。他的目的地是侦察营营部大楼后三百米处的一栋小楼——那就是家属区了。

看着站在楼前迎接的李干事，顾淮越微哂地摇了摇头，转过头对严真说："到了，下车吧。"

严真下了车，看着面前这栋楼，忍不住吃了一惊。

放眼望去，整个师部，无论是侦察营还是炮兵营的大楼都是整饬有序的，还是一色灰。只有这栋家属楼，孤零零的不说，楼外头还刷了一层红漆！这更彰显出它在整个师部的特殊性了。

李干事这会儿也迎了上来，看着严真两眼发直地看着这栋楼，不由得笑了笑：“这快过年了，嫂子们嫌冷清，就把这楼外面重刷了一层漆，图个喜庆！”

严真尴尬地笑了笑。

顾淮越稍一思忖，对严真说道：“这样，你带着珈铭先回家，我去服务中心看看。”

“去那儿干吗？”

顾淮越笑笑：“买点东西。”

严真答应一声，跟着李干事向楼里走去。这楼不算新，但是楼道挺干净的。

“小李，这里家属很少吗，怎么就一栋楼？”严真还对小时候住过的那个大院有着清楚的记忆，当时父亲所在的部队是一个驻扎在小县城的二炮导弹旅，人肯定是没有A师的多，但是光家属楼就盖了六栋。

小李提着行李一路气也不喘：“嫂子，您来的时候也看见了吧，咱们这儿太荒了，就算嫂子们过来也就是待十天半个月的，不常住。有常住的那也是在这儿有副业的。”

“副业？”

小李嘿嘿一笑：“就是在营区里开饭店和小卖部的，靠战士们消费赚点小钱呗。”

严真了悟地点了点头。

“嫂子您来得正是时候。别的时候没人，就过年的时候人多。”

小李说着拿出钥匙开了门，又拿出电卡送上了电，算是交了差，敬了个礼走了。

严真先是打量了一下这栋房子，鉴于这地方的特殊情况，这栋楼盖起来的时候就是准备当招待所用的。虽说比招待所看着高级一点，可是比起C市的房子，就差了一个档次了。但不管怎么样，这也算是一个家。屋子很干净，看样子之前给打扫过了，不用她再动手。

顾珈铭小朋友往沙发上一挪屁股，嘴里还嘎吱嘎吱地啃着零食，神情却有些惆怅。严真捏着他的小脸问道：“怎么了，顾小司令？”

小司令叹了口气：“在想我那群孬兵。”

严真笑了：“怎么，才离开一天就想了？”这得多深厚的战友情谊啊！

小司令看了她一眼，又叹了一口气：“老师你不懂，我是怕我走了之后林梓那小子挖墙脚！”

严真瞬间就挂了“囧”的表情，不再理会这个小家伙，开始收拾带过来的行李。

等行李收拾得差不多的时候，顾淮越也回来了，带着两大袋子东西。严真拨了拨塑料袋，发现里面装的都是日用品和食材：“怎么买这么多？”

顾淮越松了领扣：“这里的食堂你们恐怕吃不惯，还是在家里做吧，我也回来。而且，快过年了。”

是个家，就要有个家的样子。他还是头一次上服务中心买这么多家用的东西，一路走过来受的注目礼，简直可以论坦克装！简直就差喊口令了：“参谋长准是把老婆给哄来了！”

想到这些，顾淮越微微一哂。严真当然不知道这些，厨房里米面气齐全，可以做饭了。她将袋子里的食材挑出来：“晚饭就在这里做吗？”

“不了，今晚先不在这儿吃。”

“那去哪儿？”

“你还记得席司令吗？”

“记得。”B军区的“一把手”，更何况上次还是在演习场上见的，印象当然深刻。

顾淮越戴好帽子，利索地扣上领扣：“回来的路上接到席司令的电话，说让今晚去他那里吃饭。”笑了笑，他看向严真，“要求——带上老婆孩子。”

一进部队大门就要见这个军区最高级别的领导，严真顿感压力。

席少锋席司令的家在B市市郊，距离师部不算远，开车不到二十分钟就到了。顾淮越把车子停在一座二层小楼前，三个人刚下车，就看见了专门在门口等着他们的席少锋的夫人，钟黎英。

看见她，顾淮越赶忙走上前去："钟姨。"

"哎。"钟黎英笑眯眯地答应，"我还寻思着你们什么时候到呢，这刚一出门看看吧，就瞧见你的车开进来了。B市这几天刚下了雪，怎么样，路上好走吧？"

顾淮越淡淡一笑，将手中提的见面礼递了过去。钟黎英登时就横了他一眼："来就来吧，还带什么东西。我只要看着你顾家这小宝贝，就满意得不得了！"

顾家小宝贝——顾珈铭，一扬小脸，脆生生地说了一句："奶奶好。"

钟黎英听得心都软了，别说，这小家伙嘴还真甜。最后钟黎英的视线落在了严真身上。严真原本淡淡地笑着，被她这么一看，顿时有些紧张。

钟黎英一下子就笑了出来，也消弭了她的紧张："快进来吧，淮越不是外人。你呀，也别紧张，就当到了自己家。"

"听你钟姨的。"一道雄厚的声音从楼梯上传来，严真微微侧目，看见席少锋披着军装外套走了出来。这次他没戴帽子，严真才发现，原来他的头发白了一大片。

顾淮越站直敬了一个军礼，席少锋瞥了他一眼："我刚说让你老婆放松，你立马给我来了一道，都坐客厅去。"看着小朋友，他顿时眉目柔和了下来，"这个小娃娃得让我抱抱。"

说着俯下身去，费了点力气才把顾珈铭同学给抱起来。小家伙看着没个子，但是肉还真是实在。席少锋闷闷笑了两声，抱着他向客厅走去。

进了屋，严真才发现，席少锋家里的人比顾家还要少。撇去帮忙的阿姨和警卫员之外，就只剩下钟黎英和席少锋两个人了。

“怎么样，是不是觉得家里挺冷清的？”席少锋瞧见了她张望的小动作，哈哈一笑，说道，“我跟你钟姨这样可不是一天两天了。”

钟黎英比席司令小了将近十岁，比李琬也要年轻许多。只是夫妻三十几年，钟黎英没为席少锋添一个孩子，只有领养的一个女儿，现在在国外读书。

“所以说呀，你们可得常来。”钟黎英点点小朋友的脑门，和蔼可亲地问，“小家伙爱吃什么呀？奶奶给你做。”

顾珈铭小朋友眨眨大眼睛，说：“奶奶，我不挑食。”

一句话逗乐了钟黎英：“行，那你先在这儿玩，奶奶给你做好吃的去。”

说着招呼阿姨带他看动画片去了，钟黎英则围了围裙准备亲自下厨。严真稍一思忖，也跟着一起进了厨房，留他们两个男人在客厅谈话。

尽管家里有做饭的阿姨，钟黎英还是喜欢自己动手。一是没事做，她不上班，除了去老年人活动中心看看就没别的了；二是席司令爱吃她做的饭。经年累月的，钟黎英的厨艺就练出来了。严真在一旁看着她利索又有条不紊的动作，心底赞叹不已。

“钟姨，我来帮您吧。”

钟黎英看了她一眼，乐呵呵地答应了，把一条没处理过的鱼递给了她：“自从上回老席在草原上见到你和小家伙之后就一直念叨，说等你们过来的时候一定要把你们叫家里来吃顿饭。”

席少锋是顾淮越的老首长了，顾淮越最初当兵的时候，席少锋已经是西藏军区某边防团的团长了，就是庞凯现在的职位。后来席少锋调到了B军区某集团军，而顾淮越进了特种大队。直到六年前顾淮越调回了B军区某集团军A师，才算又回到席少锋麾下。

“铁打的营盘流水的兵，从西藏到这里，也算是这一老一少的缘分了。”

严真会心一笑，一边刮鱼鳞一边问道：“伯母，那您去过西藏吗？”

“当然！”钟黎英笑道，“我在那边一待就是十年，淮越在那里当兵的时候我还没走呢，他这军龄也是我看着长起来的。”

“哦？”严真顿时来了兴致。

“那时候淮越在侦察连里还是个排长，你席伯伯也不知道他，更不知道是顾老爷子的儿子。后来全军举行了一次军事技能比赛，你席伯伯团里有一个兵创了五百米障碍的纪录。你席伯伯一高兴，就把这个兵请到家里吃饭了，我这才算正式认识了淮越。那时候他在侦察连也才当了两年的兵而已。就算是他的家庭，我们也是过了两年才知道的，你说这人能不能藏！”钟黎英唏嘘不已。

严真笑了笑：“他大概是不想靠家里吧。”当兵的，都有些傲骨。

客厅里，顾淮越径自端起面前的一杯茶。

席少锋闲适地靠在沙发靠枕上，扶了扶鼻梁上的眼镜，一双眼睛仍不失锐利地打量着顾淮越：“什么时候的事？”

没头没脑的一句，不过顾淮越还是听明白了：“早了。”

席少锋笑了笑：“要不是那天在草原上看见这两人，恐怕你小子还瞒着呢。婚礼也办了？”

“没有。”他简短地回答了句。

“没办就这么耗着？”

这架势完全赶上顾家老太太了，顾淮越还真有些头疼：“证已经领了，婚礼就慢慢来吧。”

席少锋既是他的老首长，又是他的长辈。私下里，顾淮越是要叫席少锋一声席叔的。几年前他刚去特种大队的时候，还是席少锋亲自送他到基地的。

后来联系就少了，特种部队本来就对保密要求严格，基地内部个人通信器材完全受限，拨军线能找到人已经不错了，更别提老首长和老兵叙叙战友情了，直到六年前顾淮越忽然调回了B军区某集团军。

回过神来，席少锋也不打算继续盘问顾淮越，想起正在楼上折腾的顾家小崽子，他的神情又是一凛："我听你妈说，你每年都带着儿子在B市过年，怎么就没见你带着来过家里？"

"这不是怕麻烦吗。小家伙爱闹腾，吵到你们二老就不好了。"

席少锋对他的答案很不满意："我们不怕麻烦，你要是把小家伙留这儿多陪我们几天我更高兴。"

"是。"顾淮越淡笑了下，"以后常来。"

得到了满意的答案，席少锋喝了一口茶，换了话题："年后有次大演习，这个你听说了吧？"

"听老头子提过。"他低头，看着面前的那杯茶，好让别人捉摸不透他此刻的表情。

席少锋也不跟他打哈哈："那D师师改旅的事你听说了没？"

顾淮越一本正经地说："那是传言。"

席少锋摇了摇头："军区里有这个意思，不过现在还在决定的当口。真要改了，怕是D师一众上下不好接受。"

顾淮越想起了什么，抬起头来："沈孟川就是为了这事找您？"

"不止。"席少锋摇了摇头，神情有些无奈地看着顾淮越，"他要求参加年后的演习。"

语罢，顾淮越沉默了，动了动唇，还未来得及说些什么，就听见厨房那边传来的喊声，开饭了。席少锋站起来，笑着拍了拍顾淮越的肩膀：

“行了，先去吃饭。”

满桌子的菜，其中有一半都是严真的手艺。

席少锋颇为意外地看着严真：“哪些是你做的，指指我尝尝！”

严真挪了几步，将餐桌转了转，几个精致的菜盘就停在了他的面前。席少锋挑起筷子尝了一口，眉毛顿时挑得老高，严真也就跟着紧张。

钟黎英笑着拍了一下老头子，嗔道：“你别吓小真了，我尝了，对付你这杂拌胃绰绰有余！”

其实不光席少锋一个人意外，顾淮越也一样，他夹了一筷子菜，送进嘴里细嚼慢咽，顿觉味道鲜美无比。他看了眼正在帮珈铭布菜的严真，嘴角微微翘起。

饭吃到一半，客厅里的电话忽然响了起来。钟黎英立刻起身去接电话，是找席少锋的。她扣住听筒，给他做了个口型：“沈家那只猴子！”

席少锋这时眉头又皱起来了：“说我不在！”

这嗓门一吼，是别想骗电话那头的人了，钟黎英忍不住翻了个白眼。

顾淮越笑了笑，放下筷子：“您老这么躲着也不是个事，沈孟川这人您还不了解。”

席少锋挑了挑眉：“躲得了一时是一时，一个师改编成一个旅是件大事，不是我一人说了算的，真不知道这小子是真傻还是假傻，想从我这里套口风，我是那么容易上当的人吗？”

一句话说得在座的人都忍俊不禁，钟黎英忙觑他一眼：“闭嘴吧，你！”

因为有沈孟川的电话搅局，这一顿饭可以说是吃得热闹非凡。饭后又聊了一会儿，三人打道回府的时候已经是夜晚十一点了。

深夜又开始下起了大雪，天气冷，也就没让二老出来送。严真牵着顾珈铭的手等着顾淮越把车开过来。雪花落在身上，不一会儿就化了。还是车里暖和，严真上了车，紧紧地关上车门。小朋友一上车就自发地蹭着她的腿睡过去了，严真只好把脱下的外套披他身上。看着这没心没肺的小家伙，严真忍不住嘀咕一声："小坏蛋。"

然而一抬眸，视线恰与后视镜里顾淮越的视线相遇。他从那里面凝视着后座，嘴角有着还未抹去的笑意。严真慌忙低下头，不敢长久地与他对视，就好像心里有鬼一样。

雪天，顾淮越把车速减了下来。只是刚拐过一个弯，两道光束毫无预兆地从那头照了过来，随之响起的还有喇叭声。他猛然踩了刹车，车子刚停稳，一辆越野吉普就擦着猎豹车身而过，没有丝毫迟疑。严真护住顾珈铭的脑袋，匆忙向外瞥了一眼，看见了吉普车驾驶座上的人，竟然是沈孟川！

透过后视镜看着迅速消失的吉普车，顾淮越的表情倒是很平静，停顿了片刻，又踩了油门迅速离开。

在严真的潜意识里，似乎从她见到沈孟川的那一刻起，就能察觉到他对顾淮越那似有非有的敌意。再经过刚刚那一幕，她更感觉，这两人之间是在针锋相对。这让她有些奇怪。

沈孟川这种人，应该是虽然横行霸道但确实有真本事的人。相比之下，顾淮越比他要沉稳一些。

严真想不通，这两个人有什么好较劲的。

大概就是父亲说的那样，军人佩服强者没错，可真当强强对峙的时候，就谁也不容易服谁了。

果真是骄傲得要命！严真摇头笑笑。

"想什么呢？"

一道声音把严真惊回了神，她一转身，看见顾淮越从珈铭的房间走了出来。

“珈铭睡了？”

“嗯，睡得打雷都叫不醒了。”顾淮越说着，倒了一杯水递给她，“怎么还不休息？”

严真微微一笑，握紧了水杯：“我只是刚刚想到一件事。”她直视着他，有些不好意思，“上次去草原的时候，我们误入了D师的驻地，还是沈孟川打电话让姜松年来接的。”

“哦？”顾淮越有些意外，因为上一次在草原的时候没听她提起，不过对于沈孟川，他倒是习以为常了，“是他能干出来的事。”

“他好像不知道我们两个的事。”至今严真还记得他那表情，想起来她都会觉得胸闷。

顾淮越喝水的动作顿了顿，他侧目，看着严真，只是她低着头，让他看不清楚她此刻的表情。他忽然意识到自己在某些方面做得不足，而这些不足或许会让她感觉到自己不受重视。

实际上这不能怪沈孟川，他们俩是同一个军校的同一届学生，更巧的是专业一样，都是指挥系，到最后干脆连辅修的专业都一样。正所谓一山不容二虎，所以两人难免有针尖对麦芒的意味。这种暗地里的较劲一直持续到军校毕业，顾淮越去了西藏军区当兵，沈孟川直接调到了B军区A师侦察营，直到六年前他调回A师。本质上两个人不太一样，他经历过太多沈孟川没有经历过的事情，所以看上去要比沈孟川更加沉稳、理性。席司令评价说他适合带兵的最主要原因就是他在任何情况下都可以保持理智。只是有一点他不及沈孟川，那就是热情。他的性子，寡淡得过分了。

“沈孟川是我军校的同学，不过军校毕业之后就没再联系。”还是六年前他调回A师之后见的毕业之后的第一面，不过那也算是两人针锋相对的开始吧。

“那他知道你前妻去世了吗？”

严真试探地问，顾淮越则是没想到她会问这个问题，顿了一下才答：“没跟他提过，但我想，他或许清楚。”

严真有些后悔问这个问题，她握了握手中的水杯，又凉了，凉到了心底。她似乎问到了不该问的问题，触到了不该碰的雷区，因为他的神情是前所未有的暗淡。

“抱歉，我——”

“没事。”顾淮越揽了揽她的肩膀，接过她手中的水杯，“早点休息吧。”

“好。”严真低头敛去所有的情绪，她心里明白，自己今晚估计又要失眠了。

虽然已近年根儿，可这大院的家属们还是能在睡梦中听见装甲车、坦克车驶过的声音。士兵平时即战时，这句话说得一点也没错。

今天顾淮越要值班，所以他一大早就起来了。严真也早早地就将餐点端上桌，等顾淮越洗漱完从卫生间走出来的时候，她正坐在桌边给小朋友倒牛奶。

看着满满一桌的早点，顾淮越有些意外地挑挑眉。他看了严真一眼，发现她的眼底有淡淡的青色，便问：“昨晚没睡好？”

“还好。”严真一边盛饭一边说道，“先吃早饭吧，今天你不是要值班吗？”

“好。”

虽然时间有些紧，可顾淮越还是坐在餐桌前迅速吃完了早饭，临走前他对严真说：“今天有到市里的班车，需要什么东西可以直接去买。”他昨天已经把服务中心的东西搜刮遍了，要不是服务中心的梁嫂子“含泪”恳求他留下一点、让她自己兜回家，那他肯定就扫光了。

“好。”

严真目送他离开，回过头来看顾珈铭小朋友。只见小朋友一边叼着一个煎好的溏心鸡蛋一边若有所思地看着她，嘴里嘟囔着："越来越像那么回事了。"

严真拿勺子轻敲了下他的脑门："吃饭！"

她得努力让自己别胡思乱想，得努力让自己高兴起来。

A师师部距离B市市中心很远，坐车过去差不多需要两个小时。所以来一趟，严真就打算把所有的东西都买全了再回去。她紧紧地牵着顾珈铭的手，因为要买的东西太多，严真的眼睛几乎都快变成雷达了，在货架之间迅速扫射。她拎起一只鸡，想放进购物车里，没想到顾小司令发话了："爸爸不爱吃那个！"

严真扫了他一眼："哦，那你说你爸爱吃什么？"

顾珈铭指了几样："首长就喜欢清淡的，我奶奶说这是因为我爸搞侦察，把胃弄出毛病来了。"

这是什么逻辑？严真纳闷，盯着手中的鸡看了半天，还是把它放进了购物车里。

东西买得差不多的时候，顾珈铭拉着严真直奔商场的最后一站——玩具店。顾珈铭顾小爷们儿逛商场最大的乐趣就是买玩具，此次尤其重要，因为来B市之前首长嫌他的玩具太多太麻烦，都搁家了。用小司令的话说得重新装备。

严真靠在购物推车上，看他挑选玩具挑得专注，不经意地视线稍稍一偏，扫过某处时，忽然顿了一下。

是一个穿军装的人，身形跟顾淮越一样挺拔清减，不过看那站姿肯定没有顾淮越稳重。严真无意识地比较着，正好此时，那人转过身来，看清他的面容之后严真顿时吃了一惊。这，这不是沈孟川吗？

沈孟川显然也看见了她，原本被他烦躁地抓起的头发就这么滑稽地树立在脑门上。两人对视片刻，严真默默地把头转了过去。草原一别，她就再也没见过他了。那时候他嚣张跋扈的样子她还记忆犹新，所以现在看他这副模样，严真是越来越忍不住地想笑。

沈孟川反应过来，一把把抓在手里的帽子扣上脑袋，大步流星地向严真走来：“你好。”

“你好。”严真学着他说话。

“你怎么在这儿？”他看着她的购物车，“怎么，顾参谋长放着年假不休回部队值班？好家伙，说好年后两个月的军演，还没过年就已经整装待发了，我部表示佩服。”

说完，严真还没开口，小朋友先怒瞪了他一眼。沈孟川背手弯腰，打量着这个小子，笑了：“不是我说，你还给他带孩子呢？不烦吗？”

严真觉得奇怪：“我为什么要烦？”

“因为你是顾淮越的老婆，又不是这小崽子的保姆。”

一听“小崽子”这三个字顾珈铭小朋友就不乐意了，平时他惹顾淮越生气的时候也总是被这么叫。小眼珠一转，他飞快地跑了过去，冲着沈孟川擦得锃光瓦亮的黑皮鞋就是一脚。大功告成之后，又脚下抹油般地溜回严真身边，仰着小脸，一脸得意扬扬。

沈孟川没料到这小家伙会搞突袭，弯腰看着鞋面上那个脚印子有些不敢相信。严真则低低斥责了小朋友一声，把他揽到了自己身后护着。

沈孟川看着这两个人剑拔弩张的模样忍不住笑了：“哎，我好像不是坏人吧？我是军人。”

可这让小朋友更不高兴了：“哼，我爸爸才是军人。他有军官证呢，你有吗？”

嘿，这小崽子可真让沈孟川大开眼界。他看了眼严真，直接去摸上衣口袋：“真要看我的军官证？”

“不用了。”严真摆手，“小孩子不懂事，还请你不要介意。”

沈孟川悻悻地把手拿了下来，他张望了一圈儿，说：“我是沈孟川。”

“我知道。”

“你知道？”沈孟川用一种可以说是意外的眼神看着她，“你知道我是谁？”

“知道啊。”严真对他的反应有些奇怪，“不是你找人把我跟珈铭送到953的吗？”

他不是说这个！沈孟川又摘下帽子捋了捋短发：“你真不记得了？你应该很早就认识我的，我们以前见过面的，比草原那一面还要早。”

严真被他说得一头雾水，她凝视了他片刻，正要开口的时候一个女孩站在货架的另一头高喊了一声沈孟川的名字。沈孟川这才想起自己是来陪一只“兔子”买东西的，他回头吼了声等会儿，又扭过头对严真说：“你好好想想，你肯定能想起我来！”说完，抓着帽子急急地走了，只剩下严真和顾珈铭站在原地，完全摸不着头脑。

她认识沈孟川，还是很久之前？开什么玩笑！

因为知道年后将有一次大规模的演习，所以即便是临近春节，部队里的日常训练还是不能怠慢。

顾淮越今天回来，一碰见师作战参谋唐磊就听他倒豆子似的抱怨：“参谋长，老刘同志扣押我快一星期了，让我给他写作训计划，在原有强度上抬高标准的作训计划，这大过年的不是找骂吗？”

他拍拍这个年轻少校的肩膀，向刘向东的办公室走去。这个山东汉子已经好几年没回家过年了，部队训练任务重，不过几天的工夫还是抽得出来的。顾淮越考虑再三，还是劝他回去。

谁想刘向东一挥手：“没事，你嫂子现在正在路上呢，明天就到师部！”

顾淮越听着，淡淡地笑了。这个年，过得不寂寞。

“听上面领导说，这次演习会从咱们军抽调一个师。”刘向东掂量着说，“你听说D师要改编的事了吗？”

“传这么快？”

刘向东笑：“能不快吗？沈孟川都直接跑到席司令那儿了，这全军上上下下还有谁不知道。”

顾淮越摇摇头：“他应该有他的打算。D师毕竟是支老部队，不能在他手上丢了番号。”

“哦，那上一次对抗咱们还把他打得那么惨干什么？”刘向东放下笔，双手交叉看着顾淮越。

顾淮越笑了笑：“那不一样，我们是蓝军，蓝军是干什么的？专门检验红军的作战能力，找出不足，进行针对性训练的。沈孟川有时候脑子会犯轴，咱们就负责教会他一个道理。”

“什么道理？”刘向东这次算是好奇了。

“兵者，诡道也。”

刘向东听完，那叫一个佩服。

因为知道他的家属来部队了，所以晚饭开饭前半个小时，顾淮越就被刘向东“赶”回了家：“行了，你赶紧走吧，师部食堂今天晚上不打算招待你了。”

顾淮越失笑，可还是收拾东西离开了师部大楼。此时天色已经完全暗了下来，门口站岗的士兵敬了个礼，他迅速回礼，在楼口站定。

师侦察营的一群老兵刚从靶场上回来，扯着嗓子吼着“打靶归来”，有几个开敞篷吉普的尉官看见他还不端不正地敬了个礼。顾淮越微哂，挥挥手让他们赶紧走，一个个在雪地里摸爬滚打了一下午，这会儿恐怕都冻坏了。

顾淮越一个人走路的时候看不出速度快，但是若要身边再跟一个人，就对比出来了。没多久，他就走回了那栋红色单元楼。打开家门，扑面而来的温暖气息和饭香让他在门口顿了一下，正在捣鼓新玩具枪的顾珈铭小朋友一扭头，立马撅起屁股“噔噔噔”地向他跑去。

“爸爸，交给你一个光荣而艰巨的任务！”

他挑挑眉：“说。”

“帮我组装枪吧！”小朋友说完，立刻不好意思地低下了头。

就知道是这样！顾淮越弹了弹他的脑门，拿过枪三下五除二就装好了。小朋友捂着脑袋抗议：“不许弹我脑瓜，都不聪明了！”

父子大眼瞪小眼间，严真从厨房走了出来，手里还端了一锅溢着香气的汤：“回来了。”

顾淮越点点头，接过她手中的汤，平稳地放在了桌子上。是猴头菇鸡汤，养胃的。

严真用勺子盛出一碗来，放在珈铭的面前：“珈铭说你吃得清淡，所以只好把这鸡炖了汤。你能喝吗？”

严真试探地看向他，部队统一供暖的暖气将整个屋子烘得很热，热得她的双颊都透出了红。顾淮越在原地站立凝视她须臾，笑了：“能。”

严真脸更红了，转身去帮顾淮越盛汤。

吃过晚饭，顾首长包揽了洗碗的活儿。

他脱了外套，洗得很认真。不经意地向客厅一瞥，看见严真正在整理衣服，小崽子则趴在床上看相册。

那是严真的相册，顾珈铭小朋友此刻正拿着一张娃娃照看得认真。研究半天，小朋友说：“老师，你小时候真可爱！”说着还摆出个可爱的表情，喜洋洋的表情没持续多久，脑门上又被弹了一下，小朋友愤怒了！

头顶上的大人不在意他那点小火苗，从他手中拿走那张照片。小朋友一怒之下，扭屁股继续去玩枪了。

顾淮越低头看着那张照片。是黑白照片，上面的娃娃笑得很开心，连带着逗笑了抱着她的男人。男人也是一名军人，只不过当时肩膀上的肩章是一颗星外加一条杠，是一名士官。

严真从衣服中抬头：“那是我的百日照，旁边的军人是我的父亲。”

“通信兵？”照片的背后有一行小字，19××年12月，二炮某旅通信营留念。

“是。”她笑了笑，“不过我父亲不是很专业的通信兵，后来就调到后勤部管军需了。”

他放下照片，又捻起另一张。数张看下来，几乎都是她儿时的照片。

“怎么没有长大后的照片？”他不经意地问。

严真嗯了一声：“长大以后很少照了，不上相。”

顾淮越闻言抬头，细细打量着她的侧脸。沉稳、柔和、清秀的侧脸。这样的一个人，若说不上相，谁会信？

良久，他又低下头，继续看照片，忽然视线在某一处定格，他的眉宇间有了松动。那是一张严真九岁时的照片，扎着一对羊角辫，对着镜头在笑。身后是投射过来的阳光，照得她整张脸都灿烂无比。原来她小的时候，还这样笑过。

回过神，顾淮越看见严真把衣服全放进柜子里，看着他手中拿的照片，有些不好意思：“这张照片是在部队驻扎的小县城外的一座山上拍的。”在某旅还未迁移之前，一直就驻扎在这样一个多山的小县城，那时严真最快乐的事，就是跟爸爸一起去山上玩。

“那里美吗？”

“美。不过不知道部队的营房还在不在，部队迁移之后就再也没回去过，很想回去看看。”

顾淮越将她的照片放好，笑了笑说：“找个机会，我们一起去。”

严真转眸，有些讶异，随即又微笑：“好。”

CHAPTER 10

狭路相逢的人

一大清早，一辆辆装甲车、坦克驶出营区大门，履带碾过的痕迹深浅不一地交错着，最后一辆吉普车开出营区之后，电脑控制的大门迅速关上。就在哨岗还未换完的时候，一辆越野吉普车停在了营区大门口，哨兵按照规定要查证件。吉普车车窗滑下，露出沈孟川面无表情的脸。士兵接过他的证件，又递回："报告首长，非本单位的需要人接领才能入内。"

沈孟川吸了一口气："首长都叫了，门还不让进？"

士兵有些犯难："这是规定。"说完，与沈孟川大眼瞪小眼。

"看我干吗？显你眼大啊。"

士兵只好站回哨岗，目不斜视地依旧盯着沈孟川，没办法，谁让首长停在他的正前方。

两人僵持了一会儿，吉普车的后座忽然响起了低低一声笑："孟川，要不你就挂个电话吧。"

沈孟川扒扒头发，冲着直对他的士兵喊："给我要刘向东的电话。"

士兵拨了几下，没人接。沈孟川气结："那就接顾淮越！"

士兵又拨了几下，这次有人接了。沈孟川哼一声，靠回座位。

后排又响起一道柔软的嗓音："哥，你以前不是在部队当兵的吗？怎么没人认识你？"

沈孟川头也不回："铁打的营盘流水的兵，部队改编，来人走人，这儿还有几个我认识的？！"

说完这个他倒是愣了一下，这道理讲给别人都懂，可轮到自己头上就难了。他瞥了下后座，看向后座的两位女士——蒋怡和沈孟娇，又一次伸手捋了捋头发。

蒋怡是他的大伯沈一鸣的妻子，沈孟娇则是他的堂妹。虽说是亲戚，但是沈一鸣之前在C市工作，后来调回了B市进了总政，跟他在S军区当兵的老弟相距甚远，兄弟俩也不算很亲。沈孟川这次是看快过年了，去大伯家拜访一下，顺便谈谈年后军演的事，谁想让这个堂妹给缠住了，非要来B市郊区见一位故人，他登时头都大了，他的八字就跟这儿犯冲！

正在他的耐心快要告罄的时候，不远处一个小兵快速向吉普车跑来，站稳了行了个军礼，签了个字，把这辆越野吉普给带了进去。

沈孟川进了这师部算是熟门熟路了，不得不说，A师这几年还真没太大改变，开过师侦察营的时候他还特意停了下，就在这时他想到了一件事，透过后视镜看向不断四处张望的沈孟娇："娇娇，你还没告诉我你来这儿看谁呢，是哪位军官让你看上了，我给你说媒去。"

沈孟娇红透了脸："这个军官你要能搞定，我还真得感谢你。"

"谁呀？"他悠闲地点上一根烟，在师部的主干道上慢慢开着车。

沈孟娇跟蒋怡对看了一眼，在后者的眼神鼓舞下，说出了那个名字："顾淮越。"

谁想一说完，就听见一道刺耳的刹车声！沈孟川被落下的烟灰烫了一下，使劲甩着手，眉头也都皱到了一起，敢情这两个人跑这么大老远就是来看个已婚人士？

"怎么了？"沈孟娇问道。

“没事。”他咬咬牙，继续开车。

接到电话时严真正在看书，小朋友一早被顾淮越送去了席司令家，说是钟黎英的外甥女带着两个孩子来探亲，特意把顾珈铭接过去跟两个小朋友一起玩儿。都是在大院长大的孩子，估计很快就能混熟了。家里安了军线电话，这还是第一次响，严真接得有些迟疑。

“喂，是我，沈孟川。”他此刻正站在家属院门口设的岗哨前给严真打电话，整个师部都知道顾参谋长的家属来部队了，报一下，士兵就给接通了电话。

严真有些讶异：“你好。”

沈孟川深吸一口烟：“我现在在你们家属院门口，带了两个人想要见顾淮越，方便吗？”说着，他看了等在岗哨亭外的蒋怡和沈孟娇一眼。

“淮越，他现在不在家。”严真说。师长刘向东的妻子楚瑶今天到部队来，不过刘向东一早跟部队去了训练场，电话打过去是顾淮越接的，他便亲自去车站接楚瑶到师部。

“是两位贵客！”他笑了下，“要不，你替他接待下呗？”

严真考虑片刻：“你们等我一下。”

“行，我不着急。”烟灰又一次烫到了他的手指，沈孟川皱了皱眉，咕哝了一声挂断了电话。走出岗哨亭，他对蒋怡和沈孟娇说：“顾淮越这会儿不在师部，不过他的家属在，马上就下来了。你要真想见啊，得去家等等了。”

沈孟娇皱眉：“家属？”

“对。”他笑了，视线转到楼口，笑意更浓了，“就是他老婆呗。”

一连几天的大雪，今天B市难得出了太阳。只是走到楼口，严真还是下意识地裹了裹大衣外套，家里的暖气够足，只是外面零下几摄氏度的气温还是让她有些却步。然而此刻，她却步的原因不仅仅是天气。

严真伸手挡了挡斜射下来的阳光，一时间以为自己眼花了。

岗哨亭外站了三个人，一个是沈孟川，一身军装她不会认错。另外两个人，一个是沈孟娇，另外一个是——蒋怡？

霎时她僵在那里，一动不动，周身骤然泛上来一股冷气。跟她同样惊讶的是沈孟娇和蒋怡，沈孟娇几乎是死死地盯着立在楼口的那个人，严真，竟然是严真！

蒋怡吃惊地看着沈孟川：“没搞错吧，没听说淮越结婚了啊。”

沈孟川压了压帽檐，让人看不透他的表情：“我也是才知道没多久的，走吧。”

看着这三个人走近，严真握紧了手中的钥匙，尖锐的齿边扎疼了她的掌心，她也由此回过神来。

“你们好。”她看着沈孟娇一行三人，淡淡地打了个招呼。

沈孟娇脸色苍白地走到她面前：“你不是珈铭曾经的老师吗？怎么，怎么会是……”

对于沈孟娇劈头而来的没道理的诘问，严真只是笑了笑，语调稀松平常地说：“是的，后来我就跟淮越结婚了。领了证，还没举行婚礼，也就没有对太多人说。”

“原来是这样，怪不得，怪不得在学校里你跟珈铭走得那么近。”而她居然一点也没有察觉到！沈孟娇禁不住咬住下唇。

看着方寸大乱的沈孟娇，严真依旧是举止大方，笑容得体。

只是不可否认，她的手却是越来越凉——因为，有一个人的表情，自始至终没有任何变化。想着，她瞪了沈孟川一眼，看向蒋怡和沈孟娇：“外面冷，去家里坐坐吧。”

“不用了，我们……”

沈孟娇转身想走，可蒋怡拉住了她。蒋怡眉头微微松动，勉强扯出一个微笑："也好，那就上楼坐坐。上次去给顾老爷子祝寿，李琬说淮越每年都在部队上过年，我想这当兵的也忙，还是我们老的抽出时间来走动走动，过来看看他吧。他一个人在B市，也挺辛苦的。"

不得不说，蒋怡是一个很会说话的人，短短几句话，就把来这儿的初衷给扭转过来了。而严真只是微微一笑，没说什么。

沈孟川在楼口站定："我就不上去了，你们叙你们的旧，我去部队随便晃晃，在大门口等你们。"

蒋怡点了点头："那也行。"

严真看了蒋怡一眼，又对沈孟川说："你先在这里等我一下。"

沈孟川闻言眸光一闪："好。"

严真的背影很快消失在楼道，沈孟川在楼下等着，心里却有种不好的感觉。他是不是做错了，是不是应该在电话里就告诉她真相？可是没等他思考出来一个结果，严真已经从楼上走了下来，脸色有些苍白。

严真看着他："我送你出门，这里岗哨严，外来人员出门需要家属签字。"

沈孟川无语，原来让他等了半天就是这么个原因。他扶了扶帽檐，从上至下地打量着她："放心，凭我这身军装我还能走出去。"

严真像是松了一口气："那好，你慢走不送。"

"哎！"沈孟川忙说，"我说，你就没什么想对我说的吗？"

严真认真地看着他，似乎真的是在思考要对他说些什么，良久，她说："没有。"

沈孟川的反应就是抹了一把脸。严真看着他，末了，笑道："我似乎应该感谢你。感谢你，让我认清了一个事实。"

"什么事实？"他的手顿在那里，有些摸不着头脑。

严真却摇了摇头："没什么，你走吧，再见。"

这待遇！沈孟川咬了咬牙，在她转身的时候喊住她："严真，你是真的不记得我了吗？小时候，在部队大院，夏天，你都忘了？”

回答他的是淡淡的两个字和她离去的背影：“忘了。”

B市火车站，顾淮越将车停在停车位，站在出站口等着楚瑶。

一身整齐的军绿常服，外加挺拔修长的身姿，即使在这个人流众多的出站口，也是不容易被淹没的。楚瑶一出站就看见了他，提着行李向他走去，顾淮越见状忙上前接了过来。

楚瑶是南方人，年轻的时候当过文艺兵，也是在部队认识的刘向东，结了婚之后义无反顾地跟他去了山东，照顾刘向东的一家老小，在山东待了十几年，人也有了北方的豪爽。“今天老刘又忙啊？”

顾淮越笑了笑，将车子慢慢滑行至主干道，加速向师部驶去：“嗯，年底工作堆在一块儿，训练也紧，老刘脱不开身。”

“我就知道。”她佯装生气。

“不过，刘师长昨天就广而告之了，说嫂子您今天过来。”

楚瑶笑了下：“部队就算过年也不得清净，我看你们三个，老刘、高政委还有你，都不回老家。老刘和高政委还好说，家都在这边，可是你一个人每年带着孩子过年。”

顾淮越嘴唇勾了勾：“不会的嫂子，今年又多了一个人。”

“咦？”楚瑶好奇。

他淡淡笑了下：“我妻子。”

说出这三个字，他的心底蓦地一软。

刘向东和楚瑶的房子跟顾淮越隔了一个单元，顾淮越替楚瑶把行李拎了上去，他在屋子里看了一圈儿，发现已经送上了水和电，就放心离开了。低头看了下腕表，才下午两点多，本欲先回师部看看，可是经过自家楼口的时候，他却意外地顿住了。

要不，先回家看看？珈铭不在，她一个人会做什么呢？想着，顾淮越折身进了楼道。

严真端起刚烧好的水，再一次替沈孟娇和蒋怡续茶。

实际上她们已经对坐半个小时了，聊了一些无关痛痒的话。沈孟娇的神情有着难掩的沮丧和失落，严真看在眼里，心里微微起了一丝涟漪。就在几个月前，面前这个女孩为了爱情抢走了她的工作，自以为接近了他的孩子，就能接近他的人。那时的她是什么感觉，恐怕跟此刻的沈孟娇一样，或者比她更甚。只是才几个月而已，这种角色就对换了过来。如今她作为胜利者，坐在这里以他妻子的身份招待着这两个人。可是为何，她没有一点胜利者应有的高兴，甚至连一丝丝激动都没有。她几乎都不知道她赢得了什么，除了那个身份。

“过年的东西都置备齐全了吗？”蒋怡柔声问道，她经事多，比沈孟娇更会控制情绪。

“都全了。”

“那就好。”蒋怡叹了口气，“淮越也不是没有假期，怎么非要在B市过年，留两位老人在家里多不好。”

“有淮宁跟和和在。”顿了顿，想起蒋怡大概还不知道梁和其人，严真又添了一句，“梁和是淮宁的妻子。”

蒋怡静了一瞬，轻轻笑了笑：“真好，家里的儿子都结婚了，顾家二老就只剩下享福了。”

严真淡淡笑了下，场面一下子就沉默下来。正逢此时，门铃响起，严真寻思着是小朋友被遣送回家了，打开门一看，却是顾淮越，她怔住了。

他摘了军帽，还未进门，看见严真睁着大眼睛一眨不眨地看着自己，不免问道：“怎么了？”

“没事。”严真摇摇头说，“伯母和孟娇过来看我们了。”

哦？顾淮越眉头微挑，一进门，果然看见了坐在沙发上的蒋怡和沈孟娇。

他笑笑，说："该是我们去府上拜访才是。"

蒋怡摆摆手："你忙，我知道，所以我们就过来看看。现在时间也不早了，我们就先走了。"说着推了推沈孟娇。

沈孟娇勉强笑了笑："过年没事就去家里坐坐吧，淮越哥。"

顾淮越点了点头："那我送你们。"

"不用。"蒋怡拒绝道，"孟川在外面等着呢，要不是身体条件不允许，我是真想跟你们这些小辈坐在一起好好聊聊，可是这身子骨——"

"您身体不舒服？"严真忽然问道。

蒋怡笑笑："年轻时因为意外落下的病根儿，也没什么，就是记性不太好，健忘。好了不说了，我们就先走了，你别送了。"

虽是这么说，可顾淮越到底还是跟着一起送到了楼下。严真站在门口没动，直到一股冷意袭来，她才打了一个哆嗦，回到了屋内。不一会儿，听见门把转动的声音，她缓缓扭过头来，看着顾淮越问："送走了？"

顾淮越嗯了一声，倒了杯热水，塞进她的手里："喝点热水。"

严真抬头，接了过来。顾淮越低头打量她片刻，说："沈孟娇是老爷子战友沈一鸣的独女，曾经也是老太太试图撮合给我的对象。"

他这是在向她解释？这么想着，严真下意识地握紧水杯，被烫了一下才回神："哦，今天下午不忙吗？"

"刚把嫂子接回来，顺便回家看看。"顾淮越挨着严真在沙发上坐下，环视一圈，少了小崽子的家冷清了不少，想了想，他说，"今天下午不过去了。"

严真偏过头看着他："刘师长家属也过来了？"

"嗯。"

"真好，一起过年，也挺热闹的。"严真靠向沙发，喝了一口水，才感觉到身体正在渐渐回暖。冬天的阳光就像是开在枝头的假花，看着灿烂，可是只要一走出去，就可瞬间感受到那入骨的寒冷。

“把你的手给我。”

“嗯？”

“我给你暖暖。”顾淮越说，顺势握住了她的手。他的手就像是太阳，掌心很温暖，顷刻就温暖了她，“嫂子说今晚请客，正好珈铭不在，我们请他们过来如何？”

“嫂子刚过来，还是让她先休息一天吧。”

她的声音压得很低，看起来像是心情不好，顾淮越下意识地握紧了她的手：“怎么了？”

严真摇了摇头，她抬起头看着顾淮越，黑亮的眼睛微转，像是有话要说。她确实有话要跟他说，可千言万语一起涌了上来，她竟忽然不知道要说什么。许久，才沙哑着嗓音说了一句话：“淮越，我想喝酒。”

A师营区最东边有个家常饭店，是一位姓梁的四川军嫂开的，有些年头了，刚开始只是一个小店，后来赚了钱又买下了旁边的一家酒店，规模扩大了一倍。

顾淮越很少来这边吃饭，师里领导们的饭局，从来没在这里摆过。所以今天一看见他带着媳妇来店里喝酒，梁嫂子嘴张得下巴都快掉下来了。

对此，顾淮越只是浅浅一笑：“特色菜外加啤酒。”

“好嘞。”

梁嫂子应了一声，赶着给他们上了几道招牌菜和三瓶啤酒。

严真看着，摇了摇头：“嫂子，我们不要啤酒，换成白酒吧。”

梁嫂子看了顾淮越一眼，笑话，白酒！谁敢当着师参谋长的面灌醉他老婆呀！只是，出乎她意料的是顾淮越竟然点了点头，那就只好照办。

顾淮越看了看严真，她低头坐着，对梁嫂子端上来的菜毫无反应。他想了想，拿起一双筷子递给了她：“先吃点东西再喝。”

严真像是忽然回过神，眼睛微微一眨：“我要喝酒。”

此刻的她特别像一个小孩子，得不到什么东西就执着地要，连眼神都特别委屈。他尚不明白到底是怎么一回事，可为着这样的她，他还是给她倒了一杯酒，然后静静地看着她喝了一杯又一杯。原本苍白的脸色有了些许晕红，冰凉的手暖和起来，可是他越来越不安。不能再让她这么喝了。

“严真。”顾淮越扣住她的手，“不能再喝了，我们吃点东西。”他几乎是下意识地压低声音，似乎怕吓到她。

“那这还剩大半瓶怎么办？”严真小声说，仿似喃喃自语，“你怎么不喝？”

他看着面前的半瓶酒：“严真，咱们只要一瓶。”

“好。”她无意识地点点头，小半瓶酒，她喝得痛快，却也醉了。

顾淮越端过剩下的酒，倒进面前的杯子里，倒了两杯。他看着面前满满的两杯，又看了看严真。她喝多了，脸颊透红，双眸像是蒙上了一层水汽，湿漉漉的。顾淮越认真地看了她一眼，继而仰头，将两杯酒全部喝了进去，五十三度的酒烧得胃火辣辣地疼，喝得太急呛得他咳嗽了两声。而严真趴在了桌子上，仿佛睡着了。

顾淮越扶着严真的胳膊，慢慢地走在回家属楼的路上。

来往有几个军官向他们投来了好奇的目光，都被参谋长那凛冽的目光逼了回去。看来是他高估了她的酒量，她喝醉了，走起路来有些踉跄却坚持不让他扶。“你别扶我！”严真站在原地，定了定神，“我还没醉。”

顾淮越凝眸注视着她，像是在看一个闹脾气的孩子，良久，他无奈地勾了勾嘴角：“我不扶你可以，但是你要走稳。”

“我走得稳！”严真保证，可是刚迈出一步就崴了一下，顾淮越顺理成章地扶住了她。严真看着他，忽然停住了：“我想起了一句诗：抽刀断水水更流，举杯消愁愁更愁！”

醉酒外加吟诗，严真可把家属楼岗哨亭站岗的士兵吓了一跳，可是看着参谋长的脸色，也不敢说些什么，只好悻悻地把手电筒关掉。

“别乱动。”顾淮越伸手，扣住了她的胳膊，不让她乱动，轻轻一个动作，将她带到了怀里，“告诉我，你怎么了？”

她闷在他的怀里，嘟囔一声：“我没怎么，我就是喝了点酒。”

顾淮越垂眼看着她，忽然叹了一口气：“你有心事。”

心事？她确实是有心事，而且她的心事藏得太深也埋得太久了，几乎快要变成心病了。看来健忘也是件好事，不想记得的可以光明正大地忘掉。

严真将额头抵在了他常服的第一枚纽扣上，凉凉的金属质感让她清醒了片刻，随之而来的不断向上翻涌的难受却让她痛苦不堪，像是谁在她的心里撒了一把针，扎得生疼：“我想忘记，时时刻刻都想，我告诉自己别胡思乱想，告诉自己要高兴起来，我差点就做到了——”她顿了下，沙哑地重复着最后那句话，“我差点就做到了，可惜我又见到了她。”

顾淮越低头看着她的发顶，迟疑了一下，伸出手轻轻拍着她的背。他不知道该如何哄她，只记得在顾珈铭还小的时候，他这么拍拍他的背就可以止住小家伙的眼泪。

“你知道吗？我今天看见她我都傻了，可是你看，她全忘了，她不记得我没关系，可是你说她怎么能忘记我父亲呢，我只要一想起我就——你说，她怎么，怎么就忘记了呢——”

她反复问着这个问题，像是一个执拗的孩子在探索一个复杂问题的答案，想通了就万事大吉了，想不通她就要问到底。可是，他要怎么给她答案，他甚至连震惊都来不及。

严真也明白，尽管她做了那么多，甚至包括她的婚姻，她都不可能得到答案了，想想都觉得可笑：“我要是没遇见她该多好。我要是，也没遇见你，该多好。”有些痛苦，哪怕赌上她一辈子的幸福，她都不想再经历一遍。

严真的话让顾淮越的身体不由自主地僵硬了下来，他沉默了片刻，伸手扶住了她的胳膊："严真，站好。"

"我不站！"她犟，"我又不是你的兵，别命令我！"

原来让她喝醉酒的后果是这么严重，他得记住，下一次再也不让她碰酒了。顾淮越微微弯腰，从一侧将她打横抱起，并眼疾手快地控住了她的四肢把她带进楼道。

"放开我！"

严真兀自挣扎着，脸色涨红，顾淮越一手抱她一手压着她的胳膊，险些架不住。眼看着她就要从他手中掉下去，他压抑不住忽然而来的怒气喊她的名字："严真！"

整个楼道里，都是回音。

他发火了，他一直以来都是那副寡淡的模样，仿佛任何事情都引不起他情绪的波澜，偶尔表露出的喜怒也都是不着痕迹的。现在她终于把他惹毛了，他发了脾气而且是为她。她应该高兴，可是为什么这感觉就这么糟呢？揪着他的衣领，严真想哭。

"严真。"他尽力克制自己的情绪，他想告诉她别再说这样的话，因为他快拿她没办法了。

再这样下去，他真的就只剩下唯一的办法——他松开对她的钳制，锁紧她的腰肢，抬高她的下巴，倾过身用力地吻住她的唇。像是在宣泄他此刻的怒气，抑或是不安。

许久，等到感觉不到她的挣扎的时候顾淮越松开了她。他以为自己吓到了她，可就在这时，严真出其不意地钩住了他的脖子，贴过柔软的唇来。她不懂得接吻又慌不择路，牙齿几乎将他的下唇咬出血。顾淮越周身一震，立刻箍住了她的肩膀，将她拉开。

严真茫然地与他对视，看着他被她咬破的下唇才明白刚刚经历了什么。那是她的初吻，却被他那样拒绝了。严真低下头，终于忍不住哭了出来："你别这样对我，你不爱我，就别这样对我。"

顾淮越看着严真，忽然像是丧失了所有的气力。可纵使他变得筋疲力尽，他还是伸出手，扶住了她："严真，我们谈一谈，好吗？"

卧室里只亮了一盏应急灯。

严真躺在床上，任由他拿着温热的毛巾擦拭她哭得乱七八糟的脸。房间的灯光很暗，所以此刻她看不到他的表情，只能感觉到他轻轻擦拭她的脸的动作，轻柔而克制。严真闭着眼睛，却睡不着。别人醉了酒都是呼呼大睡，可是轮到她了怎么就变成了这样，又发酒疯又吵闹。

她强迫自己睁开眼睛，用余光看到顾淮越在热水盆里洗着毛巾，然后擦她的手。刚碰一下，她就忍不住叫了出来："疼——"

顾淮越顿住，看了她一眼，才说："先忍一忍，蹭破了皮，难免蜇得疼。"

估计是她刚刚在楼道里胡闹时弄伤的，今晚的失态她都不愿意再回想了，淡淡嗯了一声，严真把头偏了过去。只是没过多久，她就听见顾淮越开口说话，昏暗的房间里，他的声音尤为低沉沙哑。

"严真，你还记得我牺牲在西藏的那个战友吗？"

她沉默了好久，才压着枕头低低应了一声，得到回应的顾淮越便不急不缓地说道："他叫秦放，我们是同年兵。"擦干净手后，他用药棉给她的伤口擦医用酒精，晕黄的光源，能稍稍看清他的侧脸，柔和得与往常有些不一样。

"后来，特种部队到我们团来选拔，我们连去了一大半，可通过第一层选拔的只有我们两个。当时我想，真好，分到一个单位可以并肩作战。那时候我们两个都是排长，都还很年轻。只知道无论是士兵还是将军，都会以战死沙场为荣。"他淡淡地说着，又换了一只手擦药，"可是后来到了特种部队的基地才知道，我们两个人中他们只要一个，所以，我们这两个人之间还要再来一次选拔。”

她愣了愣，继而又安静地听他说：“当时我真想甩手不干，可是秦放他捡起了我的枪，擦干净告诉我，要我跟他比一场。我走他留，或者他走我留。”

说到这里他沉默了下来，直到严真忍不住哑声问：“然后呢？”

“我赢了，留下了。”他说，末了苦涩地笑了笑，“可是后来我再也见不到他了。回连第二天他去运送物资，牺牲了。”

严真微怔。

“然后，我就成了特种兵，而且还是特种部队的刺头。因为我觉得是他们毁了我的战友情谊，毁了我的信仰。你信不信，这就是年轻时候的我。”

严真动了动，没有转身也没有应声，继续听他说道：“后来大队收拾了我一顿。”他还记得当时大队说的一句话，他说当兵的，不论走到哪儿战友就是永远的战友。人死了还是呢，不在一个单位又算得了啥？！

想起这些往事，顾淮越忽然笑了下：“我被他骂了一顿，觉得自己真是太傻了，然后我就老老实实地当起了特种兵。后来我回了趟家，还结了婚，那时候的我真就觉得幸福的日子不远了，它就在眼前。”

严真莫名地觉得心里揪得难受，他从未跟她提起他的上一桩婚姻。现在他终于说了，虽然还是那样的语气，可是她分明听出了他的憧憬和向往。她从不知道，原来他也曾那样过，像一个懵懂少年一样期待着幸福。她忽然不想听了，挣扎着别过头去，可是被顾淮越拉住了小臂。

顾淮越就这样看着她：“我曾经想过有些事情还是永远不要再提的好，我也想把那当作过去一样忘掉。可是严真，我没做到。”他坐在床前铺的软毯上，不紧不慢地讲着他的过去，不管她是不是在听，他只想讲出来，“我的前妻叫林珂，她比我小五岁。她是上高中的时候转到C市的，住所跟顾园挨得很近，所以她总是跟淮宁一起上下学，跟我们家关系也很好。她喜欢淮宁，可是淮宁这小子很犟，他不喜欢她，甚至不惜跑去当了兵。林珂就像个小公主，她被我们所有人疼着宠着，活得无忧无虑、没心没肺。长这么大她受过的最大的打击就是淮宁拒绝了她。得知淮宁当兵之后她哭得很伤心，就像是被抛弃了一样。我当时只当她是一个孩子，觉得这没什么了不起的，过几天就又活蹦乱跳了，可是后来有一天她告诉我要跟我结婚。我就问她为什么，她说如果我真的疼她就会答应，于是我就答应了。我把她当妹妹疼，后来又努力想把她当作妻子疼，我们都努力像一对夫妻一样生活。”

说到这里他自嘲一笑，可在严真看来那是一种幸福。

“结婚后我们相处得很好，因为我一年十二个月大概有十一个半月不在家，所以连吵架都很少。后来有一次她问我，说我不回来就不怕她跟别人跑了吗？我的回答是如果你高兴，然后我们就开始吵架。”说到这里他就笑了笑，“她说我根本不懂爱情，我想我可能真的不懂，我以为疼她宠她就是爱，可是后来她告诉我，一个对自己老婆没有任何占有欲的人，何谈懂爱情？我想，大概也就是这样了。我们之间没有真正的爱情，所以在一切摊开了之后她拒绝见我，我也不知该如何面对她，我只能逃得更远，时间更长。”

他的话让严真有一瞬间的震惊，因为她几乎想不到他们不幸福的理由。她偏过头，低声问道：“那，她是怎么去世的？”

“难产。医生说是剖宫产手术进行得太晚了，在那之前，林珂坚持顺产。而且，她有产前抑郁症。只是这些我都不知道，在她进手术室的时候我还在部队执行任务，接不到电话。”他的脸忽然绷得很紧，“那时候接到一个任务，一个贩毒集团在边境活动，上面派我们中队协助警方抓捕他们。边境毒贩很狡猾，为了贩毒不惜将毒品吞进肚里，而且都有枪支，可以说是穷凶极恶，所以必要时我们可以开枪射杀。”

严真猛然睁大眼睛看着他。

“贩毒集团中有个小头目是个女人。和其他几个毒贩子一样，她的腹部也是微微鼓起的。在我们双方开火的时候她想拿出别在腰部的微冲，她的一举一动我从瞄准镜里看得清清楚楚，在她把枪拿出来之前，我开枪射杀了她。”说到这里，他的声音有些低哑，“当时的情况很危急，那女人拔枪的时候，有几个缉毒警就在她附近……而且她身手敏捷，完全看不出有什么异样。后来尸检报告出来才知道，她腹中怀有四个月大的孩子。再后来回到基地，就接到了家里的电话。”

严真几乎可以立刻猜到他从那通电话里听到了什么，她甚至不敢想象他当时的表情。她试着开口，开口制止他再说下去，却发现嗓子哑得疼得说不了话，鼻子忽然酸得厉害，瞬间有液体润湿眼角。

“我接了电话觉得难以相信，也想不通。后来我就把自己关在屋子里想了三天三夜，我在想命运是个什么东西。”他原以为这些他都忘了，他从不曾向别人说过。可现在说起来竟是如此顺利，像是在心底重复了一千遍一万遍一样。“那几天我想找人说说话，可是拿起电话我不知道该找谁。家里的人都不知道我执行任务，在那之前我给家里打电话，说是参加演习，所以我不敢往家里打。队里的人我也说不出口，唯一知道的人是大队长。我告诉他我想不通，想了这么久我得不出结果，大队长就告诉我，有些事想不通就别想，该做什么就做什么。所以，我只有回家处理她的后事，然后离开特种部队。”

“你别说了！”她的声音，明显带着压抑的哭腔。可是顾淮越仿若未觉，只是握住了她的手。

“调到这里以后，我没再想结婚，不是不想，而是不敢想。我想不明白，我还不到三十岁，怎么就非得把生离死别都经历一遍。他们都来过了，又走了，像是命运给我开的一个大玩笑。为了不让自己更可笑，我决定什么也不想了，只告诉自己，这样的生离死别一次就够了。”

他听到了严真压抑的抽噎声，知道她是在为他而哭泣，那哭声仿佛涌进了他的心里，一波一波地让他发疼。他抓住她的手，声音无比沙哑："我真想这样就够了，可是我后来又遇见了你。"

在向她求婚的时候他只是想找一个女人安安稳稳地过日子，可是他没想到这个女人会带给他那么多的意外。她懂得军人。她疼爱他的孩子，甚至会因为一个小小的谎言带着孩子夜跨草原来见他。她愿意跟他一起入藏，进入海拔四千米以上的生命禁区去见他的战友——太多太多，他以前从未想过经历过的事情，发生在他的身上。所以，他不得不正视自己，不得不正视她。

"我曾经问过我的大队长，到底什么才是爱情。大队长说这个问题每个人都有一个答案，我得自己去找，可是我告诉你，我至今也没找到那个答案。你有忘不掉的，我也有，它就是一道坎儿，就像是在心里挖了一个坟，埋进去一个人就得立一个碑。这个碑它就立在那里，不管你多想跨过去。可是就算这路再窄，人也得过，不是吗？"

她的手一直被他握着，所以她只能侧过头去将脸埋在枕头里啜泣。顾淮越用手托起了她的脸，与她对视："别再说后悔遇见我的话了，我想和你在一起。"

她将头枕在他的肩膀上，哭得痛彻心扉，不只为自己，更为面前这个男人。她说自己后悔，他就执意将自己的一切剖开给她看，让她疼，让她再也下不了手。他十拿九稳，她根本拒绝不了。

严真不知如何开口，更不知说些什么。唯一能做的，就是紧紧地抱住了他。

就这样吧，她告诉自己。不再去想那些过去，不再说后悔，就这样跟他在一起。

因为，她也想幸福。

CHAPTER 11

最高的敬意

大年三十这一天，部队的训练终于停了下来。A师各单位起床出操吃过早饭之后就开始大扫除，干劲十足地迎接农历新年，到处都是一派喜气洋洋。

今年A师的这栋家属楼住的人比以往要多得多，用刘向东家属楚瑶的话说就是跟赶集似的，都凑一块儿了。

严真戴好围巾，跟楚瑶一起去师部的食堂包饺子。因为今年的军嫂多，所以师里就组织家属跟官兵一起过年。走在路上，总有几个士兵会向严真行注目礼，弄得严真的步伐也乱了。想起那晚发生的事情，她还是忍不住会觉得尴尬，快走几步，进了食堂。

楚瑶也对那晚的事有所耳闻，不过这事也传得玄乎，只道是参谋长夫人醉酒跟参谋长吵了一架，估计还挺激烈，嘴上那伤口不明摆着呢吗？至于怎么来的，大家都心照不宣。

楚瑶想着，一边揉面一边问道：“小真，你这是第一次来部队过年吧？”

严真正在包饺子，她捏住饺子皮的两边，双手向中间一挤，一个漂亮饱满的饺子就出来了。听到楚瑶的问话，她笑着说：“不是。”

严真是十一岁的时候离开的部队，自从六岁到部队以后，每逢大年三十她都会跟父亲到营里的食堂跟士兵们一起过年。那种热闹的氛围她永远都不会忘，因为每到这时父亲脸上的笑容总是最灿烂的。

楚瑶感叹：“你父亲也是军人呀？你跟军队可真有缘分。我家小伟今年就要高考了，铁了心报军校，我说什么都拉不回这头犟驴。你说，他爸一辈子都奉献给部队了，这要再送进去一个我怎么受得了。”

“他愿意报就让他报吧，年轻人有点理想总是好的。”

说完，还未待楚瑶开口，旁边一直拿面捏着玩的顾小朋友就嚷嚷了：“阿姨，我长大了也要当兵！我爷爷说，这是代代相传的好品质！”

两个大人都不由自主地笑开了，严真忍不住捏了捏小家伙的脸：“人小鬼大。”

饺子刚下锅还没煮熟，师长刘向东和政委高翔就走了进来，这些领导习惯了每年过年的时候下基层跟士兵们一起过，这样热闹。

顾淮越也紧随其后走了进来，视线落在严真身上，微微一笑。严真低下头，背后楚瑶推了她一把，她才红了一张脸走到他身边。

“冷吗？”说着他握了握她的手。严真摇了摇头，倒是他的手凉得要命，她下意识地握紧。

刘向东弯下腰逗珈铭玩，这小朋友他是越看越喜欢，他端详着小朋友手里揉捏的面团：“珈铭，你这捏的是什么啊？伯伯看着怎么像咱这库里停的小汽车呀？”

他这是逗他的，那面团已经被他揉捏得没型了！可小朋友当真了，手一顿嘴巴一撅：“伯伯，我这是坦克，不是小汽车！”

刘向东盯着那玩意儿看了半天，末了开怀一笑，看着顾淮越：“你家这小家伙可不好逗。”

顾珈铭小朋友嘟嘴蹭到顾首长面前，一双大眼睛在面前两个大人之间扫来扫去。顾珈铭小朋友在席少锋家住了一晚上就回来了，他觉得没劲，因为钟奶奶家那两个小朋友压根儿跟他不是一个水平线上的，整天磨磨叽叽地只知道看童话故事。小朋友被遣送回家的时候就感觉到有点不对劲，他背着小书包站在门口，指着给他开门的他爸的嘴唇问："首长，你怎么负伤了？"

顾淮越眯眼瞧了他一眼，无奈那晚没睡好没太大威慑力，屈指弹了弹他的大脑壳，拎着他的后衣领子把他提溜了进来。等到顾淮越吃过早饭出门去机关大楼之后，严真一个人马上开始面对组织上严峻的考问。彼时严真尚处在混沌当中，顶着一双哭肿的核桃眼，不知道该说些什么。小朋友看她吞吞吐吐的模样，撇嘴了：这两个人肯定有猫腻！

小朋友继续嘟嘟嘴，抬头看着两个大人："你最近都不跟我玩了，你，你以大欺小；你，你无视我！"

严真被他这慷慨激昂的指控说得低下了头，嘴角却是弯出了一抹笑。顾淮越俯下身，弹了弹他的脑瓜，捏着小朋友鼓起的包子脸说："谁能无视你，明晃晃的五十瓦呢。"

小朋友立刻怒视他，在场的人听着这爷俩插科打诨，也都笑得不亦乐乎，严真则偏过头去脸红了。

一会儿饺子端了上来，刘向东他们也该走了，得去师部各单位的食堂转一圈。走之前严真拽住了顾淮越，嘱咐他："少喝点。"

"知道了。"顾淮越淡笑着捏了捏她的手，"等我回家。"

严真脸色微红地嗯了一声，望着他的背影，发了一会儿呆，直到小朋友拽拽她的衣角，她才回过神来，陪他一起吃饺子。

吃过年夜饭严真拖着顾珈铭小朋友给顾园和奶奶打电话，不管拨给哪一家都是热热闹闹的，倒显得他们两个人孤单寂寞了。奶奶在电话那头嘱咐她："这是过新年了，都得高高兴兴的。"

老人家听她说顾淮越年三十晚上也不在家，以为她不高兴，正打算开导她呢。严真微哂，她哪有那么脆弱？不过这话要说起来又是没完没了，她唯有乖乖地应一声：“我知道啦。”

除夕夜按说是要守岁的，可小朋友没到十点就开始打哈欠了：“困。”

小家伙可怜兮兮地看着严真。严真捏着他的包子脸，笑了：“不是说要等爸爸吗？”

小家伙眼泪汪汪：“困！”

得，被他这么一看，严真深觉自己不让他睡就太罪大恶极了。反正也是个小家伙，不一定非要守岁的。

小家伙许是困极了，一钻进暖暖的被窝里，打个小哈欠就睡着了。小家伙睡得很香，睡梦中也不忘咂巴咂巴嘴，估计是梦到好吃的了。

严真就这么坐在床前静静地看了他一会儿，顺了顺他的小短毛，给他盖好被子便关灯离去了。走到客厅的时候，严真听见门外有动静。她驻足，站在那里听了一会儿便听出来那是窸窸窣窣的钥匙声。

该是他回来了吧？她浅浅一笑。可是半天了也没见他打开门，该不会是喝多了吧？严真踱步过去，打开门一探究竟。

果然，顾淮越正低头拿着一串钥匙寻思哪个能打开自家的门呢。忽然洒出来的暖色灯光让他怔了一下，抬头，看见站在自己对面的娇俏女人，淡淡笑了下。

顾淮越酒量不小，可这是在部队，到过年的时候，谁还记得你军衔多高，就一个字——喝！即便是顾淮越，也被灌了不少酒。想到这儿，顾参谋长低斥一声：“这群浑小子。”

严真抬眸凝视了他半天，不由自主地笑了，赶紧把他拉了进来，不让这人在那儿干杵着了。

进屋之后她去厨房调了一杯蜂蜜水，温度正好的时候端给他喝。顾淮越正靠在沙发上闭目养神，严真递给他蜂蜜水，他接了过来，尝了一口，就低头把玩着水杯。严真在他身边坐下，催促他快喝。

他笑了笑，偏过头来，一把抓住了她的手："我只是刚刚想起一件事。"

"什么事？"

"我记得去年有一次，我跟淮宁一块儿去赴一个酒场，淮宁喝了不少，我开车送他回家，我扶他进门之后梁和立马就冲了一杯蜂蜜水。你知道那时候我在想什么吗？"他凝视着她，一字一顿地说，"我在想，有老婆真好。"

严真愣了下，讷讷地问："你就没让和和给你冲一杯啊，就这么自己开车回去的？"

"有司机送。"他笑答。

"这不是重点！"

顾淮越闭目靠向沙发靠枕，声音有些疲惫："其实这人啊，一旦被架上去了就下不来了。不是别人那儿说不过去，自己这儿就说不过去。"换句话说，一个大男人，怎么好意思在弟妹那里露怯。

听他这么一说，严真蓦地就感觉心里微微有些细针扎上去的疼痛感。

他这样一个男人，也许只有在喝了酒神志模糊的时候，才会允许自己流露出一丝丝脆弱，想那些之前不敢想的事。回来闷头睡一觉，再睁开眼，又是一个刀枪不入百炼成钢的人。她甚至有些佩服自己，之前自己无心的一句话，会让他那样失控。饶是如此，她还是有些心疼："以后不许这样了。"

严真低声嗔怪了他一句，没想到他很配合，握紧她的手，应了一声。不一会儿，又轻声慨叹了句："反正我也是个有老婆的人了。"

严真忽然发现，他喝醉了挺好，喝醉了就不会像架起来那样了，对什么都淡淡的，还能发现她的好了，不错不错！她兀自乐着，没注意到他一双深邃的眼睛一直在盯着她瞧，待她发现时，那双眼睛已经盈满了笑意。

“怎么了？”

“没什么，只是发现你头发上有个东西。”说着他捏下来一小片鸭绒递给她。严真伸手去接，没想到登时天翻地覆一般，她被腾空抱进了他的怀抱，还未待她反应过来，他的吻已经压了下来。

这已经不是他第一次吻她了，可第一次的吻与这一次截然不同。有一种炽热和窒息的感觉覆盖全身，这让她几乎有些招架不来，惊慌失措中揽住了他的脖子。

他拨开她的长发，淡淡的馨香让他不由自主地加深了这个吻，不知为何他忽然想吻她，只是吻一下就好，可是这一吻就停不了了。他的理智所剩无几，直到她的眼底覆上蒙蒙一层水汽他才松开她，抵着她的额头平复着气息。她还有些紧张，他感觉出来了。

“去休息吧。”

严真登时抬头看着他，只是微微喘着气，说不出话来。他微微一笑，不过是苦笑。

“你喝多了。”许久，严真闷头来一句。

“嗯，我知道。”他说，所以才会这么冲动，这么难以遏制。

“可是我没醉。”她迅速地说，“所以我很清楚。”

“嗯？”顾淮越挑眉看着她。

严真几乎将头埋进了他的怀里：“我是说，可以的，淮越。”

顾淮越起初还是有些不可置信。可怀中女人脸上越来越可疑的酡红让他喜不自胜，当下抱紧她，向卧室走去。严真把头埋在他的怀中，尽享这一刻的安谧与缱绻。

部队庆祝春节的方式有很多。

各连队龙虎斗不说，上面文工团还时不时地派个文艺小分队下来演出，领导有时也爱凑个热闹，下基层慰问广大官兵。总之怎么热闹怎么来。

早晨，严真就是被号声惊醒的。

号声吹响没多久，就有鼎沸的人声从操场上传来，严真一边穿衣服一边猜着估计又是哪个连队在操场举行活动了。

房门忽然被推开，顾珈铭小朋友背着手从客厅走了进来，神情非常严肃："严老师，你怎么又睡懒觉！你太不上进了你！"

对于她近段时间天天晚起的行为，顾小司令很是不满。严真却是脸色一红，很聪明地转移了话题："珈铭，外面怎么这么吵？"

小朋友一边摸出一个苹果啃一边含糊不清地说："听我爸说是前面那栋楼在举行活动，要不是得等您吃饭，我早去看热闹了！"说着皱出一张包子脸。

严真颇有些心虚，赶紧下床做饭，不能误了小司令的大事。顾淮越不在家，她拖着步子走到餐桌前，只看见顾淮越留下的一张纸条。薄薄的一张纸衬着他苍劲有力的一行字：今天值班，你和珈铭起床记得吃点早饭。

她默默地读完，嘴角微弯。

严真将早已捏好的饺子煮了煮，招呼小朋友吃早饭："珈铭，以前在部队过年有意思吗？"

顾珈铭塞了一嘴的虾饺："没劲！"

"为什么呀？"

"爸爸都没空跟我玩。"小朋友怨念，"唯一的外出活动还是去扫墓，太没劲了！"

"扫墓？"

小朋友也意识到说漏嘴了，赶紧捂住嘴巴，就这还不忘嚼几下嘴里的饺子，严真被他逗得笑了：“行了，赶紧吃吧。”

小朋友就听话地又夹了一个饺子，只是严真望着盘子里玲珑的饺子，开始发呆。

对于林珂，她不介意完全是件不可能的事。只是她更知道，要求他忘记也是一件不可能的事。那是竖立在他心里的一座碑，即便那不是爱，也有亏欠，也有遗憾。

她不会，也不可能要求他做那样的事。她唯一能做的，就是让自己不要再那么念念不忘。心态不平和就容易嫉妒，而她不想嫉妒一个死去的人，她想幸福。这样想着，严真终于露出微笑。

在部队，休闲时光总是奢侈且短暂的。

春节过后没几天，随着总参关于新一年度军事训练的有关指示的发布，A师又恢复了日常的训练。这种“平时即战时”的忙碌连严真都有深切的感触，时常在睡梦中她就听见响起的紧急集合的哨声和装甲车、坦克碾过的声音，还有就是他起床穿衣洗漱时发出的轻微声响。不仅是因为她浅眠，更是因为他一走，这大半边都不暖和了。

楚瑶是老军属了，对这帮男人的忙碌已是见怪不怪：“我跟你说，每次我来，老刘跟我待在一起的时间加起来凑不够一天！”

严真一边给她撑着毛线一边好奇：“老刘他都不回家休息吗？”

“回，睡得跟死猪一样，说十句话能听见他一声哼就不错了！”

话毕，就听见门口传来一阵大笑声，接着是老刘特有的大嗓门：“我说，这是合起来批斗我呢？我这不干革命事业呢嘛。”

楚瑶瞪他一眼：“今天回来早了？”

老刘笑：“再不回来你不得先革了我的命啊。”

见两个人好不容易有时间说说话，严真起身告辞，还没走到楼道口，就看见迎面而来的顾淮越。顾淮越穿着一身作训服，浑身上下都透着一股硝烟的气息，仿佛他刚刚是从战场上回来的，而不是训练场。他一边走一边摘下帽子拨弄头发，神情有些漫不经心。抬头两人视线相遇时，都怔了一下。

到头还是严真没忍住，扑哧一声笑了出来。随着训练的开始，她见着他的时间就少了起来，今天好不容易有个机会，没想到他以这副尊容出镜。顾淮越被她笑得有些不好意思，伸手刮了刮她的鼻子：“不许笑了。”

“是！”她眨眨眼，倒是笑得更欢了。顾淮越只好无奈地眯了眯眼，嘴角却不自觉地翘了起来。

回到家时，小朋友正趴在桌子上抄成语。不用问，准是犯错了。不过不同的是，这回罚他的是向来护短的严老师。

今天上午严真带他去给席少锋和钟黎英拜年，正巧那两个小朋友也在。严真便让珈铭去跟他们俩玩，结果没一会儿，他就把人家给招惹哭了，问原因，说是人家小朋友看上他的枪了，想拿过来玩玩，顾小司令则死活不给！

“我爸说了，不能保管好自己武器的士兵就不是好士兵，连士兵都当不好我怎么做将军呀！”

话一落，在客厅看报的席少锋哈哈笑了出来，直夸这小朋友有志气。钟黎英和两位小朋友的妈妈都表示没事，可是顾珈铭毕竟把人家小朋友给欺负了，严真怎么也得意思意思，当场就说回去罚他抄成语。没想到，一进家门，小朋友扭着屁股趴到桌子上真就开始抄了！

顾淮越斜睨着他，听了缘由后，说：“该罚。”

小朋友对首长这种“姑息纵容”严老师的行为很是愤怒，回过头，在纸上使劲地划拉出下一个成语——“狼狈为奸”。

沾了一身土气，顾淮越在晚饭做好前洗了个澡。

今天训练之前刘向东给军里拨了一个电话，听军里贾政委的意思，这回军里在抽调哪个师参加年后演习这一问题上还是颇有分歧的，毕竟军里想在演习场上崭露头角的可不止他一人，有能力的也不止他一个师。刘向东自然也懂，挂了电话忧虑万分。

顾淮越安慰他，就是不为演习做准备，部队的训练还是不能落下的，而且他们心里都清楚沈孟川打的什么主意。

“你就真想得这么开？”刘向东调侃他，“淮越，说实话我是没什么指望了，我一大老粗，祖坟上的青烟也就保佑我到这一步了。可是你不同，你还年轻，副师级参谋长，你就不想再往前进一步？”

“说不想是假的。”顾淮越放下笔，坐在转椅上若有所思，“可是老刘，你也知道我跟沈孟川的关系，只要是在一个地盘上就得针锋相对。”

对此老刘表示理解，牛人扎堆的地方谁能服气谁？

“所以我才觉得这次是个好机会。”

顾淮越微沉吟：“话是没错，但这机会对沈孟川来说可能更重要。我不想以后连一个旗鼓相当的对手都找不到。”

说完这话，老刘是真心对他服气了。别说，这人有时候还真骄傲得要命！

顾淮越洗完战斗澡出来的时候严真已经将饭端了上来，顺便还煎了小朋友最爱吃的溏心鸡蛋。顾小司令饿了一下午，一看见吃的什么深仇大恨都忘记了。这副吃相连他爸都看不过去了，弹了弹他的脑袋瓜。

盛好饭，严真落座时忽然想到一个问题。珈铭还有几天就要开学了，而他现在还没有提到要去给林珂扫墓，难道是因为顾及她？

想到这里，严真放下筷子试探地问：“淮越，今年，不去扫墓了吗？”

顾淮越手中的筷子顿了下，有些讶异地看着她。严真努力让自己摆出一个标准的微笑：“我听珈铭说的，你们每年都要去给林珂扫墓。今年不去了？”

“去。”良久，顾淮越说。

严真嗯了一声，低下头吃饭，一顿饭也吃得索然无味。洗碗的时候她郁闷不已，明明都已经想开了，听到他说去后还纠结来纠结去，也太没出息了！这么想着，她的手中忽然一空，正在洗的碗被人接了过去。严真吓了一跳，扭过头去看见顾淮越，顿时心中一松："你吓了我一跳，我还以为把碗给摔了。"

他微笑着听着她的嗔怪："那是你想事想得太认真了。"

被戳中心事的严真默不作声，一时间只能听见哗哗的水声，过了一会儿，顾淮越打破了这沉默："别想了，咱们一起去。"

"嗯？"这回轮到她诧异了。

他洗干净手，擦干后揽住她的肩膀："我不想让你有心结，所以咱们一起去。"他不想在他带着珈铭去给林珂扫墓的时候她在家里想东想西，她不喜欢胡思乱想，这样让她感觉不快乐，那他就不让她想，他亲手帮她解开这个结。所谓解铃还须系铃人，他懂。

严真微微动容，脸上有了淡淡的微笑："好。"

周六的时候，顾淮越抽出时间带着严真和小朋友一起去了京山。

林珂的墓就在京山的一座墓园里，因刚刚下过一场大雪，车开到京山山麓，再往上就不好走了。所以顾淮越索性把车停在下面，一路走着上去。

严真从未来过京山，如今看着满山的雪景，除了稍微冷一些之外，内心竟觉得格外平静。

对于林珂，严真了解得很少。

当初证领得那么匆忙，可以说她几乎都没有想起过这个人。婚后或许是因为刻意避讳，顾家的人也从来不在她面前提起林珂。所以别说了解，她连一张照片都未见过。

后来还是小朋友的话提醒了她，提醒她这世界上除了她之外，还有一个人，跟她身边的男人有过亲密的关系。

想到这里她下意识地看向顾淮越，恰逢他偏过头来，对她微微一笑："到了。"

寥寥的三排墓碑。林珂，就葬在这里。

严真深吸一口气，跟在顾淮越的身后，缓步向里面走去。

其实在来的路上，严真曾在脑海中设想过林珂的模样。因为顾淮越说她是个被人宠爱的小公主，那么在她想来林珂就应该是那种阳光灿烂、青春洋溢，纵使笑得骄纵也不会讨人嫌的姑娘。就像沈孟娇一样，出身好，家世好，注定是众人的宠儿。

可是真看到了，又觉得不一样。

严真在林珂的墓碑前站定，看着嵌在墓碑上的那张照片，有一瞬间的出乎意料。因为照片上的她有着抹不去的哀愁，太清晰了，她几乎没办法当看不到。可很快她又释然了，其实，纵使老天赋予林珂那么多，她也是个可怜人，因为她最想要的东西，从来都不属于她。

这一刻，严真忽然想到了自己。幼时的她还骑在父亲的肩头笑得像个小傻瓜，可转眼间就捧着一张裱好的照片，奶奶说，那叫遗照。人过世了，那照片才能称为遗照。

看来，这世间从来都不缺让你的世界天翻地覆的事情，重要的是你能不能扛住。她是一个人扛着，可是这个女人呢？她找了一个最聪明也最笨的人陪她一起。这让她既不是滋味，又有些——羡慕。

顾淮越直立在墓碑前，也默默地看着墓碑上的照片。照片上的林珂一双眼睛沉静如水，淡淡的笑容，浓浓的哀愁。其实她笑起来才好看，可是对着他，她不常常笑。他知道她经常透过自己看到另一个人，因为她看着他的眼神是空洞且茫远的，仿佛被掏空了，一双眼睛也显不出任何神采。

他其实有些不懂，他的年少时期是在骄傲中度过的，他不懂为什么她会透过他去看另一个人，他的骄傲受到了挑战。直到后来很久他才明白，他们都疼爱她，可是因为人不同，疼爱的意义便也不同。

他跟淮宁确实不同。淮宁对她最大的爱护就是放手走掉，不爱便不给她任何希望。而他爱护她的方式就是跟她结婚，疼她宠她，让她跟以前一样过得幸福，直到有一天她告诉自己那不是爱。这让他啼笑皆非，同时又让他迷茫了。

“爸爸！”小朋友清脆的声音同时唤回了两个人的思绪。顾淮越转过身去，摸了摸珈铭的脑袋瓜，接过他手中的百合花，又看了严真一眼。两人相视一笑，顾淮越转身弯腰将花放在地上。

起身之后，又是一个标准的军礼。

结束这一切后，他转身看着严真和顾珈铭，说：“走吧。”

严真望着他，淡淡一笑：“好。”

回去的路比来时好走，顾珈铭小朋友欢快地走在前面，时不时地回过头向他们招手。小孩子的忧愁总是短暂的，离开了那里，脸也就放晴了。顾淮越看着他的背影，笑了笑，说：“严真，我有时候在想，每年带着珈铭来这里，是不是不太好。”

严真听到他这句话，有些意外：“为什么？”

“我一直都很庆幸珈铭是一个活泼开朗的孩子，关于他妈妈的离世，他没有任何印象，所以也不会觉得难过。而我这样总是让他想起，会不会对他不好？”

他偏过头来看着她，征求她的意见。严真却是静静地看着他，没有说话。顾淮越明白，明白是自己的问题为难她了，所以他也不问了，握住了她藏在口袋里的手，暖热的感觉让他禁不住握紧：“知道了，以后不会了。”

严真则是没想到他这么快就得出了答案，拽了拽他的手，说：“其实更民主的方法是来之前征询一下小朋友的意见。”

他轻笑了下：“林珂火化之后家里问我葬在哪里，说是已经选好了一块墓地。不过我还是带她来到了这里，我想，入土为安，还是不要让她感觉寂寞的好。后来又常常带珈铭过来看她，小家伙很小的时候可没这么听话，哭着闹着不愿意。”说着他走过一块不平整的台阶，在前面伸手等着扶她过来，“现在我明白了，其实不是他的错，而是我的。任何感情，包括思念，都不应该是被强制的。”

这是他刚刚站在墓碑前想清楚的问题。

爱情是最大的一个谜，尤其是对习惯性直线思维的他来说，他还在寻找答案。只是他忽然想放松一点，对别人，也是对自己。

严真因为他这一串话愣在了那里，直到看清他伸过来的手和带着平和笑容的面容。一瞬间她仿佛也被他的情绪所感染，缓缓地将手递给他，带着释然。

从墓园回来几天了，顾小朋友却一直沉浸在蔫蔫的情绪当中。楚瑶看着他鼓起的小脸蛋，忍不住戳了戳，看他没反应，便笑着问严真：“这小家伙是怎么回事？”

严真正在忙着收拾衣服，抽空看了小家伙一眼，笑了：“这不快开学了嘛，作业没写完，正发愁呢。”

“我看不尽然吧。”楚瑶继续逗着小家伙，“八成是因为快回家了，又得跟爸爸分开了，伤心，是不是？”

小朋友被戳中了痛处，扁了扁嘴，又趴到一旁去了。严真看着他，淡笑着摇了摇头。

楚瑶在一旁默默地看着严真收拾了一会儿，又开口道：“严真，要我说，准越的条件早够了，你们怎么还这么两地分居啊？虽然咱们这边条件差点，但是B市说起来还是比C市好。而且部队家属的安置政策摆在那里，安置你们也不是问题。”

“我们还没考虑这么多。”

楚瑶失笑：“这小家伙都多大了还不考虑，该想想了！”

严真闻言，淡淡一笑，思绪却渐渐走远了。是啊，该考虑考虑了。不管是随军到B市，还是顾淮越调回去，一家人能在一起，才是最重要的。

“想什么呢？”

忽然一只手伸到面前提起了她的行李箱，严真被吓了一跳，回过神瞪了这走路悄无声息的人一眼：“嫂子呢，你怎么上来了？”

“嫂子带珈铭下楼了。”顾淮越瞥了她一眼，眼神含笑，“发呆都发傻了。”

被取笑了，严真脸色微红，抬头又瞪了他一眼，却被他伸手揽住了：“走吧，我跟你一起下楼。”

“嗯。”

今天是他们回C市的日子，前段时间B市一直在下雪，今天的天气却好得出奇，阳光照得人睁不开眼。严真来到楼下，看见小家伙站在楚瑶身边，一副委委屈屈的表情看上去分外可怜。可没办法，哪怕就是决定随军到B市，这一次该回家还是要回的，所以严真故作轻松地笑笑，俯身揉揉小朋友的小脑瓜，说：“没事，咱们明年再来。”

正月十五过后部队的训练就紧锣密鼓起来，不过顾淮越抽出时间亲自开车送他们去机场。上午十一点的飞机，现在才九点，时间还算宽裕，他放慢车速行驶着。

严真坐在副驾上，偶尔用余光打量打量他。今天下午顾淮越还有一个会，是关于部队下一年度战备训练计划的。严真也说过他们可以自己走，让他不必送，可顾淮越在这一点上非常坚持。

她明白他的心思，他是怕他们觉得委屈，只是严真不想也不会抱怨，因为她知道他既是她的丈夫，也是一名军人。她也在习惯成为一名军人的妻子，习惯这样平和的离别场景。

车子稳稳地滑入了停车坪，顾淮越从后备厢里提出所有的行李，转身时看见严真和“小祸害”两人围着一模一样的围巾，戴着一模一样的手套，静静地站在他的身后。他忽然意识到这次送别与以往都不太一样，因为这是他第一次送走自己的妻子和孩子。

顾淮越沉默了片刻，揉了揉珈铭的头，说：“走吧。”

排队换好了登机牌，三人站在候机大厅。顾淮越低头嘱咐顾小朋友在飞机上要听严真的话，小朋友蔫蔫地点了点脑袋。顾淮越看他这副模样，落在他小脑瓜上的爆栗子力度也变得轻柔了。这小家伙长这么大，最不喜欢的就是离别。他抬头看看严真，将飞机票交给她。

严真接过，低头看了下腕表，对他说：“你忙的话就先走吧，我准带着他安全到家。”

顾淮越笑了笑，扶了扶帽檐：“到家记得打电话。”

“嗯。”

严真点头，努力挤出笑容。

而他只是扶了扶她的肩膀，想说些什么，又咽了回去：“那我先走了。”从这里回师部最起码得一个小时，回去吃个饭也就该开会了，他确实忙得很。他抱了抱小朋友，也抱了她一下，力度控制得不够好还很短暂，没等她感觉到这个拥抱的温度，他已经转身离开了。

看着他的背影，小朋友忍不住小声嘀咕：“怎么感觉首长今天有点不一样了。”

听完这句话，严真忽然觉得心里头被谁抓了一把，揪着疼。她笑了笑，一手抓着小朋友一手准备检票过闸，努力控制着自己不向后看，不去追寻他的背影。只是没多久，她就不受控制地转过头去，看见他站在不算远的地方，目送着他们离去。

见她望过去，顾淮越笑了笑，将右手抬起，缓缓地行了一个军礼。那是一个军人能表达出来的最高敬意，他给了她。严真则迅速地转过头去，瞬间泪如雨下。

CHAPTER 12

我想忘记你

在严真看来，C市永远是个要比其他城市热闹忙碌的地方。刚回来没几天，甚至连心情都没缓过来，就得开始既要忙工作又要照顾小朋友的生活。

今天是小朋友开学的第一天。严真用电动车送他到校门口，小朋友头戴一顶歪帽，背起书包，牛气十足地往教室走去。严真看着他的背影忍不住想笑，小家伙又恢复了红军司令的气势，已经不再是那个因为要离开爸爸而沮丧的小朋友了。这让她感到欣慰的同时又感到心虚，她好像连个孩子都不如，这怎么行？严真在心里命令自己赶紧开始调整状态。

同事王颖一直很好奇严真和顾珈铭小朋友的关系，严真含糊解释了几句将她搪塞过去，转过身来却被一个问题困扰住了，她为什么不说实话呢？

“严姐，严姐！”一双手在她眼前晃了晃，严真骤然回过神来，看见对面小刘好奇的眼神。

“严姐你没事吧？”

严真摇了摇头，拢了拢头发换上衣服开始工作。

小刘见她没事，也就放下心了：“常主任说，让你过来了去他办公室一趟。”

“主任没说有什么事吗？”

小刘摇摇头，这她就不知道了。严真只好放下手中的工作，去了常老的办公室。

常老写得一手好字，用他的话说是小时候上私塾的时候被先生练出来的，图书馆的墙上挂了一排警示语，全部都是常老手写而成裱好挂上去的。严真敲门而入的时候，常老正俯身一笔一画地在纸上写字。她见状没有打扰，而是在一旁耐心地等着他写完。

“小严啊，快来帮我看看这四个字。”常老扭头喊她。

严真有些讶异常老的好兴致，却还是接过了他的墨宝，一字一字念了出来：“韬——光——养——晦。”

“写得怎么样？”老头笑着摸了摸下巴，再有一绺子白胡须就更像私塾老先生了。

她笑了笑，说好。常老双眼一亮，开怀道：“那就送给你了！”

“唉？”严真诧异地看着常老。

常老在办公桌前坐下，端起茶缸一边喝水一边指着严真说：“你呀你呀，你的档案在哪里？”

“在档案室。”说着，她倒是笑了，“我来这儿这么久了，您才想起来看我的档案？”其实说起这个来严真有些底气不足，当初毕竟是靠学姐的关系进来的。

“我才懒得看那个！”常老大手一挥，“我只问你，你是哪个学校毕业的？”

“啊？”严真有些摸不着头脑，可常老依旧是满脸慈和笑容地看着她，便只好说，“Z大毕业的。”

“学的是不是管理类专业？”老头淡定地瞥了她一眼，这回严真是彻底被震住了，常老放下茶缸，“你这个丫头捂得可够严实啊。”

“那，您是怎么知道的？”

常老哈哈一笑，细细道来。常老的老伴就在Z大管院教书，前年退了下来，昨天中午来学校给常老送午饭，碰巧看见了严真，只是因为严真走得太急，没叫住。老太太急得回了家就赶紧对常老逼供。

严真听了有些激动又有些不好意思：“这真是，太巧了。”常老的老伴李教授是他们学院返聘回来的老师，德高望重，非常受人尊敬。

“还说呢，昨晚这老太太就在我耳边一直念叨，说Z大管院出去的学生怎么就在我手下归我管了？直说我浪费人才！”常老苦笑。

“那您不会就这么赶我走吧？”

严真开玩笑地说了句，而常老居然还真就点了点头：“老太太问我要人，你说我给不给？”

严真愣了一下，问：“要我做什么？”

“说是C大管院在做的一个项目，专业人手很少，内部招聘也凑不够人，就委托我给她找一些合适的人来帮忙，做得好了可以留校做助教。”

严真几乎想都没想就下意识地拒绝了：“我、我不行！”

“行不行是人家说了算的，还得面试呢，不算走后门。”常老大手一挥干脆道，喝了口水，他又意味深长地添了一句，“你想好了，是高校助教，比这儿的工作可强多了。”

“我知道。”她低下头。她当然明白这一点，之所以不能立刻下定决心是因为她还有顾虑。

“严真，我送你这四个字可不是白送的。”常老意有所指地点点他刚写就的那幅字，“韬光养晦得够了，就真得派上用场了。”

其实常老还真是抬举她了，她哪是在韬光养晦，不过是找个工作养活自己而已。沉默了片刻，她说：“我想想，等我决定了再给您个准信儿。”

晚上严真跟顾珈铭小朋友一起回家，这几天C市又下了一场大雪，严真不敢骑车带珈铭去学校，两个人就决定坐公交。在距离家还有两站地的时候他们下了车，去超市买了些东西回家做晚饭，小朋友拽着严真的手一边啃冰糖葫芦一边听严真教训：“顾珈铭同学，我是怎么跟你说的？”

小朋友嘴里吃着东西含糊地说：“您教育我，在班里边不能随便跟人打架。”

记得很清楚嘛。

“那今天怎么有人告诉我你又打架了，还是跟林梓一起。”这俩小坏蛋现在倒结成同盟了。

“谁让那个刚转来的老是欺负林小小，就得揍他！”小朋友咬牙切齿。

严真有点意外地看着他，敢情这小家伙也知道英雄救美了，她叹了口气：“那就跟他好好说，是用嘴说，可不能用拳头说啊。”

小朋友也装模作样地叹了口气：“唉，你们女人真麻烦，就知道告状和哭！”

严真无语，这小坏蛋又坏上一个层次了，居然开始说这种话！

咳嗽两声，严真问他：“顾珈铭同学，我要是不跟你在同一个学校了，你还嫌麻烦不？”

小朋友听完这话顿住了脚步，粘在脸颊上的糖渣也忘了抹掉：“老师，你要去哪儿啊？”

“我是说假如。”

小朋友点了点头，说：“嫌，反正总有人给你告状！”然后接着就是他挨训。

她失笑，揉了揉他的小脑袋。正在这时身后传来了喇叭声，严真偏了偏头，看见路边停了一辆猎豹汽车，挂着部队的牌照，有个人从里面探了探头，严真一眼就认出他了。

沈孟川。她下意识地说出他的名字。

沈孟川下车，一手拿着军帽一手拨弄着头发，很是随意。他站在严真跟小朋友的面前，见两个人一直盯着他的军帽看，便把帽子扣到了脑袋上：“又见面了。”

严真不想跟他重提旧事，点点头就想走。沈孟川不由得又摘下了帽子揪揪头发，跟在他们身后提议道：“我送你们怎么样？这大雪天路可不好走！”

话毕，顾珈铭小朋友就滑了一下，爬起来后他迅速回头瞪了乌鸦嘴一眼。乌鸦嘴沈孟川被他气笑了，三步并作两步跟上了他们二人。

严真一边替珈铭拍掉身上的雪一边对沈孟川说：“家就在前面，不劳你送，谢谢了。”

“我带军官证了。”

严真顿了顿，扭过头疑惑地看着他。于是沈孟川又去揪他的头发，这是他烦躁或者紧张时的小动作：“我的意思是我是好人！”

严真冷笑：“是呀，大好人！”

小朋友也见缝插针：“不许挖墙脚！”

这一大一小的冷嘲热讽让沈孟川一时绕不过弯来，趁他出神的工夫两人又走远了。回过神来沈孟川对着那个瘦削俏丽的背影喊：“我错了！”

严真停下脚步，终于回过头看他。沈孟川似乎也不习惯自己说这样的话，抹了把脸说：“我说我错了，我不该直接带她们去你家，我应该事先给你打个电话，我不该，不该抱着看笑话的心理！”他一边点头自我肯定一边说，“而且，而且——总之，我错了！”

他说完，直直地看着严真，像是请求原谅。严真早被他这一串一串搞得晕头转向，好半天才反应过来，扑哧一笑：“沈孟川，不用跟我道歉，我现在已经尽力让自己别跟那些不相关的人计较，那样活着就太累了。”

“我知道，不过我想跟你道歉，道完歉我心里舒服。”沈孟川打枪似的往外蹦词儿。

严真说："那我接受，你可以走了。"

"可我还没道完歉呢！"

严真只好瞪他，沈孟川看着她，笑了笑："对，你不知道，那你给我三分钟，我给你讲一个故事吧。有一年夏天我去我奶奶家避暑，她就住在一个小县城里，对，是一个驻扎在小县城的炮兵旅。有一次我带着一群小孩玩，就用这么粗、这么粗的绳套圈树上的东西，结果一不小心那绳套圈在了一个女孩的脖子上，把她脖子给勒肿了。我一直忘了跟那个女孩说对不起，可是还没等我说部队就搬走了，搬到了一个大城市。等我再去的时候我已经找不到她了，不，或许找到了，但是，我们没说一句话。"

严真凝视着他，沉默几秒后，淡淡地问："那现在找着了吗？"

"我想我找着了。"他认真地看着她。

"哦，那真恭喜你。"她说着，又笑了笑，"只不过故事听完了，我们也得回家了。"

这次转身后沈孟川没拦她，他挫败地看着她的背影，真想大吼一声问问她怎么就不承认呢。可是冷静下来，他只有摘下帽子，再度扒扒他那头短发，自嘲："瘪犊子玩意儿，活该你！"

周末的时候，严真带珈铭一起回了顾园。

李琬虽然同意让这娘俩在市区那套房子住，可心里还是有点没底，总觉得一个小区就雇那几个保安看不住家门。老爷子就说她多虑了，难不成这年头每家每户都得给你一个警卫班。话虽如此，每逢周末的时候李琬还是叫他们回家。

吃过晚饭在客厅闲谈，严真提到了换工作的事，想征求一下老爷子的意见。

顾老爷子听了之后表示支持："年轻人，不该总拘束在一个地方，有机会就试试吧。”

顾老太太也积极表态：“要我说不行了就回家，淮越一个月的工资也不是养不了你们娘俩，女人嘛，不要那么辛苦。”

话毕，就被顾老爷子横了一眼：“你又搞这套，还没从小儿子那儿吸取教训？！”

顾老太太是委屈万分：“我这不是提个建议嘛，最后还是小真做决定，碍着你了？你个老头子还不许别人思想进步了！”

“你这是进步？”

老爷子现在空闲时间多了，顾家二老吵嘴的时间也就多了起来。正逢此刻偏厅的电话铃响起，严真撤离“战场”，接起了电话，一声“喂”字里还带着浓浓的笑意。

那头顿了下说：“原来你们在这里。”

听这声音，是顾淮越。她有几天没接到他的电话了？回来一周多了，接到他电话的次数一根手指头就够数了，他只打过一次。

“严真？”见她这头没动静，顾淮越稍稍拔高音调喊了一声。

“嗯，我在听。”她回神，说话的声音却忽然哑了一下，“你忙完了？”

他嗯了一声，声音里透着几分疲惫。高政委老父病重，他临时请了个探亲假，就在高政委走的第二天老刘又得了阑尾炎，直接从训练场上送到了医院，手术一做，疼是不疼了，可恢复还得等几天，正好是一年内工作开展的时候，各项会议连轴转，顾淮越也只好替他上了。也不是不想打电话，只是每晚结束的时候几近凌晨，握起了电话只好又搁下。在新兵连的时候听人说过一句话——军人扛得起苦，可难抵柔情。现在想来，还真有几分道理。

这些辛苦他不跟她讲，她也能猜到几分：“那你抓紧时间去睡觉吧。”

“不急，给老婆孩子打电话的时间还是有的。”这话他是带着笑音讲的，严真一下子脸红得不知道说什么好，好在顾淮越径自接了下去，“工作辛苦吗？”

严真说挺好，想起常老的话，又一五一十地跟他说了一下。

顾淮越忍不住笑了。这女人已经给了他太多意外了，如今再多一个，倒也不算什么。

“我想了想，还是不要去了，在这边挺好。”

话虽这么说，可他还是听出了她声音里有点犹豫：“喜欢就去吧，毕竟这样的机会不多，不能因为小崽子就放弃。”

听他这么说，严真不由得感到意外。她初听时是有些心动的，图书馆的工作虽然清净，可是这么一直做下去也不是个事，只是转念又考虑到珈铭，她走的心思又不强了。这些她也只是在心里默默想想，没对他说，他怎么就知道了呢？

“我在想，我面试成功的机会可能不大，选不上，我还可以回来。”她嗫嚅着说。

“严真。”他忽然喊她的名字。

“嗯？”

“你是我老婆，不只是找给珈铭的妈妈，否则不便宜那小崽子了吗？”

不知这句话戳中哪根软肋了，严真听了之后足足愣了一分钟，然后啪嚓一声把电话给挂了，忍不住又捂住了脸。

她是明白了，这人还是不打电话的好，不然真是要了命了！

既然有顾老将军和顾淮越撑腰支持，严真挑了工作不忙的日子请了假去找常老的老伴李教授。

常老退休前是C大教哲学的教授，家也就安置在了C大的家属区。常老带着严真进门时，李教授正在阳台上浇花，一看见她进来还没反应过来，手里拎的水壶直直往花盆里倒，还是常老抢先一步，一边夺下水壶一边心疼地看着他的花。

李教授剜了他一眼，看着严真直呼不敢认了：“当初毕业的时候还是清汤寡水的小姑娘呢，现在摇身一变成大人了。只一点没变，漂亮！”

严真浅笑着捋了捋头发，有些不好意思：“教授您快别夸我了。”

李教授赶走了常老，含笑拉着她坐下：“怎么了，想通了？”

“嗯。”严真点点头，“我想试试。”

李教授高兴地合掌，想起什么，又问道：“那时候你们班是我带的最后一届，听说大部分同学工作都找得不错，都很对口。轮到你，怎么去教书了？我听我老伴提起就挺纳闷，你也不是中文系师范专业毕业的呀。”

“我——”她顿了下才说，“我当初就是想找一份工作。”

从上大学开始她就拼命做兼职，为的只是让大伯和奶奶少掏点钱，再加上她学习优异，年年可以拿国家奖学金，从大二开始她就不从家里拿学费了。当初之所以愿意进这所学校，也是因为合同制的教师工资也不错，并且有机会转正。

相比于他人，她一直没那么多选择。

李教授知道她家里的状况，也不多问了：“现在好了，我一直觉得小真你挺遗憾的，把握住这个机会，嗯？”

她点头，李教授大喜，直接去摸电话：“那我现在就给宋教授打电话，问问情况！”

“宋教授？”

李教授一拍额头，笑：“看我高兴得都忘了告诉你负责这个项目的导师是谁了。就是管院现任的副院长，宋馥珍教授！”

宋馥珍？这个名字有点耳熟，严真默默想了想，忽然眼睛都睁圆了，忍不住抽了口气，不就是顾珈铭小朋友的外婆吗？这也太巧了！

李教授没看到严真复杂的表情变化，放下电话，喜滋滋地对严真说：“好了，别站着了，咱们走吧。”

严真抽抽嘴角，她现在反悔还来得及吗？

对严真而言，现在的情况确实有些不妙，由于C大位于C市的大学城，选人的消息一在周边这些学校传开，上C大管院应选的人就多了起来，其中不乏一些实力过硬的候选人。跟他们比起来，尽管有李教授为她保驾护航，但自出校园以来就一直荒废学业的严真还是有些底气不足。更何况，面试主考官还是专门负责此项目的副院长——宋馥珍宋教授。

她们到的时候宋馥珍正在筛选简历，办公桌前堆了厚厚的一大摞，可见有多少人在争这几个名额。她捋了捋头发，恰巧一个抬头，看见了跟着李教授一起进门的严真。严真竭力维持表面的镇定，她在想，或许宋馥珍不记得她了。

而宋馥珍先是定定地看了严真一眼，随后看向李教授。她与李教授曾经同时受邀参加在日本东京大学的一次国际研讨会议，因为中国受邀的仅有两位女士，与会者就理所当然地将两人安排在了一起，聊了几句就熟了起来，回国后彼此也保持着联系。

“李教授，你来了。”宋馥珍热情地打着招呼。

李教授笑了笑：“这不，给你送壮丁来了。”

宋馥珍这才正眼看了严真一眼：“哦，这是李教授的……”

“这是我的学生，毕业有几年了，想推荐到你这边来试试，看行不行。”

宋馥珍微笑：“这是李教授你亲自带来的，肯定没话说。”

李教授推了推严真：“看这傻孩子，一进门就发呆，这就是主管项目的宋教授，还不打个招呼？”

严真回过神来，叫了声宋教授，还向她微微鞠了个躬，简短地介绍了一下自己。宋馥珍笑眯了眼，看着像是一副满意的样子，只是转过身后就对李教授说："这消息一放出去来应征的人就多了起来，所以学院决定过几天统一来一次考试，筛下几个名额之后再最后进行一次无领导小组讨论确定人选。"

李教授见状忙表态："没关系，按你们的流程走，你要是走后门啊这姑娘恐怕还不愿意呢。"

宋馥珍笑着点了点头，再看向严真时眉目间的笑意就淡了几分："那小严就先交份简历过来，到时候真要录取了，人事部问起来我也好说。"

"好。"

她应了一声，随后按照宋馥珍的要求填了一个表，递过去的时候宋馥珍还对她笑了笑："记得勤查看电子邮箱，初试的项目是通过发邮件的形式通知的。"

"哎，知道了。"

看着她一派温和的样子，严真有些疑惑，是自己担心得太多？尽管她是珈铭的外婆，下意识地排斥她外孙的后妈，可是在工作上，应该是一码事归一码事吧？

希望如此，严真在心里默默祈祷。

简历这个东西，严真已经很久没有准备过了。她其实是一个随遇而安的人，自从来到这所学校教书之后，就没再想着另找其他的工作。现在既然要参加面试，严真只好重新做一份。

写简历的时候她有些迟疑。她的在校表现确实不错，可这只能证明她是一个优秀的本科生，能拿得出手的相关项目经验并没有多大说服力。这样的简历要是送到宋馥珍面前，她唯一能想到的归宿就是垃圾箱，而不是他们的人事部。

“唉。”看着窗外渐黑的天色，严真颓丧地叹了一口气。忽然放在手边的手机嗡嗡响了起来，严真瞥了一眼，迅速按下通话键。

电话那头是顾淮越，甫一接通，他的声音就传了过来：“吃晚饭了没？”

“没有。”

没了刻意的遮掩，她的声音听上去蔫蔫的。顾淮越听了，柔声问道：“怎么了？”

严真沉默了一下，磨蹭了半天，才说了一句：“没事。”

没事才怪了。顾淮越握着听筒笑道：“该不会是项目面试的事吧？”

严真顿时坐不稳了，这人能不能不要这么一针见血。她正不知道该怎么跟他说呢，结果却直接被他道破了。无奈之下，她闷闷地嗯了一声。

顾淮越淡淡笑了下：“没事，我相信你。”

严真又嗯了一声，听起来心情好了许多。

其实严真明白，她的不自信一部分是因为自己，另一部分则是因为宋馥珍。对于宋馥珍，除了顾园那一次之后就再也没见过了。那不算一次愉快的见面，她在二楼房间里都能听到楼下传来的争执声。由此想来，宋馥珍应该对她颇有微词才是。

想到这里严真用力抓了抓头发。算了，先不想那么多，揣测人心她不在行，但见招拆招总是会的。

两天之后她准备好了简历，便打电话给宋馥珍询问何时送简历。

电话是一个助教代宋馥珍接的，声音轻柔地告诉她：“宋教授交代说等录了再送也不迟。”

严真的心里“咯噔”了一下，不动声色地挂断了电话。

顾珈铭小朋友正抱着她的笔记本在打游戏，一边拿一把AK47扫射敌人一边拿眼瞄着握着电话发怔的严真：“老师，你怎么啦？”

严真摇摇头，在他身边坐下，揉了揉有些头疼的脑袋。忽然，她想起了什么，拍了拍珈铭的肩膀：“珈铭，让老师先看看邮件，等下你再玩。”

小朋友不情不愿地退出游戏，严真顺手打开邮箱，收件箱里果然躺着一封未查看邮件。打开一看，邮件内容是一道面试题，题干列出了一个虚拟项目，让应试者按照这个项目做一份计划书。

看到这里严真稍稍安了一下心，可是再往下一看反馈截止时间，就不由得吃了一惊。

今天？严真迅速地看了一下表，已经是上午十点多了，也就是说，她要用剩下不到十四个小时的时间做一份计划书。

这对实力派或许还是可以的，对她而言可以称得上是一种挑战了。

严真无奈地苦笑一声，想起那天宋馥珍的提醒，心情有些复杂。她一定清楚初试准备时间如此紧张，却没有事先提醒一声。是确实没有必要，还是……忘了呢？

小朋友一直在旁察言观色，看她表情灰白，捧着小脸问道：“严老师，你怎么了？”

严真瞥了他一眼，简短地回答了他的问题：“阴沟里翻船了。”

饶是这么说，严真还是打起精神来准备这份计划书。

她不写这种学术性论文很久了，光是查资料翻文献就花去了一大部分时间。也幸好她的概括能力较强，在离八点还有一刻钟的时候，严真终于将编辑好的计划书发了过去。

只是还没等她舒一口气，就立刻收到了对方的退信邮件，理由是服务器被屏蔽。

看着这封邮件，严真显得有些难以置信。思考了仅仅一秒钟，严真立刻起身拍了拍珈铭的肩膀：“起立！”

小朋友立刻起立，还附带着稍息立正一条龙。

严真一边穿衣服一边说："老师有点事出去一趟，我先把你送到爷爷奶奶那边，等我回来的时候再去接你好吗？"

小朋友眨了眨眼，摇了摇头："不，以前首长每次走的时候都这么说，我不去！"

"那你愿意去见你外婆吗？"

"不！"这声音更响亮了。

严真俯身，捏了捏他的脸："那你一个人在家行吗？老师把门给你反锁上。"

小司令这才不情不愿地点了点头。

确定把门反锁好后，严真打车赶向C大。C大的一位讲师微笑着向她解释，初试是由宋教授负责的，她有什么问题请直接去问宋教授。严真咬了咬牙，要来了宋馥珍的地址。

握着这张薄薄的纸条，严真忽然有些累，但事已至此，她不能轻易言败。

林家住的大院在城东，严真赶到时，已是晚上九点了。她看了眼站岗的哨兵，向他说明了来意，哨兵转身拨了一个电话，没多久就看见一个年轻的帅小伙从里面跑了出来。

看着这个年轻的帅小伙，严真暗忖，看样子这个林家的老爷子军职也不低，这个小伙子或许跟冯湛一样，是首长身边的警卫员。

"宋教授，哦，我是说林夫人，她在吗？"

小伙子点了点头，把她领进了大院的门。

这个大院跟顾家住的大院没什么两样，严真埋头走着，刚进了林家的大门，就看见宋馥珍披着一个厚厚的披肩端着一杯茶从客厅走来。

"来了。"宋馥珍向她缓缓一笑，伸手将她迎进屋，"我听门岗打电话的时候还挺纳闷，这么晚了有什么事吗？"

严真懒得跟她打马虎眼，直接说："我做的计划书被系统退信了，我看截止日期是今天，就想着打印下来，直接送过来给您看看。"

宋馥珍闻言哦了一声，又笑道："我说让你注意看邮件，看晚了吧？"

"嗯。"她倒真没注意是什么时候发的。

"直接打个电话告诉我一声第二天送过去就行了，干吗这么晚了还跑一趟？"

"没事的。"而且她是早晚都要跟林家打交道的，赶早不赶晚。

说着，严真跟在宋馥珍后面向里面走去，抬头不经意地往客厅瞥了一眼，只一眼，就瞥见了个让她头疼不已的人物。

沈孟川？沈孟川在林家？

沈孟川显然也看见了她，反应比她还大，嘴巴张得都可以塞进去一个鸡蛋了。坐在主位上的林家老爷子咳了一声，看了严真一眼，问沈孟川："你们二人认识？"

沈孟川看了看她，苦着脸答："不、不算认识。"

"哦？"林老爷子笑，"你小子可最不会撒谎！"

沈孟川揪揪头发，看着严真。

严真微微向他点了点头，从包里掏出计划书，递给了宋馥珍："这是我做的项目计划书，有什么问题您尽管提，我这方面的社会实践不太多，漏洞肯定是有的。"

宋馥珍闻言哦了一声，转而岔开了话题："你是珈铭的老师？"

"当过一段时间。"

"那也难怪了。"宋馥珍笑了笑，将手里的计划书放在一边，"坐一会儿吧。"

"不了。"严真有些难堪地拒绝，"珈铭还在家里，我不放心，就先回去了。"

林老爷子咳了一声，宋馥珍眼眸转了几转，说：“那你就先回去吧。”

严真起身告辞，逃难一般离开这个让她感觉有些窒息的林家。她有些明白小朋友为什么这么排斥林家了，林家的老头老太都太古怪了，换成她也不愿意应付。

“严真！”

忽然有人叫住了她，严真不用回头也知道是沈孟川，所以她干脆不回头，直接往前走。只是后头那人很快就以急行军的速度赶上了她：“不是我说，你走这么快干吗？”

“孩子一个人在家里我不放心。”

沈孟川乐了：“那行啊，我开车送你回去不是更快？”

她认真地看了他一眼：“谢谢你。”说完照直往前走。

沈孟川抹抹脸：“你放心，我不会再问你什么问题了。我是懂了，你的保密标准比部队上的都严！”

严真不由得又看了他一眼，沈孟川继续说：“所以我能请你别老拿我当坏人看行吗？你一用这种眼神看我我就不由自主地把自己当罪人看！”

严真无奈：“我说了你不用对我觉得抱歉。我只是觉得好奇，你怎么会这么闲，部队上就没有工作可做？”

沈孟川一边跟着她走一边扶正帽檐：“我当然忙，再过不到两个月吧，我的军队就要上战场接受检验了。”说着他笑了笑，“当然我相信他们，他们很牛，不用我操心！”

“那你怎么上这儿来了？”

“林老是我爸战友，听说他身体不好，我替我爸他老人家来瞧瞧。”而且，他这段时间为了改编的事各处忙活，经父亲介绍就找到了林老爷子。林老爷子人在位子上，说起话来也有分量。

沈孟川整整军装看着她："怎么样，答案满意吗？满意了就请上车。"

严真止步，淡笑着指了指前方的公交站牌："我坐那个回去就行了。"远处驶过来的车头上亮起的信号灯提示她要坐的车来了，严真想了想，还是回过了头，看着他说，"沈孟川，其实我记得你。"

沈孟川顿时就用一种你终于承认了的表情看着她。

"我记得你，还有那时候发生的许许多多的事。"她说着，表情很认真，"不过从现在起我想忘记，因为那对于我来说，不算很好的记忆。"

话毕正好公交车到站，严真对他笑了笑，上车离开。

她从未这么真诚平和地对他说话，所以沈孟川听完之后怔住了，直到一阵凉风袭来，他才迅速回过神来，摘下头上的帽子慢慢往回走，思绪也不由自主地走远，仿佛又回到了那一年的夏天。他站在土坡上，俯视着土坡下的一群小兵伢子，扯着嗓子向他们喊："前进！"

他还记得那一年夏天，他被忙碌中的父母直接遣送到了奶奶家过暑假。因为父亲工作的关系他打小在S市长大，又整天跟大院里一帮小兵喽啰摸爬滚打，没多久就锤炼成了混世魔王，浑身上下带着一股匪气，到了奶奶家更是天不怕地不怕了，没多久就率着一群小孩上大院后面的林子里抓知了去了。

那天不知道是手下哪个"参谋"突发奇想，由他沈孟川亲自挂帅的杂牌军决定用弹弓打树上的鸟儿，结果非但没打中，手中的弹弓也飞了出去，被一个在树下跳皮筋的女孩给捡到了。

他至今还记得当时自己的样子，他大大咧咧地走过去，伸手去要。女孩清秀的脸微微一皱，将抓着弹弓的手背到身后，不给他。

十几岁的他生平第一次被一个女孩叫板，还是在一群小一截的小兵伢子面前。这还了得!

沈孟川连忙伸手去抢，结果女孩拿着弹弓向一边跑去，娇小的身影、回头的一刹那脸上的微笑让他愣了一下，醒过神来，女孩已经跑远了。情急之下，他下意识地扔出手中的绳套，套住了她的脖子。

在他还没意识到自己做了什么的时候，他已经被一群小兵围住，他们欢呼着：“司令万岁！司令威武！”而他仅剩的记忆，竟是她那一双通红的眼睛和被他勒红的细白脖颈，记忆深刻得直到现在回想起来都恍如发生在昨日。

后来回家免不了要挨奶奶一顿训，又免不了要挨来接他回家的父亲的一顿收拾。只是那一回收拾得狠了，到最后他硬是没道歉就直接走了。再后来部队撤离了小县城，搬到了大城市，离S市也近了，他再去看望奶奶的时候下意识地想要找到那个女孩，跟她说声对不起，可是等了一个暑假，也没有等来她。

直到他开学要回S市，坐车离开大院的时候，看见在一栋单元楼前有一家正在装车搬家。那阵子部队的房子紧张，不够资格的现役军人和转业两年以上的退役军人到期都必须交房，所以看见有人搬家也不觉得奇怪，只是楼前站着的那个瘦弱的背影让他感到眼熟。

虽然很久没见了，但是他对她的样子印象还很深。尤其是那双眼睛，充满笑意的、委屈哭泣的，不管哪一样都是生动的。只是这一次，他从半降的车窗看去，看到的一双眼睛却充满了寂寥。那是一种不应该出现在孩子脸上的哀伤，连同她胳膊上佩戴的黑纱一起留在了他的脑海里。

再后来，就真的再也没见过了，直到草原上的一面。她长大了，可是他依旧能够透过那副俏丽的容颜隐约看到小时候的轮廓，还有她那双眼睛，沉静深邃，仿佛一汪泉水。

这丫头也是记仇的吧？沈孟川坐在车上，从记忆里回过神来闷闷地想。可是转过头来他又自问，她是这么幼稚的人吗？

想不通答案，沈孟川抹一把脸，启动车子，快速向B市开去。

CHAPTER 13

他是我丈夫的儿子

初试结果第二天就出来了，接到复试电话的严真还有些意外。挂断电话，严真又莫名有些激动。小朋友一边捯饬盘子里的鸡蛋一边看着她，严真拍了拍他的小脸：“战斗速度解决早饭，我先送你去上学，然后再去参加面试！”

小朋友一派天真地问：“啥叫面试？”

“就是找工作！”

这下小朋友懂了，低下头不说话了。严真忙活了一会儿，察觉到他的沉默了：“珈铭，怎么了？”

“老师，你不回来当我老师了吗？”小朋友噘嘴问道。

严真摸了摸他的手：“不是还有沈老师在吗？”

“我不喜欢沈老师。”

严真笑了笑，俯下身捏捏他的脸：“我只是不当你的老师了，可是不管我干什么，都会一直陪着你，这样也不行？”

小朋友抬头，眼睛亮亮的：“真的？”

“当然！”她的答案很坚决。

小朋友嘻嘻笑了。

复试是在C大管理学院的教工楼举行的，严真到时已经有些晚了。正待她寻找指示牌的时候，一位年轻的助教模样的女教师把她引到了宋馥珍的办公室。

严真有些意外，却还是走了进去。

宋馥珍正在看着什么，见她进来，只稍稍一抬头，对她做了个请坐的手势之后便又低下头继续看文件。

严真犹豫了一下，坐在了她的对面，顺便又将自己的简历递了过去。宋馥珍看了她一眼，将简历拿了出来，一页一页地仔细翻阅着，表情没有任何波澜。

严真等了很长时间后开口说："宋教授，我记得您说过，复试是按照无领导小组讨论的形式进行的，怎么现在……"

宋馥珍看着她不解的表情，终于露出了一个笑容："你说得没错，讨论就在隔壁的房间进行，看时间，应该开始了吧。"

严真讶异地抬头看她。

"其实，你没有通过初试。"宋馥珍漫不经心地说着，拿在她手中的那份严真精心制作的简历瞬间成了一个笑话，"漏洞百出的计划书，我看了之后有点不敢相信，这竟然是出自李教授的学生之手？"

严真难堪地站在原地，因为她发现她无以反驳。机会总是垂青那些有准备的人，而她这次，实在应对得太过匆忙。

"后来我一想你在毕业之后有一段空窗期，所以我觉得，我应该再给你一次机会。不论是看李教授，还是看他的面子。"

她的语气平淡无波，可听在严真耳中却是讽刺极了："宋教授，您的好意我心领了，可是我想不必了。"

她拿起包想走，宋馥珍见状有些不解："哦？为什么拒绝我？我的意思是要给你一次机会，通过了你就可以进来。"

严真拢了拢头发，认真地说道：“我知道，不过这只是我一个人的事，我不想借别人的面子。”

“他是别人？”宋馥珍挑眉问。

这真是回答也不是、不回答也不是的两难问题，严真咬咬牙，没有说话。

宋馥珍起身将简历递给了她：“既然你不愿意接受这次机会，那这个简历你还是拿走吧，看得出你下了功夫，我不想让它进碎纸机。”

严真接了过来，将它认真收好。

宋馥珍看着她的动作笑了笑：“其实我也抱了私心，打电话叫你来，除了面试之外我还想看看，到底是什么样的一个人能让珈铭这个小调皮蛋那么喜欢。你估计不知道，以前每次过年的时候珈铭都会来我们这里住几天，可今年没有。他外公想他，让我去看看他好不好，于是我就趁着一天下午去了你们学校。小家伙又长胖了，在班里跟其他小朋友打打闹闹，见我过去就收敛了。”

严真看着她，此刻的宋馥珍让她有些捉摸不透。

“我就问他，我说珈铭，晚上跟外婆回家吃饭好不好，小家伙不情不愿地拒绝了，他说晚上会跟你一起回家。我那时想，别管他叫没叫过你妈，他心里已经认了你了。”

“我知道。”严真说。

宋馥珍回过神，又看了她一眼：“其实淮越一直是个好女婿。做母亲的都有私心，我女儿去世那么多年淮越没有再娶，如今终于结婚了，所以我还想看看，这个女人哪里比我的女儿好。”

严真自嘲：“我恐怕让您失望了。”

“不。”宋馥珍说，“你比她强，你比她懂事得体，也比她体贴。珂珂从小让我惯坏了。以前我在B市工作，珂珂跟我一起在那儿住，后来我忙起来，没空管她，就送她回C市上学了。不过她爸也忙，所以现在想来，对这孩子我们亏欠挺多。那时候她住在老房子里，离顾家很近，顾家的人对她照顾颇多。”

这些，严真当然也都清楚。

“所以，后来她要跟淮越结婚，我也就答应了。只是没多久我就后悔了，他们其实不适合，淮越常年当兵在外，而珂珂最需要的是陪伴。有时候我就想，如果淮越那时能多陪陪她，情况也许就不会像现在这样了。”

宋馥珍凝视着窗外，思绪深陷在回忆里，眼神有些茫远。没多久，她回过神来，因为她听见严真说了一句话：“宋教授，其实您这个做母亲的也挺自私的。”

宋馥珍眉头微皱地看着她。

严真目光平和，甚至微微笑了下：“我原本挺羡慕林珂的。我羡慕她有那么多人疼爱，可以生活得无忧无虑。可是现在听您这么一说，我就觉得，其实她也很可怜。”

“怎么说？”宋馥珍脸色微变。

“父母和家都形同虚设，只有外人的疼爱能让她感觉到一点温暖，这不叫可怜吗？”

“你懂什么？”宋馥珍压着怒气说。

她怎么就知道自己不懂，这种感觉严真曾体会得再深刻不过！

“那你们又懂多少？”严真有些激动地说着，手中的包一时未拿稳掉在了地上。她怔了下没有去捡，可声音已经恢复了平静，只是略微有些沙哑，“我只是想说，别把错误和遗憾都放在别人头上，做父母的也要回头看看自己。”

宋馥珍生平还没被人这么教育过，有些怒火攻心：“我看你是对我很有意见啊，还有什么，一起说出来得了！”

严真摇摇头：“我对您没什么偏见，就算您没让我通过面试也是应该的，我自己的水平我知道。”想了想，她又说，“只是有些话我刚想起来，不知道当讲不当讲。”

“讲！”

“就是珈铭。”严真语速缓慢地说着，“您有没有想过，他为什么那么不愿意去外婆外公家吗？”

宋馥珍怔了下：“那么大点孩子能知道什么？！”

“当然懂！”严真说，“只是您以为他不懂，您的偏心和疏远这些小孩子都懂，他只是不会说而已。”

宋馥珍仿佛被打了一闷棍，站在那里沉默了片刻说：“你把他带来，我跟他说。”

严真见状想说些什么，被宋馥珍一抬手打断：“你把他带来，我跟他说！”

严真只好将想说的话咽了回去，站在原地不动，宋馥珍沉声问：“你不去？”

“等您冷静下来再说吧。”她不想牵连小朋友一起承受宋馥珍的怒火。

宋馥珍气极：“我是他的外婆，见他都不行了？你跟他什么关系？”

她算他什么人？她想起小朋友嫩嫩的脸和顾淮越修长挺拔的身姿，她说：“他是我丈夫的儿子。”

果不其然，宋馥珍被她气得够呛，脸涨得通红，手指指着她不知道该说些什么。看着她，严真没有一丝胜利的感觉，相反，隐隐有些不安。严真上前几步想扶住她，却被她一手推开了。

“滚开！”宋馥珍怒喝，头部顿时传来一阵撕裂般的疼痛。她弯腰痛苦地捂着自己的头，压低的痛苦呻吟声从口中溢出。

严真见状便知不妙：“药呢？”

宋馥珍勉强睁开眼睛看严真，想动气，可是一动气就头疼欲裂，她用腿踢了踢办公桌的抽屉。严真打开一看，里面果真放了一瓶治高血压的药。她扫了一眼，倒出来几片药，又倒了一杯热水让宋馥珍服下，又抽出一只手拨了医院的急诊电话。

“您别动，等会儿送您去医院。”

“我不去——”

宋馥珍推了推她的手，想站起来，可是腿甫一使力就软了下来，天昏地暗的感觉瞬间袭来。严真忙扶住她，心头一阵烦乱。

救护车来得很快，宋馥珍直接被送进了急诊室，经过一番忙乱，控制住了病情，并且被顺利地转入一间单人病房。

至此，严真终于松了一口气。她踩着有些虚软的步伐，走到病床前坐下，将包放在腿上，一双眼睛认真地打量着睡着的宋馥珍。也只有在这样的情况下严真才能这样一瞬不瞬地打量她，醒着的她，气势太盛。

不知过了多久，宋馥珍的手动了动，眼皮微动，似是要醒过来，严真倾过身来看了看她，准备出去叫医生。

“不用去叫。”她喊住了严真，声音虽有些沙哑却依旧威严，“我躺一会儿就行。”

严真欠了欠身子，还是坐了下来：“嗯。”

宋馥珍使力睁开眼睛，看向端坐在床边的严真，低问：“你好像不是第一次遇到这种情况。”

“我奶奶也有高血压。”严真说。

宋馥珍几不可察地点了点头，她仍旧不喜欢严真，可此刻她也提不起气来了。她偏过头，沙哑着声音说：“用我手机打电话给老林，完事你就可以走了。”

严真沉默了几秒，依言照做。电话是警卫员接的，说是林老正在开会，开完会就会送他来医院，严真也就放心了。

军区总院里人满为患，个个行色匆匆，严真却缓步走在走廊上。或许今天她是太激动了，也或许是她太紧张了，一放松下来就感觉到浑身乏力，没有一点支撑。她不得不在挨着走廊的长椅上坐下，看着被一层厚厚的窗户隔在外面的阳光，周身泛起一股冷意。

或许，她今天对宋馥珍说的话是有些过分。不过她不后悔，该说的总要说，该来的也总要来。她躲不过，索性直接面对。

这么想着，严真微微向后靠了靠，闭上眼睛，准备稍作休息。忽然包里的手机又响了起来，她猛地睁开眼睛，取出手机，看都没看就按下了通话键。

“严真。”

那头传来一道她意料之外的男声，严真愣怔一会儿了才听出来是顾淮越。有那么一瞬她不知道该怎么开口，沉默了好一会儿，才闷闷地嗯了一声。

“你在哪儿呢？”

他的背景听上去有些嘈杂，严真使力才能听清楚他说的话，环顾了一下，她说：“我在学校，怎么了？”下意识地，她不想让他知道她在这里。

顾淮越哦了一声，笑了笑：“那就应该不是你了。”

“怎么了？”

“没事，我昨晚给你打电话说今天会回一趟C市，是珈铭接的，说你在外面，估计这小子忘记告诉你了。”顾淮越说着，严真呆呆地听着，似乎是听不懂他在说什么，“我现在在医院办点事，看见一个人的背影有点像你，应该是我看错——”

“你在哪儿？”她直接打断了他的话。

“我在军区总院，政委的父亲病重，我和乔副师长代表师里来看看。你几点下班，等下我去接你。”顾淮越边说边向病房外走去，察觉到那头的沉默，他又喊了她一声，“严真。”

“你抬头。”电话那头传来她有些颤抖的声音，这声音与正前方传来的一道声音完整地重叠，他立刻抬起头，看见拿着电话站在不远处的严真。顾淮越惊讶地看着她，而严真挂了电话，一头扑进了他的怀抱。

顾淮越下意识地抱住她有些发颤的身躯，焦急地问：“怎么回事？”

严真没说话。

她觉得有些难以置信，就在她累得筋疲力尽的时候她一抬头就看见了他，感觉就像做梦似的，她耳边听着他的声音，看着他向自己走来……方才那一瞬间，他抬起头与她四目相对，那熟悉的眼神和被抱住的时候感觉到的温暖和力量告诉她，这不是梦，那就是他。

想着，严真更加紧紧地抱住他。顾淮越也不催她，就任由她这样抱着自己，直觉告诉他她一定是受了什么委屈，否则不会这样的。

他顺了顺她的长发，声音带点诱哄地问：“怎么了，嗯？”

严真在他的怀里闷了一会儿才松开他站直了身子，白皙的脸上嵌着一双泛红的眼睛：“我闯祸了。”

“闯祸？”顾淮越皱了皱眉头，“闯什么祸？”

严真低头，吸了一口气，瓮声瓮气地把刚刚发生的事情讲了一遍。顾淮越的眉头也渐渐松动了些许，最后甚至是带点没好气的笑意。他刮了刮她的鼻子，说：“我还以为发生了什么大事呢。”

“这还不算大事吗？”严真沮丧极了，“我现在都不知道怎么办了。”

看着她纠结的表情，顾淮越稍一思忖，说：“那老太太现在在哪间病房？”

严真指了指不远处的病房：“就那间。”

“那我先过去看看，你在这里等我，等会儿我们一起回家。”他顺手理好了她凌乱的头发，看向她的表情那么温和，严真几乎是无意识地点了点头。反正宋馥珍此刻也不想见她，她就安静地坐在外面等着。

等了差不多有一刻钟，顾淮越从病房里走了出来。

严真抬起头时，用眼神询问他，他笑了笑，说：“没说什么，老太太要休息，聊了几句就出来了。没什么事了，放宽心，嗯？”

严真点了点头，扶着他的手站了起来。

顾淮越看着她，挑了挑眉：“走得动吗？不行我抱着你。”

他问得一本正经，路过的护士听见笑了一下，不停回头看着他们。严真脸一红，直到现在她才算缓过神来：“不用，你怎么忽然回来了？”

“高政委的父亲病重，老刘身体还没好，就让我和乔副师长一起过来看看。”顾淮越把缘由又说了一遍，最后又问，“他就住在军区总院，要不要过去看看？”

“不了，今天太狼狈，我明天再去看好了。”她抬起头看着他，问，“今天走还是明天走？今晚能回家吗？”

顾淮越凝视着她的脸，她的疲惫、委屈与不安他看在眼里，心里忽然揪了起来，他揽住了她：“我跟乔副师长说一下，今晚不走了。”

乔副师长是个通情达理的老人，也知道自己反对无效，说了一句“春宵一刻值千金”就放他回去了。

忙了一天，回到家严真是想好好休息一下的。

可刚进门，她就想起一个问题，拍了拍额头，说：“还没有接珈铭回家！”

她把小朋友完全给忘了，这下可完了！

顾淮越却轻描淡写道：“今晚他不回来了，我让冯湛送他去林家了。”

“林家？”她换鞋的动作顿了顿，然后又立马把脱下的鞋穿到脚上，连包都没拿就向外走去。

“严真。”顾淮越叫住她。

严真头也不回：“我去把他接回来，我得去把他接回来。”

“严真你听我说。”他拽住她的胳膊，没有使力就被她挣脱了，顾淮越不得不用力拦腰将她抱了回来。

“我不能让他们迁怒小孩子！”她急切地说。

“我知道，可他们是他的外公外婆，这么长时间他们想见见他。”

“可是他们又不疼他！”

“不会的。”他将她扣进怀里，“珈铭外婆说他们需要时间跟珈铭谈谈，把误会解开。就一晚上，明天，明天就把他接回来！”

他保证着，像哄孩子。严真慢慢冷静下来，松开了他：“我知道了，我先去洗个澡。”

说完向浴室走去，留顾淮越一个人站在原地，表情有些无奈又有些哭笑不得。

这是，生气了？

严真在浴室里闷了将近两个小时，其间某人敲了两次门问她好了没有，她装作没有听见没有应门。等她穿好衣服走到客厅的时候，只穿着一件军衬的他已经做好了晚饭：“吃点东西。”

顾淮越给她拉开椅子，严真看了一眼，说：“我有点累，想睡觉了。”

顾淮越沉默了下，说：“行，那就先休息。”

说着他率先进了卧室，还一手替她铺好了床，严真忙伸手阻止他：“不用了，我自己来。”

顾淮越抓住她乱动的手：“严真，我明天就走了。”

她顿了下，抽回手，低声说：“我知道。”不用他总是提醒！

顾淮越笑了笑，向餐厅走去。解决完晚饭，还得盛出来一点给严真留着，谁让他惹她生气了。

洗完澡，顾淮越回到卧室。卧室黑着没有开灯，他就势和衣躺在了严真的身边。刚一躺下，这一天累积下来的疲惫就涌了上来。

昨天跟高政委通过电话之后老刘就决定从师里派代表来C市看看，头号人选就是顾淮越。顾淮越二话不说地答应了，第二天一大早就跟着乔副师长一块儿来了。

他自己知道是怎么了，他是想念了。想调皮蛋小朋友，也想她了。这么想着，他动了动揽住了严真的腰，将她拉近了几分，顺势亲吻她的脸颊。

严真僵了僵，转过头去，对上他一双在黑夜里显得明亮的眼睛。

“不生气了？”

顾淮越问。严真沉默了一会儿，将头埋进他的怀里，过了一会儿才闷闷地开口：“我在想，我不该那么激她。”

“老太太不会怪你。”

“你都知道了？”

“嗯。”顾淮越一边顺着她的头发一边说，“严真，其实是我的错。老太太觉得我常年在外，不怎么管教儿子，所以对珈铭要求就很严格。时间长了，就不知道怎么疼爱孩子了。我说过我不会强迫小家伙去做他不乐意的，可是这一次我们也给老太太一点时间，让她跟珈铭谈谈，好吗？”

她思考了一分钟才开口：“明天就送回来吗？”

“明天。”

“好。”她应了声，重新躺回他的怀里。这样的依偎让她感觉很舒服也很安心。没多久听见顾淮越笑了笑，她不禁偏过头：“笑什么？”

“我只是想起了乔副师说的一句话。”

“什么？”她问，问完有些后悔，感觉那肯定不是一句好话。

“乔副师说，春宵一刻值千金，而我们浪费了千金讨论这样一个问题。”

严真有些无语，想别过头去，却被顾淮越揽住了腰：“我明天就走了。”

“我知道我知道！”严真气恼地喊。

顾淮越没生气，只是将她抱得越来越紧，头几乎已经抵着严真的额头了。“所以今晚就过得难忘一些吧。”说完，他的唇就压了过来。待到严真反应过来时，也只有在心里腹诽他狡诈的份儿了！

一夜缠绵之后，第二天早晨，顾淮越和严真去接小朋友回家。

车子直接开到了林家院外，严真刚解了安全带，一抬头就看见靠着院门外站着的小人，怔了一下，急忙下了车。

顾珈铭小朋友鼓着一张包子脸看着严老师向他走来，本想保持严肃的表情批评她几句，可是还没嘟囔出口就被严真一把抱住了，暖暖的怀抱把小司令的抱怨给压回去了。

“冷不冷，怎么等在这儿了？”严真抬手压了压小朋友的帽子。

小朋友看着首长缓步向他走来，嘟囔道：“老师你太不够意思了，我原本还想给你一个惊喜呢。”

那晚正逢严真去林家交计划书，小朋友一个人在家里打游戏，结果首长打来电话说第二天回家一趟，小朋友自然是高兴不已，巴巴地等着严老师回来告诉她这个好消息，结果等到他都瞌睡了，严老师还没回来。小朋友脑袋一转，决定不告诉她了，给她个惊喜。结果没想到，是他们两人合伙给了小家伙一个“惊喜”，把他送到了外婆家。

面对小朋友的“谴责”，严老师低下了头。

顾淮越走过来，用手抬了抬小朋友的帽子，引得他抬起脑袋瓜子，一双眼睛盯着他滴溜溜地转。才一两个月，这小家伙的脸看着又胖了，顾淮越忍不住伸手捏了捏，惹来他的怒视。

严真把小朋友的包子脸从顾淮越的手中解救出来，环着他问道："珈铭，昨晚有没有挨训？"

小朋友眼睛转啊转地看着她，还没说话，身后就传来一道低沉沙哑的男声："哼，还是一样淘气，谁能训你们家的小子？"

顾淮越闻声立刻站直了身子，向忽然从门口出现的人敬了一个礼。

来人是林老爷子林重博。

严真也有些尴尬地起身，看向披着军装外套的林重博，从他手中接过了小朋友的书包。林重博抬抬手示意他们两人放松，俯下身，跟小朋友一双亮晶晶的眼睛对视。

顾珈铭小朋友多聪明多可爱呀，眨巴眨巴眼睛咧出一个笑，逗得林重博一向严峻的面孔上也透出一丝柔和的笑意来。他顶了顶小朋友的额头又揉揉他的脑袋后，起身看向顾淮越和严真："带他走吧，免得小家伙成天念叨。"

顾淮越刚点了点头，小朋友嗖地一下就跑到了严真腿边，抓紧了她的衣服下摆。严真有些不好意思，可还是揽住了小家伙的肩膀。

这一幕惹笑了林重博，他看着顾淮越："赶紧去吧，听说你也时间紧张，能多聚聚就多聚聚。"

严真安抚好小朋友，咬了咬唇说："林老，我想见见宋教授。"见林重博看向她，严真索性一鼓作气说了，"昨天，我也有不对，我想当面跟她道个歉。"

她说得诚恳，没想到林重博哼了一声，不满道："你倒是提醒我了，我们家这老太太昨天可被你气得够呛。"

严真被他这迅速的变脸唬住了，顾淮越也是有些摸不着头脑，微微皱了皱眉。眼见面前这三人被他唬住，林重博释然地笑了笑："行了，也不吓你们了，老太太在楼上睡觉呢。昨晚回来就看她脸色不对，一头扎进珂珂的屋子里不出来，等珈铭过来了又抱着小家伙猛哭，可把我们给吓着了，凌晨三点才算睡安稳了。”

严真一听，内疚得不行。顾淮越有所察觉，揽了揽她的肩膀给她安慰。毫不避讳的亲密，林重博看在眼里，在心里喟叹一声。珂珂也曾经有这么幸福的机会啊，可惜呀可惜！想起他早逝的女儿，林老心里也堵得慌。他挥了挥手，往回慢慢踱步。

眼前的院门关闭，顾淮越偏过头看着身边一高一矮的两个人。顾珈铭小朋友被他看得不自在，挨着严真蹭了蹭，没做啥坏事心也虚了。

顾淮越与严真对视一眼，笑了笑，俯下身一把抱起了小朋友。小朋友揪住他的肩章：“干啥去？”

顾淮越亲了亲他的脸颊：“回家！”

CHAPTER 14

温柔乡与英雄冢

两个月后，军演在即。

D师代师长沈孟川最近感觉压力很大，本就因为军队整编而头悬着一把改编的刀，再加上军区对这次不设预案的军事演习愈加重视，整个师都明白此次军事演习就是他们的紧要关头，若不能顺利地通过这次考验，后果将不堪设想。

在正式演习之前，D师举行了誓师大会。

沈孟川穿着一身野战服站在台上，收起了一贯的无谓，表情变得严肃冷峻。会议结束之后他迅速往办公室走，老远就看见赵政委向他走来。

他正了正帽子，问："怎么样？"

"导调中心刚刚打过来电话，说是军区席司令会来视察演习，而且另外会有军区和陆军指挥学院组成的观摩团来观摩。"

沈孟川皱了皱眉，答得心不在焉："嗯，知道了。"

赵政委跟沈孟川是老熟人了，此刻说完正经事也收起了官腔："我说，听说你的老对头也在观摩团里。"

"谁？"他随口一问。

"A师参谋长，顾淮越。"

沈孟川登时停住了脚步，脸色变得郁闷无比。

D师那边枕戈待旦，而A师这边迎来了又一个宁静的早晨，A师师长刘向东奉行的是“平时即战时”的政策，对士兵的训练要求异常严格。起床号吹响后没多久，一辆辆军卡已经驶出了营区，载着满车的兵驶向训练场。顾淮越刚走进办公室就被通信员小马给叫住了：“参谋长，刚刚军区梁秘书打过来电话找您。”

“有事？”

“梁秘书没说，说过会儿再打过来。”

顾淮越抿了抿唇，接通了梁秘书的电话。电话那头梁秘书告诉他，席司令让他在三天后到军区报到，随他一起去观摩演习。

“不是没我们的事吗？”

“这是席司令的命令。”梁秘书笑着扣下电话。

没办法，顾淮越只得服从命令。

此次演习在靠近B市的一个大型合同战术训练基地进行，这个地点的选择对于蓝军部队来说是十分有利的，因为从蓝军营区出发只需要推进两百八十多公里就能抵达基地，而D师需要推进差不多五百公里。

顾淮越进入导演大厅的时候席司令已赫然在座，看见顾淮越，向他招了招手，他便在席司令旁边落座。落座之后他与席司令一起盯着巨型屏幕墙上的战场态势图，从图上可以看出以D师为主体的部队还在往基地来的路上。他们这一路走来可算是障碍重重，蓝军派出数架歼击机，对半路上的红军展开了第一波次的空中打击，红军指挥员立刻组织展开了反击。然而这一波空中火力还未被压制住，蓝军又派了一批又一批的飞机进行轰炸和扫射，红军的自行火炮营报废了一个。

导演部裁定此次攻击有效，气得红军指挥员沈孟川破口大骂。

席少锋换了个颇为轻松的姿态：“这小子还输人不输阵呢，在家门口就有战损了。”

顾淮越接话："您放心，他不敢输，没得可输，更输不起。"

席少锋意味深长地看了他一眼："知道我为什么叫你来？"

"看热闹。"顾淮越笑，"我听说这次对阵的两军实力相当，强强对峙，自然有一番热闹好看。"

这小子，席少锋哼一声："胆量过人、果断勇猛，勇于大战强敌者是为猛将，这小子是猛，在谋略上面还是差一点的，是要锻炼锻炼。"

一路下来，红军接连遭遇蓝军预先铺设好的障碍和火力点，而红军自然也学乖了，拉开了侦察网开始反击，压制蓝军的地面火力。

"看样子，蓝军这个先机还真是抢占得不错，不知道沈孟川这小子怎么扭转乾坤。"

顾淮越则微微一笑："如果对方有坚固的设防基地，那在这明面上取得的优势也不具有决定性。等等看吧，沈孟川不会善罢甘休的。"

席少锋又看了他一眼，决定暂时先不跟这个战史读多了的人讨论这个问题。他扭过头去，没一会儿一个药瓶子就被递了过来。

席少锋第一个反应就是拧眉看向递瓶子的人——顾淮越。

顾淮越立刻表明态度："我从军区过来的，碰见钟姨，她让我给您捎过来，提醒您别忘了吃药。"

席少锋皱皱眉，收下。

顾淮越呼出口气："任务完成，我也回去了。"

"怎么？"

"老婆孩子过来探亲，我接他们去。"

看着他的背影，席少锋摇头笑了笑。

顾淮越开着一辆军用吉普飞速地向师部驶去。

他说给席少锋听的倒真不是借口，顾珈铭同学放小长假，严真则沾了这群小朋友的光也得了几天闲。两人一合计，就直接坐飞机到B市来了。只不过他现在去机场接已经来不及了，只好让小马将人接了过来。

现在已是五月了，距离他上次回家已经过去两个月了，天气也渐渐有了热气，过不了多久部队就可以换上夏常服了。顾淮越将车子停在楼下，不急着进去，而是站在原地抬头看了看。

不出意外，家里的灯亮着。他微微一笑，大步上楼。

家里的门大开着，一个小小的行李箱摊开放在客厅中间，而某个小朋友正趴在行李箱前从里面捯饬他的玩具，这小家伙到哪儿都不忘他的武器。终于捯饬出来一把枪，高兴地一抬头，看见了顾淮越，呆住了。

顾淮越站在门外冲他挑了挑眉，小朋友眨眨眼睛，爬起来迅速向家门口跑："完了，防御失败，敌人都打到家门口了！"

顾淮越微哂，拎起他的后衣领子，教育他的同时发现这小家伙又重了："长胆子了你，还倒戈相向了。"

小家伙哇哇叫了几声，不敢跟首长胡来了，抱着他的脖子"吧嗒"亲了一口讨好他。

这动静惊动了正在厨房忙碌的严真，她微微探出头来，看了两个闹作一团的人一眼，又默不作声地收回了身子。

顾淮越顾参谋长跟顾珈铭小朋友对视一下，顾珈铭小声告密："严老师还生你的气呢。"

顾淮越挑挑眉，放下小朋友向厨房走去。

厨房的灶上炖着汤，事先买好的菜也洗得干干净净摆在台上只待下锅。他站在厨房口，凝视着在昏黄灯光下忙碌的纤细身影，忽然发现，只要这个女人一来，他这个样板房就有了一种名为家的温馨感觉。

"严真。"

他叫她一声，严真淡淡地应了一声，继续手边的活。

"我来帮忙。"说着脱去常服外套就要来帮忙。

"不用。"严真连忙拦住他，"马上就好了，你工作一天了，去休息一会儿吧。”

“没事。”他笑道。

严真假装生气，推他出去：“我说让你休息你就去休息！”

果然是，还有些生气？顾淮越只好握住了她的手：“老婆。”

严真生气是有缘由的，上一次顾淮越跟乔副师长一起回C市去军区总院里探望高政委的父亲，本来第二天就要走的，结果那天被小朋友缠得厉害，又推迟了一天，第三天才走。

严真原本是想早起看着他走的，结果这人早上起来自己偷偷走了，她睡得太沉，竟没有醒。直到感觉到身边的凉意，她才悠悠醒转。看着床空了的一边，怅然若失。

尽管每次打电话的时候她的语气都很正常，可是一看见他这个人，那种一个人的委屈又来了。严真使力要从他手里抽出手来，可是他握得紧，严真便只好瞪他一眼：“我还要做饭呢！”

“不生气了，嗯？”他垂眉看着她，声音略带诱哄。

严真吸一口气，忽略掉刚刚涌上来的酸楚：“我才懒得跟你生气！浪费时间！”他们没几天时间。

顾淮越则笑了，顺了顺她的刘海说：“挺好，思想觉悟挺高。”

说完严真又瞪了他一眼，可确实也气不起来了。他们的时间着实不多，要是用来吵架，她舍不得。

其实五月初部队也有几天假，不过第二天一大早顾淮越还是照常去了师部大楼，因为还有一些工作没有做完，他想用这一天尽快完成，腾出时间来休个短假。

老刘前阵子生病住院，高政委回家照顾老父，许多事情都压在他身上让他负责，顾参谋长有很长一段时间没有好好休息了，于是这次放假刘向东说什么也不安排他值班了，直接打发他回家陪老婆孩子，怕他不接受，还说“军令如山”，顾淮越只好领情了，在早上临走之前把休假的事告诉了严真和小朋友。小朋友听说以后是万分高兴，早饭不用严真催也完成得很迅速，还乖巧地帮严真刷了碗。严真诧异地看着这小家伙，看着他沾满泡泡的小胖手在水池里捯饬，一副乐得自在的模样也就由他去了。

正逢门铃响起，严真走出去开门。敲门的是一个穿着军装的中年男人。严真乍一看觉得很熟悉，想了一会儿才想起男人的名字——姜松年？

姜松年正被她看得有些不好意思，此刻见她说出自己的名字，不由得一喜。严真看见他也很高兴，连忙欠身，将姜松年让进了屋。他手里提了一些特产，严真一看就有些不好意思了：“怎么还带东西？”

姜松年笑了笑，黝黑的皮肤透着一丝赧然：“我还是第一次来参谋长家，没什么好送的，这是老家的特产，带过来让你们尝尝。”

严真连忙给他让座，姜松年坐定后，有些不自在地环视了一圈。他的老婆孩子也在B市，不过是住在B市部队早几年在市郊盖的一个家属院里，那儿住满人之后才在师侦察营后头又盖了一栋小楼。视线落在面前一杯热气腾腾的茶上，他说：“这放假了，参谋长也不在家？”

“他说明天休息。”

“哦。”姜松年点点头，“我看这家里还是有点空，还没搬过来住吧？”

严真拢了拢头发：“不着急，姜副营长的家属跟过来了吧？”

姜松年笑了笑，说：“嗯，过来好几年了，女儿在读高二，我老婆在市里也有工作。”

严真闻言，有些羡慕：“那挺好的。”

姜松年倒是叹了口气：“其实也没什么，这老婆孩子在B市好不容易安置好了，我又要转业走人了。”

严真听了有些惊讶：“今年？”

“嗯。”姜松年点点头，“快满二十年了，没技术没文化，部队不留了。”铁打的营盘流水的兵，复员转业，这是常事了。而且部队也处于转型时期，信息化的部队更需要人才。

沉默了一会儿，严真问：“那，转业之后有什么打算？”

这个问题有些沉重，姜松年握了握放在膝头上的手：“地方上有专门安排军转干部工作的，这个我倒不十分担心，就是我的妻子和女儿……”说着，他抬起头，目光有些犹豫。他到底是嘴笨，兜不了圈子：“其实，我今天来找参谋长，就是想谈谈这件事。”

严真哦了一声，认真听他说。

“我女儿现在在市里一所高中读高二，不过她不是B市户口，等到高考的时候还得回老家。我老家的教育水平没有B市好，大城市嘛，什么资源都方便，所以我想就让她在这儿读到高考前再回去。只是我一转业，这部队的房子也就住不了了，还得另在市里租房子，又是一大笔钱。所以，我想找找参谋长说说这房子的问题。”

严真听了，神情不由得一滞。过了许久，她才找回自己的声音：“房子有什么困难？”

姜松年有些犹豫地说：“我很少向部队提要求，这次也是万不得已，我想找参谋长说说，看这房子能不能迟些交？”见严真沉默，他连忙又说，“如果实在麻烦的话就算了，其实来之前我就有些犹豫，怕给领导……”

“没事。”严真打断了他，“这件事情我会跟淮越说说，能帮上忙就尽量帮。”

姜松年惊喜道：“那就太谢谢了。”

严真微微一笑，说：“没关系。”

千谢万谢之后，姜松年离开了。送走他之后，严真就坐在沙发上发呆。坐着坐着只感觉两手冰凉，便慌忙去倒了一杯水握在手中。慢慢地，体温上去了，心神也就稳了下来。小朋友还在玩水，乐此不疲。忽然一声破裂声从厨房传来，严真一惊，放下水杯忙去看他。

瓷花碗被小家伙报废了一个，严真看了看小朋友的手，见没受伤才放下心来。她抬头看贴墙根站好的小朋友一眼：“不许玩水了，快去房间写作业！”

小朋友嘟嘟嘴，不情不愿地出去了。严真站在厨房，看着这一片狼藉，心头发沉。

今天工作结束得很早，顾淮越不到六点就回了家。

一进家门，却发现家里异常冷清。不见严真的身影，只有小朋友一个人无精打采地在折腾他的枪。

顾淮越走过去，敲了敲他的小脑袋：“怎么了？”

小朋友一把抱住他的腿：“严老师生我的气，一下午都不理我了。”

这倒有些稀奇，他拨拨小家伙的头发：“你又干什么坏事了？”

“我打碎了一个碗。”小朋友小声嗫嚅道，可怜兮兮地看着他，“这件坏事很严重吗？”

顾淮越沉吟了下，揉了揉小朋友的脑袋：“我先去看看。”

卧室的灯暗着，严真正躺在床上，用被子蒙着脑袋睡觉。顾淮越在门口站了一会儿才关上门放轻步子向床边走去。

床上的人呼吸很均匀，顾淮越看着被她踢散的被子，俯下身替她掖了一下被角。他的动作放得很轻，不想却惊动了她。严真睁开眼睛，悠悠转醒，看见了坐在床头的顾淮越。

“你回来了？”她含糊地说，“现在几点？”

“六点多。”

六点，六点多？严真慌忙起身，她竟然睡了一个下午？！

顾淮越扶住她：“累了就再躺一会儿，晚饭我来做。”

“不累。”她低声说，因为刚睡醒声音软软的，比平时多了几分可爱。严真晃晃脑袋，看向顾淮越：“对了，今天姜松年姜副营长来家里了。”

“哦？他有事？”

“他不是快转业了吗，可是女儿还在这边上学。”

顾淮越想起来了：“老姜今年是该走了，是房子的问题？”

“嗯。”

“这也不是什么大事，不是说人一走房子立马就收回来的，部队会给他一两年过渡时间的。我等会儿打电话让老姜不要担心，顺便给营房科打个招呼。”

严真听了，睁大眼睛有些难以置信：“这么容易解决？”

顾淮越笑了笑：“虽然部队管理严，但也不是没有人性的，都是战友，不能让他们感觉人走茶凉。”

闻言，严真沉默下来。过了一会儿，她才低低地开口：“淮越，我，有没有跟你讲过我的父亲？”

顾淮越一怔，看着她摇了摇头。

严真坐在床上，蜷起双腿闷声说道：“我父亲是八一年的兵，他是在我九岁的时候转业的。很奇怪，之前很多事情我都忘了，偏偏这件事记得很清楚。”

那天父亲找了一辆车，将部队里所有属于他的私人物品都搬了回来。没多少，就是一些书和一个背包，还有就是卸下来的肩章。她站在那儿，不解地问父亲发生了什么事。

父亲对她一向和蔼，即便是此刻也只是笑笑，顶了顶她的额头：“囡囡，爸爸以后不当兵了，跟爸爸一起回老家好不好？”

她懵懂地点了点头，指着父亲搬回来的东西问怎么就这么点东西，父亲回答她的只是温暖的笑。

一个真正的军人在离开部队的时候得学会面对社会现实，通常情况下他们都不会再向部队要求什么。因为军队将他们历练为真正的军人，使得他们勇于面对一切。她的父亲，就是这样的人。

“那段时间父亲回家跑工作，房子还没着落，于是奶奶就陪我一直住着部队的房子。直到有一天营房科的人来告诉我们，要收房子了，限期三天。但是那时候父亲还在家等工作消息，不能直接过来，他联系到了营房科的科长，甚至是主管这件事的副旅长。可是他们告诉父亲说这是全旅的命令，必须在三天内交房子。其实这已经不是第一次催我们交房子了，之前为此还掐了我们的水电，后来还是说破例才又让我们住了几个月，父亲还特意预交了些电费。可是那一次不行了，那位科长说哪怕把水电费全退了，我们也得走。”

说到这里，严真的睫毛微颤，顾淮越仿佛预料到了什么，马上握住了她冰凉的手。

“我打电话给父亲，在电话里害怕得哭了，父亲就安慰我说没事，他马上就过来了，已经坐上了火车。只是，就在我和奶奶打包行李的时候，接到了医院打来的电话，说是父亲急性心肌梗死发作，送到医院时已经不治身亡。”

说到这里，严真被握紧的手开始忍不住颤抖：“我一直不知道他有病，而且我一直不能相信，我最敬重的人会以这样的方式离开人世。他去世很久后我都难以接受这个事实。”

声线越绷越紧，严真低下头，几乎有些语不成言。顾淮越只能叹一口气，将她搂进怀里，轻轻地拍着她的后背给予安慰。

他热爱部队，也同样欣赏那些肯在这方热土上流血流汗的人，可他也知道，不是套上军装，就能永远留在部队里的。

“父亲转业时心里一定很痛苦，我现在最后悔的一件事就是当初父亲离开部队的时候，我从未给过他一丝安慰。在他死后我对那里只有恨了，我恨那个他曾经热爱的地方，我想父亲一定对我很失望。”

他从不知她把伤痛埋得这么深，若不是因为姜松年的事情，她恐怕永远不会向自己吐露出来。光是想着，他都觉得心疼：“不会的，他会理解你的。而且，现在不是好多了吗？咱不想了啊。”

他慢慢地哄着她，严真也缓缓地平复了心情。

其实她想过一辈子都远离这些穿军装的人，因为一看见他们就会不由自主地想起父亲。对于他们，她无法爱却也恨不起来，所以她选择远离。可偏巧她又嫁给了这样一个男人，她甚至有些羡慕姜松年，在他孤独无助的时候，能遇到个这样帮助他的人，顾淮越让她感觉到温暖。

“淮越。”

“嗯？”

“谢谢你。”谢谢他，让她终于释怀。

顾淮越笑了下，身为一个男人、一个丈夫，他的职责就是让自己的女人过得舒心幸福。他所做的，不过如此简单而已，有什么谢好说呢？想着，他抱紧她，在她颊边落下一个吻：“傻瓜。”

放假的第三天，顾淮越终于有时间陪珈铭和严真一起出去玩了。

出门前他特意换了身便装，严真很少看见他穿便装的样子，其实与军装相差无几，就是周身的气息柔和了许多。

小朋友也很兴奋，目光炯炯地坐在副驾上：“爸爸，我们去哪儿？”

顾淮越弹了弹小朋友的脑袋瓜：“你想去哪儿？今天我主要负责开车向前推进，具体方向由你决定。”

看得出，他的心情不错。

小朋友高兴了，但是被安全带箍住，只得堪堪转过去一个大脑壳看着严真：“严老师，咱们去哪儿玩呀？”

严真冲他笑了笑：“不是由你决定吗？你说去哪儿就去哪儿。”

顾小朋友开始思索，慢慢地，小朋友开始皱眉了，最后小朋友团出了一张包子脸，这个问题可把他难着了。顾淮越失笑地瞥了他一眼，抬头正巧看见电影院外挂的巨型海报，便说：“要不看电影吧？”

小朋友伸了伸脑袋，一看正是自己喜欢的类型，高兴地点了点头。

电影院在商场十层，顾参谋长排队买票，严真和小朋友等在外围，小朋友已经捧着爆米花吃得不亦乐乎了。严真坐在那里却在出神，要是把身边这个小家伙忽略不计，他们，这算是约会？

想着，严真笑了笑。别人都是约会、相爱、结婚，而他们刚好反了过来。

“严老师，我要喝可乐！”小朋友咋咋呼呼。

严真没好气地翻了翻眼皮，有这个小家伙在，再好的气氛也得给破坏了。

顾淮越走过来将票递给严真，顺带握了握她的手。今天天气有点冷，顾淮越握着她的手，皱了皱眉：“手怎么这么凉？”

严真眨了眨眼睛，原本沉静的眼眸竟透出几分狡黠来：“你听没听过一句话？手凉的人没人疼。”

顾淮越怔了下，才意识到她是在开玩笑，握着她的手不由得使了使力，像是要给她暖热。

电影准时开场，小朋友看得兴高采烈，而严真却隐隐有了睡意。顾淮越也看得很专注，直到肩膀上有了沉沉的感觉才发现某人睡着了。他嘴边牵出一个笑，稍微调整了坐姿，让她睡得更舒服一些。

当兵以来，像这样的约会用一只手就能数得过来，他不知道这有没有标准范本可以参照，不过，像现在这种感觉就挺好。正在他的思绪走远之际，口袋里的手机嗡嗡响了起来，顾淮越一看号码，犹豫了片刻，按下了接听键。

电话那头的声音有些急促，他听得不甚清楚，正要起身向外走去时想起了睡着的严真，偏过头去看，她已经睁开了眼睛。

严真看他拿着电话便知道有事：“去接吧。”

顾淮越扯出一个几不可察的笑，向外走去。

是通信员小马打过来的电话，说是演习导演部副导赵上校刚刚给他打过电话，说席司令劳累过度住进了医院，现在在医院想见见顾淮越。

顾淮越说了声知道了便挂了电话，原本松展的眉头此刻又稍稍皱起。电影此时正好结束，人群往外走，他一抬头，便看见了严真和顾珈铭小朋友。

严真看他一脸凝重，不由得问：“出什么事了？”

他扶了扶她的肩膀，看了看小朋友，又看了看她，才说：“席叔住院了。”

严真立刻有些紧张：“严不严重？”

顾淮越摇了摇头：“说是情况控制住了，这阵子部队里搞演习，席叔盯得紧，精气神透支了吧。”

“那咱们现在去看看他？”

“今天先别去了，席叔刚醒，见不过来那么多人。我先把你们送回家，然后再去医院看看席叔。”

也只好这样了，严真点头答应。

席少锋不算是个身经百战的人，半个世纪以前十八军进驻西藏、将五星红旗插上世界屋脊的时候他还小，而等到他长成十七八岁的小伙子参军入伍时，西藏早已经解放并开始了和平建设。彼时十八军的番号早已被撤销，席少锋就待在原十八军的一个团里当兵。照他的话说在高原上当过兵的人骨头都要比其他的军人硬三分，而现在让他躺在床上，还是因为生病躺在床上，他十分不乐意。

他就着钟黎英递过来的水服了药，看向笔直地站在自己面前的顾淮越："我叫你过来，你有没有意见？"

"报告司令，没有。"

没有才怪！他瞪了顾淮越一眼，光是戳在那儿一动不动的样子就说明他很有意见！顾淮越适时放松了下，以减轻席司令仰视他的压力。

席少锋抬了抬手，有些吃力地说："不管你有没有意见，你现在就去演习基地吧。"

话刚说出口，钟黎英就有些反对："严真还在这儿，你就别折腾他们俩了。"

席少锋笑了笑，挑眉看着顾淮越，而顾淮越沉默了几秒，立正敬了个礼："服从命令。"

虽然这口号喊得响，可只剩一个人的时候，顾淮越就只有苦笑了，他给严真拨了个电话告知她自己的去向。她在那头静静地听着，等他说完才轻声说："去吧，路上小心，我们在家里等你。"

"嗯。"

挂掉电话，顾淮越用力握住方向盘，深吸口气，向演习基地开去。三小时的车程，被他硬生生缩短了将近半个小时。跳下车，顾淮越大步向导演大厅走去。席司令进了医院，现在换成路副司令坐在这里，正对着巨型屏幕微蹙眉头，顾淮越在赵副导的身边坐下："现在情况如何？"

赵副导摇了摇头："对D师而言不太乐观，蓝军用电子对抗分队对红军加大了电磁压制，而且释放病毒中断了他们的通信。现在红军司令沈孟川估计正着急呢，他跟他的兵失去联络达五个小时了。"赵副导审时度势，扭过头来问顾淮越，"你说，这D师会不会乱成一锅粥？"

"不会。"顾淮越很快回答，"沈孟川是解毒高手，而且也擅长打无准备之仗。"

确实，从图上看来，虽然他的部队比较零散，有的甚至被打乱了建制，但是单兵作战能力一向是沈孟川训练的重点，在这种情况下作战优势就显现出来了。

红军一边进行反干扰反压制，一边重新调整部署，成功迫使蓝军退守到了三号丘陵一线。然而沈孟川还没来得及得意，蓝军就从左右侧翼杀出来一个坦克营和一个自行火炮营对红军形成了夹击之势，红军被迫开始构筑防线狙击敌人。

顾淮越慨叹："他还是着急了。"

路副司令听见了，转过头看他："继续。"

顾淮越只好继续说："就算是把他们赶到河边也不一定能全吃掉，蓝军那边有人，只需要牺牲掉少量兵力就可以架出一座浮桥。"

路副司令笑了下，拍了拍他的肩膀："走，上D师看看去。"

等到他们到了D师，三号丘陵已经被蓝军拿下了，这标志着红军在演习第一阶段以失败告终。顾淮越跟着路副司令进帐篷的时候沈孟川正俯身看沙盘，看见路副司令立刻站好敬了个礼。

路副司令笑问："沈师长，这演习接下来怎么打，心里有谱吗？"

沈孟川站得笔直，堪比顾淮越在席少锋病房的军姿："有！"

"那就行。"

路副司令点了点头，走向他的沙盘。

沈孟川趁机走向顾淮越，从上至下打量了一下他一尘不染的常服军装，又低头看了看自己在战场中摸爬滚打后的作战服，说："不嫌弃的话，握个手呗？"

顾参谋长很淡定很从容地面对了沈孟川的刁难，他伸出了手："一会儿有时间吗？"

"有。"沈孟川扒扒头发，"演习第一阶段失败，上面给了我部休整时间。怎么？"

顾淮越不得不承认，这姓沈的总有办法把自己的部队弄得跟杂牌军似的，而他也不像师座，更像匪徒："席司令住院了，不过十分关心演习，你若有时间就去医院看看他，顺便汇报一下情况。"

沈孟川仿佛被噎住，低咒了声："这要让我去汇报，你还想让老席出院不？"

话虽这么说，可三个小时后，两辆相似的猎豹车就停在了医院的住院部。

顾淮越和沈孟川一前一后下了车，保持着双人成行的队形向里走去，步伐也很一致。沈孟川发自内心地想破坏这种一致性，可是换一换他就不会走了，于是只好继续保持队形，快步前进。

顾淮越一直走得很淡定，直到走到门口时眉头才稍展，因为他听见了从里面传出来的笑声。

"谁在里面？"沈孟川问。

顾淮越瞥他一眼，说："我老婆和我儿子。"

说着推门而入，沈孟川听见这个先是一愣，过了一会儿反应过来是谁了，扒扒头发，跟着他走了进去。

病房内，严真正在沙发上陪钟黎英坐着，而躺在病床上的席少锋则被站在床边的小朋友逗得哈哈直笑。听见门响，他放下手中的报纸，揉了揉小朋友的脑袋，看向来人。

顾淮越和沈孟川站得笔直地行了个礼，席少锋摆摆手。现在已经是晚上八点了，他没想到能在这会儿见到沈孟川，心里对演习情况也大概估摸清楚了。

知道他们要谈事情，严真拉过小朋友跟着钟黎英向外间走去，顾淮越叫住她："这么晚了，我叫人送你们回去吧。"

严真摇摇头："不着急，我陪陪钟姨。"

顾淮越看了看钟黎英牵着小朋友向外走去的背影，点了点头。

严真向他笑了笑，错开视线的时候，看见了沈孟川。他刚从演习场上下来，脸上的伪装迷彩还未洗干净。此刻看见她，愣了一下立刻扯出来一个憨厚的笑。

严真回以一个淡淡的微笑，随即走了出去。

她是跟着师长刘向东的车过来的，来的时候席司令恰好睡过去了，而钟黎英坐在外面，偷偷地抹眼泪，见她过去又慌忙擦了眼泪。严真不知道该说些什么，钟黎英是一名老军嫂了，连在西藏的那些年都陪着席少锋一起熬过来了，如今能让她落泪的事情，恐怕已经不多了。

刚刚在病房，严真不好当着席少锋的面谈论他的病情，如今门关上了她才问道："钟姨，席叔的病严重吗？"

这不问还好，一问钟黎英刚稳定的情绪又有了波动。她摇了摇头，眼眶微红："这老家伙就是死犟，不进一次医院不知道身体健康的重要性。我看他早晚得吃这个亏。"

席少锋前阵子为肝上的癌细胞做过一次手术，手术后医生要求他坚持一段时间的药物治疗，钟黎英也跟在后面嘱咐着，席少锋每次都答应得好好的，可忙起来就容易忘。

严真递给她一张纸巾，替她顺了顺气。

钟黎英静静地缓了一会儿，看着她笑了下："让你看笑话了。"

严真摇了摇头，挨着她坐下，目光落在不远处玩枪的小朋友身上，浅浅地笑了下："有您在，席叔挺幸福的。"

钟黎英哼了一声："他可不管我，年轻的时候有一次也是搞演习，引导目标的时候靠得太近被弹片打中了腿和小腹，送到医院的时候浑身血淋淋的。我看了吓得直哭，可是你知道他醒来之后说什么吗？"钟黎英端着架子模仿席少锋的语气，"怎么给我送医院来了，牺牲也要牺牲在战场上嘛！"

说完，她倒是先笑了，眼睛里含着未干的泪水。

严真悄悄地握住了她的手："其实啊，他那是骗您呢。"

因为，这世上有种英雄冢，叫作温柔乡。

又聊了一会儿，钟黎英的情绪已经恢复了，正好里面的门打开，顾淮越和沈孟川走了出来，严真连忙起身问："席叔怎么样？"

"席叔有点累了，就先休息了。"他说着，看向钟黎英，"钟姨，席叔吩咐我送您回去，这么晚了，您也该休息了。"

钟黎英摇了摇头："等会儿笑笑就过来了，我在这儿等等她。"席笑是席少锋和钟黎英收养的女儿，在国外读书，刚刚归国就听说父亲入院的消息，此刻正往医院赶呢。

顾淮越便也不勉强她了："那我们先走了，改日再来看席叔。"

钟黎英点点头，嘱咐他们开车小心，目送着这一大帮人离开了。

沈孟川与他们一起走出病房，小朋友显然对沈孟川这个乌鸦嘴记忆犹新，特意扭头瞪了他一眼。

正扒着头发的沈孟川就郁闷了，回瞪："我说，你们家养的小家伙也不赖啊，这么小就知道一致对外了。"

严真瞥他一眼，控住小朋友不让他胡闹。顾淮越扫了一眼老婆儿子，纳入羽翼之下后便说："是回演习基地休息，还是……"

"这就不用你操心了。"他摘下帽子，目光散落在别处，"身压千斤，换你你睡得着？"

顾淮越淡笑了下："只能感同身受，有点遗憾。"

沈孟川有点咬牙切齿，一转头，表情有些复杂地将视线落在严真身上，而她的反应平静得出乎他意料，只是冲他点了点头，并且微微一笑。

比之前任何时候都要友好。

沈孟川不傻，知道在某些情况下，友好就是另一种疏远。忽然帽檐被人拽了过去，沈孟川被迫转过头，怒视着顾淮越。

"那我先走了，我儿子困了。"

哪儿困了，两只大眼睛正瞪着他呢！沈孟川内心一阵"吐槽"，脸上却挂上了笑容：“是啊，老婆孩子热炕头，当然归心似箭。”

顾参谋长像是没听出他话中的讽刺一样，浅浅地笑了：“那我就祝沈师长早日觅得温柔乡了。先行一步。”

沈孟川骂了一声，望着三人离去的背影，抹了把脸，低咒：“瞎嘚瑟。”

回到家已经很晚了，匆匆洗漱一番便上床睡觉了。

严真今天也挺累的，躺在床上却难以入眠。她忽然觉得自己对沈孟川有点过分。他也没做错什么，即使做错了也道过歉了，自己这样反倒显得有点小气。

她叹了一口气，随即被顾淮越自后拦腰抱住：“怎么了？”

温暖的怀抱，她不由得靠近：“没事。”

顾淮越吻了吻她的额头：“早点休息。”

她嗯了一声，想了想还是转过身去：“淮越，刚刚在医院我们那样对沈孟川，是不是不好？”

顾淮越睁开眼睛，看着她在黑夜里尤为明亮的眼睛，笑了笑：“没事，我们针锋相对习惯了，在他看来我的讽刺比同情听得更顺耳。”

严真闷闷地笑了笑，抵着他的胸膛，感受他起伏和缓的心跳声：“我有件事没告诉你。”

“什么事？”他撩拨着她的长发，低声问。

“其实我和沈孟川小时候就认识了。”

“哦？”顾淮越微挑眉头，抱住她的手用了用力，“老实交代。”

严真瞪他一眼：“也不算是认识，就是见过面，不过那一次他把我欺负得够呛，以后就再也没见过了。”后来在草原上又见了一面，她是真不记得他了，直到后来他带着沈孟娇和蒋怡一起出现在师部，经他那么一提醒，她才想起他来。

那时候她是真讨厌他了，新仇加旧恨。可是现在一回想，却什么感觉都没了。也许时间真是治愈伤口的良药吧。这么想着，她回过神来，看见顾参谋长正出神地盯着自己。

“怎么了？”她下意识地摸摸自己的脸。

“没事。”他说着，把她的脑袋扣进了怀里，“幸好。”

幸好，幸好什么？这人说话怎么说半句？严真郁闷，问：“幸好什么？”

头顶上的人似是睡着了，半晌，在她放弃得到答案的时候，听他说了一句：“幸好咱俩结婚了。”这就意味着有些人就是想挖墙脚也没戏了。

严真顿时有些哭笑不得，原来这人也有这么幼稚的时候。她推了他一把，想转过身，半道被拦截了。

“我跟你说一件事。”

“什么事？”

“演习还没完，这几天我得跟在路副司令身边观摩演习。所以，假期被取消了。”他说得有些迟疑。

“我知道。”严真闷闷地回了一句。他最让她讨厌的一点就是总是能保持冷静地提醒她是时候说再见了。

顾淮越也知道，所以只能抱住她，低声说：“我很抱歉。”

听他说抱歉，严真就感觉心被揪了一下，隐隐有点疼。她拽紧了他的衣服，把头埋进他的怀里不敢看他。因为只要她一抬头他就能看清她眼睛里的湿润。

“以后不许说这两个字，我讨厌它们。”

他闷笑了声，说好。

其实什么也不说，就这么安静地待着就挺好。与其抱怨属于他们的时间太少，还不如尽情享受在一起的每一分每一秒。

CHAPTER 15

男儿应是重危行

演习进入第二阶段，顾淮越跟着路副司令忙了起来，而小朋友跟严真的假期也快结束了，不得不返回C市。

李琬亲自来接机，看着小朋友皱着的小脸直心疼：“这叫什么，乘兴而去，败兴而归。”

严真闻言跟着笑了笑，心里也难免有点失落。

回去的路上接到了李教授的电话，说是严真托她找的资料已经找齐了，问她什么时候过去取走。严真这才想起自己前些日子被宋馥珍打击得一时兴起想要攻读研究生的事，当下谢过，约好日子登门拜访。

挂了电话，李琬也把小朋友哄好了，严真听见她叹了一口气：“你也忙，他也忙，什么时候这肚子能有消息？”

听她说得这么直白，严真有些不好意思地拢了拢头发：“妈。”

“不管怎么说，等他下次回来，一定要把婚礼补办了！”

顾老太太干脆道，严真有些哭笑不得：“妈，淮越他现在还没时间。”

“你别老惯着他。”顾老太太横她一眼，一锤定音，“就这么说定了，改天就去看婚纱！”

严真登时就有些傻眼了。

老太太这回还真不是说说就算完的，回到C市还没歇过来，就拉着严真去婚纱店看婚纱了。一件件漂亮的婚纱摆在她的面前，严真目瞪口呆。

“妈，我这婚礼上就穿一件，您不用拿这么多。”

“一件也得优中选优。”老太太一边拿着两件婚纱往她身上比一边说道，“瞧瞧，你看你瘦得，要想把这件婚纱撑起来指不定还得增肥呢。”

说完又放下手中的两件去看其他的了。严真无奈地看着老太太风风火火的背影，也只有随她去了。

陪老太太逛了一天，晚上严真筋疲力尽地回到家。在沙发上枯坐了没一会儿，就接到了顾淮越打来的电话。他的声音哑哑的，像是被硝烟熏过一样，喝了好几口水才能说出一句话。

“演习结束了？”

“嗯，结束了。”他咽下水，没多说演习的事，反问她，“刚刚给妈打电话，她说你们去看婚纱了——”

“那是妈自己决定的！”严真急匆匆地打断他的话。

顾淮越被她堵了回来，有点想笑：“严真，我现在说话困难，你别打断让我说完行吗？”

“嗯。”她红着脸窝回沙发里，顺便冲小朋友挑挑眉让他回屋写作业。小朋友很不屑地扭过头去玩游戏，小嘴巴嘀嘀咕咕着。

“你要好好看，仔细看，婚礼上我想要一个漂亮的新娘子。”

“嗯？”严真被他弄得有些糊涂。

顾淮越咳了一声，说：“我是说，等我回去了咱们把婚礼办了吧，你说行吗？”

严真不免有些意外：“什么行不行的，证都领了还差这一步吗？”

当然不一样，顾参谋长轻咳两声：“那我就当你答应了？”

“嗯。”她微不可闻地应了一声。

“我这边有点吵，听不见，大点声。”

“答应了！”她脸红地大声应了一句，挂了电话，却不知电话那头的人对着听筒，足足笑了五分钟。

严真发现，顾准越脸皮的厚度是与日俱增的，到了现在已经可以面不改色地说让她脸红心跳的话了。当然，她是不会承认自己脸皮薄这个事实的。而且让她郁闷的是，他不仅脸皮厚，还会开空头支票，谈完结婚选婚纱的事整整三个月见不着人影。

整整三个月！

“这还结什么婚啊，选好婚纱放在家里发霉得了！”

严真咬牙切齿地嘀咕一声，狠狠地把书塞回了书架。小刘跟在她后面，也不停地抱怨：“最近又有相亲，烦死人了。”

严真笑着打趣她：“你这么年轻就已经开始愁嫁了？”

“是我妈怕我嫁不出去。”小刘扁着嘴，“再逼，再逼我就随便找个人嫁了！管他是好是坏！”

严真失笑，想劝她几句，话到嘴边忽然想起什么，便又改了口：“你不怕自己后悔就行，而且，闪婚也不一定就是坏事……”

说到最后几个字，声音已经放得很低了。可小刘还是听见了，揶揄地看着她：“严姐，要不这次相亲你替我去吧！”

严真白她一眼，刚想说些什么，忽然一阵天旋地转的眩晕感向她袭来，她险些晕倒。小刘见状连忙一手扶住她一手抓住书架的边缘，嘴里嘀咕道：“这头晕也传染吗？怎么我也有点晕。”

严真使劲抓住小刘的胳膊，力道大到小刘的两道秀眉都皱起来了她才松开了手，慢悠悠地抬起头，脸色苍白地告诉小刘：“不是头晕，是——地震了。”

是的，地震。

仅仅十几秒的晃动，整个校园乃至整个城市都沸腾了。

严真勉力站稳，在地震平息之后也顾不得放书了，跟小刘交代了几句就向外走去。

校园的操场上已经站满了人，好在都有老师组织，不至于太慌乱。严真费了点时间才在低年级区里找到顾珈铭小朋友。此时小朋友正背着小书包哄被吓哭的林小小，一抬头看见了她，欢快地向她招手："严老师！"

严真定了定神，向他走去："没事吧，你们？"

小朋友摇摇头，林小小啜泣着拉住她的手，严真摸摸她的头："不怕了，现在没事了。"

现在尚且不确定震中在哪儿，但这场地震对C市的影响有限。人群骚动了一会儿，在校方竭力维护秩序的情况下，又稳定下来。

找到了两个孩子，严真低头看了下腕表，差不多到放学时间，便跟其他老师一道组织学生出校门。此时已有许多家长等在门外，看见自家孩子完好无恙，悬着的心也放了下来。

严真把林小小交给她的妈妈，随后匆忙带着珈铭回家，到了顾园，还未进大厅就听见顾老太太打电话的声音。李琬正跟电话那头的人说得起劲，一抬头看见严真连忙招呼她："瞧，说着就来了，是你奶奶的电话。"

严真接了过来，得知奶奶没事也稍微放心了。

挂了电话，李琬在大厅里焦虑地来回走动。严真扶住她，问道："妈，这次地震的震中是哪儿？"

"还不知道呢，赶紧打开电视看看！"

新闻里循环播报着地震的消息。最新消息显示震中在距离B市不远的Q省Y县，震级7.1。

严真初听这个数字吓了一跳，这种惊吓源于2008年那场影响深远的地震。在那场地震中，许多鲜活的生命就那样被埋在瓦砾之下，悄无声息地消失了，放眼望去，满目疮痍之景至今都让人不敢直视。

但愿老天保佑灾区的人民能够顺利渡过这次灾难。

看着电视循环播放的画面，严真在心里默默祈祷着，而此时坐在一旁的李琬忽地站了起来。严真连忙扶住了她："妈，怎么了？"

"打电话，赶紧打电话！"

"您打电话干什么呀？"恐怕现在已经是电话满天飞了，就别给通信增加负担了。

而李琬焦急之情溢于言表："刚给和和打电话，说淮宁他们团已经接到命令了。你赶紧给淮越打电话，立刻马上打电话劝住他，别让他去！"想了想，老太太一拍脑门儿，说，"不行，给他打不管用，直接打给老席！"

见严真好像还没明白过来，老太太索性自己去打了。严真确实怔住了，愣愣地站在那里一动不动。她好像忘了一件事，她忘了自己的丈夫是一名军人，是一名国家有需要就上的人民解放军！

意识到这一点的严真忽然没由来地一阵心慌。

B军区。

夜晚九点多，整栋大楼灯火通明。

席少锋开完会匆匆走进办公室，板凳还没坐稳就接到了从C市打来的电话。挂了电话，他阴着脸把顾淮越从A师叫到了自己的办公室，距离不远，说话间就到。

"报告！"

"进来。"他应了一声，那人推门而入。

顾淮越敬了一个礼："司令员您找我有事？"

席少锋表情复杂地点了点头，捏起一支烟还没点燃，半道被顾淮越拦了下来。席少锋只好瞪他一眼，讪讪地放下手中的烟："部队现在怎么样？哦，我是说战士们的情绪怎么样？"

"时刻准备着。"

看来这人知道他问的重点，席少锋手指下意识地摩挲着大理石桌面："接到命令了？"

"是。"顾淮越站得笔直地回答他的问题，由于B市距离Y县较近，所以这里的部队是首先开进灾区的。

席少锋又点了点头，犹豫了再犹豫，开口说："你回去安排一下，这次你留守。"

他语速极快地说着，顾淮越也很干脆地否决："不行。"

席少锋瞪眼："废话少说，趁我还没反悔！"

顾淮越笑了下："您自己都说服不了您自己，还想说服我？"

席少锋坐下，有些疲惫："那行，你要去也可以，你去说服你妈，前提是让她别念叨你的伤！"

"那都哪辈子的事了！"他曾受过伤，不过那是在特种大队时的事了，到现在都过去多少年了，老太太无非就是想找个借口不让他走。

"你有能耐我知道。"席少锋看着说，"但我已经告诉你妈说我理解她了，行了，你回去吧。"

"我五分之四的兵要去灾区。"

"那你就留下来看住剩下的五分之一！"席少锋斩钉截铁，"这留守的兵，思想情绪也得照顾到，个别家在灾区的，要特别注意——"

"思想工作有政委！"顾淮越据理力争。

"谁做都一样！"席少锋挥手，不愿意再跟他费口舌。

顾淮越苦笑："您这个顺水人情做得轻松，转身就让我五分之四的兵把我给比下去了。那也行，到时候他们回来我卸了肩章脱了军装给他们接风！”

“你——”席少锋气结，敢拿这个来威胁他？这小子是胆儿肥了不是？！

顾淮越神情严肃：“席叔，我记得在西藏当兵的时候也遇到过一次强震，那时候团里调了许多兵去救援，由您牵头，出发前您在队伍前说了一句话，您还记得是什么吗？”

席少锋瞪着他，顾淮越不紧不慢、一字一顿地说：“您说，男儿应是重危行，岂让儒冠误此生！”这句话他记到现在，几乎是想也不想就脱口而出，“现在正是重危，我还不怕，您为什么就怕了？”

席少锋被他说得面上有些挂不住，他重新拿起桌上的烟，点燃了吸了几口，在一片烟雾缭绕中他说：“那C市那边？”

顾淮越思忖了一下，说：“我来给他们说。”

席少锋沉默了几秒，掐灭手中的烟，走到他身边替他整了整肩章：“出去吧。”

顾淮越笑，敬了一个礼后快速离开。

灾情面前，留给他们的时间已经不多了，一辆辆军卡在操场上集结待命，命令一到即刻开拔。

顾淮越将车停在师部大楼下面，跳下车飞快地向办公室走去。通信员小马正在接电话，见他迎面走来忙松了一口气：“参谋长，家里的电话。”

他摘帽子的动作顿了顿，望着被小马拿在手中的听筒有些迟疑。他能在席少锋面前做到果断决绝，可对待家人，他却有些犹豫不决，迟迟不敢接电话。

“参谋长？”

小马又提醒了他一句。顾淮越握了握拳，最终还是伸手接了过来：“喂。”

那头的人一直等得很耐心，说话的声音也并不显得多么焦急：“淮越，是我。”

是严真，顾淮越不由自主地握紧听筒：“嗯，妈还好吗？”

“妈在休息。”她轻声说，“今天她太累了。”

话毕，两边都不约而同地沉默下来。听着那头传来的呼吸声，顾淮越终于明白他为何如此犹豫，因为电话那头的人是他的牵绊，知道他们对他有着怎么样的担心和期盼，他怕让他们失望，他也不知道自己能用什么样的理由才能让她放心。抿了抿唇，顾淮越终于要开口打破这一刻的沉默时，那头传来了严真的声音：“淮越。”

“嗯？”

“军人之命，与国同殇，我懂得。”她说着，伴随着轻微的一声笑，“你去吧，我在家等你。”

她的声音一如既往地轻柔，可给他的冲击比哪一次都要大。顾淮越竭力克制住自己剧烈起伏的情绪，压抑住涌上来的万千心绪，用不大却坚定的声音说：“等我回来。”

严真明白，她留不住他。

有一句话怎么说来着？他首先是一名军人，其次才是你的丈夫。这句话的真正含义，严真此刻才真切地体会到。

饶是如此，在顾淮越走后，严真还是纠结担心了一段时间。

她不敢看电视，因为到处都是瓦砾般的房屋、塌陷下去的地面、怀里搂着逝去亲人啜泣的人们，还有睁着一双眼睛无辜不解地看着这个世界的孩童。灾难挟着悲伤一同席卷了这个前几日还平和安详的小县城，连绵的细雨和不定时的余震更是加重了人们内心的不安和躁动。可她又控制不住地想要看电视，在一群群湿透的绿军装中，想寻找那个人的身影。

她还真见过一次，因为雨水和刮风，电视画面有些不清晰，所以她只能看见一群兵将一个老人从塌陷的房屋下面挖出来。记者在电视里哑着嗓子播报着，因为长时间闷在里面，没有水也没有食物，房梁砸下来压中了老人的大半身，抬出来时老人已经逝去多时了。

尽管老人已经无知无觉，可那群兵还是尽可能小心翼翼地将老人放在担架上，为老人盖上了一层厚厚的遮掩。是他上去盖的，盖完之后所有在场的兵都站成两排，端正地行了一个军礼。这算是为这位逝去的老人举行的告别仪式，简单粗糙，却揪住了在场所有人的心。

站在电视机前的严真也禁不住捂住了嘴，红了眼眶。小朋友年纪虽然小，可从严真的表情上也能判断出来她这段时间心情不好。于是小朋友变得异常乖巧，踮着脚尖给她擦眼泪。

“严老师，你别哭了！首长说男儿有泪不轻弹！”

这不着边际的安慰让严真破涕为笑了，点了点他的额头：“你严老师是女人，心软！”

小朋友吐吐舌头，没跟她继续犟嘴。而严真因为这个小家伙的存在，心里轻松了不少。

周末的时候，严真接到了宋馥珍打来的电话，说是要接小朋友去家里住一段时间。

严真询问小朋友的意见，小朋友皱了皱眉没有拒绝，只是问了她一句话：“我要走了，你一个人在家行吗？”

这小家伙！严真哭笑不得，心里却涌起一股暖意：“去吧，你外公外婆想你了。老师你就不用担心了。”

林重博的身体早些时候落下了病根，现在心脏又出了毛病，时不时地需要入院观察。前几天身体又不舒服，进了军区总院，今天刚出院。他出院第一件事就是要宋馥珍给顾家打电话，说要见见小朋友。

严真亲自把小朋友送了过去，她见到宋馥珍时还是不免有些尴尬，而宋馥珍比她经历得多，能勉力保持面上的镇定：“来了。”

“嗯。”她将小朋友的书包递了过去，顺便在门口换了鞋进屋。

宋馥珍俯下身，笑着用手贴了贴小朋友肉乎乎的脸蛋。这几天C市也总是下雨，看来又到了一场秋雨一场寒的时候了：“冷不冷？”

小朋友嘴里吃着糖，嘴巴也特甜：“不冷，外婆。”

宋馥珍慈祥地笑了笑，小朋友的这张脸遗传了林珂三分，尤其是那双眼睛，机灵清澈，像极了小时候的珂珂。她每次看到这双眼睛都忍不住想起女儿，想看又不敢多看，因为看多了她也会想得多，夜里便再也睡不着。

林重博说她是愧对女儿，心虚，所以面对珈铭的时候怎么也自然不起来。那天在医院里她才想明白这番话，孩子有什么错呢，那么可爱的一个孩子，他能有什么错呢？所以回到家里她抱着珈铭痛哭不已，吓坏了小朋友。

收回思绪，宋馥珍招招手叫来了家里帮忙的阿姨：“你带珈铭去楼上看看他外公。”

小朋友一步三回头地看着严真，严真向他笑了笑，转过头来才意识到现在只剩下自己和宋馥珍面对面了。打心眼里，严真还是有些忌惮她的。

“去客厅坐坐。”

宋馥珍亲自沏了一杯茶送到她面前，严真连忙说了声谢谢，端起来轻啜一口，有淡淡的香气。

“林老身体还好吧？”

“一直那样，用他的话说，人老了，零部件都不管用了，时不时地得让医生给擦点油才能继续运转。”

严真听了，会心地一笑。

其实这次林重博的情况有些危险，送进医院的时候已经昏迷不醒，经过一番紧急抢救才抢救过来。等到他醒了，对她说的第一句话是，梦见女儿了，梦见自己上鬼门关走了一趟。出了院对她说的第一句话是，想见外孙了。宋馥珍将这一切都压了回去，不再去想，只是问："淮越怎么样？"

严真盯着交缠的十指，说："还在灾区，这几天一直顾不上联系。"

宋馥珍叹了口气："等着吧，谁让你选择了军人当丈夫，以后要经历的事情恐怕还不少。"

这样的口气让严真忽然意识到宋馥珍也是一名军嫂，经历过的恐怕不会比她少。

宋馥珍被她打量得有些不自在，按了按嗓子轻轻咳嗽了两声。严真立刻回过神来，不好意思地低下头去喝茶，室内就此陷入一阵沉默。严真向窗外看了看，忽然看见院子里亮起了两道车灯。车子在院子里停稳，车灯灭了，从上面走下来一个穿着军装的人，借着客厅明亮的灯光，严真看清了那个人。

宋馥珍自然也看见了来人，眉头一展，亲自去开门，打开门，笑眯眯地迎着："孟川来了——"

来人正是沈孟川。

沈孟川穿着一身挺括的军装，穿戴整齐，非常符合内务条令对军容风纪的要求，美中不足的是他一只手的袖子挽着，上面缠着一圈绷带。沈孟川看见她很诧异，顿在了客厅入口，直到宋馥珍催他坐下，他才抓抓头发，挨着沙发坐下。

趁着宋馥珍去厨房沏茶，他犹豫了片刻，才说出了一句："你也在啊。"

严真努力镇定，笑了笑："嗯。"

沈孟川也笑了下，还想说些什么，宋馥珍已将茶水端了过来。

沈孟川出院没多久，回C市办件事，顺便奉父亲之命再来拜访林重博。林老爷子兴致很高，吃晚饭的时候非要拉着沈孟川喝几杯。沈孟川哪敢跟一个心脏病人拼酒，更何况因为他的伤口医生已经严令禁止他喝酒了，于是两人只好遗憾作罢。

严真本来想走，可是小朋友非拉着她留下来吃晚饭。林重博看小朋友可怜兮兮的，便开口要她留下来，她不好拂了长辈的面子，只好吃完饭趁小朋友看动画片的工夫，悄悄地离开了。

出了林家大门，严真终于松了一口气，只是这口气松到一半，她又不得不提起来，因为沈孟川也走了出来，他站在台阶上看着她："你这个……还坐公交啊？"

严真点了点头。

"行。"沈孟川点了点头，"我也不劝你坐我车了，被你拒绝的次数创我这辈子之最了！"

严真笑笑，转身离开。她刻意加快了脚步，可是没过一会儿还是听见有轻缓的脚步从后面跟来。严真狐疑地转身，看见了沈孟川。

"你怎么跟着我？"她问。

"这个。"沈孟川扒扒头发，"你这，就走啦？"

严真有些哭笑不得，她看着他，平静地问："你有事？"

"嗯。"他说，"我这个，有些话想跟你说说，可是说出来就怕你不高兴，不过这憋得难受啊。我就是有个问题想不通，我就那么讨人厌吗？好歹小时候咱们还一起玩过，虽然我把你给勒了，但是你也不用一直这样把我当陌生人啊。"说完，见严真似是被他吓住，他又补了一句，"你别见怪，我这人要真说了，就是想啥说啥了。"

严真无奈地看他一眼，拢了拢头发："其实我不是讨厌你，只是你出现的时间都太过凑巧，总是让我想起一些我曾发誓再也不要想起的事情。"

第一次，是父亲去世的那段时间；第二次，是跟那个人有关。她不是不想记得他，只是一旦记起他，那些曾经的记忆都回来了，在脑海里反反复复。

沈孟川有些想仰天长叹，搞了半天这丫头搞的是连坐？

他摸一把脸，指着她："你，你你你……我有点冤！"

严真没生气，只是看着他，有时候她差点就讨厌他了，连带曾经的那些人和事，一起埋藏在回忆里。可是后来她一想，她跟他本无干系，为何还要为他伤神过多。她现在努力去做的一件事就是幸福，而不是再多恨一个人。

"你的胳膊是怎么回事？"

"演习时因为意外受的伤。"他答得很简单，似乎是不愿意多说，严真便也不多问。

"还没恭喜你。"

"唉，我谢谢你。"他挥了一下手，低头嘀咕，"这恭喜的话呀，听太多了就没劲了。除了容易让人轻飘飘之外能有什么实际效果吗？更何况就因为这破演习，我拖着伤手伤腿救灾现场都没法儿去！"

一句话，让她的笑容淡淡略去，沈孟川察觉到了，有些小心翼翼地问："听说A师他们挺进震中？"

"嗯。"

沈孟川听了兀自点头："嗯，是那小子的作风，总是有本事让我差他一截。"不论是救灾方面，还是——个人问题方面，想了想，沈孟川一摸脑袋扯一嗓子，"走了！寻找小爷我的温柔乡去！"

望着他的背影，严真微微笑了下。沈孟川也是一个优秀的军人，只是她忽然发现，此时此刻，她特别地想念远在灾区的他。

自从上一次在电视上看见他一次之后，严真有空没空就守在电视机前，她想着说不定什么时候还能再看见他一次，可结果一次也没有。

她只能看到电视上不断滚动的悲喜交加的消息，喜的是又有多少人创造了生命的奇迹，悲的是死亡数字不断上涨。她看着这一切，心急如焚。

据老爷子说，部队已经开始陆陆续续撤离灾区了，昨天凌晨一点的时候顾淮宁还打了一通电话，说是部队现在正在回B市的路上。梁和握着电话听筒喜极而泣。严真站在二楼都能将那声音听得清清楚楚，恍惚了很久，才慢慢踱步回房。有时候她忍不住钻牛角尖，那人是不是都把自己给忘了，连个电话都不能打吗？抱怨完了又立刻反过来责骂自己，这不是扯后腿嘛。

顾老太太这段时间倒是镇定了下来。送走珈铭之后严真就住到了顾园，说是要陪老太太的，实际上一直是老太太在照顾她。

下午的时候老太太出去了一趟，买了些补品回来，晚上的时候就端了一锅汤出来，各盛了一碗汤放到每个人面前："这段时间也担惊受怕惯了，赶紧补补。"

"谢谢妈。"严真接过，低头认真地品尝着。

顾老爷子看了严真一眼："不用担心淮越，听老席说，这几天他们师也快撤回来了，能打电话自然会打的。"

仿佛是真的听到了严真的心声，偏厅里的电话忽然响了起来，严真吓了一跳。张嫂走过去接电话，才说了一个喂字就立刻喜笑颜开，满厅嚷嚷："快快快！淮越来电话了！"

惊喜来得太快，严真一时呆住了，直到被李琬推了一下，才反应过来，红着脸去接电话。

她的手几乎抖得握不住听筒，用一只手扶住了另一只才勉力拿了起来："喂——"

她竭尽全力，不让自己露出马脚，可是那头只传来两个字就让她的竭尽全力全盘崩溃："老婆。"

声音哑极了，像是生了锈一般。可就是这破锣嗓子说出来的话，让电话这头的她潸然泪下。但又不愿意让他担心，她只好捂住嘴竭力地调整情绪，将所有的担心和委屈全压回去，对着电话那头的人笑："忙完啦？"

"嗯。"他低低地应了一声，"快结束了，还有两天就可以回去了。"

那声音严真听得不甚真切，全被那头的嘈杂给吞没了，可是"回去"这两个字她听到了，一时间欣喜难言："我等你。"

顾淮越在那头笑了下，未待他再开口，一个士兵从远处跑来敬了个礼，应该是有事，他不得不对电话那边的人说："我还有事。"

"那你去忙，注意安全！"

"嗯。"忽然想起了什么，顾淮越喊住了那头准备挂电话的人，"等一下。"

"嗯？"

他对着听筒沉默几秒，轻声说了句："我想你。"

严真愣怔了一下，随后笑了，幸福的笑。

不知道是不是接了电话安了心的缘故，严真这一晚睡得特别好。

第二天下午严真去拜访了李教授，询问她有关读研究生的事宜。虽然现在距离考试还有一年多，但严真是那种要做就拿出真章的人。李教授也很喜欢她这种态度，按照她的现实情况给她在选学校时提了很多有益的建议："去年我去香港参加一个学术研讨会时遇到一位来自B大管理学院的教授。人很年轻，比你大不了几岁，不过现在已经开始带硕士研究生了。专业呢，跟你也对口。你考虑考虑，觉得不错就试试。"

"是，B大的？"严真有些讶异地重复了一遍，那个百年名校？见李教授含笑点了点头，严真又有些不自信，"教授，我行吗？"

"凭什么不行，没试怎么就知道？！"李教授安慰她，"你放宽心，只管试，那个年轻教授人也很随和。"

严真笑了笑，瞬间想起了一个问题。如果她真考上了，岂不是要到B市去读书了？B市，B市，那样一个地方。

严真抬起头，迎着李教授询问的目光，点了点头："行，那我试一试。"

拿着那位年轻的教授的名片，严真离开了李教授的家。街上人来人往，皆是行色匆匆，独她一个人缓慢地像是散步似的走着。她今天是请了假出来的，所以她此刻不着急，可以腾出时间来好好想一想，规划一下她未来要做的事。

读研深造虽说是受了宋馥珍的刺激，可是严真工作了一段时间也真觉得有这个必要。毕竟她不能在图书馆工作一辈子，到时候还是找个对口的工作比较好。然而促使她答应李教授建议的原因并不是最主要的，最重要的是她忽然觉得，她跟顾淮越这么两地分居也不是个事。

过年离开A师的时候，楚瑶曾提过让她随军的建议，但回来之后严真因为工作和小朋友上学的问题一直还没机会认真考虑。而眼下李教授忽然提了这样一个建议，提供了一个契机，她仔细想过之后，竟觉得挺好。

她准备等他回来，结完婚了再随军，结束两地分居的日子。他应该会答应吧？要是不答应那可就再也没机会了，让他可劲后悔去吧！想到这里严真忍不住扑哧一声笑，引来几道注目的眼光后又慌忙敛住了神色，故作严肃。

走两步又想起来一件事，她已经快一个星期没见着顾珈铭小朋友了，估计这小家伙又得喊她没良心了。想了想严真拿出手机，准备给林家拨个电话，晚上去看看小朋友。只是这电话还没拨出去就有一个电话打了进来，手机铃声大作，严真吓了一跳，平复了下呼吸，她按下了电话键，电话那头是李琬。

“小真，什么时候回来？”

“我准备去林家看看珈铭，可能会晚点回去。妈你有事？”

“哦，没多大事。”李琬顿了一下，握着听筒看向顾老爷子，“老头，我、我怎么跟孩子说？”

顾长志皱皱眉，叹了口气接过了电话：“我来跟她说。”

严真隐约觉得有些不对，她控制着自己的手，让自己努力镇定：“爸，您说吧。”

顾长志沉默了一下：“是这样小真，你先别着急，珈铭呢先不急着接，你回家，咱们去一趟B市。”

“去B市？有什么事吗？”

为了缓解紧绷的语气，顾长志还故意笑了一下：“我刚刚接到刘向东的电话，说是淮越他们明天就启程回来了。”

“那么快？”

“嗯。挺快。”顾长志应道，腰间被李琬捅了一下，他恼火地转过去，看着妻子通红的眼睛，又认命地回头。

严真也因为老爷子吞吞吐吐的语气有了些许不好的预感：“爸，您说吧，我都做好准备了，您告诉我，是不是——”

“没什么大事！”顾长志连忙堵住她的胡思乱想，“就是淮越受了点伤，你要是想呢，我带你到B市去看看，不想就在家——”

“我去！”严真没等他说完急急说道，一瞬间只觉得喉间疼痛难当。这痛苦是被突然塞进来的，她吞咽得有些费力。沙哑的声音缓缓地说：“爸，我去。”

CHAPTER 16

顽固的病号

B市军区总院。

急诊室内，一片肃静。一盏盏白炽灯光下，医生和护士围在一起，有条不紊地处理着病人的伤口。为首的女军医额头上已经沁出了一层薄汗，她是见惯了伤口的人，所以拿着剪刀的手依旧平稳，可是待她剪开包裹住伤口的军裤后，却在心底猛地倒吸了一口气。她仔细观察着这道伤口，忍不住默叹，得要什么样的利器才能造成这么深的伤口。

“涂医生。”

一名护士递过来一把止血钳，女军医平复了心绪，接过工具继续对伤口进行处理。

急诊室外，是焦急的刘向东。他一边来回踱着步一边盯着急诊室的大门，听着不远处传来的低微啜泣声，免不了有些心烦意乱。他一捋头发，对站在墙角的一个士兵说道：“打住啊，一会儿顾老爷子就过来，看见你这副样子还以为你们参谋长怎么了呢！”

士兵闻言抹抹泪，头压得更低了。

正在此时，走廊那头有三个身影匆匆向这边走来。刘向东看清来人之后，急忙快步迎了上去。

“老军长！”

他向迎面走来的顾长志敬了一个礼。

顾长志虎着脸，沉声问道：“怎么样了？”

刘向东看了跟过来的李琬和严真一眼，不敢说。顾老爷子看他这模样一下子就急了：“你倒是说啊？犹犹豫豫的样子让人看了更不放心！”

在顾长志急切的询问下，刘向东憋出了一句话：“正在里面。”

急诊室，这三个大字让顾老爷子沉默下来，也让最后跟到刚刚站稳的严真忍不住腿软了一下。

“怎么了？”刘向东关切地扶住她。

“没事。”严真脸色苍白地摇了摇头，扶着墙壁，堪堪站稳。

顾老爷子看了严真一眼，又压低声音问刘向东：“还有多长时间才能出来？”

刘向东摇摇头：“还不知道。”那么深的伤口，怎么着，也得再等一会儿吧。

话毕，又是一阵沉默。不知过了多久，顾老爷子深深叹了一口气：“坐下等吧。”

严真脚下无力，扶着墙挪到了急诊室外的长椅上坐了下来。此时已经是凌晨一点多，医院也渐渐安静下来，严真感觉自己周遭的空气仿佛凝固了一样，什么都听不到，只有李琬低微的啜泣声在耳边响着，一点一点敲打她的神经。

忽然急诊室的门大开，严真眼皮子一跳，立刻从长椅上跳了起来。出来的却不是顾淮越，而是一个护士。护士手中端着一个盆子，行色匆匆地向他们走来。顾家二老拦住了她，焦急地询问着情况，而年轻的护士看着面前这个戴着将军衔的老人紧张得说不出话，半天也只吐出一句：“涂医生正在缝合伤口。”

随着护士的话，在场的四个人都将视线落在了她手中的那个盆里，看得出来那是一条迷彩军裤，只是那颜色却很不正常，像是在血中浸泡过一样。看着这条军裤，再联想到里面的人，严真连忙捂住了嘴，捂住了快要溢出的抽噎声。李琬也跟着啜泣起来，顾老爷子双手重重握拳，挥了挥手叫来自从他们来了之后就站在墙角一直没吭声的士兵，他要问清楚儿子这伤到底是怎么弄的。

士兵抽泣着说："昨天参谋长给家里打完电话之后脚就忽然疼了一下，可是一会儿又没事了。我没放在心上，就跟他一起往镇政府走去参加追悼会，可是刚走没十分钟参谋长就又扶住我的肩膀。我回头一看，参谋长的脸煞白煞白的，额头上豆大的汗往下流，把我吓了一跳。可即便这样，在遇到余震的时候参谋长还去街边一栋楼上把一个老太太给搀了出来，那么大一块水泥板猛地往下掉，那上面的玻璃碴儿都扎进腿里了——"

听到这里，顾老太太浑身打了一个哆嗦，刘向东赶忙向士兵示意，让他不要再说下去了。一下子安静下来，只能听到李琬轻微的啜泣声，顾长志皱着眉坐在长椅上吸烟。刘向东站在他旁边，神色不定地打量着他："老军长，我记得淮越刚调到A师来的时候你在电话里跟我说过，他右脚有旧伤，让我看着他点。玻璃碴儿扎进腿里的伤军医可以处理，可是我看他疼得厉害，就直接跟着直升机送到B市来了。"

Q省省城的医院都住满了病号，剩下伤得严重的人都就近送到了B市。顾长志嗯了一声，点了点头，有些走神，直到被指间夹着的烟烫了一下才噢了一声回过神来对刘向东说："谢谢你了，小刘。"

"老军长，别这么说。"刘向东在调进A师之前曾在顾长志的麾下待过一段时间。那是他人生中最得意的一段时间，离不开这位老首长的栽培。印象里这位老首长是声如洪钟，精神矍铄，而现在坐在这里的却是一个长满皱纹担心儿子的慈父。"我看淮越他疼得厉害，不像只有受伤那么简单，是不是还有别的？"

刘向东的发问让老爷子沉默下来，老爷子先是看了眼严真，掐灭了手中的烟，沉声说道："应该是旧疾复发了。他以前右脚就有伤，要按你说的疼法，多半是又骨裂了。"

此言一出，又是一阵令人窒息的沉默。而严真猛抽了一口气，唰地站了起来："爸，你看着妈，我去给她接点水。"

顾长志直视着她通红的眼睛，点了点头。严真勉强扯出一个笑，转身飞快地向外走去。

刘向东看着严真的背影有些担心："要不要让小张跟上去看看？"

顾长志摇了摇头："不用了，这丫头不想在我跟她妈面前哭，就由着她去吧。"

严真慢慢地向前走去。

说是去接水，可眼睛眨也不眨地走过了供水处，直直地走到走廊的尽头，拐了一个弯。

那有一排长椅，此刻空无一人。严真愣怔地在长椅前站了一会儿，直到好不容易攒出来的劲都用完了，她才扶着长椅坐了下来。

从小，她就不是个爱哭的人。而且她不会号啕大哭，无论受了多大委屈都是压抑着哽咽。奶奶就说她，性子这么闷，长大了可如何是好。

她那时还不以为然，觉得这是要强的表现。到了现在，她想找个地方发泄似的哭一哭的时候，却发现自己哭不出来了。哪怕心里憋屈得难受，也只能揪着衣服默默地垂着泪。

她太想不通了，明明就要回家了，怎么一转眼他就躺在这急诊室了呢？还有那件浸了血的军裤，这得是多深的伤口才会流那么多血啊？还有他这个人，明明要遭受这一劫干吗还说想她啊？他不知道，他一说想她，她就抓心挠肝地想见他了。

"真的是抓心挠肝啊，你知道这滋味有多不好受吗？"

她委屈极了，揪着衣角，肩膀微抖。

不知过了多久，久到她觉得自己再憋闷着哭就要晕过去的时候，一只手轻轻地拍了拍她的肩膀。一道亲切柔和的女音将她唤回了神："严真？"

她猛地抬头，盛满泪水的眼睛茫然地看着来人，竟然有些反应不过来。

是钟黎英和席少锋夫妻俩，听说顾淮越受伤送到了军区总院他们也立刻过来了。

钟黎英心疼地看着严真，一边替她擦眼泪一边说："你个傻孩子，怎么在这儿？淮越呢，怎么样了？"

严真张张嘴，未语泪先流。

席少锋忙用胳膊扛了扛钟黎英，不让她再问了："你先在这儿陪着小真，我进去看看。"席少锋看出来严真情绪很不稳定，嘱咐钟黎英道。

钟黎英做了这么多年军嫂了，这点事情早就明白，她挥了挥手，让席少锋快去。她则陪着严真，在一旁的长椅上坐了下来，在这个空无一人的拐角，轻轻抚着严真的后背，像哄孩子一样哄着严真。

而严真就真像孩子一样，摔倒的时候没人哄就忍着不哭，但凡有一个人心疼，就像受了莫大的委屈一样，哭得刹不住："钟姨，他说话不算话……"

钟黎英嗯了一声，却是淡淡地笑了，手下的动作依旧没停，一下一下地安抚着她，恍惚让严真感觉到那种属于母亲的柔和，久违的温暖。她不禁向钟黎英靠了靠，钟黎英自然感受到了，揽住了她的肩膀一下一下拍着："丫头，你知道你让我想起了什么吗？"她看着严真哭得乱七八糟的样子，柔声说道，"你呀，让我忽然想起了你席叔第一次受伤的时候。那时候我们在西藏，西藏地区罕见的一次强震，你席叔的部队是第一个进入震中救灾的。我在家里就等啊盼啊，生怕等来一个不好的消息。可是世上有些事啊就是这么凑巧，我这么等着还真就等来一个。你席叔是胳膊上受了伤，骨折不能动弹了。回来我们给他包扎好了，他还嚷嚷着疼，我就骂他你还军人呢，这么点疼就忍不了？”说到这里钟黎英不由得笑了笑，“后来啊，他就使劲蹭着右下腹，继续嚷嚷着疼，回头让队里医生一检查，说是急性阑尾炎，得赶紧手术。那时候边防团条件差，你席叔又发着烧，可手术竟然就那么就地做了，做好他还就那么好了！”

“那是席叔命硬。”严真哽声说。

“可不就是命硬吗！医生都说再晚就要穿孔了，可你席叔就跟没心没肺似的，不疼了就睡着了，烧也慢慢地退了。我那会儿才想起来后怕，抱着他的头猛哭，把他都给吵醒了。他就哑着嗓子训我，不让我哭。”不知道是不是老了，这些曾经让她痛苦的事她竟然可以回忆得很平淡。严真甚至发现，她和顾淮越一样，每当陷入回忆，脸上的神色都很柔和，那是经历了很多之后才会有的豁然。

“后来我就怕了，你席叔为了让我放心，每次一有什么事出去总给我立军令状。可他那人不老实啊，出去了就得带点伤回来。所以我就明白了，他们这些男人，只会说话不算话，只会流血流汗不流泪。那泪水，都让咱们女人给流光了。可你流完了还得记得，他们身上那一块块的伤疤，是军功章，是他们的骄傲！懂吗？”

“我懂了。”严真擦干眼泪点了点头，声音沙哑地说，“谢谢您，钟姨。”

“哎，没事。”钟黎英轻声应着，别过头，悄悄擦去眼角的泪水。

等到严真的情绪稳定下来的时候，顾淮越已经转入普通病房了。

严真回到病房时碰巧看到医生从里面出来，她一着急，便一把抓住医生询问情况。

女军医此刻看上去很疲惫，可看严真一脸急切的表情，只好打起精神来说：“伤口缝好了，你进去看看吧。”

“哎，麻烦医生了。”

严真急急地进了病房。顾老爷子和席少锋正坐在外间，而李琬和一名护士此刻正围在顾淮越的床前。她悄声走近，才知道他们是在给他擦拭脸上还有手腕上那些细小的伤口。

她就定定地站在不远处，眼睛一眨不眨地打量着他。

病床上的顾淮越已经换上了一件干净的病号服，腿上的伤也被包扎得好好的，因为缝合伤口时打了麻药，他此刻还在睡。就算睡着了也不安稳，眉头微微皱着。是不是太疼了？这个念头一出，她就快步走上前去，对护士说：“我来吧。”

她接过护士手中的药水和棉签，又把李琬劝到外间去休息，然后在他的床边坐下，专心致志地擦拭着这些细小的伤口，就像当初他做的那样，将他的伤口清理好，小心翼翼地给他上药。

上着上着，她就忍不住猜测他这些伤口是怎么来的。或许是在救那些掩埋得很深的存活者时留下来的，也或者是被重物刮伤的，总之，不会像她一样笨，自己把自己弄伤。

忽然她握在手中的那只手动了动，她以为弄疼了他，放缓了动作。而手中的那双手反倒更不安分，又动了动，像是要握住她的手。严真不由得抬头向他看去，果不其然，一双乌黑的眸子正一瞬不瞬地盯着她，像是早已醒来，又像是一直没睡着。

她愣住了，而他微微一笑，哑着嗓子说：“我梦见你了。”

真好，他还做了个梦。她望着他，心中充满了酸楚。见他还想说些什么，严真一把拦住了他：“你别说话，你嗓子太哑，我给你倒杯水。”

说完她跑去倒了杯水，托着他的头让他喝下：“嗓子还干吗？要不要再喝点？还疼不疼？”

望着自己被包扎好吊起来的腿，顾淮越摇了摇头：“不疼。”

那么深的伤口，怎么可能不疼，严真就知道他会编一个这样没有说服力的谎言来骗她。可是看着他这张憔悴又疲倦的脸，她实在不忍心拆穿他，只好紧紧握住他的手，说："那就好。"

顾淮越望着她，被她握住的手轻轻动了动："你坐下，陪我说说话。"

"嗯。"

她听话地坐下了，可是这个让她陪他说说话的人没开口，只是一直看着她，仿佛一眨眼她就不见了，剩下他一个人疼得要命："老婆。"

"嗯。"

"老婆。"

"嗯。"

顾淮越叫了两声，而她应了两声，鼻间忽然酸涩起来，眼窝有些热。到最后她干脆埋下头去，一张脸埋在了他的掌心里。

顾淮越试着动了动手，却被她一把摁了下去。他现在是弱者，没劲，拗不过她，于是只好乖乖地躺着。良久，他看着她颤抖的肩膀说："别哭，严真。"

"我没哭。"

她哽咽着反驳，没有丝毫说服力。而顾淮越笑了笑，一下一下捏着她的手，似是安抚。刚刚在处理伤口的时候他昏昏沉沉的，唯一的感觉就是疼。就在他疼得心都快揪起来的时候，睁开眼睛看到了她，于是，他终于感觉到了一点点安心，她在就好。

随着顾淮越的呼吸逐渐变得均匀绵长，这漫长的一夜总算过去了。顾家二老和严真都是一夜未眠，可此时此刻谁也想不到要去睡一觉，因为昨晚医生给他的脚做了一个检查，他们现在迫切地想要知道检查结果。

跟他们一样忙活一宿的还有一个人，那就是女军医涂晓。昨晚是她值夜班，偏巧还真就送来了一个需要急救的病人，忙完之后她补了两个小时的觉，直到现在站在三人面前还有些睁不开眼。

“涂医生，准越他现在情况如何？”老爷子开口问道。

涂晓翻了翻手中刚刚拿到的检查报告：“其实腿上的伤口只是皮肉之伤，真正严重的是他的右脚，骨裂，而且裂纹移位。若是旧疾的话，之前应该做过手术吧？”

面对涂晓的问题，李琬和严真面面相觑。老爷子猛抽一口烟，声音微沙：“动过，不过已经是好几年前的事了，跟这有关系？”

李琬不由得有些惊讶：“好几年前？我怎么不知道？我只知道他的脚有伤，什么时候动的手术？老头子你跟他一起瞒着我？”

“你什么心肠孩子不知道？说出来除了让你添把泪和担心还能怎么着？”

“你，你——”老太太气结，可没一会儿眼眶就红了。严真看着，心里像细针扎过一样，瑟缩地疼着。

她扶着李琬坐下，替她顺着气：“妈，别着急，咱们听医生慢慢说。”

涂晓接着说：“应该说有一定的关系，我猜顾参谋长上一次手术后一定没有休养好吧？”

顾老爷子吸烟的手有些抖：“他说没事，完了就直接回师部准备演习去了。我、我也就没拦着。”

李琬听着，眼泪“啪嗒”落在严真扶着她的手背上。

严真握紧了手，镇定地问涂晓：“没休养好的后果很严重吗？你、你知道他工作忙，没有那么多时间用来养病。”

“当然很严重。”涂晓斩钉截铁，“这种疲劳性骨折如果不完全恢复的话是不能参加任何军事训练的。当然顾参谋长也过了新兵的时候了，不需要每天猛练了，可即便是这样工作量也不小，更别提他这次还去了灾区——”说到这里涂晓停了下来，一是因为她的大致意思他们都明白了，二来是因为，严真的脸色实在是太苍白了，她怕自己再说点什么这个女人会直接晕过去！

一阵令人压抑的沉默过后，顾老爷子开了口：“那这病具体怎么治，你们医院有方案了没？”

“主任的意思是先手术，手术完了得休养几个月。”说到这里涂晓顿了下，“这是最佳的方案，不过需要参谋长的配合。”

又是一阵沉默。按理说这是最好的方案，可是没人能在第一时间替他做这个主，因为那个人从来都是很少说固执的话，却经常做固执的事。

这回打破沉默的是严真，她对涂晓说：“做吧，只要他能好。”

声音不大，却透着坚定。涂晓对她微笑。

“配合，一定得配合！”顾老爷子说，“他这小子这回要是不配合，就甭给我当这个兵了，部队不养他这种顽固型病号！”

在床上躺了差不多两天，顾淮越才算彻底清醒过来。

一家人喜不自胜之余，立马开始安排他的康复治疗。顾淮越起初还有些迷糊，而且因为有老婆陪着，顾参谋长这个顽固型病号一开始觉得养伤的感觉还挺不错。不过等他拿到治疗方案一看，眉头又皱起来了。

涂军医手插兜倚在一旁有些幸灾乐祸，一边打量着首长发愁的表情，一边看着勤劳拖地的严真。自从她说了一句病房保持通气洁净对病人身体有利之后，这个女人天天大扫除！

“我有个问题想问你。”她凑到严真面前，严真抬头看她，有些不解，“你现在都把家务活揽过来了，是不是为参谋长以后行动不便做准备啊？”

严真不由得瞪眼，这几天相处下来她跟涂晓也熟了，知道这女孩有事没事就爱开开玩笑，她也不能当真：“涂医生，哪有这样咒自己病人的？”

涂晓笑笑：“就冲他那眉头皱的，我看也快了。”

这位军医只会扰乱军心，严真用拖把把她轰了出去。涮了拖把回来，发现首长依旧坐在床头对着治疗方案发呆。

“你别看了。”严真说。

“嗯？”顾淮越抬头。

“我替你答应了。”严真拄着拖把，看着他说，“我说我替你做这个主，老爷子也同意了，说部队不养你这种顽固病号。所以，我替你综合考虑了一下，觉得还是答应的好。”

说这话的时候她的表情是很严肃的，可是顾参谋长怎么看怎么觉得她心里在乐。压着他让他没话说不得不答应就这么让她高兴?

顾淮越轻咳两声，对她招了招手：“你过来一下。”

“干什么？”严真有些戒备地看着他，她现在可得学习顾小司令坚定的革命精神，不能妥协。

顾淮越看她的样子，不由得笑了笑：“你过来，我想抱抱你。”

糖衣炮弹！脑子里，顾珈铭小朋友忽然跳出来警告她。她得挺住！挺住！挺——不住！看着他温和的笑，严老师一步一步地挪了过去，顾参谋长顺利抱得美人归。

严真拨拨他的头发，一边从心底唾弃自己一边用命令的口气跟他说：“手术是一定要做的，休养也必须跟上，而且时间上不得有水分。”

“我没说不做手术，只是休养的时间，是不是有点长。”参谋长试图跟他的临时首长打商量。

严真大手一挥：“没得商量！”

“严真——”

“你喊我名字一千遍一万遍也没用。”

“老婆。”他松了语调，握着她腰肢的手缓缓收紧，奈何头顶上的人依然不为所动。

“你，你撒娇也没用！”说完，她狠心拿掉他的手，拿着抹布又出去了。再待下去她就得动摇了，看来不听小司令的话果然是不行的。而顾淮越唯有苦笑，这美男计都使出来了，怎么还行不通呢？

他放松身体躺在床上，对着天花板发愁。

不一会儿病房门被推开，顾参谋长以为是严真回来了，用目前最快的速度从床上坐了起来，结果看到一张熟悉的男人脸。此人一身作训服，倚在门口看着他似笑非笑，见他坐起来，乐呵地一抬下巴："哟，救灾英雄回来了？"

顾淮越看他一眼，没有搭话，深觉得这位姓沈名猴子的人有些阴魂不散。沈孟川见主人不相邀就自己捞了把椅子坐下了。

"哎，说说，怎么整成这样了？听说被玻璃扎了一口子，还缝了几针？"沈孟川看着他，"挺好挺好！俗话说，这伤疤就是军人的军功章啊！你看你立马又多了一个！"

顾淮越终于给了他一个正眼："怎么进来的？"

"什么怎么进来的？"

顾淮越上下打量他一眼："一身炮灰味还没散尽就进来了，这等你走了医院得喷多少消毒水啊。"

"嘿，你还真别说，小太爷我就这么大摇大摆地进来的。"

"估计是哪位土医生给你开的后门吧？"

沈猴子哼了一声，没接他的话茬，而是拿过他放在一旁的治疗方案，一目十行地看了下来。看完，忍不住感叹："看来这回准备对你大动刀了，手术不算，还得休养大半年？"

"所以说，内部分歧不就跟着来了嘛！"顾淮越难得没跟他针锋相对，而是幽幽一叹。

沈孟川对着窗外看了一会儿，窗外阳光正好，不少病人的衣服和被子都晒在外面。沈孟川凝视着这一切，忽然想起了什么，眉头皱了皱，摸了摸上衣口袋拿出来一包烟："我说，我能抽根烟吗？"

躺着的人悠闲地给了四个字："病房重地。"

沈孟川只好把烟塞了回去："那我出去抽。"走到门口，沈孟川又顿了一下，回过头说，"有件事我忘记跟你说了，现在我忽然想起来了。"

"什么事？"顾淮越看着他。

沈孟川扒扒头发："记不太清了。大概就是前两天，那天我忽然接到一个涂医生的电话。你猜她问我什么？"

"什么？"

"她说她身边有一个女人正一边哭得稀里哗啦一边在那儿洗几件破衣服，她问我怎么办。我当时说我也不知道，现在我把这个问题交给你，你不是一向比我聪明吗，你想答案。"

那大概是在顾淮越入院后的第二天，严真找涂晓要回了他送来医院时穿的那件迷彩外套。裤子已经彻底废掉了，上衣却是完好无损的。涂晓疑惑地给她找回了外套，结果一脸不可置信地看着这女人端着盆子去水房洗去了！一边洗一边哭，因为那上面沾的血太多了，根本就洗不干净。

顾淮越听到这个愣住了，很长时间没说话，直到沈孟川关门离开，他才从这声响中回过神来，对着紧闭的门扯出一个自嘲的笑。

聪明人？他何尝真正做过聪明人。好吧，就做这一回罢。

"真的答应了？"病房里，严真有些不敢相信地看着他。

顾淮越哭笑不得，刮了刮她的鼻子："我敢骗你吗？"都哭成那样了。

严真嘿嘿一笑："你等着，我去告诉涂晓。"

一听说顾淮越这边松了口，医院那边马上开始相应的安排，不过由于伤口恢复还需要一段时间，所以手术的日期还不能很快定下来。

考虑到老爷子和老太太不能在B市长住，顾淮越就把他们劝了回去，只留下严真一个人在这儿陪他。老太太不愿意，可一想也确实是不太方便，便千叮咛万嘱咐地回了家，待到顾淮越手术的时候再过来。

顾淮越原本想让严真跟二老一起回去，可是严真坚持留下来陪他。他知道她的心思，也知道她留在这里能让二老放心，所以也不再勉强。其实，若不是怕她太辛苦，他是愿意时时刻刻看到她的。

腿上的伤口养了差不多快半个月才拆线，严真俯身看着那道新落下的伤口，有些担心："这个，会落疤吧？"

"伤口那么深，不想落也困难啊。"涂晓瞥了一眼，替他擦了擦药，忽听这条腿的主人在她头顶轻咳两声。涂晓抬头，接收到一个警告的眼神。涂晓眨眨眼，敢情这还是怕自己的老婆担心。想明白这一点涂军医笑了，替他撩好裤腿后对严真说："没事，军功章！"

顾淮越无奈："真是一对炮仗，连说辞都这么一致。"

涂晓立刻意识到他这是在说谁，瞪他一眼，面色不由得一红。其实她跟沈孟川之间的事，顾淮越知道得也不太清楚，只是上军校的那会儿见这个女孩来找过沈孟川，整个队里风传两人是青梅竹马的关系。

严真有趣地打量涂晓一眼，岔开了话题："那手术时间可以定了吗？"

"差不多吧，这个我来安排。"涂晓笑笑，露出一排大白牙。

严真微笑："麻烦你了。"

送走了涂医生，严真走过来，凝视他的腿片刻，蹲下身去。顾淮越以为她又是去看那道疤，忙说："没事，又不是破了相，不用在意。"

"我知道。"她低声，"我替你整整裤脚。"

顾淮越没再拦她，一边看着她头顶的发旋儿一边听她问："什么时候开始疼的？"

"嗯？"他似是没听清。

"我是说你的脚，什么时候开始疼的？"

"不疼。"他淡淡说，被她瞪了一眼后又笑着改口，"其实我也不清楚。一开始觉得还能忍，再疼点吧还能忍，等到终于忍不了的时候就发现事大了。所以说，我真不是故意的。”

所以按他的说法，他就是太能忍了点是吧？严真哼了一声：“别以为这样我就会夸你！”

“嗯，我没指着你夸我。”他拉她起来，往他腿上放。

严真吃了一惊：“小心你的伤！”

“没事了。”他含混不清地嘟囔一声，把头枕在她肩膀上低低一笑，“严真，我能要求正常待遇吗？这么简单的常规动作我还是能完成的。”

严真镇定下来，扶住他的肩膀，又好气又好笑：“谁让你吓我一跳！”

他抱住她，叹口气：“是你太紧张了。”从他受伤到现在她一直绷着一根弦，生怕他再有什么不对劲，他在一旁看着都替她累。“放轻松点，嗯？”像是哄顾珈铭那么大的小朋友一样，他扳过她的脸，轻轻吻了她一下。

全身都放松下来，她无意识地向他的怀里挪了挪，而很善于抓时机的某人就势把她捞到了自己的怀里，扳起她的下巴吻下去。

严真几乎又被他吓了一跳，吻来得太快太急切，她有些手足无措。又觉得隐隐忘了什么，兀自挣扎着，可伸出手去只能抓住他的衣领，反倒是把他往自己这里带。她顿时有些羞赧，可又不敢松手怕没了支撑。顾淮越看她折腾着，淡淡一笑，揽住她的腰将她换了一个坐姿。

这一下严真更没脸了。他，他竟然让她叉开腿坐在他的身上！

“不行！”她下意识地要下去，可是被他制止了。

“别动。”洒在耳边的话几近低喃，她一个失神，就被他夺去了控制权。他迫她松开牙关，勾住她软软的舌肆意吮吻着，双手扣住她的腰直直往怀里带，像是有一种暗藏的力量在蓄势待发。

她的腿脚简直不知道往哪里摆，只能在他的钳制下发出呜呜的含糊声，正待她无力地推着他的时候，门外忽然传来了清脆的敲门声。严真的神志立刻清醒过来，顾淮越则不为所动，而且扣住她不让她动。

“开、开门……”

“不管！”

似是诚心与他作对，他刚说完这两个字，门就忽然从外面打开了。他微一皱眉，目光有些不耐烦地向门口看去，结果看到的两个人让他不由得怔了一下。同样，门外的两个人也睁大眼睛呆愣地看着他们！

只剩一个脑子还能转的人，严真微微偏过头去，结果一看到那两个人恨不得就地找个坑把自己给埋了！

竟然是顾珈铭和奶奶！

房间里顿时陷入一阵尴尬的沉默，到底姜还是老的辣，这四个人中奶奶最先缓过神来，轻咳两声：“咳咳，看来我们来得不是时候。”

顾参谋长也迅速反应过来，还能对着奶奶微笑，让人瞧不出尴尬来。见脸皮薄的严真还傻着呢，顾淮越不由得笑了笑：“严真，奶奶来了。”

还真不是幻觉，严真回过神，整着头发从他身上下来，满脸通红地看着奶奶和小朋友：“奶奶，你们，你们来了啊。”

奶奶笑觑她一眼：“嗯，早来了，都站这儿半天了。”

严真头低得更厉害了，暗暗又瞪了顾淮越一眼。可顾淮越脸皮厚得很，都这样了还能淡定从容地接过奶奶手中的东西，将他们迎进来，顺便一手提起了顾珈铭小朋友的后衣领子。小朋友似是受了巨大的冲击，跟顾淮越在那儿大眼瞪小眼。严真只好就手将小朋友从顾淮越的手中解救下来，一边替他整平衣服一边问奶奶：“您怎么过来之前也不打个电话？”

奶奶哼了一声：“我要是给你打电话兴许你们就不想让我过来了，这么大一件事也不告诉我！”说着看向顾淮越，“伤怎么样，严不严重？我听你妈说还得做个手术，玻璃划个口子还得做手术？”

一时半会儿解释不清楚，顾淮越就简单地说："不是什么大手术，没那么严重。"

"哦，那就好。"奶奶点点头，"听你妈一说这情况，我想着要早几天来那是给你们添乱了。"

顾淮越淡淡一笑："让您担心了。"

小朋友背着手看着蹲在自己前面的严真，表情有些严肃。严真看他一眼，再看他一眼，倒是被这么大点的孩子给看得发毛："怎么了？"她一边替他系衣服扣子一边问。

"有问题！"小朋友盯着天花板，摆出一个沉思者的表情。

"有什么问题？"严老师更心虚了。

顾淮越闻言也走了过来，屈指弹了弹小家伙的脑门一下。小家伙嗷呜了一声："别闹！"

嘿，这小家伙，说起话来似模似样的。顾淮越和严真对视一眼，再低下头就看见小朋友昂着头，亮晶晶的眼睛里闪着笑意："我终于知道我刚才看到了什么！"

顾淮越轻咳一声，知道这话不能接，可小朋友丝毫不受影响，眼睛在两个大人中间转了一圈儿，兴高采烈地宣布："啵啵！"

此言一出，顾参谋长有些不淡定了，严老师捂脸羞涩了，奶奶则在一旁哈哈大笑！这小家伙。

等到场面终于控制下来的时候，严真带奶奶去吃饭。这一路他们赶得有些急，小朋友带了零食一直在路上啃着倒还不饿，可奶奶到现在胃里还是空的。

在医院外的小饭店里，严真为奶奶点了一碗热热的馄饨。皮薄馅大的馄饨和着暖暖的汤汁，倒进胃里舒服极了。在顾淮越住院这段时间严真经常来这边吃，与老板娘也熟悉了。

吃完饭严真陪奶奶走着回去，奶奶一边任由严真搀扶着一边感叹："看到你们相处得这么好，我也就放心了。"

严真有些不好意思："奶奶。"

"都结了婚的人了，脸皮还这么薄。"奶奶觑她一眼，笑了笑，"来之前我特意让你大伯把我送到了顾园，见了你婆婆一面。"

"嗯，奶奶你有事？"

"其实是我存有私心。按说领一个证就算定下来了，可我就你这么一个孙女，我想着怎么也得风风光光把你嫁出去吧。所以我就向你婆婆提了提，等淮越好了以后找时间把婚礼给办了。不用多高的规格，我就是想看见你穿婚纱的样子。"说着奶奶站住，一双被时间缀满皱纹的眼睛认真地看着她，有些期待又有些伤感，"你打小就好看，你爸爸在的时候就说等你长大嫁人的时候指不定多漂亮呢。可惜他去世得早，看不到了。所以，你得让奶奶看到这一天，去了也好给你爸爸个交代。"

严真听了有些动容，鼻间微微有些酸楚："奶奶，好好的干吗说这个，您一定长命百岁！"

奶奶哈哈笑了："人是越老越认命，越老越看得开。我说这个不是让你难过，我就是想亲手把你交给一个我放心的人。"

严真平复了情绪："奶奶您放心。妈她比您还着急，您不知道前些日子她一直带着我去看婚纱，都已经定好了，若不是——"

若不是他去了灾区，或许日子早就定下来了。若不是他受了伤，或许他们的婚礼早就办完了。

奶奶自然明白，看着她欣慰地笑笑："我知道小顾的伤还得等些日子才能好，你们不说怕我担心我就不问了。主要是小真你没让我失望，你婆婆说有你在这边他们轻松了许多，你不知道我听了这个有多高兴。"说到最后奶奶竟然有些哽咽，严真不禁握住了她的手。

严真知道，奶奶对顾淮越的疼爱多半是因为父亲留给自己的遗憾。

父亲当兵的时候其实一直很忙，并没有太多时间陪在她身边。父亲一直对她感到亏欠，闲下来的时候就总是陪着她，还给她买糖吃。那时候严真最爱吃的糖就是大白兔，浓郁的奶香融化在口中，说不出的香甜。她一直觉得他们就这么相依为命挺好的，直到有一次父亲生了一场大病。

父亲浑身难受地躺在床上不能动弹。她看着奶奶拿着毛巾一边心疼地念叨一边给父亲擦汗，父亲神志不清间竟然把奶奶看作了另外一个人，拉着她的手低哑着声音叫她的名字。

那是严真第一次听到那个人的名字，她从来没听过父亲这么痛彻心扉地喊一个人，嘴里还不停念叨着对不起对不起。直到把奶奶都给念叨哭了，拿着毛巾抽了他一下他才安稳下来，喝完药迷迷糊糊地睡了过去。

后来她问奶奶那是谁，奶奶含含糊糊地不肯说。其实她那时也多半猜到了，在奶奶和父亲都不知道的时候，她就在父亲的相册里看到过一个陌生女人的照片，她长得很美丽，眉目间有着淡淡的忧郁。只是严真一直不知道她的名字，照片上没有留下只言片语，若不是父亲昏迷间念出她的名字，严真或许永远都不会知道。

忽然奶奶反握住她的手，严真回过神，听奶奶说："当初你跟小顾结婚的时候是不是也是被我逼急了？"

严真有些羞于承认，索性不说话了。奶奶叹了口气："其实我心里是清楚的，也没想你那么快就带回来一个结婚对象。那天你给我说了之后我心里也直打突呢。直到后来看见了小顾，不知道怎么就放下心了，说来也真奇怪。"

严真笑了一下："那还不是因为您觉得穿军装的人都是天底下最可靠的人嘛。"

奶奶打了她一下："本来就是啊，再说了，缘分到了想拦也拦不住，你看你们现在不是挺好吗，刚刚还——"

话没说完，严真就伸手捂住了奶奶的嘴，嗔道："奶奶，您怎么跟珈铭一样了！”

奶奶见怪不怪：“跟珈铭一样怎么了？那还招人喜欢呢。”

说着甩开她往前走了，严真在后面干着急，一跺脚，跟了上去。

因为有了顾珈铭小朋友这个开心果在，顾淮越这个病房热闹了不少。按理说小家伙到哪儿都很讨人喜欢，可偏偏来了医院之后跟涂晓涂军医特别不对盘，整日里斗嘴吵架，俨然就是一道特殊的风景线。

这天，严真起早和奶奶一起出去买水果，于是顾淮越就一个人一边坐在床头翻着报纸一边看着床尾的一大一小斗嘴。

“你耍赖！你竟然悔棋！”小朋友涨红了脸气愤地看着涂军医。

涂军医得意扬扬：“小朋友，你战术不精就不能怪敌人包你饺子。顾此失彼可是兵家大忌啊，好好跟你爹学学，你爹还是个参谋长呢，你这心眼儿都长哪儿去了！”

“你耍诈！”面对同样说话一串一串的涂医生，小朋友生平第一次词穷，可怜兮兮地向顾淮越投去“请求火力支援”的眼神。要是搁在平时顾淮越肯定是不理的，可是这回不行。涂军医刚刚那席话明摆着把他们父子俩连带着损了一遍。

他放下报纸，瞥了涂晓一眼：“珈铭刚学下象棋，你不能让让他？”

涂晓晃着一根手指表示拒绝：“我这是对他进行挫折教育，不在失败中奋起就得在失败中牺牲。”

听起来挺有道理的，顾淮越默默收起报纸，背着手向他们厮杀的“战场”走去。他用脚踢了踢小朋友的小屁股，小朋友立马抱住他的腿：“首长，打败她！”

“上阵父子兵啊？”涂晓一边摆棋局一边若有所思道，“要不咱押个注？”

顾淮越用眼神示意她说下去，涂晓顿时两眼放光地看着顾珈铭："把你家小子借我玩两天，带回家给我家老头老太太看看，他们天天念叨外孙来着。"

小朋友警惕地瞪她一眼，然后又立刻眼泪汪汪地揪住顾淮越的衣服，参谋长沉吟片刻，点了点头："也行。"

闻言，涂晓立刻激动不已，小朋友则是被吓得睁大了眼睛。顾淮越看了两人一眼，淡笑道："只要你不怕伯父伯母催得你更紧，我无所谓。"

涂军医一下子蔫了，棋也下得没精神了。她本来棋艺不精，跟小朋友下算是半斤对八两，碰上个擅长摆兵布阵的就没用武之地了。涂晓烦躁地推了推棋盘："不下了。"

"怎么了？"

涂晓扒扒她刚剪的一头短发："烦。"

顾淮越笑了，看来她跟沈家那个猴子真是一对，连小动作都一模一样："让你烦的人又不在这儿，你这情绪闹得可不对。"

涂晓瞪他一眼，还真就反驳不了。

她烦就是烦这个，看见沈猴子她觉得烦，看不见了她更觉得烦。烦得她挠挠头站了起来："不玩了，工作去！"说着捏捏小朋友的脸，被瞪了一下之后耷拉着脑袋走了。

顾淮越盯着被涂晓砰的一声关上的门出了一会儿神，淡淡地笑了笑，转过身来看着小朋友："怎么样？解气没？"

看着涂军医灰头土脸的样子小朋友笑得非常小人得志，顾淮越弹了弹他的小脑瓜，垂眉看着他："这叫打蛇打七寸，是战术问题。得等你长大了才能懂。"

小朋友嘴巴一噘，反驳的话还没说出来就听见门外传来了三声敲门声。顾淮越抬抬下巴，示意他去开门。

小朋友“嗒嗒”地跑去外间开门，门一开，看到的人让他眨了眨大眼睛，软糯地问：“你是谁呀？”

站在门外的人也没想到开门的会是这个小家伙，低头跟小朋友那双滴溜溜转的大眼睛对视了一会儿后才堪堪回过神来：“小朋友，你爸爸在吗？”

顾珈铭又眨眨眼睛：“你是谁呀，要找我爸爸。”

“我……”那人理理头发，有些不知道该怎么回答这个问题。

“珈铭。”就在两人大眼瞪小眼的时候，顾淮越的声音由远及近传来了。他一边向外间走来一边说：“怎么回事，让你开个门怎么开老半天……”

小朋友噘噘嘴：“爸爸，不关我的事，是她——”

顺着小家伙的视线望去，顾淮越看到来人也不免有些意外，竟然是蒋怡。

蒋怡有些尴尬地直起身，稍一捋头发，露出一个得体的笑容：“没打扰到你休息吧？”

顾淮越轻轻一笑，把蒋怡让进屋：“没有，您请进。”

蒋怡微笑着点了点头，走了进来。顾淮越转身揉揉小朋友的脑瓜：“你去找涂晓阿姨玩。”

小朋友不想去，可是看着蒋怡又莫名地有些抵触。只好嘴巴一噘，找涂军医去了。

顾淮越为蒋怡倒了一杯茶，蒋怡半起身接了过来：“别这么麻烦，我来是想看看你的病情如何。”

顾淮越慢慢在旁边坐下：“没什么大事，好得差不多了。”

“说是这么说，可伤筋动骨一百天，养还是要养的。你们当兵的一年没几天休息时间，现在你权当放大假了。”

顾淮越笑了下：“您说得是，不过让您也跟着担心我就有些过意不去了。”

“无妨，娇娇爸跟你爸怎么说也是老战友，偶然听孟川提起你的伤时就让我过来看看。”蒋怡说着，掀开了茶盖若有所思地喝了口茶。其实她拐了一个弯，虽然沈一鸣有这个意思，但真正促使她过来的还是自己的女儿。沈孟娇听说他受伤的消息之后非常担心，可是碍于情面又不好亲自过来，只好让母亲来。

蒋怡放下茶杯张望一圈：“家里就小家伙一个人在这里陪着你？”

顾淮越摇摇头：“严真留在这里陪我，小家伙今天跟严真奶奶刚过来的，过两天就回去了。”

严真，他二婚的妻子。不知道怎么的，一提起这个人的名字蒋怡立刻就想起了她的脸，清秀柔和，应该是一个性子温婉的人。

“那倒不错。”蒋怡说，“娇娇听说你受伤了，也挺想来看看你，可是你知道，她现在在C市上班，也挺忙。”

“孟娇现在在C市工作？”

顾淮越显然是刚刚听说，蒋怡张了张嘴，反问道：“你还不知道？”

她以为严真会将事情都告诉他。毕竟当初娇娇抢的是她的工作，手段嘛，也不算太光明正大。

顾淮越摇摇头，淡淡一笑赔罪道：“是我的疏忽了，等回到C市请孟娇吃饭赔罪。”

“不用了不用了。”蒋怡连忙摆手道，神色多少有些不自然。

因为不常见面，这客套话说完了一时就不免有些冷场。此时门外走廊忽然传来了一阵清脆的童音，顾淮越听见笑了笑。

“是小家伙，应该是看见严真跟奶奶了。”

蒋怡也站起身，微微一笑：“他们回来了？那我正好可以见见了。”

说着跟着顾淮越向外走去，只是刚跨出病房门，与迎面走来的人一对视，蒋怡的脚步不由得顿在了原地。她从心底猛抽了一口气，惊诧地看着对面走来的人。

顾淮越并未察觉蒋怡的异样，缓步走上前要去接严真买来的水果，却被她躲了过去："我来拿。"

这架势，完全还是把他当病人。

顾淮越无奈，指着她提的大包小包问："怎么买这么多？"

"补充维生素啊。"严真冲她笑笑，"听珈铭说有客人来，是谁呀？"

"是孟娇的妈妈，沈伯母。"

说完，就见严真的脸色唰地一下白了，手中提的苹果随即从手中脱落，一个个透红的苹果像脱了线的珠子一样在走廊上蹦跶着。

严真顾不得去捡，转头就去看奶奶，而奶奶也僵在原地，呆呆地看着不远处的蒋怡。顾淮越敏锐地察觉了一些什么，打发小朋友去捡苹果，扶住严真的肩膀："怎么了？"

"我，我——"望着他的眼睛，严真努力镇定下来，"我没事，只是，只是奶奶……"

说着严真就感觉奶奶的身体向后倾了倾，似是站不稳。顾淮越看着奶奶煞白的脸色和骤然紧促起来的呼吸，眉头微微皱起："我把奶奶扶进去，你去叫医生。"

见她犹是怔着，顾淮越把声音又压了压："严真。"

严真猛然回神，说了个"好"字之后转身飞快地去找涂晓。而一直站在原地的蒋怡仿佛屏住了呼吸让人察觉不到她的存在，在顾淮越扶着奶奶进屋之后才缓过来，猛吸一口气，太阳穴突突跳得厉害。

又见面了。暌违二十多年，又见面了。

CHAPTER 17

埋藏已久的身世

奶奶的病发得很急，好在身处医院，医生来得很及时。

年轻的医生给奶奶做了简单的检查之后确定没有什么大碍，严真犹是不放心，拉着医生问：“光打几瓶点滴就可以了？”

年轻的医生笑着解释：“没事了，是供血不足导致呼吸不畅。老人家血压有些高，这方面要多注意，不要让她受过多的刺激。”

严真点了点头。

涂晓送医生离开。严真站在床边，除了替奶奶掖掖被角拢一拢头发之外，其余时间一动不动。小朋友看着她也不敢说话，顾淮越安置好小朋友，走过去箍住严真的肩膀：“严真。”

严真回过神来，看着他。

“别担心了，奶奶没事。”

“我知道。”她握住了他的手，“谢谢你。”

顾淮越刮刮她的鼻子：“说什么傻话呢？”

严真低头，没有反驳。待得奶奶的呼吸变得绵长均匀后，严真才转过头，看着顾淮越说：“淮越，我有些话从来没有告诉过你，我本来不想提，只是现在好像不行——”顿了顿，她又说，“所以你先等我一会儿好吗？等我把问题处理完了，再告诉你。”

顾淮越看着她，有些担心：“我不会勉强你，所以你也别强迫自己。”

严真紧握了握他的手，算是答应。

走廊外，蒋怡有些不安地双手交握着来回走动。直到病房门打开，看见严真从里面走了出来才慌忙迎上去：“怎、怎么样？”

严真看着她，不知道该用什么语气来回答她的问题。只是蒋怡脸上的表情太过急切，那种担忧的心情严真感同身受，所以此刻只是微哑着声音回答了一句：“没事了。”

“那就好。”蒋怡放下心来。

见她一下子轻松下来，严真不由得又想笑：“谢谢您来看淮越，我奶奶身体稍有不适，怠慢了您还请见谅。”

说着像是要转身离开，蒋怡眼疾手快地拉住她的胳膊：“严真！”

严真站在原地没动：“您还有事吗？”

蒋怡看着她，有些艰难地开口：“我想，我想进去看看她，你看行吗？”

严真并未答话，只是用一双原本温和此刻却透出毫不掩饰的疏远的眼睛认真地凝视着她，这种对视直至心底，看得蒋怡颇有一些无措：“如果不方便，那我，那我……”

“没什么不方便。”严真接过话头，“不过我想为了奶奶的身体健康，您还是少见她为妙。”

“严真，我……”蒋怡看着严真有些漠然的表情，不知道该说些什么。

严真看着她，说：“其实说实话，自从上一次见过您一面之后我一直刻意不想让奶奶见到您。因为毕竟有些事情您不记得，我们还记得。”说到这里她忽然笑了笑，像是在自嘲，“有时候健忘真是一件幸福的事。”

她话中的讽刺如此明显，蒋怡想当听不明白都不行，神情也跟着有些尴尬。沉默了须臾，蒋怡才迟疑地开口：“严真，我想你可能有些误会，我跟你奶奶还有你父亲……”

“请您别提他。”严真忽然打断她的话，不顾蒋怡的惊愕再一次重复，“请您别随意地提起我的父亲。”因为，你实在不够资格。

蒋怡或许从来没有料到，不久之前她还认为温婉柔和的一个人会用如此生硬的态度来跟她说话。这不是一个谈话的好时机，她缓缓地回神，拢了拢耳边的碎发，试图遮掩住渐露的疲态：“那好，那我先回去了。”

严真微微点了点头，目不斜视地任由她从自己面前走过。

严真知道，在这一场角力中她胜利了，不费吹灰之力。但是她同时也明白，此刻的她比以前任何时候都要尖酸刻薄。

回到病房的时候奶奶已经缓了过来，小朋友正歪着脑袋坐在床边逗奶奶笑。奶奶的身体有些虚弱，可还是强打起精神来应付他。没一会儿顾淮越走了过去，提溜起小朋友的后衣领子往外走，看见严真推门而入，顿住了脚步：“回来了？”

“嗯。”严真摸了摸脸，从他手里接过小朋友，“你们这是去哪儿？”

顾淮越垂眼看着严真替儿子整理外套：“我把他交给涂晓，让她带着珈铭回家睡一晚上。”

一是因为在医院里怕小朋友睡不好；二是因为突发事情太多，怕影响到他。小朋友当然不乐意，可看大人这么忙，只好噘嘴答应了。

严真亲了亲他的脸蛋，目送两人离去。身后忽然传来奶奶一声轻微的咳嗽声，严真回过神来，快步向病床边走去：“奶奶，睡一会儿吧，时间还早。”

奶奶摇摇头：“人老了还是少睡的好，睡多了就不妙了。”

严真笑了笑，还是替她掖了掖被角。奶奶看着她做这一切，最后缓缓伸出手来，握住了她的：“她走了？”

“嗯。”严真努力装作若无其事，“您还有没有不舒服的地方，咱们就在医院，叫医生也方便。”

奶奶微微摇了摇头，看着窗外渐渐浓起来的暮色：“这一趟我是真不该来，给你们带来了麻烦不说，还看见了不想见的人。”

“奶奶。”严真握住她的手，“您别这么说，我和淮越都很想您和珈铭。你们来了我们高兴。至于其他的事情，是预料之外的，您别往心里去。”

“我知道。”奶奶反过来拍拍她的手，“只是，蒋怡她……”

“我也知道！”严真适时地截过奶奶的话头，不让她多说，“我都明白。”

“你都知道？”奶奶从没跟她说过这些，此刻听她这么一说，自然是有些惊讶的，强撑起上半身问，“你、你怎么知道的？”

看着奶奶焦急的神情，她不免有些无奈：“您和爸爸老当我是孩子，其实我已经长大了，该知道的都知道了。”眼见着奶奶因为她不说重点又要着急，严真连忙说，“好啦，我曾经在爸爸的相册里看到过一张照片。”

那是一张双人照，照片上的男人穿着一身简单的军装，算不上英俊的脸庞上洋溢着淡淡的幸福笑容。

那是她的父亲。严真猜想，父亲之所以笑得这么开心或许是因为怀中的女人。那个被他轻轻揽在怀中的女人长相非常漂亮，嘴边有着淡淡的笑容。

严真看到这个照片的时候已经知道了“母亲”这个词。她不敢把这个词随便往这个女人身上套，可是直觉告诉她，那次父亲病重时喊出的“蒋怡”两个字，就是这个女人的名字。

或许，“蒋怡”会是她的母亲呢？那她在哪里呢？

这个问题的答案是醉酒后的父亲亲口告诉她的。那次奶奶不在家，父亲因为庆功会喝了许多酒回到家里。那时还幼小的她一边照顾父亲一边想着照片，嘴里小声嘀咕着：“要是有妈妈就好了。”

谁知父亲竟然听见了，躺在床上呵呵地笑：“傻孩子，你妈妈早走啦！”

严真就问：“那你怎么不追回来？”

父亲压着酒意，抬起手臂，揉了揉她的头发：“追不回来了，都追不回来了。”

那时严真还想追问下去，可是父亲摆了摆手，终究不胜酒力地睡了过去。醒来之后的父亲不记得自己说过什么，而从那时起严真也没再提起过关于母亲的任何话题。

“我知道这是咱们家的忌讳，您和爸爸都不愿意说起，索性我也就不再问了。”

严真淡淡地结束了回忆，一直看着她的奶奶却叹了一口气：“你打小就乖巧听话，从不问我和你爸爸任何关于你妈妈的问题，有时想起来我还觉得纳闷。没想到你自己已经知道这么多了——”说到这里奶奶笑了笑，“看来你爸说得没错，你从小就是个心事重的孩子，什么事都是在心里压着，闷葫芦一样。”

严真明白，心事闷久了就成心病了，心病不好医，所以这么多年来她努力让自己别想那么多，快乐地生活最重要。而现在，她依然这么要求自己。

严真揉揉脸：“好了，不说这个了。这瓶输完了，我去叫护士来给您再换一瓶！”

说着站起身向外走去，步伐不似之前平稳了，倒有些风风火火。

奶奶一看，就知道她是在刻意地躲避这个话题。

其实这样也好，她不需要知道那么多，现在的生活对她而言，就是一种幸福。

小朋友的假期本来很短，不过由于奶奶这意外的事故，小朋友和奶奶的归期延迟了两天。

就这么几天的时间，嘴甜的小朋友把涂家的老头和老太太哄得开心得不得了，住了一晚上之后硬又多留了两晚。每天涂军医都是拧着眉把他带过来的，这还用说嘛，有人得宠自然有人失宠。

今天早上涂军医来交接小朋友的时候带来了一个好消息，说是顾淮越的手术日期定下来了，严真听了喜不自胜，抱着小朋友亲了几口。

而小朋友对于这两天严老师把他扔给别人的行为非常不满，穿着小牛皮鞋的肥脚丫在地上跺得很响，以致严真不得不出声提醒他："小声点，病房里的叔叔阿姨和小朋友们都正在休息呢。"

小朋友噘嘴："谁让你不跟我玩！"

小朋友生气无比，好不容易来一趟，结果这两个大人还要把他托管给别人。现在好了，他今天就要回家了。严真也有些内疚，正准备抚慰这小家伙的时候抬眼看着有两个分外眼熟的人坐在病房外的走廊上，脚步不由得顿了顿。

是蒋怡和奶奶。

严真的手微微握紧，嘴唇也紧紧抿住，在原地停留片刻之后拉着珈铭快步走了过去，看到就披一件单薄的外套的奶奶就不由得有些火："奶奶，您怎么穿这么少就出来了？"

说着看了看蒋怡。蒋怡对于她的出现是有些意外的，对她展露的笑容也显得有些僵硬。对于蒋怡的一切，严真努力让自己装作视而不见。

奶奶也被她吓了一跳，平复呼吸之后有些慌乱地看了她一眼："我这就进去，你着什么急？！"说着不理严真了，看向蒋怡，"你回去吧，别再来看我了。该说的话我都已经说过了，你也应该明白。”

蒋怡点点头，又看了严真一眼。目光中似是有些无奈，见严真又撇了撇头，蒋怡不由得苦笑一番，拎起包转身离开。

蒋怡走后十分钟内，严真一言不发。

将早饭给奶奶和珈铭盛出来，剩下的留给尚未睡醒的顾淮越。他这几天因为旧疾复发睡眠一直不好，医院方面一边给他检查等结果一边在尽快安排手术。昨晚又是疼了很久，凌晨时才渐渐睡去。严真有些心疼，早上便不叫他，让他多睡一会儿。

奶奶一边喝粥一边看着严真的脸色，像是犯了错误的小孩一样，末了，低头嘟囔了一声：“我没跟她说什么，就是说你现在很好，让她不要再来打扰你了。”

“嗯。”

“我知道你不愿意面对她，所以这不给你拦住了吗？谁想你去接珈铭回来得那么快。”

严真又嗯了一声，原本绷紧的下颌线松缓下来，嘴唇的弧度渐渐柔和起来：“我知道了，赶紧吃饭吧。”

来接奶奶和珈铭回去的车已经等在医院门外了。吃过早饭，奶奶就开始收拾行李。

按照严真的想法是等顾淮越醒来一起送他们走，可奶奶拦住了她，不让她去打搅顾淮越休息，他们悄悄走就行了。奶奶倔强起来严真也没有办法，只好转身去帮珈铭收拾东西。

送他们上车时，小家伙可怜兮兮的表情看得严真有些难受，却只能强忍住鼻尖那股酸涩，替他背上小书包：“等手术结束了我们就回去，不会很长时间的。到时候爸爸也会有时间，我们再带你一起出去玩，好不好？”

小家伙颓丧地低着小脑袋：“你们总是说话不算话，说好带我出去玩可每次都要反悔。讨厌！”

严真哑然，只能捧着他的小脸蛋亲了一下，保证道：“这次绝不。”

“真的？”小家伙一瞄一瞄地看着她，似是还不能够相信。

严真捏捏他肉嘟嘟的脸蛋：“拉钩保证怎么样？”

小家伙犹犹豫豫，还是伸出了手，一边拉钩一边嘟囔着：“这次要再反悔，我就不要你们了。”

“好。”她轻声应道，目送他们离开。

严真从来都不习惯这种分离的场景。尽管身为军人的女儿和军人的妻子，这样的场景注定是不可避免的。

可是有句话说得很好，如果等在痛苦之后的是幸福，那么跨越这点沟壑的艰难还算得了什么呢？等待的人有千千万万个，可并不是每一个人都能获得幸福。她，应该知足。

严真笑笑，转过身向里面走去，只是尚未走几步，就听见身后传来一道熟悉的女声：“严真，我们能不能谈谈？”

严真的脚步顿时滞在原地，她有些缓慢地转过头去，看见蒋怡一脸期待地站在她的身后。原来她还没走。

一瞬间严真又覆上了一层冷漠的面具。其实她并不擅长给人冷脸，但是她更不知道应该拿出什么样的情绪来面对蒋怡。

“谈什么？”她淡淡地问。

蒋怡见她没有直接拒绝，便有些高兴：“如果你愿意的话我们就去医院外面的茶馆坐坐，不会耽搁你很久。行吗？”

看着她期盼的目光，严真第一次恨自己不能再心硬一些，这样自己就可以毫无顾虑地向她说不。现在的自己，做不到。

沉默了一会儿，就在蒋怡的神色渐渐变得尴尬的时候，严真默默地点了点头。

医院外的茶馆。

严真并不常来这里，随手点了一壶花茶，给自己和蒋怡各倒了一杯，看着升腾而起的雾气没有说话。

蒋怡轻啜了一口茶，放下茶杯后抬头凝视着严真。

或许是她的错觉吧，她总感觉能够与她面对面坐下的严真并不像前两天在医院见面时那样剑拔弩张了。她想，现在或许是谈一谈的时机了。

蒋怡斟酌着开口："严真。"

"嗯？"严真抬头直视着她，眸光中未来得及敛去的冷意让蒋怡顿了顿。

她微微一怔，很快又恢复了得体的笑容："我知道，你可能很生我的气，因为我不顾你的劝告又来看了你的奶奶。但是严真，有些事情，我真的很想知道。"

严真摩挲着茶杯，哦了一声："我明白，可是我说过，我不太想在你面前提起我的父亲。"

"严真，你别这样——"蒋怡伸出手想要握住她的，严真下意识地往后缩了缩，蒋怡便尴尬地停在了原地。

严真想，蒋怡这辈子估计都没有这么低声下气过。

这么说，她确实选对了丈夫，能够让她受人尊敬，不懂得什么叫走投无路，更不懂得什么叫灰心绝望。

"我父亲从来没有提到过你。所以，我也不知道该对你说些什么好。"严真看着她，淡淡地说道，"我父亲死得太突然，也没有来得及留下什么遗言，我赶到的时候他的全身已经僵硬冰冷。我曾经试图问过关于我母亲的种种，不过那是在他喝醉酒的时候，他醒着的时候我从来不敢提，因为我怕他会难过。"

"他去世了？"蒋怡的脸色一下子变得煞白，几乎是不受控制地从卡座里站起。

严真抬起头看了看她，眼睛内是一片平静："奶奶没有告诉你？我父亲已经去世很多年了。"

蒋怡几乎是有些目瞪口呆地看着她："他、他是怎么死的？"

"突发急性心肌梗死，送到医院时已不治身亡。"意识到自己的声音有些沙哑，严真慌忙喝了一口茶，清了清嗓音，"不过这些与你可能没有什么关系了。"

蒋怡迷茫地看着她，许久才眨了眨眼睛，坐了下来："怎么会这样？"似是在问严真，又似是在喃喃自语。

严真默默地为两人倒了最后一杯茶："没有什么不可能。"她笑了笑，看着蒋怡，"我跟淮越过得很好，所以我一直觉得，过去的一切都不那么重要了。如果可能的话，我真想当作你没出现过。我不想知道你的身份，因为那个对我来说已经属于过去的一部分，也不介意你的家庭，只要我们互不干扰。请问……"说到这里她顿了下，像是在斟酌用词，"请问，你能满足我的这个要求吗？"

"严真，我……"蒋怡有些慌乱地站起，可是看见严真的目光如此坚定，她终究还是妥协了。像是支撑她的力气全部用尽，她几乎是瘫坐在了卡座里，连声音都沙哑无比："好。这段时间打扰了，对不起。"

严真笑笑，努力维持镇定地说："没关系。"

说完严真招来服务员结了账，向蒋怡微微点了点头，不等她的反应，直接站起身来迅速离去。

她想，或许没有比这样更合适她和蒋怡的结局了，她不想让父亲失望，亦不想勉强自己，所以唯一的办法就是：当陌路人。

"发什么呆呢？"

一只白皙的手在眼前晃了晃，严真醒过神来，没好气地瞪了涂军医一眼，顺便掩去了眼底的阴霾：“有事？”

“瞧你这语气。”涂晓撇撇嘴，“我是来告诉你好消息的。”

“什么好消息？”她狐疑地看着她。

“参谋长的手术日期定下来了，看看吧。”说着塞给她几张薄薄的纸。

严真有些意外，看了她一眼又低下头去看这份文件，眼梢间尽是兴奋与激动。涂晓看着她，浅浅一笑，转身忙去了。

看着这些，严真着实松了一口气。

手术结束之后顾淮越就可以回C市休养了。天气渐渐变凉，她还是喜欢C市多一点。因为那里比B市要温暖一些，要舒服一些。而且她还有一个小心思，那就是回到C市之后，顾淮越就算想忙工作也不行了。

这段时间他虽说在养伤，可时有师里的人来找他谈一些部队上的事。她也知道他不能完全脱离工作，可是她更想让他好好养伤。身体是革命的本钱嘛。

严真发现自己现在对顾淮越是越来越依赖，第一次在医院见到蒋怡的那天晚上，她曾试着跟他说起她与蒋怡之间的事。其实事先她不是不犹豫的，而他用一句话就打消了她的疑虑，他告诉她，不论她做怎样的选择，他都会支持。严真为之深深感动了，因为这不是每一个男人都能做到的。幸运的是，她选择了他。

今天来找顾淮越的是刘向东，两人借了医院的一个小会议室谈了半天，等到刘向东离开的时候，已经是晚上九点了。顾淮越回到病房的时候严真正在铺床，听见声响抬头冲他笑了笑：“回来啦？老刘走了？”

“嗯。”顾淮越淡淡应一声，在床尾坐下静静地看着她忙碌。

“怎么了？”严真不由得多看了他两眼，顾淮越则轻轻一笑，握住她的手。

“严真。”

“嗯？”

“我刚刚算了算，结婚以来，我们在一起的时间好像连三个月都没有。”

严真不免有些诧异，看着他认真的样子笑了笑：“内疚啊？”说完手敲下巴做出一副认真思考的模样，“其实我已经很知足了，你想我们才结婚一年多，总比三年不见丈夫一面的军嫂幸福。”

顾淮越看着她，嘴角微微翘起，原来这女人这么容易满足。这么想着，他就不由自主地伸出手想要把她揽得近一些。而严真微微有些脸红，见自己不知不觉又被他拐到了腿上，忙用手推他：“放我下去，你赶紧休息，明天还得做检查为手术做准备！”

顾淮越却是纹丝不动，箍着她的腰的手紧紧的，语气却是闲适自得的：“不想放。”

这，这人是想干吗？严真恼羞成怒地在他腿上挣扎，忽听顾淮越暗吸了一口气，她立刻停下动作抬头紧张地看着他：“怎么了，弄到你腿了？”

顾淮越的眼睛亮亮的，如果放在平时严真可能没那么容易上当，可现在他身上有伤，再加上他身体处于紧绷状态，严真一慌就什么都不顾了。

“是有点疼。”他又缓缓吸了口气，“你先别乱动，我扶你下来。”

“好。”严真小心翼翼地配合着他挪动双腿，可脚尖刚一触地还没站稳，就立马被迫换了个方向翘了起来——她被压倒在床上了！

看着慢慢倾过来的顾淮越，严真气急败坏：“你、你怎么要无赖！”

“本来是想逗逗你。”顾淮越有些无辜。

“那怎么成现在这样了？！”严真忍不住晃荡着双腿表示抗议，可没几下就被压制下去了。

“后来——火就被你引起来了。”

那么久没碰她，还敢在他身上乱动。顾参谋长觉得自己很有理由怀疑她是故意的。严真欲哭无泪，你说这人明明受伤未好怎么力气还这么大。衣服被脱了一半了，也就是说械被缴了一半了，严老师依旧负隅顽抗着。

“你、你的腿……”

“不碍事。”

“等会儿，等会儿有人查房……”某人的手已经让她语不成声了。

“更不碍事。”

听见动静就自动退下了。不知是他的理由太充分还是她的抵抗意志太薄弱，没多久严真就已经溃不成军了，迷乱中伸出手揽住了他的脖子，无意识地将他带得离自己更近。顾淮越低低一笑，抓紧时机攻下了最后的防线。严真周身一僵，下一秒便沦陷在快感之中，难以自已。

这一夜纵欲的后果就是第二天一大早严真拖着酸软的双腿“含泪”去水房毁灭“证据”，春风得意的顾淮越则是利索地洗了一个澡准备上午的术前最后一次检查。

正在严真一边扶腰而立一边盯着面前转动的洗衣机滚筒发呆时，肩膀忽然被人从身后拍了一下，她吓得一个激灵转过身去，看清楚是涂晓之后松了一口气。涂晓看着她龇牙咧嘴：“这么紧张干啥？”

“没、没事。”严真支支吾吾地转过头。

涂军医瞅着她奸笑几分钟，严真被她看得发毛：“你还在这里干什么？不用工作了？”

涂军医毫无负担地摇摇头：“今天轮不到我了，去边防哨所组织体检的老军医回来了，手术由他负责，顾伯伯那边也替你通知了。这下你可以完全放心了？”

这样当然更有保障！但是顾及涂军医的面子，严真只是微微笑了下。

涂晓托腮看着她忙，微微叹了一口气："你们这样真好。"

"嗯？"

涂晓耸耸肩，露出一个笑容："我是说你们现在这样真好，看着真叫人羡慕。"

严真扑哧一笑。其实他们走到今天并不容易，到现在严真还能回忆起第一次见他时的样子，那时还以为只是简单地见家长，没有想到会走这么远。

"人生的际遇有时候真的很奇妙，说不定在什么时候遇到的人会成就你一辈子。"

"哎哎哎，你这就酸了啊！"单身的涂军医表示强烈不满，严真眨眼笑笑，端着盆子去外面晾床单。

老军医在了解了顾淮越的病史之后做出了详细的康复安排。顾参谋长看了头更大，要全按老头子的走，别说半年了，一年之内能完全参加部队日常工作他都要举杯庆祝。而有了权威撑腰的严真底气更足了，一路扶他散步的时候也是雄赳赳气昂昂的。

顾淮越又一次声明："我之前答应的是半年，现在你也不能反悔。"

严真装没听见。

"严真？"

"哎呀，你烦不烦。"严真挥挥手，像是要挥走一只聒噪的乌鸦一般。顾淮越眯眼看着她耍赖，心底却是彻底地服了。得，谁让昨晚他占尽了便宜。现在姑且嘴上吃吃亏，以后再慢慢磨，打定主意之后顾淮越伸出手揽住了严真。

严真用余光将他有苦说不出的表情尽收眼底，竟觉得这男人此刻有些——可爱。

她微翘嘴角，可笑容还未达眼底就被站在不远处病房门口的人硬生生地扼杀了。

沈孟娇？！她下意识地在原地站住，望着这个几乎快要被她遗忘的人。

沈孟娇一脸苍白，视线只是在顾淮越身上微微略过，而后定定地锁住严真，离近些会发现她的情绪起伏很大。

顾淮越察觉到了，礼节周到地与她打着招呼："孟娇，你来了。"

沈孟娇淡漠地笑了下："如果可能的话我也不想过来。"

顾淮越眉头微皱，很快又舒展开来，他拍了拍严真的肩膀，将她唤回了神："先进屋。"

严真点点头，尚未来得及说话就听见沈孟娇说："我想单独跟你谈谈。"

闻言，顾淮越倒先笑了："你要跟你嫂子说什么还得避讳我？"

沈孟娇没说话，只是静静地看着严真。严真沉默须臾，终究还是转过身去拽了拽顾淮越的衣袖。"让我跟她谈谈。"见他要反对，她笑了笑，"有些问题总要解决。"

顾淮越抿了抿唇，最终在她坚持的目光下放缓了语气："那你们在这儿说，我去找老军医聊聊。"

"嗯。"严真点点头。

直到顾淮越的背影消失在走廊，严真才转过身来看着沈孟娇："进屋吧。"

沈孟娇咬了咬唇，踩着高跟鞋跟她进了病房。

严真仿佛对她的情绪没有任何察觉，甚至还礼节周全地为她倒了一杯茶，完全把她当作客人一样来看待。

沈孟娇没有理会摆在面前那杯冒着热气的茶，直言道："我问你，那天我妈来医院，你跟我妈说了什么？”

“什么也没说。”

“你少敷衍我！”沈孟娇不由得火了，“没说什么我妈怎么会一回家就翻箱倒柜地找照片，找到了照片就抱着一直不肯撒手流眼泪？！从那之后情绪就不太稳定，你现在告诉我什么也没说你让我怎么信？”

“那你可以去问你妈妈，没必要跑到这里来大呼小叫。”严真沉声道，“淮越还在养伤。”

面对她几乎是有些严厉的话语，沈孟娇一边努力地控制自己的情绪一边说：“如果真的可以问的话我早就问了。关键问题是爸爸不让我问，说那是我妈的心病。他们都清楚明白得很，却又瞒着我一个人！”

“那你怎么不去问问他们为什么瞒着你？”

“还不是因为你！”沈孟娇疾声道，“你我之间的尴尬之处我妈都清楚，她不可能告诉我的！”

到底还是个有妈妈疼的人，严真不禁握了握拳，抬起头时表情已经恢复如初。“是啊，他们怎么可能让你知道。”她说着，忽然觉得很好笑，“你妈妈怎么可能会让你知道，我很有可能是你的姐姐？”

同母异父的姐姐？这种话光听着都滑稽万分。而且沈孟娇也确实不信，她挺直了身，结结实实地吃了一惊：“你、你开什么玩笑？”

严真苦笑，她自己也希望这是玩笑。

严真的沉默对沈孟娇来说就是承认，她几乎是死死地握紧拳头才没让自己当场失态。

“你、你是从什么时候知道的？除了家属院那一次之外我不记得我妈妈什么时候跟你见过面。”

“见过的。”无视沈孟娇的惊讶严真淡声说着，“不过你不会记得，在C市，顾老爷子的寿宴上。”那是她二十几年以来第一次看到照片上的真人，连严真自己都觉得奇怪，过了这么久她竟然一下子就能认出对方来，“而且，说来好笑，我父亲的相册里有一张他与你母亲的合照。你母亲，年轻的时候很美丽。”

沈孟娇跌坐回沙发里，神情与蒋怡得知她父亲逝世的消息时别无二致。而严真依旧稳坐在她的面前，静静地看着她。

不知过了多久，沈孟娇才哑着声音开口：“那、那天晚上是他带你去的？”

严真没有说话，表示默认。

“这么说，你们从那个时候就在一起了？”沈孟娇蓦地自嘲地笑了笑，“那我的行为在你眼里应该很可笑吧。我喜欢他，甚至为此去当了珈铭的班主任，哦，对了，那之前还是你的工作。你肯定，背地里笑过我很多次了吧？”

“那时我跟淮越也只是刚认识没多久。而且你觉得那时候我有资格有时间嘲笑你吗？我那时自顾不暇，托你的福。”

“所以你就跟刚认识没多久的人结婚，算是对我的报复？”

沈孟娇厉声反驳，此言一出，两人都愣在那里。连沈孟娇都没有想到她会脱口而出这样的话，她有些不太相信地看着严真。

而严真很快回神，脱口而出：“你没有资格随意评价我的婚姻。”

“那敢问知道你这桩婚姻的人有多少？”一瞬间的失神仿佛让沈孟娇抓住了把柄，她厉声问，“整个学校里面，除了我之外还有谁知道？连你的好朋友王颖恐怕都不清楚！”

“那能说明什么？”严真皱眉。

“只能说明你心虚！你心里有鬼，怕别人知道！”

十七个字，掷地有声。严真一时竟找不到反驳的词。

心虚？她怎么可能会心虚？

严真抚了抚额，试图想清楚沈孟娇的话，可此时门口传来一阵敲门声。声音低缓，却格外清晰。

严真与沈孟娇对视一眼，拖着脚步去开门，门外站立的人让她豁然睁大了双眼，几乎是有些结巴地打着招呼：“爸，爸爸，您来了。”

来人正是顾老爷子顾长志。

老爷子淡淡地嗯了一声，抬眼将屋内两人打量了一番，才缓缓地开口：“淮越呢？”

严真怔了一瞬：“淮越，淮越他说去找医生谈谈手术的事，刚去没多久。”

“哦。”老爷子点点头，“那你们两个接着聊，我去看看。”

拢头发的动作顿了顿，严真有点不明白老爷子现在的意思了。她看了沈孟娇一眼，说：“我跟您一块儿过去吧，我们，我们谈完了。”

沈孟娇也回过神来，向顾老爷子微微鞠了个躬：“伯父，我先告辞了。”

顾长志露出点笑意：“给你父亲带好。”

沈孟娇点点头，经过严真时顿了一顿，随后快步离开。

顾长志一直背手站在门口注视着沈孟娇，直到她的背影渐渐消失在走廊尽头，才缓缓转过头来，看着严真说：“走吧。”

严真不确定老爷子听到了什么，也不知道老爷子听到了之后心里作何感想，可眼下他并没有提起，自己也不好直接问，只能点点头默默地跟在老爷子的身后。

正是下班时间，走廊里来来往往的人不少，在一片嘈杂声中严真心绪难宁。

不只是因为蒋怡的事情，也不是因为沈孟娇的一番话。让她真正觉得恐慌的是在沈孟娇说完那十七个字之后她忽然觉得心底一沉。

她是——心虚吗？

走在前面的顾老爷子步子忽然顿住，严真在鼻子差点撞上他的时候收住了脚。顾老爷子回头看看她，见她仍是一副迷糊的模样，不由得笑了笑："你看你比我还糊涂，我听涂晓说老二的主治医师给换了，这换了的医生的办公室在哪儿我还不清楚呢，你走前头带路！"

严真尴尬地笑了笑，抓头走在前面。

去得不巧，办公室里老军医和顾淮越都不见人影，只有一个实习医生模样的年轻人在替老军医整理桌案。年轻医生微笑着告诉她老军医带着顾淮越去做详细检查了，让他们稍等片刻。

严真点点头，看向老爷子："爸，您看？"

"就在这儿等会儿吧。"老爷子说着，在屋里的沙发上坐下。

老爷子前几天就接到了涂晓的电话，可惜工作一直太忙没时间过来。正逢今天B市有个总参办的老干部活动，他应邀参加，结束之后衣服都来不及换就直接过来了。肩章上那一麦三星让面前的年轻军医有些紧张，老爷子向他示意："你去忙吧。"

年轻军医点点头，快步离开。

严真在原地站立片刻，想起还没给顾长志倒茶："爸，我去给您倒杯水，您等等。"

"不用了。"老爷子摆摆手，"刚喝了一肚子的茶水过来的，你坐下。"

"哦？好。"严真重新坐在老爷子的对面。

老爷子摘下帽子，将它摆在腿上沉默地拨弄着金黄色的帽丝带。严真绞弄着手指，觉得自己应该说些什么。只是还未待她开口，顾老爷子就抬起了头，看着她："昨天你妈去了你跟淮越的房子一趟，正巧接到你学校打来的一个电话，说是你的手机一直打不通。"

严真哦了一声，拿出手机一看才发现是停机了："学校是有什么事吗？我来得有些匆忙，只跟常主任请了个假。"

"没什么事。"老爷子笑笑，"你同事说教育局十一月要组织青年教师援藏，去林芝市的一个县支教，为期半年。问你报不报名。”

“援藏？”

“嗯。”老爷子点点头，“你妈替你回绝了，说是那里太远又太辛苦，你这段日子已经够累了，不能再让你去那里受罪。”

严真微微一笑：“我不累。”

“是吗？”老爷子说着，似是若有所思，“你同事倒是挺遗憾的，因为学校提倡单身青年教师参加这类活动，说是没有后顾之忧。”

闻言，严真一下子从椅子上弹了起来：“爸——”

照这情形老爷子一定是明白了什么，严真急急地想解释，却被老爷子抬手压了下来：“孩子，你妈是个粗神经什么也没多想，回家跟我讲的时候也是当个笑话。可我没当笑话听。”老爷子看着她说，表情严肃，“你跟淮越结婚的事，你学校的同事都不知道？”

严真垂眉没说话，效果等同默认。

“为什么不说？是不是觉得只简单地领个证没办婚礼说不出口？”

“不是！”严真急忙抬头，“不是因为这个！”

“那是因为什么？”老爷子问，“难道，真像孟娇说的那样？”

严真咬住下唇，低着头。

“丫头，你别怕。我不是逼你，我只是想弄明白这是怎么一回事，是什么事让我这么优秀的儿媳妇这么为难。”说完老爷子看着她，目光温和耐心。这在一个一生雷厉风行的人身上是少见的。

严真的双手握紧了又松开，松开了又攥紧。终于，她抬起头，看向老爷子：“爸，我跟淮越当初结婚的时候确实有些匆忙，其实不光是我，连淮越也一样，我们两个都有点赶鸭子上架，内心没底，可都不想让对方看出自己没底。”

“我明白。”老爷子说，“这事也跟我和你妈有关，是我们催淮越催得太紧了。”

严真摇摇头："我不是怪你们。"

她尽量用平静的声音把当时的情形说出来。老爷子听得很认真，表情却也越来越凝重。严真说完几乎不敢直视他，默默地低下头。

老爷子沉默下来，似是在消化她说的话，半晌才开口道："那你的亲生母亲是蒋怡吗？"

"我没向她求证，因为答案对我来说已经不重要了。"

"可你毕竟还是在意的。"老爷子直言，"所以，孟娇的话至少说对了一半。"

她确实是心里有鬼，当初决定嫁给老二，怕是真的有报复蒋怡和沈孟娇的意思在里面。她过不了自己的心坎，怕别人问起时不知该如何说，所以从不轻易向别人提及。

想明白了这其中的缘由，老爷子不禁长叹一声："虽然当初你跟淮越要结婚的时候我没有反对，但是我话还是说在了前头。这话不是对你说的，是对淮越说的，因为我知道他的心思。我怕他被逼急了随便找一个对象结婚敷衍家里，我怕他还像以前一样不成熟，结了婚之后过不好，我怕他最后又对不住你。"

"爸。"严真低低喊他一声。

"虽然你家世普通，可我相信我看人的眼光。你是个好姑娘，要是淮越为了自己对不住你，那就太不应该了，这不是一个军人应有的担当。可你知道我为什么没反对吗？我顾虑这么多，我太有理由对你们说'再想想吧''别这么着急'，可我最后还是答应了。丫头，你知道为什么吗？"

顾老爷子看着她，目光依旧是温和平静不失锐利的："因为你给了我信心。你说你们是最合适的，那我就告诉自己，让他们试试吧。我儿子什么想法这姑娘都清楚，就让他们试试吧。丫头，淮越若有一点瞒着你的地方我都不会同意，你知道吗？"

“我知道。”严真咬住唇，鼻间有抑制不住的酸涩，“您别说了，我知道。”

“让我说完。”老爷子笑笑，“因为我这话只说了一半容易让人误会我这是在故作高尚。我也不瞒你，我顾虑这么多，说到底还是为了老二。他现在都三十五了，婚姻大事上经不起几个折腾了，他跟你结婚前那几年怎么过的家里都清楚，没人想看他再那么来一次，你懂吗？”

老爷子话语恳切，严真唯有重重地点头。

又是一声低叹，老爷子说：“丫头，甭管老二说没说过，我都能看出来他把你放在心上了。他现在的状态比以前好很多，你妈和我看到了也都很高兴。可是我现在想问问你的感觉，你是不是跟他一样？”

严真也不知该如何回答。她其实非常明白自己对顾淮越的心意，但乍然被戳穿内心深处最隐秘的心事，使得她无法在此刻理直气壮地说出自己对顾淮越的爱。仿佛怎么说，都是在为自己辩解。

“爸，无论我们怎么开始的，现在我对淮越，都是真的……”

严真最终还是解释了句，声音有些苦涩。顾长志听完，却松了口气，他重新戴好了帽子，站起身来拍了拍严真的肩膀：“是真的就好，那这件事我们暂且先不提了。先去看看淮越，这两天他马上要手术了，不能在这个节骨眼上出岔子。”

“好。”严真沙哑地应道。

CHAPTER 18

协同作战的爱情

直到傍晚的时候顾老爷子才见到了顾淮越的主治医师。之前他只是从涂晓那里听说了一些，如今见了面才意外地发现给儿子主刀的这位医生竟然是曾经同自己一起上过前线的老战友，惊喜过后当下叙起旧来。

顾淮越趁机越过两位叙旧的老人走向低头站在一旁的严真，问："沈孟娇走了？"

"嗯。"

严真闷着脑袋点了点头，顾淮越撩了撩她的头发，看见她的脸色有些苍白："怎么了，脸色这么难看？"

"没事。"严真嘟囔一声，顺便赶走脑子里作祟的消极念头，"有点感慨还不行啊。"

她故意说得蛮横，引得他低低笑了："行。大不了让你从我身上讨点便宜回来，行了吧？"

若是放在平时她或许会瞪他一眼，可现在听到他说这样的话严真竟觉得有些忍不住，她猛吸了一口气才把这种感觉压下去："我刚刚听那个实习医生说你又去检查了，有什么问题吗？"

"没什么大问题。"他目光柔和地看着她，"老医生说怕裂口又有位移，影响手术计划。检查了一下没事。”

“那就好。”严真放下心来，紧紧地握住了他的手。

等老爷子叙完旧，三人一同回去，简单地吃了点晚饭。老爷子提出要先回去，晚上还有活动。正在收拾东西的严真听见了忙走了过来，老爷子用手势制止了她，严真只得留步。顾淮越将帽子递给老爷子，顺便嘱咐他注意身体。

“行了，你小子还唠叨我。”

老爷子说道，临走之前深深看了严真一眼。严真明白老爷子的意思，那是让她不要多想。她的心思老爷子全明白，可他依旧那么照顾她的情绪，严真为此无比感激。

“发什么呆？想跟着老爷子一块儿走？”

肩上被披上了一件长袖外套，严真扭过头去，对上顾淮越含笑的双眸。也没反驳他的话，就是紧了紧外套，钻进了他的怀里。

“能不能抱抱我？”她闷头问道。

顾淮越垂眼看着自动投怀送抱的人：“今天晚上怎么这么主动？”

“你抱不抱吧？”她故意做出一副凶狠的表情。

顾淮越笑了，一把将她打横抱起：“当然抱。”

不仅要抱，还得来个公主抱！而严真看他动作这么利索以为他又像那晚一样“狼性大发”了，吓得赶紧护住自己，谁知他把她放到床上之后竟然没下一步的动作了。

顾淮越单手支着脑袋无奈地看着她：“我有那么不靠谱吗？”

“谁让你爱搞突袭呢。”严真嗔他一声，用被子盖住两人。

别说，他还真想再突袭她那么一回。可惜后天就要手术了，这两天得“节制”。其实他在老军医办公室知道她哭过以后他就想抱她了，他大致能够理解她见过沈孟娇后的心情，也明白她此刻会有一些脆弱，只是长辈在场，他们两个小辈也不能太过亲密。所以，他只伸手揽住了她的肩膀。现在，她在他的怀里，他能感受到一份让他心安的踏实。

“睡吧，不要担心。”他轻声说。

“好。”严真靠进他的怀里，放任自己什么也不想，只享受这一刻的安宁。

一夜相拥而眠，第二天一大早老军医就把顾淮越叫了过去，说是昨天的检查结果出来了。严真要跟着过去，被顾淮越拦下了，他指着老爷子叫人送过来的保温桶：“先把粥喝了，我去去就回。”这架势就跟在自己家一样，一点也不像个病人。

严真失笑，坐在床头前一勺一勺地喝着粥，忽听一道低低的嗡嗡声从枕头下面传来，她翻出来一看，是顾淮越的手机。稍一思忖，她按下接听键，那头登时传来一阵急促的声音：“喂，是淮越吗？严真在不在，请她接下电话。”

这声音，是蒋怡的。

严真用力握了握手机，说：“是我。”

那头一下子沉寂下来，许久才有些迟疑地开了口：“我打你的手机打不通，所以才打了淮越的，打扰到他了？”

“没事。”

蒋怡这才放下心来：“那就好，我也没什么事，就是听娇娇说她昨天去找你了。你不要放在心上，娇娇的问题是我没解决好，我会跟她说明白的……”

“我知道。”打断她有些急切的话语，严真淡淡地说，“我不会在意这个，您也请放宽心吧。”

“……哎，好。”蒋怡连声应道，“那就不打扰你了。”

“请等一下。”严真出声叫住她，静了一瞬才说，“您现在有时间吗？如果有的话我们见一面吧，我有些问题想要问您。”

蒋怡一时有些错愕，她是没想到严真会主动提出见面：“好。”

挂了电话，估摸着顾淮越还得等会儿回来，严真披了件外套，向涂晓交代了一声就向医院外走去，走到院门口的时候正好看到蒋怡从车上下来。四目相对时严真从她的眼睛里看出了她的疲惫和病态，看来沈孟娇没有骗自己，这几日蒋怡过得确实不好。

依旧是上次那个茶馆，点的依旧是上次那种茶，严真默默品尝了一杯之后才开口问道：“我之前说过不在意您的身份，可昨天孟娇找过来质问我的时候我忽然发现这个问题还是弄明白比较好。”握紧茶杯，严真抬头看向蒋怡，“这样问或许有些冒昧，但是我想知道，您，到底是不是我的亲生母亲？”

蒋怡听了前半句就明白严真要问的问题了，此刻她沉默着，搁在桌子上的双手也不由自主地攥了起来：“严真，我答应你奶奶不会向你提起这件事。”

“可这个问题不说清楚的话，我和您的家庭都永远无法释怀。”

“严真，我——”

“我懂奶奶的意思。”严真说，“不过这是我的问题，不能总让奶奶替我承担。”

蒋怡直视着严真，她从未见过严真如此坚持固执的一面，这个脾气倒真像老严。

动了动唇，她有些迟缓地说出三个字：“我不是。”

得到答案的严真脑中有一瞬间的空白，随后她抵着桌子，哑声问：“那我的父亲为什么会一直留着你的照片？我的亲生母亲又是谁？她现在在哪儿？”

“严真——”蒋怡惊慌地看着有些失控的她。

“请您告诉我！”

被她一连串的问题逼得毫无退路，蒋怡眼睛紧紧一闭，声音有些沙哑地说：“她去世了。”

四个字，让严真彻底蒙了。这个答案对她来说确实是最容易想到的，可是当亲耳听到时她一时间还是无法全盘接受，坐在那里久久不动。

蒋怡也有些慌乱地喝了一口茶："其实我从来不愿意回忆这一段过去，即使你奶奶不提醒我我也不会随意在你面前提起。我以为你知道，可后来一想你的父亲为什么要告诉你呢，让你无忧无虑地长大多好。又或者等你长大了，到了可以承担真相的年龄了再告诉你。"蒋怡抬头看着严真，"我怎么也没有想到，老严他会去得那么早。"

严真的眼睛微微眨了下，像是在听。

"严真，你奶奶之所以不愿意让我告诉你是担心你。"蒋怡看着她，似乎是在思索怎么告诉她，语速也极为缓慢，"因为，老严他并不是你的亲生父亲。"

严真仿似没听清："你说什么？"

"我说老严他，不是你的亲生父亲。"蒋怡重复了一遍。

严真登时从心底倒抽一口凉气，撑着桌子霍地站起来，眼睛死死地盯着蒋怡，几乎是从牙缝里挤出来一句话："怎么可能！"

她以为这样可以吓退蒋怡，可蒋怡没反驳，依旧是那样看着她，仿佛陈述的是一件再平常不过的事。到头来吓到的反倒是她自己，严真撑着桌子微微有些颤抖："从我有记忆起他就陪在我身边，他待我那么亲，怎么可能不是我的亲生父亲？！"

"是真的。"蒋怡此刻看她的眼神就像在看一个孩子，"你的亲生父亲也是一名军人，他跟老严一起长大，一起入伍当了兵，直到他调去了西藏的一个边防哨所才分开。你的父亲是名令人钦佩的军人，因为他与你的母亲一起驻守在边防哨所，看守输水管道看守了近十年。那么辛苦的生活工作条件，两个人相依相守，既幸福又艰苦。"

这样的夫妻哨所严真不是没有听说过，可她从未想过，这会与自己有关系。

“后来在你父亲还有两年期满转业的时候你母亲怀孕了，快要生产时你父亲就把你的母亲送到了县城医院待产，因为他每天都要值班，就请了个老乡陪你母亲住在医院。可以说一切都准备得好好的，就等着抱孩子了，生产的时候你母亲几乎是废了半条命才生下了你，还没看上你一眼就昏厥了过去，那时边防医院条件差啊，流出的血压根儿就止不住……”说到最后，蒋怡的声音已经哽住了。

就这么，去世了？严真听得甚至有些恍惚：“那我的父亲呢？”

蒋怡平复了情绪：“他把你的母亲葬在了西藏，后来又请假回了次老家，把你交给了老严和奶奶，让奶奶帮着带。他说自己没什么亲人，那边条件差，不能让你一个小孩子跟着受罪。上面也提议调他回来，可你的父亲他不肯，他说要留在那里陪着你的母亲，以后死了也要葬在那里。谁想竟是一语成谶，回哨所的路上就遇见了一场雪崩，一辆小车全部埋入雪中，救援队伍赶到把他们挖出来的时候全部都没有呼吸了。”

“再后来，老严执意把你留在家里。当时我们正准备结婚，为此事大吵了一架，后来，也就分开了。”蒋怡说着，有些惭愧，“现在回想起来，我还是会为自己当时的自私感到羞愧。”

话毕，是一阵令人窒息的沉默。严真静静地站着，直到手脚彻底冰冷下来才缓缓回过神来。她沿着椅子慢慢地坐下，抬头看着蒋怡，一时间思绪万千，像是有许多话要说。

蒋怡默默等待着，可最终听到的也只是这样一句话：“谢谢您，告诉我这些。”

见过蒋怡之后，严真有些恍惚。

她不是没有过心理准备。在见蒋怡之前，她告诉自己，无论什么样的理由她都可以接受，不是因为她豁达，而是因为她不想再让这些事情来扰乱自己的生活。可她唯一没有想到的是，真相会是如此让人难以置信。

小时候，在没看到照片之前严真会猜测自己的母亲是否在世，看到照片之后她会想照片上的人是不是就是她的母亲，唯一没有想到的是她竟是父亲领养的。

她现在很混乱。

她一想到她的亲生父母，那两个在雪域高原相依相伴近十年又双双葬在那里的从未见过的亲人，就会感到既陌生又难以想象。对于蒋怡，严真也不知该以什么样的态度对待，还有就是——顾淮越。

想到他的时候，严真眼皮忽然一跳。她用手指按按眼睛，抬头看见老军医和老爷子从病房外走来。

老军医和蔼地看着她："淮越呢？"

严真醒醒神，说道："师里来人找他谈些事情，马上就回来了。"回来之后她见淮越不在，一问，原来是师里来人了。

老军医笑着对老爷子说："等手术做完回去后你可得让你这儿媳妇好好补补，我看她的脸色比淮越还差。"

老爷子看着严真点了点头："听见没有，这是医生的命令，比我说话还管用。"

严真勉力一笑，低下头把碎发拢到了耳后。

话说到一半顾淮越回来了，被老军医逮住就是一顿教育："老顾你家这老二可没什么病人觉悟，这第二天要上手术台了还忙着坚守工作岗位。"

老爷子当即表态："我把他交给你了，你想怎么训就怎么训，我不插手。"

顾淮越对这两位老爷子的一唱一和很是无奈，只得偏过头来与严真相视一笑。

第二天手术，医生嘱咐晚上一定要早些休息，因为转天一大早就得起来做准备。也不是什么难做的手术，可持续的时间较长，先头工作比较烦琐。顾参谋长觉得还可以忍，因为手术一做完过几天就可以打道回府了，这是他跟老军医讨价还价半天才定下的。

顾淮越坐在床尾，看着不远处在跟涂晓交流术后注意事项的严真，嘴角微微翘起。等了一会儿，见两人还在说就忍不住出声赶人了。

涂晓龇牙咧嘴地走了，严真瞪了他一眼："你干吗，我还有事要问。"

"着什么急，等做完手术再说也不迟。"参谋长很有底气，想一想这段时间以来难熬的养病日子，顾淮越忍不住低叹，"终于快熬到头了，我都有点想顾珈铭这小崽子了。"

提起小朋友，严真不觉露出一个微笑："珈铭也一定很想你。"

"难说。"顾淮越平躺着瞅着她，笑了笑说，"说不定他更想的是你。小崽子有了娘就忘了爹了。"

严真被他这句话噎得无语了，她在他床边坐下，问："你这是在吃我的醋？"

顾淮越忍不住把她拉过来摁进怀里："好像是有那么点。"

"那你以后要多陪陪他。"

"会的，以后会有时间的。"他说着，看着她有些不解的样子又微微一笑，"等组织上正式找我谈话了我再告诉你。"

"那现在呢？"她斜他一眼。

"现在先保密。"

前几天刘向东来找他谈的就是这事情，说是某军校下来要人，席司令推荐的是他。问及原因，老刘只说他的身体不适合在野战部队待了。初听的时候顾淮越觉得好笑，早几年他从特种部队下来的时候带了一身伤，那时候也没听上面说啥，现在倒是觉出问题了。

最后还是老刘开导的他，让他多想想家庭，多考虑考虑严真。他这才有些犹豫，要知道，要他过去的那个军校在C市，哪方面都比B市方便得多。

严真并不知道这些，看着顾淮越一本正经的样子只想拍他一下，可也就是想想而已。忽然啪的一声灯被关了，严真的肩膀立刻被箍住："好了，熄灯时间到了，就寝。"

"等一会儿，我还有事没干完呢！"严真挣扎着，可放在她腰间的手纹丝不动，"顾淮越！"

某人耍起无赖来她是拿他一点办法都没有，可看着他沉静的睡颜和翘起的嘴角又气不起来。僵持几秒，严真终究还是投降窝进了他的怀里。

而头顶上方的那个人此时睁开了眼睛，望着怀中乖乖归顺的小白兔微微笑了笑。

"笑什么？"严真闷闷地问。

顾淮越轻咳两声说："按兵不动也是御敌之道，古人诚不欺我也。"

得了便宜还卖乖！严真气极反笑，笑着笑着眼眶就红了。

手术安排在第二天上午，老爷子起了个大早直接就过来了。

虽然老爷子这一生算得上身经百战，可人越老胆子越小这句话是一点不差。老爷子的紧张，谁都看得出来。

顾淮越以前受过伤，可从未有过这么"好"的待遇，一时间有些哭笑不得。他看着站在一旁默默地看着护士给他的脚做准备工作的严真，伸出手来握住她的："没事，小手术。"

"我知道。"

"那你还紧张什么？"

"没你脸皮厚，耐抗。"

这话要搁平时让顾参谋长听了估计就要搞突袭了，可现在当着这么多人，他能做的就是捏捏被他握在掌心的手。

老军医已经来了，手术室的准备工作也就绪了，只等这个病人，严真催他：“赶紧上岗，别愣着了。”

顾淮越没松手，依旧这么看着她。严真明白他的意思，脸颊登时飘上了一抹绯红。她抬头看了众人一眼，众人皆识趣地背过身去，严真抓紧时间俯身吻了他一下：“我等你。”

顾淮越轻轻一笑，松开前紧握了一下她的手，像是回应。

手术室的大门在她面前紧紧闭合，严真在原地站了一会儿才走向一旁的长椅，与顾老爷子并肩而坐。

“爸，这走廊有些吵，您去淮越的病房等着吧。”

“没事，就在这儿等。”老爷子笑道，“你妈前几天脚崴了不能来，说是淮越手术时让我分分秒秒都在外面候着，一结束就立马通知她。”

严真也微微一笑，不再劝阻。

其实她明白，老爷子是怕她一个人在这儿担心得坐不住，才陪着她坐在这儿的。顾淮越曾经对她说过，老爷子话少，可对孩子们的疼爱不比李琬少，如果有一天你找老爷子谈心了，那就是人生方向出现重大问题了。

严真当时听了只是笑了笑，现在想来却真是这样。老爷子比任何人都会看人心。

她犹豫了片刻，还是偏过头来：“爸，昨天我去见蒋怡了。”

老爷子哦了一声：“你们谈了？”

“嗯，之前她来见过我好几次，每次都算是不欢而散。昨天我们终于坐下来谈了谈。”

“有答案了？”

“有了。”严真低头，声音有些喑哑，“她说，她不是。”

这个答案并没有让顾老爷子太过意外，他顿了一下，看向严真：

“那你有没有问她你的亲生母亲是谁？”

严真点头，把那天蒋怡说的话简单地说给老爷子听。

老爷子听完，沉默下来，许久才叹了口气：“你父亲是好样的，不是每一个军人都能像他那样背井离乡坚守在高原那么长时间。还有你的母亲，他们，都值得钦佩。”

严真嘴角微微翘起，心中却莫名有些酸涩：“可惜，我活了快三十年才知道他们的存在。”

“不能这么说。”老爷子宽慰她，“你那时还小，要让你背着这个包袱长大就太辛苦了，你奶奶他们不说有他们的道理，换我也会那么做。”

“我懂。”严真低头，“我不会埋怨谁，不论是我的亲生父母还是奶奶和父亲，我做再多也比不上他们的付出。”

“那你就是想通了嘛。”老爷子笑笑，“可我瞧你从昨天到现在总是心不在焉的，怎么回事？”

严真闻言低下头，沉默了很长一段时间才说：“我只是觉得有些混乱，对蒋怡我不知道该如何面对，对淮越我也有些愧疚，还有奶奶，我不知道该怎么跟她说起我知道的真相，还有我的亲生父母——”

问题太多了，几乎压得她喘不过气来，可为了不影响淮越做手术，她都要忍着。天知道，她忍得有多么难受！在顾淮越温暖的怀抱里，她数次险些崩溃！

老爷子明白她此刻复杂的心情：“乍知道这些肯定难以接受。这是个坎儿，怎么跨还得你自己拿主意。”

严真沉默许久，忽然，她深吸一口气，说：“爸，我想去趟西藏。”

“去西藏？”顾长志掩不住吃惊道。

“是的，我想去看看我的亲生父母。”严真说，“我必须去一趟，如果不看看他们，我这辈子可能都无法接受这个现实，不会心安。”

而等她看过了，就可以慢慢放下了。之后，用一辈子的时间，用所有的爱，来偿还顾淮越。

“这固然应该，我也没有理由反对。”老爷子笑道，“只是丫头，淮越怎么办？”

严真愣了下，握了握蜷在膝头的手，声音沙哑地说：“我不知道。”她最不知道该如何面对的人，就是他，“其实我想跟他说，但是又不知道该怎么说。”

“他要是知道了，肯定不会让你一个人去的。”

“我懂。”严真低声说，“可我不能让他陪我去。”

一来，是他的腿伤还没好；二来，这些问题她得自己解决。

老爷子听完之后，一直没说话。过了一会儿，他站起身来，向手术室门口走去。虽然留了玻璃窗，可是从外面望进去什么也看不到。他站在那里，沉默很长时间，才缓缓转过身，说了两个字：“去吧。”

“嗯？”他的语速太快，严真一时没听清。

“我说你去吧。”老爷子淡淡地重复了一遍，“是问题总要解决，一个一个来。淮越这边，你要真开不了口，我替你说。那边太辛苦，你还是不要一个人去，跟学校的援藏教师搭个伙，一起去。”

“爸——”

如此细致入微的安排，让她一开口话就哽在了那里，老爷子拍拍她的肩膀：“我给你时间，可你也得保证，跨过了这个坎儿，就什么也别想了，好好地跟淮越过日子。”

“好。”严真点头。

顾淮越的手术进行得很顺利。

术前的细致准备再加上老军医的精湛医术，手术结束得比预期要早。

顾淮越被推出来的时候还处于麻醉状态，老军医嘱咐道，麻醉时间一过，动过手术的地方难免疼得厉害，让她务必小心照顾。

严真点点头，看着他苍白的脸色，湿润了眼眶。而顾淮越也到底是能忍，术后折腾了两天愣是一声疼也没喊，直到第三天才算完全清醒过来。

他睁开眼睛的那一瞬间，严真正为他整理被子，忽然被他握住了手，吓了一跳之后才看清是他醒过来了，脸色有些苍白，嘴角却挂着笑。

严真迅速地偏过头去，不与他对视。顾淮越也不着急，慢慢地磨着她的手心，直到她耐不住痒转过来瞪他一眼之后，他才看到她已然泛红的眼眶。他沙哑着声音说："过几天就好了。"

"我知道。"严真弯出一个笑，"渴不渴，我给你倒点水。"

"好。"

她倒了一杯水给他，又扶他起身，顾淮越就着她的手喝了几口，然后又一直盯着她看。

"我脸上有什么东西吗？"严真被他看得有些发毛。

"有。憔悴，担心，还有疲倦。"顾淮越一边打量着她一边说，直到严真架不住瞪了他一眼之后他笑了，"你这是准备给医院再添一个病号？"

"哪有！"严真虎着脸，"你、你还是睡着了好，一醒来就话多。"

说不过他就岔开话题，傻丫头一个。他低低一笑，握住了她的手："不能再睡了，等差不多了咱们就回家，让你好好休息休息。"

"那你赶紧好起来。"严真低声说。

"好。"顾淮越笑着答应。

这一回他没开空头支票。

术后他恢复得很顺利，再过几天就可以出院了。用顾淮越的话说，他们当兵的，骨头都硬。

师里也陆续来了不少人，都是一些年轻的军官，跟顾淮越说起话来也没有什么避讳。严真坐在一旁听这几个人插科打诨倒也觉得挺有趣，正当她要走开的时候听见一位少校军官问顾淮越："参谋长，听说您明年就调到军校去当教员了，这事是不是真的？"

教员？严真顿住脚步，有些诧异地看着顾淮越。怎么没听他提起过？

顾淮越看了她一眼，才说："你们这都是从谁那儿听来的消息？"

"这您就别管了，反正师里传得挺乱的。老刘说您在作训这一方面是个人才，大家也都不想让您走。"

顾淮越笑笑："行了，你们的赞扬我就收下了。这事还没定呢，到时候再说。"

严真一直默默地坐在床边，脑子里忽然想起他手术前说过的那件要保密的事，难道就是这件？

"琢磨什么呢？"送走刚刚那些人，顾淮越一回来就看见严真坐在床边发呆。

"是不是真的？"严真抬头问他。

"什么是不是真的？"

"哎呀，你别装糊涂。"严真急道，"你、你真的准备转成文职了？不带兵了？"

顾淮越笑着看着她着急，过了一会儿才严肃认真地说："嗯，不带兵了。"

这五个字，说出来轻松，可决定下得很困难。只是开弓没有回头箭，他要做就做得彻底。

"这怎么行？"

"怎么不行，以后你和珈铭就是我的兵。"顾淮越笑着说，"结婚以来都没能好好照顾你和珈铭，现在还跟我受了这么长时间的苦，该是我补偿你们的时候了。”

“淮越——”

“感动了？”顾淮越逗她，“感动的话就再给我添一个兵，两个都有点嫌少。”

严真抓住他的衣服，不知道该说些什么好。过了很久，在他甚至有些期待的目光下，她说：“淮越，我们先分开一段时间。”

果不其然，他的身体瞬间僵硬起来，声音也降了几度：“什么意思？”

“我、我是说，我准备去趟西藏，所以得分开一段时间。”

话没说完，就感觉他松了一口气：“我当是什么，吓我一跳。”说着他敲了她的脑袋一下，“以后说话不准留一半。”

严真低头没吱声。

“不用分开，要真想去，我陪你一起去。”

“不行！”严真拒绝，“你的腿刚做完手术，不能去那么冷的地方！”

“没事。”顾淮越笑，“那点寒冷我还是经受得住的，我又不是残了。”

“那也不行。”

“严真——”他拉住她的手，试图跟她说清楚自己没问题。

“不管怎么说也不行！”严真拨开他的手，吼这么一句后，两个人似是都被吓住了。

很快，顾淮越收回了手，眉头微微一皱：“严真，到底是怎么回事？”

严真望着他，心里有太多想对他说的话，一时却不知道该怎么开口，直到病房门口传来一道声音：“我来跟他说。”

两人同时向门口看去，是老爷子。

严真几近无助地看着老爷子，终究还是要老爷子替她说出口。她看了顾淮越一眼，他的视线没有松动，一直牢牢地锁定在她身上。严真就在他这样的注视下，关上房门，离开了。

她没出息，在两人对峙的时候她就那么逃了。她原本以为这样会好一些，可坐在病房外的长椅上她依旧感到坐立难安。望着这么一道厚厚的门，她也听不到里面在谈些什么，只能重重地捂住脸。

等待了不知多久，久到她都忍不住想敲门的时候，里面忽然传来一阵巨大的破裂声。她眼皮子一跳，随即跳起来，什么也不想就跑上前去敲门。

可有人比她更快，在她敲响门的前一秒，门已经打开了。

顾淮越站在她的面前，身后是被他扫落在地板上的玻璃茶具，碎了一地，看得她触目惊心。

“淮越——”她几近失声，拉起他的手，完好无损的样子让她稍稍松了一口气，而后又是一愣，因为顾淮越反握住了她的手，用一种紧绷的语气对她说：“你跟我来。”

在严真最初的印象里，顾淮越只有两种表情：礼貌的微笑或者平静的疏远。结婚以后，她发现他还会腹黑，会耍赖，会发火。有一样情绪她很少在他身上见到，那就是生气。即便上一次在B市，他在楼道里冲她发火，也是被她逼急了，而不是因为在意。

那么现在呢？他这算是彻彻底底被自己给气到了吧？严真无助地想。

他带她来的是军区总院的一个小花园，位置隐蔽不说，而且从这里还可以远望到B市最高的一座山，风景甚好。这个好地方，是那一段时间她天天陪他散步时发现的，没想到现在他会带她来到这里。

实际上，严真现在有点不明白。他把她带到这儿来，她已经准备好承受他所有的怒火了，就在这个时候，他却忽然甩开她的手，背对着她一言不发。

透过背影严真能看到他双手紧紧地握着，像是在努力压抑着什么。她动了动，忍不住试着叫他的名字：“淮越。”

“你别说话。”顾淮越挥手阻止她开口，怕她听不清又说了一遍，“你先别说话。”

他的声音压得很低，周身也绷得很紧，严真明白，他这是在忍着不对自己发火。不知为什么，她忽然感到鼻子一酸，眼眶很快就湿润起来。

“淮越。”她握住他的手，任由眼泪缓缓流下来，“对不起，我——”

她想说些什么，他的手却忽然从她的手中抽走。她茫然地睁大眼睛看着他转了过来，更加错愕地看着他泛红的眼眶。她几乎是下意识地抬起手去触摸他的眼睛，只是还没摸到，就被他一把拉住带进了怀里。

“我怎么就不知道你是这么傻的人呢？”

这句话，他几乎是咬着牙说的，这力度通过他的拥抱严真实实在在地感觉到了。听完这句话，严真想哭，想就这么在他的怀里号啕大哭一场，因为她知道，他这么说就代表他不会怪她，他狠不下心来跟她计较。

“顾淮越，顾淮越，顾淮越——”她揽着他的脖子，泣不成声，像是要发泄心中所有的委屈与害怕。

“严真，你知道我是干什么的吗？”他稍稍松开她，看着她哭得乱七八糟的样子，哑声说道，“我是军人，你怎么能一个人承受那么多却不让我知道呢？你知不知道我刚刚听老爷子说完之后的心情，我差点忍不住，我差点忍不住想骂你一顿你知道吗？天底下怎么会有你这样的人，打仗还知道协同作战呢，怎么轮到你了就得你一个人单枪匹马地上阵？你傻不傻？”

她傻，傻透了。沈孟娇说得对，她是心虚，心虚到连幸福时也只能默默地窃喜。他从一开始就什么都告诉了她，坦诚之至，而她抱着要报复他人的心思嫁给了他。更可笑的是，最后发现这原来都是错的，这种心情，她要怎么跟他说？

“我不想再把你牵扯进来。”她哭着说，“我只想把这一切处理完后，好好地跟你在一起。”

“有那么重要吗？”他撩起她被泪水浸湿的头发，望着她哭得红肿的双眼，“出于什么原因开始的有那么重要吗？只要我们现在在一起，以后也会永远在一起不就够了吗？”

严真几乎有些不敢相信地看着他，顾淮越只得苦笑一声，看来让她知道自己的真实想法是很有必要的，因为她跟他不一样。

“严真，生死离别都经历过一遍的人就不容易在乎什么东西，他们已经学会把一切都看得很淡，不曾拥有，也不曾失去。在遇见你之前我是这样，可遇见你之后就有了不同。我已经不年轻了，所以因为那些不重要的事情伤心痛苦浪费时间，我舍不得。舍不得，你懂吗？”

所以他说她傻，傻到想要浪费那么多时间去做一件让他们都难受的事情，傻到不信任他。

“对不起。”

顾淮越看着她，深吸一口气说：“如果我说我在乎你，我爱你，你还会继续撇下我一个人去承担那些吗？”

他从不曾说过“我爱你”这三个字，在第一次婚礼上他说给林珂的是“我愿意”。他愿意担当起丈夫的责任，保护她爱护她。

现在，他说的是“我爱你”，没有婚礼，没有证婚人，可这三个字代表的含义已足够包含一切。

明白这一切的严真忍不住捂住嘴，哽咽着在他耳边说道：“不会了，再也不会了。”

因为，她也舍不得。

CHAPTER 19

许你一生的承诺

十一月下旬的时候顾淮越被老军医批准出院了。

从十月初入院到现在已经快两个月了。顾淮越之前从未在医院待过这么久，所以把行李扔上车准备离开的时候，他用了两个字：“终于。”

千言万语尽在这两个字中。

严真笑了笑，顺便又往军大衣里缩了缩。

就在他们要离开的前两天，B市忽然下了今年的第一场雪，严真惊喜之余又想起自己来得匆忙，没带多少衣服，于是顾参谋长就打电话到A师，让人送了一件军大衣来。严真穿在身上，顿感暖和不少。

告别了涂晓和老军医，车子缓缓地向外开去。开车的司机严真认识，是顾淮越的通信员小马。小马人机灵，见了严真就大嗓门喊了一声“嫂子好”，严真面颊一热。这让她觉得有些奇怪，她觉得自己越来越难以琢磨了，以前也被叫了很多次嫂子，也没有现在这种反应，就好像刚谈恋爱一样。

“怎么了？”愣神间，被人揽住了肩膀，“脸那么红，想什么呢？”

调笑的语气让严真忍不住瞪了他一眼：“车里暖气闷的。”

“这么热？”他看着裹得厚厚的她，笑意更盛了，“趁现在多享受一会儿吧。”

什么意思？严真眨眨眼，还没来得及问他，就看见原本照前开的车子突兀地转了一个弯儿，严真连忙扒住了窗口向外看：“这是去哪里啊？”

“火车站。”身旁的人淡定地给出答案。

“火车站？”严真一头雾水地看着他，“去那儿做什么？”

“去西藏。”

听到这个严真呆住了，眼睛眨也不眨地看着他。顾淮越也不催她，看着她的目光里透着温和的光泽。没一会儿，严真回神了，对着他就是一声呵斥：“胡闹！”

此言一出，开车的小马忍不住扑哧笑了。顾参谋长却愈发淡定，伸手拉她坐下，以免她太过激动撞到车顶。

“你不想去看一看亲生父母了？”

“那也不能现在去啊！”严真着急得想打转了，“你刚刚出院，怎么也得把腿养得差不多了再去！”

“我没关系。”他握住她的手，“等我腿养好了差不多也要开始忙了，到时候还要你再等，不如趁现在。而且……”

“而且什么？”严真瞪着眼睛看着他。

顾淮越忍不住浅浅一笑：“而且我已经跟你的同事们联系好了。”

严真这下完全被震住了：“我、我同事？你联系了我同事？”

看着她睁大眼睛的样子，顾淮越忍俊不禁：“对啊，援藏教师队伍今天出发，正好咱们跟他们一起过去，有什么不妥吗？”

严真怔怔地看着他：“他们都不认识你，你怎么跟他们说的？”

“很简单啊，照实说。”

严真目瞪口呆。

“而且，家里那边我都交代好了，老爷子、老太太还有奶奶都支持咱们去，所以你也不需要有后顾之忧。”

严真还是没反应过来。

顾淮越笑眯眯地看着她：“首长，我话都说到这份儿上了，你还不答应？”

严真瞪了他一眼，终于低下头嘀咕了一句：“现在反对还有用吗？”

果然如顾淮越所说，他们到的时候，援藏教师队伍已经在候车大厅集合完毕。

教师队伍主要是由B市和C市的骨干教师组成的，一起由B市出发到拉萨，再转车到林芝。

严真一下车，就看见叉腰站在她面前的王颖。看着对方脸上那副“老实交代”的表情，严真瞬间觉得乌云压顶。她一步一挪地蹭到了王颖面前，小心翼翼地跟她打着招呼：“你来啦。”

王颖笑得阴恻恻的：“你——行——啊！结婚这么长时间你也不告诉我！”

严真缩了缩脖子：“这不是忙嘛。”

王颖瞪了她一眼，转而向她身后的方向露出一个微笑：“你好。”

罪魁祸首顾淮越笑着与王颖握握手：“你好。”

看着一唱一和礼尚往来的两人，严真只有干瞪眼的份儿了。

寒暄完毕，王颖有事先回到队伍中去了，临走之前压低声音在严真耳边放话：“等我有空了一定抓住你让你给我老实交代。”

顾淮越一直笑吟吟地站在一旁，等到王颖走了之后，才向严真伸出手：“走吧。”

在他温柔目光的注视之下，严真连瞪他的力气都没有了，没好气地一笑，握住了他的手。

林芝，素有藏地江南之称。

对于这帮大多数都是头一次入藏的青年教师来说，来这里有两个好处，一是可以欣赏美景，二是这里平均海拔三千米左右，含氧量较西藏其他地方都要高一些，高原反应最不明显。

严真之前跟顾淮越一起去过山南，积累了一点应对高原反应的经验，再加上林芝特殊的地理环境，所以这一路走来，倒是没吃多少苦，只是在途经一个高海拔的山口时稍微有些不适。

相比之下，王颖就比较惨了。她的身体本来就比较弱，在长时间车程和高海拔的双重折磨下，抵达林芝的第二天晚上就病倒了。又是感冒又是发烧，把带队主任和严真吓了一跳。

所幸顾淮越在西藏待过几年，经验丰富，出发前早就备好了药。在医生到来之前先给王颖吃了点药，免得她的病情越拖越严重，又和严真一起陪同着照顾了她一晚，最后体温总算降了下来。

于是王颖醒过来后最先说的两句话就是“我要回家”和“多谢妹夫”。

严真登时哭笑不得，看着顾淮越的眼神仿佛多了一丝羞怯。

入藏的第五天，王颖的身体完全恢复过来，严真便放下心和顾淮越一起去了林芝军分区。

来之前老爷子已经托关系查到了严真父亲生前所在的哨所，是林芝军分区下设的一个哨所，主要看管输水管道，保障更远地区哨所的用水问题。严真的父亲就葬在军分区专门的烈士陵园里。

老爷子怕他们人生地不熟找不到地方，就直接帮他们协调了一名姓李的干事，专门负责给他们引路。

他们到达林芝军分区的时候已经有些晚了，李干事便直接把他们带到了招待所：“墓园离咱们这儿有点远，今天过去肯定得冒黑回来，要不今天先在招待所休息一晚，咱明天再过去？”

顾淮越欣然应允，当晚就在招待所住了下来。

严真跟着他在整个林芝奔波了大半天，此刻坐在床上却是明白了。她吸了一口气，闷闷地问：“说，你是从什么时候开始预谋的？”

能把事情安排得这么详细周到，得花费多长时间才行啊，怎么她事先一点苗头也没看出来呢？

“这个啊，那时间可就长了。”他揽住她，吻吻她的额角，语气有些许宠溺，“不过呢，这效果可没想象中的好。”

“你想象的是什么？”

“嗯，要按照我的设想，你现在应该感动得投怀送抱了。”

他说得一本正经，严真却羞得脸都红了。这人脸皮怎么越来越厚，她想说声谢谢都没那种氛围了。可转念一想，或许他是故意的，故意让她心安理得地接受他所有的好。

次日，李干事一早就带着他们出发去了陵园。

陵园距离军分区有些远，而且通往那里的道路狭窄泥泞、曲折不堪，无奈之下他们只能步行前往。李干事在西藏当了好几年兵了，对这里自然是熟悉无比，而顾淮越是从这里出去的步兵，走这么一趟肯定也不在话下，问题就在于严真了。

李干事担心严真撑不下来这一趟，事先也向顾淮越提过，说等过几天路好走了再过去。顾淮越想了想，还是拒绝了。

他明白她的心思，自从来到林芝之后她夜里就没睡过好觉，一来可能是身体问题，二来就是她心里藏有心事，睡不着。

都说近乡情怯，近人，恐怕亦是如此。她想见，可因为陌生内心还留有一丝恐惧。他不太想看她这样，所以还是早点去的好。而且，真到了出发的那一天，严真的反应又有些出乎他的意料。

一路上虽然是他牵着她，可她也没有落后半步。看着这样坚持的她，顾淮越立刻恍悟。他怎么忘了，她从来都能让他刮目相看。

走了将近两个半小时才到了军分区的烈士陵园。

甫一走入大门，严真就能感觉到这里特有的肃穆与凝重。她下意识地顿了顿脚步，深吸了一口气，才继续往前走。

陵园里的墓共有五排，说不上精雕细琢，矮矮的一座坟茔上斜耸着一块白色大理石墓碑，有的墓碑上除了镌刻逝者的姓名之外还嵌着逝者照片及逝世年月，而有的墓碑上只留有一行姓名。

“这里面葬的，都是牺牲在这里的军人吗？”抚着墓碑，严真低声问道。

李干事嗯了一声：“这里葬的都是这么多年以来牺牲在藏地的战友。”

凡是过往的军人都会自动在这里停下来，为逝去的战友鸣枪、默哀，请他们安息。

严真静静地听着，从一个个墓前走过，最后停在了两座并排的坟茔前，一种突来的预感让她心跳加速，她几乎是抢在李干事之前开口：“这是不是……”

李干事点点头：“没错。”

严真心里感慨万千，看来，血缘关系就是这么奇妙。

“来之前我听我们政委说，说你父亲下葬时还有陪葬物品。”

“什么？”

“是一套军装。”李干事说，“因为保密原则你父亲大部分时间都是便装，只有逢年过节的时候才能穿上军装，所以下葬时带进去了一套军装。”

严真闻言无语凝噎，顾淮越则一脸肃穆地说：“多少也能了却遗憾了。”

俯身扫去墓碑上的雪，严真仔细凝视着那两个并列的名字。那是一对记在军分区光荣簿上的名字，也是一对从此以后她会铭记在心的名字。

虽然没有照片有些遗憾，但是严真很快又释然，因为她可以在心里想象他们的样子。

如果之前她还挣扎着不愿意去相信蒋怡的话，那么今天站在这里，她数着自己的心跳，慢慢地让自己安定了下来。

两块没有照片的墓碑，一下子将她拉回到了二十多年前。她几乎可以想象那时的情景，一名朴实的士兵和他的妻子走在这漫漫雪地中，享受着艰巨漫长、平淡光荣的生活，那又何尝不是一种幸福？而这种幸福，她此刻也切身地感受到了。那么，谁也不会再有遗憾了。

她揉了揉泛湿的眼眶，慢慢站起身子，一直站在她身后的顾淮越，此刻却向前走了一步。

他凝视着面前的两座坟茔，缓缓地抬起右手，行了一个端正的军礼。

对这两位从未谋面的长辈，他有敬意亦有感谢。对他而言，唯一能表达这一切的，只有军礼。因为，那代表着庄严、崇敬和不可亵渎。

从陵园回来，严真的心情轻松了许多，一是因为释然，二是因为——要回家了。

王颖看着她，扁着嘴想哭："真走啊？那可就剩我一个人了。"

严真拍拍她的脸，安慰道："以后我再陪你一起来。"

她想家了，也想小朋友了，很长时间没有见小朋友了，也不知道小家伙想不想她。

因为林芝距离拉萨比较远，所以李干事专门从军区开过来一辆车，叫一位经验老到的司机把他们送去拉萨的机场。

"我看这天啊，估摸着还得下一场大雪。"司机小刘一边开车一边说道。

严真透过车窗向外望了望，又问顾淮越："你说，我们选在这个时间回家是不是不太好？”

顾淮越垂眼看了看她，低低一笑：“也不至于，我看这雪，今天是下不下来的。”

严真叹了一口气：“干吗要坐飞机，还不如坐火车回去安全呢。”

顾淮越捏捏她的脸：“还不是有些人归心似箭。”

语罢，就见严真红着脸瞪了他一眼。他开怀一笑，揽住了她：“再睡一会儿吧，到拉萨还得好长时间呢。”

“嗯。”

早晨起得太早，她也确实有些困了，可刚窝进他的怀里，她忽然想起一个问题，抬头说道：“对了，我觉得，你还是不要去军校教书的好。”

“哦？为什么？”

“你不适合那里。”严真说，“你适合带兵。”

尽管在众人眼里他是一个深沉内敛、颇有城府的男人，可在她看来他的思维模式还是很简单的。他应该带兵，在训练场或者战场上尽情发挥他的本领，而不是做一个教员或者研究员，站在四方讲台上对着一群从未上过战场的人侃侃而谈。

一次两次尚且可以，长年累月这么下来，他一定会感到束缚。这个男人，他适合更为广阔的战场。

顾淮越倒没想到她会想那么多，一时间不知该如何回答，直到严真不耐烦地捅捅他的胳膊他才回过神来笑答：“知道了，让我再考虑考虑。”

严真嗯了一声，重新靠回了他的肩膀。顾淮越就势揽住她，一边顺着她的长发一边思考她刚刚说的问题。不知过了多久，就在他以为她已经睡着的时候，忽然听见她闷闷的声音从他怀中传来：“对了，有件事我忘了跟你说了，我打算考B大的研究生。”

顺着她长发的右手僵在半空。研究生？B大？B市？想明白这之间联系的顾淮越，笑了。

汽车缓慢地行驶在林芝。前段时间这里刚刚下过一场大雪，积雪尚未消融，走在县城里没什么感觉，等一上了国道，所看到的便是一片片白皑皑的雪山了。

走到了这里，司机稍微降低了车速。

顾淮越和严真都闭着眼睛在后排养神，不知过了多久，车子忽然一个急刹车停了下来。后座的两人因着惯性往前倒去，也恍惚地睁开了眼睛。

"怎么了？"严真被惊醒，心跳一时间有些不稳。

司机小刘不好意思地转过头来："前面堵车了。"

果然，从车里向前望去，前面已经停了一长串车，路面上也站了不少人，看样子一时半会儿走不了。

顾淮越微蹙眉头："这是怎么回事？"

小刘摇摇头："首长，我下去看看，八成是出什么事故了。"

严真一听"事故"两个字，心也提了起来："出事了？"

顾淮越下意识地揽住她："还不清楚，等小刘回来再说。"

严真点点头，看着窗外连绵一片的雪山上那厚厚的积雪，心里忽然打了个突。她猛地抓住顾淮越的手，正待说些什么，小刘喘着气从前面跑了回来："首长，前面，前面发生了雪崩，有两公里左右的路段被雪盖住了，咱们过不去了！"

严真蓦地睁大眼睛，抓着顾淮越的手也紧了紧。顾淮越察觉到她的异样，反手拍拍她，又问小刘："现场有人营救吗？"

"市委派了一支救援队，正在挖呢，据说雪崩发生时有个施工小队正在作业，雪压下来全被埋了！"

这样说来，现在正是危急的时刻。顾淮越沉吟了片刻，打开了车门："我过去看看，小刘你留在车上，照顾你——"

“我也去！”严真急匆匆地打断他。

“不行。”顾淮越毫不犹豫地拒绝，“前面那是雪崩，有危险！”

“我知道。”严真匆匆披上一件大衣，跳下来拽住了他的胳膊，“可你这次必须带上我。”

她难得露出这么执拗的一面，顾淮越竟一时不知该怎么拒绝。他知道她想起了什么，上次他去灾区救灾，拖着一条伤腿回来；这一次又是雪崩，她是担心他出意外，所以才执意要跟他一起去。

顾淮越看着她，沉默片刻，露出一个无奈的苦笑：“犟！”

严真浅浅一笑，握紧了他的手。

刚刚他们离得远，还不清楚具体情况如何，直到走近了，才发现比他们想象的要严重。

因为雪崩来得突然，又波及国道，即便司机及时采取了措施，仍未能够避免事故的发生。就严真所知，已有三辆大小车子发生了追尾事故，车内的人均有不同程度的受伤。另外就是，雪崩发生时还有一个施工小队在此作业，有八十人左右，眼下都被困在了雪中。

林芝市委和交通部门派出了救援人员，相关部队接到通知也在赶来的途中，救援工作正紧张有序地进行着。

顾淮越在警戒线外观望了一会儿，正要迈过警戒线的时候，被拦住了。顾淮越这才反应过来自己穿的是便装，稍一思忖，将军官证拿了出来，递给那人看：“我是军人。”

那人看了一眼，对他露出抱歉的笑：“那进来吧。”

顾淮越和严真径直走到了一支救援队伍那里，他向为首的队长出示了一下军官证：“算我一个。”

队长看了他和严真一眼，说：“好！”

脱了大衣，戴上一副手套，顾淮越大步向积雪最厚的地方走去。

严真抱着他的大衣，原本也想跟过去，视线一转，却看见一个十一二岁模样的小女孩。

许是刚被救出来，小女孩披了一身雪站在一旁，上下肢几乎缩到一起了。

严真心思一转，走到女孩的面前，看着她被冻得发红的鼻子和眼眶，蹲下身，展开手中的大衣将她包裹进来。

忽来的温暖让女孩忍不住打了一个哈欠，她睁着一双红红的大眼睛，看着严真："谢谢阿姨。"

严真笑了笑："冷不冷？"

女孩摇了摇头。

严真又左右张望了一下，对她说："我把你送到外面好不好，这里危险。"

小女孩又摇了摇头，指着远处厚达五六米的积雪说道："我爸爸还在那里面。"

小女孩的父亲是施工队的，此刻被困在那厚厚的积雪当中，等待营救。而这个小女孩因为离得稍远，所以先被救了出来。

严真顺着她的目光看去，看见了一个匆忙的高大身影。回过头，她对女孩微微一笑，又紧了紧大衣："那好，咱们一起等他们出来。"

现场的救援人员很多，陆陆续续有人被救出来，还有大大小小好几辆铲车在疏通道路，受困人员很快安静下来，能帮的就进去帮忙，不能进去的就贡献衣物给那些刚刚被解救出来冻得打哆嗦的人穿上。

严真和小女孩等了一会儿，忽然看见一个满身是雪的女人从里面跑了出来，步伐踉跄，直直地冲着她们跑来。严真原想护着女孩退后几步，却不想那人一下子瘫倒在了她们面前。

严真吓了一跳，松开小女孩的手走上前去查看，只见那人睁大眼睛，粗重地喘息着，看见了严真，一把抓住她的手厉声喊道："雪崩了，快跑！"

原来这个人被解救出来之后尚未反应过来，以为仍在雪崩当中，拼了命地往前跑，不想浑身上下没有力气，没跑多远就瘫在这儿了。

严真看她脸色苍白，忙去一旁叫来了两个人，一起把这个女人抬出警戒线。

警戒线外有一个男人焦急地踱着步，看到他们抬的女人，眼睛一亮，急忙向他们走过来，连掉在地上的大衣都顾不得捡，上前来紧紧地搂住这个女人。严真怔了一怔，看这男人一脸的焦急之色，便把女人交给了男人。

似是因为恐惧，女人靠在熟悉的怀抱里，哇的一声哭了出来。男人给她披上大衣，一边在她额角亲了又亲一边哄她："没事啊，没事没事。"

严真默默地在一旁看着两人相依相偎的场景，忽然有些动容。

好不容易安置好自己的女人，男人跑过来握住严真的手，使劲地道谢："谢谢你！谢谢你！多亏了你救了俺媳妇。"

严真的双手都被他勒红了，不过她依旧笑了笑，还带些不好意思："别这么说，只不过这么危险的地段，以后还是少让女人过来比较好。"

男人挠挠头，一脸后怕："我们也没想到会遭遇雪崩，那家伙，漫天飞雪……"

漫天飞雪。

似是感觉到了那股冷意，严真缩了缩脖子。正在这时，天色忽然暗了下来，严真抬头望望天，内心忽然有种不好的预感。只是她还未来得及做些什么，一阵风卷着雪粒子吹了过来，她下意识地伸手去挡，却被另一股来势汹汹的风吹得险些站不稳。伴随着周围人们此起彼伏的尖叫声，她才明白将要发生什么。

"刮大风啦！快点撤离危险地带！快点！快点！"

"刮这么大风是不是要二次雪崩啦？赶紧往后退！往后退！"

二次雪崩。

严真听到这个词时挡风的动作顿了一顿，撤下胳膊的时候看见不远处有救援人员在大声地呼喊着撤离，围在警戒线外的人群在向后退，准备撤离到安全地带。男人看严真依旧在发愣，便拍了拍她的肩膀，在大风中高声喊道："撤！撤！"

严真跟着往后退了几步，却忽然在嘈杂声中听到一阵孩子的哭声。她的眼睛猛地一亮，像是忽然想起了什么，转过身向白雪堆积的地方跑去。

"别往那儿跑了！哎！咳咳咳！"男人大声喊着她，却不料一阵风灌进了他的口中，呛得他说不出话来。

因是逆着风，严真行动起来极为艰难。不时有卷着雪粒子的风迷住了她的双眼，她捂住眼睛，快跑几步又不小心与奔跑逃离雪崩现场的人相撞。

就在她跌跌撞撞狂跑的时候，一只大手拽住了她的胳膊把她拉了过去。她抬头一看，是顾淮越。

风刮得他的眼睛快要睁不开了，可他还是一眼就看见在人群中毫无方向打转的严真。见她还要往前跑，他拽住她，大声地说："你疯了？赶紧退出去！"

厚厚的白雪再加上大风，是极易引起二次雪崩的！

严真却摇了摇头："孩子！"

大风中，他只能看见她嘴巴张张合合，听不清她说的话，见她执意还要往里进，他几乎是气急败坏地冲她喊道："快点退出去，里面危险不能进！"

"里面有个孩子！"她冲他吼了一声，趁他犹豫的工夫，挣脱了他的胳膊向里面跑去。顾淮越看着她跑远，也明白过来她的意思了，不由得握紧双拳，咬牙原路返回。

在一片触目所及皆是一个颜色的皑皑白雪当中，要想找到一个人，是很不容易的。所幸严真给小女孩披了一件军大衣，凭着那点绿色，严真找到了小女孩。可正待她要上前的时候，最让人担心的事情发生了。

因为大风，原本积了五六米的雪堆松动了，加速往下坠落。一开始是小雪块，几秒过后，就变成了大雪块，毫不留情地砸向了蜷缩在雪堆下面的小女孩。

严真深吸一口气，旋即冲上前。她快速地抱起小女孩，还未来得及站起身，就听见咔嚓一声响，然后好几个雪块顺势砸了下来，直直地砸到了她的脊梁骨上，严真登时倒抽了一口冷气，双腿一下子跪在地上，抱着小女孩的手直发抖。

“阿姨。”小女孩怯怯地躲进她的怀里。

严真喘了一口气，忍着疼，紧了紧她：“没事，阿姨，阿姨带你出去。”

她抱着女孩，想站起来，可快速下落的雪块砸中了她的肩膀，又砸湿了她的头发，雪水融进身体里面，汲走了她身上的温度，一时间只能扶着膝盖慢慢地站起来。

站稳后，严真动了动双腿，一阵钻心的疼痛让她差点掉下泪来。孩子也看出了她的不对劲，小声问道：“阿姨，你怎么了？”

严真摇摇头，弯腰躬身将她护在了自己的身下：“没事。”她顺了顺孩子的头发，低声安慰着她，“你能动吗？”

“能。”

“那好，阿姨把你放下来，咱们一起走出去好不好？”

“好。”

小女孩颤声答道。

只是严真刚刚把她放了下来，一道雪体滑动特有的可怕声响在耳边炸响，一声高过一声，以迅雷不及掩耳之势向她们这个方向涌来。孩子睁大眼睛看着严真，双手紧紧地抓住了她的衣角。

严真也惊恐地看着前方。

往日静静地覆盖在山上的白雪此刻化作一股股洪流沿着山脊向下滚动，严真目睹着这一切，第一个反应就是转过身把小女孩扣进了怀里。

孩子被这巨大的声响吓哭了，严真想安慰她，可刚说出“没事的”三个字，大雪就犹如洪水般向她们袭来，头顶上方大大小小的雪块往下砸，砸得严真耳边一阵轰鸣，脑中一片空白。

疼极了，可大雪并未停歇，抓紧分分秒秒向她袭来，钻进她的身体，没过她的头顶。

就在她痛得发颤，觉得自己力气全无，抱住小女孩的那只手也将要松开的时候，她忽然被一股大力紧紧地抱住，接踵而至的暖意让她的意识有了片刻的清明。

她慢慢地抬起头，转过身，看见了一个人。

而后，关于这场天崩地裂的最后一点印象，就是被他只身挡住的大片风雪和头顶上方那双熟悉的黑润的眼睛。

恍惚中，严真仿似做了一场梦。

梦里面的林芝，正值三月。桃花开得如火如荼，如醉霞绯云般连绵一片，美得让人连呼吸都静止了。

可转瞬间这样的美景被一场大雪覆盖。雪崩。一片白色向她涌来，她想逃，却发现自己动弹不得。她被雪卡住了，蜷缩在一个厚厚的军大衣里，雪花融进身体里，温暖中掺进了一丝丝寒冷。听着传来的夺命奔跑的声音，她竟一点也不紧张。

忽然有一道抽噎着的稚嫩女音问她：“你不觉得冷吗？怎么还笑呢？”

她费劲地低头，发现自己的大衣下面竟然还护着一个小女孩。严真凝视着她，轻声说道：“不冷。”小女孩似是不解，看着她，眨了眨黑亮的大眼睛。

“因为啊，我想起了曾经有个人对我说过的话。

“他告诉我，一个拥有很多过去的人，陷入回忆之中便会感到久违的温暖。”严真说着，思绪渐渐走远。

他说，他在西藏当了几年兵之后就进了特种兵大队，不知什么时候就会遇到危险的任务，九死一生的时刻也经历过。

他说，他曾经为了一个目标潜伏在雪堆里两天，冻得手脚都失去了知觉，可还得端着枪。然后他的大队长就告诉他，别时刻都绷得跟一根弦似的，放轻松点，想想高兴的事。他寻思着，想什么呢，于是他开始想，再后来，就忘记了冷。

现在，她也被困在雪里瑟瑟发抖，于是她也开始寻思，想点什么好呢？

她闭上眼，开始回想。

她有好多好多回忆。那些回忆犹如一场一场的梦，走马灯似的从她的脑海中一一闪过，随便拎出来一个都够她回味半天的。

她想起了奶奶，想起了小朋友，想起了亲生父亲，那个在雪崩中逝世的年轻军人。最后，又想起了他。

想着想着，她仿佛就真的看见了他。

他向她走来，只身一人，为她挡住了滚滚而来的大雪。她蜷在那一方天地之中，竟觉得十分温暖。可这温暖并未让她贪恋许久他便不见了，只剩下一道白光，格外刺眼地向她射来。

“淮越！”

严真叫着他的名字，挣扎着睁开眼睛。

雪崩带来的那份紧迫感尚未消却，她心脏跳动得很剧烈。稍稍缓了一会儿，严真看清了眼前的一切，竟忽然有些茫然。

没有小女孩，没有大雪，也没有他，有的只是一室令她感到害怕的寂静。

怎么回事？她抚着自己的心口，眨眨眼睛，迷茫地看着四周的一切。

忽然“吱呀”一声响，房间的门开了。她转过头，看见一个女人从门口走来。

女人看见她先是一愣，旋即微笑：“哟！你醒啦？”

严真看着她，哑着嗓子问道：“这是在哪儿？”

女人看了眼自己身上的病号服，答道：“这是医院呀！”

医院？她怎么会在医院？

严真愣怔地想了一会儿，扶着床沿想起来。可刚撑起上半身，突如其来的疼痛就让她抽了一口气，险些又跌回床上。女人要伸手扶她，却被她拦住了：“我没事，我自己来。”

女人只好站在一旁护着她，看她挣扎着想下床，忍不住出声提醒她：“慢点。”

她慢慢地下了床，然后一步一步挪到了窗边。

窗外原是一个小花园，因为刚刚下过雪，此刻只能看到白皑皑的一片。今天的天气倒是不错，丰沛的阳光从窗外照了进来，经雪反射，照得她眼睛发疼。

严真下意识地用手遮掩，脑子里却忽然想起了什么。

白光，雪崩，还有挡在自己前面的那个身影——

严真蓦然睁大眼睛，盯着窗外看了一会儿，转过身抓住身后正小心翼翼打量她的人问道：“人呢？他们人呢？”

女人也是刚转来这个病房没多久，看着她有些摸不着头脑：“什么人啊，要不你等等，我给你叫护士去？”

说着女人急急走了出去，严真一个人留在屋里，一边在原地打转一边念叨："淮越，淮越……"

瞥见病房的衣架上挂着两件大衣，严真扶着床踉跄地走过去，一把抓在手里，里里外外地翻看。

是他和她回去时穿的大衣，里面甚至还有他的军官证！严真摸着这个被折弯的小红本，心情焦灼不已。

病房的门半掩着，严真扶着墙，走到了病房门口。

走廊里人来人往的，有的是病人，有的是家属，严真踉踉跄跄地从他们身旁经过，看见的却都是一张张陌生的脸庞。他不在这里面。

严真眉头紧蹙，拽住了一个抱着一堆东西匆匆经过的护士问道："淮越呢，顾淮越在哪里？"

护士正忙着，根本没工夫听她说话，只道："先让让啊，有事等我回来再说。"说着又匆匆离开。

严真急得直跺脚，又拦住了一个年轻护士。"顾淮越呢？"趁护士还没说话，她拿出了手中的军官证，"他是军人，刚刚雪崩，他被雪困住了！他一定在这里！"

许是她的语气太过急切，小护士瑟缩了一下才说："林芝雪崩送过来的人都在这儿呢。"

"不可能！你看看！这是他的照片！雪那么大，他肯定是受伤了，请你帮我找找他。"她看着军官证上那个人的照片，眼眶一下子红了，连带着声音都哑了下来，"他一定受伤了，求你帮我找找他。"

年轻的护士并没有多少经验，看见她这副样子，只能低声说："要不你再去那边看看吧，有几个挖出来的人，在那里面……"

护士为她指了一个方向，严真连声说了"谢谢"往那个方向赶去，可等她看清门口那个牌子的时候，却愣住了。

急诊室。

看着这个牌子，严真不知怎的，就忽地想起上一次在B市医院。

那一次，就是从这里面，年轻护士端出来一个盆子。盆子里装的是被他的血浸透的军裤。

要是他这一次又躺在这里面，那会是什么样子呢?

严真不敢再继续想，握紧手中的军官证，湿润的眼睛直直地看着坐在急诊室外长椅上的小男孩："你见过这位叔叔吗？"

小男孩摇摇头，眼眶也红了："我在等爸爸。"

爸爸。这两个字，就像是两把针，扎进严真的心里，瑟瑟地疼着。她等不来爸爸了，唯一拥有的只有他了。

严真蓦地觉得浑身无力，她弯下腰，捂着脸默默地啜泣着。小男孩原本就在担心送进急诊室的父亲，看到严真在哭，似是也感觉到了害怕，从长椅上下来，蹲在了严真面前，呜呜地跟着一起哭。

于是，在这人来人往的医院里，这一大一小抱头哭得格外委屈，甚至连匆匆向他们跑来的那两个身影都没有注意到。

"严真！"

其中一道身影大声叫着她的名字，而她仿佛没有听见，闷头继续抽噎着。

"严真！"

那人又喊了一遍，这一次严真听清楚了。她愣怔地抬起头，慢慢地向后看去。

那人是逆着光跑来的，此刻她只能看见他高大的轮廓，待他跑近，她才看清他的模样。那一瞬间，仿佛有一只大手紧紧抓住了她的心脏，连呼吸都忘了。

她看着那人向她跑来，看着那张熟悉的脸庞，看着他又惊又喜的表情，一时间竟觉得难以置信。

是顾淮越？真的是他?

“严真。”那人神色焦急地打量着她，见她不说话，又急急忙忙地看向身后跟他一块跑来的女人，“怎么回事？”

女人也说不清楚，看着他，嗫嚅道：“我也不清楚，我不知道她要找谁，只好去帮她叫护士了……”

那人只好弯下腰，拍拍严真的脸，急促地说着：“严真，你看看我！”

严真似是有些茫然，她看着他一双担忧又泛红的眼睛，揪着他的衣角，低声问道，像是确认：“顾淮越？”

“是我，我在这儿。”顾淮越连忙应道。

而严真仿佛终于回了神，松开了他的衣服，在他俯身要把她抱起来的时候，她一下子抱住了他的腿，哇的一声哭了出来：“你不见了，我梦见你不见了，我醒来也看不见你，我到处找你，她们都不理我……”

顾淮越愣住了。他从没见她这样哭过，号啕大哭，像受尽了委屈的孩子一样，抱着他一边哭泣一边说着，所要的，或许就是一点点安抚。

这么想着，他蹲下身，抚着她的长发将她揽进怀里，声音有些沙哑：“不哭了，不哭了啊。我没事，你看我好好的……”

她就像那个刚刚从雪堆里被挖出来的女人一样，一躲到男人的怀里，便大声哭着宣泄恐惧。而顾淮越能做的，就是笨拙地哄她：“没事啊，地上凉，咱们起来，来……”

所有的后怕在这一刻齐齐向严真涌来，她顾不上他伸过来的手，只是死死地抱着他，像是失而复得的至宝一般，一旦抓住，便永不撒手。

“顾淮越。”她抬起头，看着他抽噎着说道，“别离开我。”

被叫到的男人眼睛微微泛红，他揽着她，摩挲着她柔软的发顶，低声答道：“好，不离开。”

永远也不离开。

尾　声

陪在你身边

经过多方努力，受困群众都被解救出来了，坍塌堵塞的路段也在修整当中，不出几日便能恢复通行。在雪崩中受伤的人员都就近送到了林芝的医院，由于受困群众较多和二次雪崩的缘故，一下子进来了许多伤者，院方不得不在走廊外加床才能安置所有的伤者。在市委的关照下，经过一番精心治疗，不少伤者都痊愈出院了。

至此，一场灾难算是彻底平息下来。不过，这场雪崩的某些遗留问题，还在困扰着某些人。

比如，严真。

午后两点，正是阳光灿烂的时候。严真躺在病床上，表情却有些郁闷。

她咬了一口苹果，看向坐在自己身边看报纸的顾淮越，说道：“我想出院，我想回家。”

顾淮越瞥了她一眼，答：“不行，过几天再说。”

“我已经好了。”严真不知多少次重复这句话。

而顾淮越只是安抚似的拍拍她的脑袋，低头继续看报纸。

不知怎么，他这个动作让严真微微有些脸红，就好像她还是一个孩子似的。

实际上，自从上一次她在医院大厅抱着他的大腿稀里哗啦大哭过一次之后，他对她的态度就愈发地倾向于此了，温柔中带点宠溺。

严真起初还有些不适应，可慢慢地，也就习惯了。

其实他一直是这样一个男人，只是之前表现得不够明显而已。现在这样，挺好。

不过，对于顾淮越不让她回家这一点，严真还是颇有微词的。

她又咬了一口苹果，含糊地说着："你该不会是趁机报一箭之仇吧？之前我看你看得很严是因为你腿伤得很重，可我不一样啊，我没受多大的伤，休养几天咱们回家得了。"

话毕，就见顾淮越不紧不慢地瞧了她一眼。还未待他说些什么，忽然有一个护士进来喊他，说是有人找。

顾淮越点了点头，替她掖了掖被角才起身向外走去。

严真看着他的背影，幽幽地叹了一口气。她算是体会到顾淮越曾经的心情了，受人管制的日子，真的是挺难熬的。

临床的大姐看见她这副表情，淡淡地笑了："我看你还是乖乖地待在医院吧。你那天啊，可把我吓了一跳。"

严真拢拢头发，稍微有些尴尬。

临床这位大姐，就是严真醒来那天在病房里见到的那个女人。那一天大姐也是刚刚转到这个病房，还不清楚情况，见她要找人，便只好帮她去叫护士。也幸好她找到护士的时候顾淮越在场，一听说她醒了，便立刻跑回病房。没想到，身体还虚弱的严真，拖着一双受了寒的腿能跑那么远。

"你不知道啊，他回到病房看到你不在，脸色唰地就变了，接着就往外跑，也不看看我这个病人能不能追得上。"

严真脸色微红，淡淡一笑道："还没来得及谢谢您。"

大姐摆摆手："没事，举手之劳而已。"

而且，那天她也着实被他们这两人感动了一回，在一旁都忍不住偷偷抹了泪。

又聊了一会儿，大姐躺在床上睡着了。

严真翻了一会儿顾淮越放在床上的报纸，不一会儿，他就回来了。

她看着他，压低声音问道："是谁呀？"

"一个陌生人。"

又搞神神秘秘的一套，严真撇嘴。顾淮越见状笑了笑，将她揽进怀里，靠近她耳边，轻声说道："是小女孩的父亲，他也住在这个医院里，是来谢谢咱们的。"

严真微微有些诧异："那他怎么不进来？"

"说是感冒还没好，怕传染给你，就让我转达了。"

"他们都还好吧？"

"挺好的。"顾淮越捏着她的手，玩笑道，"你舍命保护的，能不好吗？"

说完，就见严真瞪了他一眼。他浅浅一笑，顺着她的长发说："以后别这样了，吓了我一跳，有什么事，让我来。"

严真嗯了一声，直起身子，看着他说："你也把我吓了一跳，那么大的雪，那么多的雪块，我还以为——"

晕倒之前，她知道是他护住了她，那么多的雪全招呼到他一个人身上了，醒来之后又找不到这个人，不着急担心才怪。

"我没事。"他侧过头来，吻吻她的额角，安抚着她。

说起来，也是他们幸运。他们所处的地方算是雪崩的通过区，积雪并不厚，雪崩一停，自己动手都能逃生。

“嗯。”严真此刻是完全放心了，重新窝进了他的怀里，还打了一个哈欠。

顾淮越看着她，笑了笑，说：“困了就睡会儿吧，等你醒了，我就带你回家。”

“真的？”她不相信地看着他。

“真的。”他哄着她，“睡吧。”

严真哼了一声，躺回了被窝。午后丰沛的阳光照得室内暖暖的，就在严真昏昏欲睡的时候，她忽然想起了一个问题，不是多么重要，此刻却非常想得到一个答案。

她拽了拽顾淮越的衣袖，问道：“如果，我的心结没解开，心里依旧有障碍，撇下你一个人来林芝，你会怎么样？”

对于这个问题，顾淮越似乎丝毫不感到意外，甚至没有多作思考，就回答道：“我是军人，越障这种事对我来说很简单。”

严真大窘：“我是说真的！”

顾淮越只好放下手中的报纸，侧头微笑着看着她，眉眼间尽是温柔：“不怎么样。你到哪儿我就去哪儿，哪怕距离堪比马拉松，无外乎就是多跑几个五公里而已，有什么好怕的。”

这个答案，让严真怔愣了一瞬。随后，她恍悟了什么，看着他，绽放出明艳动人的笑容。

是啊，没什么可怕的。

因为，这世上最幸福的一件事，就是历经生死，你还陪在我的身旁。

番外一 迟到的答案

涂晓见到严真的第一眼，就知道那会是沈孟川喜欢的类型——善良、温柔，以及倔。所以她无比庆幸，她们第一次遇见的时候，严真已经结婚了。否则她真的会忍不住嫉妒她，那样她就错失了一个好朋友。

从小跟沈孟川一起长大，涂晓从来没奢望过他能对自己有什么男女之情，她清楚，沈孟川一直就是把自己当妹妹看的。即便如此，涂晓也并非没有过疑惑：她自认自己不比其他任何人差，身上也不缺女人味儿，可为什么沈孟川对她的认知，仍停留在小时候呢？

涂晓还记得第一次见到沈孟川时的情景，那是她五岁的一天，她正在家看电视，沈孟川跟他妈妈一起来家里串门了。两个大人聊得起劲，他们两个小的不得不凑作一堆看电视。那时的沈孟川丝毫没有身为客人的自觉，一上来就要看军事频道。涂晓不依，两人就争夺起遥控器。最后当然是力气大的沈孟川赢了，涂晓没辙，坐在椅子上开始抹眼泪。沈孟川当时就慌了，把遥控器还给了她，悻悻地嘟囔了一句：“小萝卜头。”

从那天起，涂晓就握住了沈孟川的一个软肋，那就是这人特别怕女人的眼泪。也是从那天起，她成了沈孟川眼里的小萝卜头，一直到她长大成年，这个认识似乎就再没变过。

涂晓喜欢沈孟川，但她没像别的小女孩那样整天跟在他身后跑过。相反，她总是跟他不对付，叫板的次数多过和平相处。为什么呢？涂晓不止一次问过自己，随着后来渐渐长大，她对小时候的这种心理有了一个答案，那就是自尊心作祟。似乎是心里清楚沈孟川不会喜欢自己，所以涂晓不允许自己对他流露出一点点的倾慕之情，仿佛那样就算自己输了。同时，她在心里不止一次设想，沈孟川有一天忽然发现她的好然后哭着来求她原谅，而她像电视剧里演的那样女王范儿十足地将他无情推开，只留下一个极潇洒的背影，令他悔恨终生。不得不说，在青春期那段艰难的暗恋中，涂晓都是靠这样自欺欺人的想象，才能收获一点快乐。而现实是，她早就一败涂地，沈孟川仍一无所知。后来有一次她回S市过年，遇见同样放假回来的他，在一次发小聚会上，喝多了的沈孟川问她："晓儿，我没得罪过你吧，为什么感觉从小到大你都那么讨厌我呢？"

说完这句话的沈孟川转头就跟别人碰杯去了，而涂晓回到家，却失眠了整整一晚。她觉得自己真的太没出息了，当时她就该揪着沈孟川的领子大喊一声："你怎么没得罪我？你招惹着我喜欢上你而你却一直什么都不知道，你说我该不该讨厌你！"——实际上呢，她什么也没说。因为她知道，那不是他的错。

涂晓晓得，世界上有那么多一起长大的男女发小，不是最后都能成双成对的，条令条例上也没这个规定不是？所以，涂晓看开了，就当自己的青春喂了狗。可不知这狗是不是哪天吃错药了，一天夜里忽然逮着她问："晓儿，你是不是喜欢我啊？"

那是她在陆军总院规培的时候，沈孟川在一次演习里受了伤，正好被送到了他们医院。那次他伤得不算重，但看他难受的模样，涂晓还是心疼了，没当着人面儿，私下里偷偷抹了回泪。当时她就特后悔，觉得自己说话不算话，说好放下却还惦记着。没想到这一幕被一个值夜班的同事看见了，后来又悄悄告诉了沈孟川。

涂晓还记得当时沈孟川问她这话时的表情，挺意外，挺为难的。

“晓儿，我知道，咱俩一起长大，再加上我又这么优秀，是挺讨人喜欢的。但你，我是一直拿你当妹妹看的，你可千万别在我身上浪费时间。我吧，我心里一直还有人。”

沈孟川试图用玩笑化解他们之间的尴尬，可惜，他并不擅长。

涂晓还记得当时自己的心情——很平静。

“别多想。我还不知道你的德行吗，喜欢谁都不会喜欢你。”

话说得要多难听有多难听，但结果是他想要的，所以沈孟川难得没跟她争辩。看着他松了口气的样子，涂晓特别想给他一拳。那天，她在心里告诫自己：涂晓，就这样吧。千万，千万别再继续下去了。不会有结果。

再后来，涂晓慢慢放下了。反倒是沈孟川，每回见着她都特不自在，仿佛对她有所亏欠似的。看样子，她的那点心思还是被他知道了。涂晓一开始不在意，次数多了就觉得烦了，有一回直接指着他鼻子骂：“你能不能有点儿男人样啊！我早都放下了，你却在这儿矫情上了！”

沈孟川难得没跟她吵。

“涂晓，我没你想的那么没心没肺。”

一个女孩把十几年的感情全部倾注给了他，哪怕他再迟钝，也不可能无动于衷。

涂晓当时听完这话就笑了，气笑的。

“所以呢，为了补偿我，您老是准备屈尊将就我吗？”

“我不会。”他说，“在我没想清楚之前就这么干，那是对你不负责。”

“那你还说！”涂晓怒了，红着眼吼回去，“我求你忘了吧行吗？别再羞辱我了ok？”

沈孟川好久没说话，最后给了她一个字：“行。”

这个年是涂晓过得最难受的一个。好在年后不久单位有事就把她召回去了，而她的父亲也因为工作调整的原因，于年后离开S市，调往B市。也就是说，从此以后，她跟沈孟川再也没有一点瓜葛了。

涂晓得知这个消息时，心里有那么一刻的空落。冷静下来后，又觉得这是个好事儿，这真是连老天都在帮她忘记沈孟川。

然而让涂晓没有想到的是，似乎不满她把这个锅扣到自己身上，三个月后老天跟她开了一个玩笑——沈孟川也调到B市周边来了。

涂晓听到这个消息时都蒙了，更让她无语的是，在接到这个消息的第二天，沈孟川就来他们医院了。这回不是生病，而是直接来找她的。

涂晓不知道该跟他说什么：“我该说的都跟你说清楚了吧，所以——你这是又抽的什么风？”

“你说清楚了，是我没想清楚。”沈孟川很认真地跟她说。

“So？”涂晓给他拽了句英文。

“所以我得想想。”沈孟川又说，“晓儿，我觉得可能我对你的感觉已经发生了变化，所以能不能给我点儿时间，让我想清楚。”

“不能够吧，你不是心里有人？”涂晓假装困惑道，“沈孟川，你这心里到底能住几个人？面积够大的，几室几厅啊？”

沈孟川表情难得有些痛苦。

“我知道，我这样不对。以前，我心里是有个人。但现在我发现，你可能比这个人更重要。”

“呵呵。”涂晓表情冰冷，一点儿也没有被感动被融化的意思，“沈孟川，我这是做了什么孽，这辈子喜欢上你啊。”

沈孟川知道自己很混账，但他不想隐瞒涂晓。

“就这样吧。”丢下这句话，涂晓离开了。

因为这人的一句话，涂晓原本已经毫无波澜的心里又掀起了狂风巨浪。这一晚，她辗转反侧怎么也睡不着，后来实在是生气，拿起手机，翻出沈孟川的号码，狂摁出一通骂人的话语，发了过去。看到显示的“已发送”，涂晓终于心平气静了，正要关机睡觉，沈孟川的回复来了。

“晓儿，你说得对。本来我也睡不着，被你这么一骂，反倒舒坦了。我睡了晓儿，你骂痛快了也早点儿休息。”

涂晓气得说不出话来。敢情，她刚才那是在给他送瞌睡药？

涂晓绝望了，她觉得自己治不了这块铁憨憨。

似是察觉到了涂晓这种“自暴自弃，爱咋咋地”的态度，沈孟川胆子慢慢大了起来，屡次踩着涂晓的底线试探，并在她爆发之前赶紧缩回去。就这样，经过数次“你进我退”的试探，涂晓终于感觉到了一种“兵临城下”的危险，她感觉，她快守不住了。

“沈孟川，你我都老大不小了，我也不再跟你兜圈子了，实话跟你说，但凡你心里还有别的女人一点点存在，但凡你对我存有一点点弥补的心理，咱俩都没得谈。”

她要的感情是纯粹的，容不得里面掺杂任何杂质。

“涂晓，我想清楚了，没别人了。也许一直就没过别人，但时间过去太久，我已经分辨不清了。我只能向你保证，现在没有别人，以后也不会有了。”

涂晓有点想哭，实际上当时听完这话，眼泪就下来了。

“可我不想就这么答应你。就这么松口，我觉得太难受……”

从头到尾，涂晓就没在他面前觉得委屈过。偏偏到了这个时候，她觉得满心满肺的酸楚，将她整个人都要淹没。

“我知道。”沈孟川说，“那我一直等着你，一辈子，行不行？”

一辈子。她等他这句话，似乎也等了一辈子。

涂晓没说话，她轻轻地拥住了他，为这个迟到了许多年的答案。

番外二 一日恋人

顾淮越回到家的时候，严真正在书桌旁复习，看见他回来，神色间满是意外的惊喜。

“你怎么回来了？”她起身，走过来接过他的包，问道。

“会提前一天开完，没什么事，我就回来了。”顾淮越笑笑，“小家伙呢？”

“今天学校组织春游，一早就坐班车出去了。”

顾淮越点点头，想起什么，脱外套的手一顿：“这么说，今天家里只有咱们两个人了？”

严真嗯了一声：“中午想吃什么？我还没去买菜。”

“老婆。”顾淮越突然抓住严真的手，说，“今天咱们也出去玩吧。”

“欸？”严真一愣，没明白他的意思。

“难得有一天你我都有空且小家伙还不在，趁这个机会，我们也出去逛一逛。整天待在家里，你也闷得慌。”

“可我今天的书还没看完……”

自从从西藏回来两人办完婚礼后，严真就辞掉图书馆的工作，带着珈铭随军到了B市。现在她是一边照顾珈铭的日常生活，一边复习准备考研。因为目标院校就在B市，所以偶尔得空的时候她也会去学校里转一转，凑巧的话，再旁听几节课。

“不差这一天。”顾淮越说，“我们也好久没过过二人世界了。”

特殊的工作性质决定他们注定聚少离多，哪怕是随军了，因为家属院迁到了市里，所以也是隔三岔五才能见一面。一家三口相聚都难，更何况他们两人独处呢？

严真有点被说动，她笑一笑，有些不好意思：“都快老夫老妻了，还二人世界。”

“夫妻我们确实当出经验来了，可恋人还没有，不如趁今天体会一下吧。”顾参谋长笑说。

严真还能说什么呢？

笑睥他一眼，答应了。

怕顾淮越一路回来太劳累，在家休息了快一个小时，两人才出门。一路上天气有些阴沉，却并不影响严真的好心情。

“准备去哪儿？”看向身旁这个难得心血来潮的男人，严真问道。

“你说呢，想去哪儿？”

“怎么是我说？”严真故意将他一军，“这可是你的提议。”

顾淮越一笑，表情有一些为难。说起来，他也是没多少谈恋爱经验的。

“早知道先向手下的年轻人取取经了。”轻挑了下眉头，他叹息道。

严真被他逗乐了，过了会儿才说：“要不去趟市中心的商场吧，快换季了，给你添两套里面穿的。”这也是她唯一能想出来的选项，老套，但不出错。

“我有的穿，不着急买。倒是你，需要多买几套。”

“我也有的。”严真说，“我的衣服不好看吗？”

“好看。”顾淮越不假思索地答道，“但明年这个时候你就要重归校园读书了，是不是可以买几件休闲个性的上学时候穿？”

严真倒没想到这个。之前上班的时候，由于工作性质的关系，她的衣服都偏正式和成熟。这要是穿到校园里去，确实会显得格格不入。

“还不知道能不能考上呢。”她笑说。

“能的，我相信我老婆。”顾淮越说着，脚下加了把油门，“就这么定了，去给你买衣服。”

两人很快赶到了市中心的一家商场，停好车子后，直奔三楼女装区。以往，严真买衣服可以说是驾轻就熟，看顺眼了基本都不用试，只要价格合适，多数都能买下。没办法，她太熟悉自己的风格了。可这回不一样了，有人说了，要休闲，要个性。

严真看了好几家，都感觉有些下不去手。眼瞧着她又要往自己的“购衣舒适区”走，顾淮越将她拉了回来。

“之前那家我看就挺好，你为什么不进去试试？”

严真顺着他示意的方向看去，是一家主打华丽风的品牌店，里面裙装居多。

“会不会太跳了，我觉得清新简单就够了。”那家的设计太繁复，很容易给人一种隆重感，仿佛不是来上课，而是来参加舞会的。

“或许就有这样的机会呢？”顾淮越说，“而且哪怕最后不买，也可以试试。”

好吧。严真又被他说服了，进去转了转，挑了一件还算简单的试了下。

“很好看。”

这是她从试衣间出来后，包括店员和顾淮越在内的，所有人的一致评价。虽然只是一条简单的粉裙，却将严真气质中的清丽脱俗展露无遗。而领口、袖口和胸前缀的几道花边，又为她增添了一丝可爱和俏皮，不抢风头，恰到好处。

“买了吧。”这是短暂的沉默后，顾淮越说的第一句话。

严真被他吓了一跳。

“还没细看——”

“不用看了。”顾淮越走到她身边，笑说，“你问问店里的人，有谁说不好看。”

那也不能这么仓促地决定啊！男人，果然买东西的主动权不能交给他。

严真失笑，正要说什么，顾淮越已经把店员招过来，指着她身上的这件裙子说买了。店员笑得十分开心，见严真似乎还有要拒绝的意思，她把她拉到一旁，说：“美女，这裙子你穿真的很好看，而且我们店里的衣服质量也相当有保障，你买回去不亏的。”

“是，我知道，可——”可这个价格太高了，真没必要呀。

“别可是啦，那位是你老公吧。”指了指顾淮越，店员说，“看得出来，他想打扮你呢，就给他一个机会吧。”

严真心想，是这样吗？

严真不知道这是店员惯用的话术，还是顾淮越确实是存了这样的心思。总之，这条裙子最后是买下了。

之后，为免顾淮越再下手，严真选衣服的时候积极主动多了。又选了两套，才算暂时完成了任务。等从最后一家店出来，她长出了一口气，是累的。

顾淮越倒依旧神采奕奕。

“等你换上这些新买的衣服跟我走在一起时，别人或许不会觉得我们是一对夫妻了。”他忽然说。

严真不解：“……为什么？”

“太显年轻了。”或者说，她本来就很年轻。

严真忍不住笑了，轻声问他：“那你是后悔了？”

“不。”顾淮越说，“你就尽情往漂亮里打扮自己，我受得住。”

严真乐了，望着他平静中带着些调侃和自信的神情，忍不住依偎着他，挽上了他的胳膊。

似乎是真的找到了当恋人相处的感觉，接下来的行程中，严真放开了许多。而两人也越玩越开心，逛完了商场，又去了旁边的艺术区拍了许多照留念。

最后，两人去看了场电影，等结束出来的时候已经快五点了，距离顾珈铭回家还有半个小时。

“回去吧？”将寄存的东西取出来，严真说道。

“不着急。”顾淮越说着，在严真不解的目光中，走向一家甜品店。十分钟后，举着一个甜筒回来了。

严真看着又要笑：“我没说要吃这个。”

“看他们都买，应该很好吃。”顾淮越塞给她，“你也尝尝。”

严真一时没动。今天一天，她能感觉得到顾淮越想要给她一种恋爱约会的感觉。以往很多不会不擅长的事，他都在很努力地做，并且尽量显得不太刻意。严真承认，她很开心。

“我拿到车里去吃吧。”她说，“不然赶不上珈铭回来了。”

虽然二人世界很好，但不能真的忘了孩子呀。

“行，不过我会开稍微快一点，到家之前，你要把它吃完。”顾淮越笑说。

“好。”严真轻眨了下眼，难得有些调皮地说，“保证完成任务！”